W0467972

C'EST LA FUCKING VIE

Für N., M., D. und C.,
deren Geschichte hier zum Teil erzählt wird.
Und für mich.

1. Auflage 2020
© Ueberreuter Verlag GmbH, Berlin 2020
ISBN 978-3-7641-7099-8

Alle Rechte vorbehalten. Das Werk darf – auch teilweise –
nur mit Genehmigung des Verlages wiedergegeben werden.
Übereinstimmungen und Ähnlichkeiten mit lebenden Personen
oder Familien sind rein zufällig und nicht beabsichtigt.

Lektorat: Angela Iacenda
Umschlaggestaltung: Alexander Kopainski
unter der Verwendung eines Fotos von shutterstock/moonshome
Druck und Bindung: Druck und Bindung: CPI – Ebner & Spiegel, Ulm
Gedruckt auf Papier aus geprüfter nachhaltiger Forstwirtschaft.

www.ueberreuter.de

MICHAELA KASTEL

C'est la FUCKING vie

ueberreuter

#EINS Ich liege auf dem Rücken, und das hohe Gras wogt im Wind. Es ist angenehm kühl da, wo die weichen Halme meine Haut berühren. Keine Wolke weit und breit. Der Nachthimmel ist sternenklar, und ich spüre seine Weite wie einen Ballon, der sich in mir bläht, der alles in mir groß macht: großes Herz, großer Mut, große Träume.

Ich liebe den Sommer. Diese heißen Nächte, die einfach kein Ende nehmen. Die sich ins Innere schleichen und für immer darin verankert bleiben.

Ich drehe den Kopf, und meine Augen finden die Lichtquelle am anderen Ende des Feldes. Von hier draußen aus wirkt der Garten wie eine einsame Galaxie mitten im Weltall. Fremd und endlos, ohne sichtbare Grenzen. Bunte Lichter schwingen auf weiten Girlanden, und das Lachen meiner Freunde übertönt die Bassschläge der Musik. So viele sind gekommen. Als hätten sie Angst, dass es die letzte Chance ist; unsere letzte gemeinsame Nacht, bevor der Ernst des Lebens beginnt und unsere verschlungenen Lebenslinien auseinanderdriften. Doch was uns verbindet, ist mehr als nur ein Band. Wir sind wie Lichtpartikel, die unaufhörlich umeinanderkreisen, und geht einer von uns verloren, leuchten die anderen ihm den Weg zurück nach Hause. Ich wüsste nicht, was ich ohne sie alle täte. Allein zu sein, würde mich umbringen.

Ein Fußball fliegt in meine Richtung. Knapp an meinem Knie kullert er vorbei und verschwindet auf Nimmerwiedersehen im hohen, dichten Gras. Du kommst unmittelbar hinterhergerannt. Mit deinem breiten Grinsen, das mich ansteckt, noch bevor unsere Blicke sich treffen. »Hoch mit dir!«, rufst du mir zu. Du ziehst dir das T-Shirt über den Kopf und schleuderst es mir im Vorbeilaufen ins Gesicht. Ich muss lachen und bin gleichzeitig überrumpelt, als kurz darauf auch deine Hose und die Schuhe geflogen kommen. Du trägst jetzt nur noch deine Boxershorts, die Schwarze mit den rosafarbenen Einhörnern drauf. Du bist ein Entertainer, du liebst es, andere zum Lachen zu bringen, und am meisten liebst du mich. Du hast das Schilf nahe am Teich erreicht. Selbst im Mondlicht sieht man, wie braun gebrannt du bist. Dabei hat der Sommer erst begonnen.

»Jetzt komm endlich«, drängst du. »Wir gehen schwimmen!«

Noch mehr Beine trampeln über den Boden. Halbnackte Körper zerteilen das Gras und rennen dicht an mir vorbei. Plötzlich bin ich mitten im Strom aus lachenden Gesichtern. Eine Hand zerrt mich hoch, und ich lasse mich treiben. Wir sind zu sechst. Alex, Tasche, Raffi, Manu, Tommy und ich. Ein buntes Geflecht, seit Jahren untrennbar miteinander verbunden. Du bist bereits kopfüber vom Steg gesprungen. Als wir am Ufer des Teichs ankommen, tauchst du gerade aus dem Wasser auf. Ich schlüpfe aus meinen Sandalen, ziehe mir Shorts und Oberteil aus und renne in Unterwäsche über den Steg. Die feuchten, uralten Holzbalken knarren und poltern unter meinen Füßen. Ich schaue hoch zu den Sternen, die sich in der dunklen Wasseroberfläche spiegeln. Ein Blick in die Unendlichkeit. Oder ins Innere meiner Seele – ist vielleicht ein und dasselbe, die Seele und die Unendlichkeit. Ich erreiche die Kante, federe mich ab und tauche in die herrlich kühle Tiefe ein.

Meine Füße finden Halt auf sandigem Untergrund. Unterwasserpflanzen und runde Steine glitschen unter meinen Zehen. Mit geschlossenen Augen tauche ich auf, während die Wasseroberfläche von weiteren Sprüngen erschüttert wird. Wir schwimmen, spritzen, lachen, reißen uns gegenseitig die letzten Kleider vom Leib. Es wird eng. Der Pegel steigt und ich verliere die Orientierung. Wo sind Manu und Raffi? Und wo bist du? Irgendjemand rempelt von der Seite gegen meinen Körper, ich rutsche aus und schlucke nach Algen schmeckendes Wasser. Blind tasten meine Hände umher, um sich irgendwo festzuhalten.

»Ich hab dich«, höre ich deine Stimme.

Ich blinzle und schaue dir ins Gesicht, über das die Tropfen laufen wie Tränen. Aber deine blauen Augen strahlen vor Freudc. Dein blondes, nasses Haar hängt dir in die Stirn, und in deinem großen, starken Körper pulsiert das Leben wie ein Feuer, das niemals ausgeht. Du bist so schön. Du warst schon immer schön, und du gehörst mir ganz allein. Ich beginne zu lachen, und du ziehst mich dicht an dich heran. Unsere Körper berühren sich, an nahezu jeder Stelle, die möglich ist, du fasst unter meinen Po und hebst mich hoch, ich schlinge die Beine um deine Hüfte und meine Lippen finden deine wie von selbst. Ein manischer Kuss voller Alkohol, Schweiß und der unschuldigen Liebe zwischen zwei Kindern, die für einen winzigen Augenblick vergessen haben, dass sie erwachsen geworden sind.

Das ist Leben. Dieser Kuss, dieses Glück, wir beide ineinander verschlungen. Es soll ewig dauern. Hier, jetzt, in dieser wunderschönen heißen Sommernacht ohne Sorgen. Das sind die Momente, die das Herz stillstehen lassen. Für die man stirbt und in denen man weiterlebt, noch lange danach.

Abrupt lösen sich deine Lippen von meinen. Du lässt mich fallen, ich platsche zurück ins Wasser, das mir in Wellen über den Kopf schwappt. Meine Beine verlieren den Halt, ich paddle mit den Armen und versuche verzweifelt die Wassermassen zu verdrängen, ehe meine Füße endlich den sandigen Boden wiederfinden. Ich tauche auf und schnappe röchelnd nach Luft. Meine langen braunen Haare verkleben mir die Augen. Verschwommen sehe ich dein entsetztes Gesicht. Ich schiebe mir die Haare über die Stirn zurück und drehe mich zum Ufer um.

Julia steht am Rand des Stegs. In ihrem knielangen Sommerkleid, auf das ich vor einigen Stunden versehentlich Bier geschüttet habe. Der Fleck ist riesig. Ihre Lippen sind vor Wut aufeinandergepresst. Ich ahnte immer, dass sie mich nicht leiden kann, aber was jetzt in ihren Augen steht, ist purer, heiß laufender Hass, der sich mit einem einzigen Wort entlädt: »Scheißkerl!«

»Julia, warte!« Du hechtest zum Ufer, um ihr hinterherzulaufen.

Wieso machst du dir die Mühe? Ist sie es wert? Sie hält dich für beständig, für besonnen und ruhig, doch du bist wild und rastlos, du liebst die Nacht und ihre Geschöpfe. Sie will dich bremsen. Dich davon abhalten, schneller zu werden, weil sie Angst hat, nicht mit dir mithalten zu können.

Ihr beginnt zu streiten. Ihr habt das Gartentor erreicht, verschwindet im Haus und die Stimmung ist plötzlich im Keller. Einer nach dem anderen verlässt den Teich. Ich bin wieder allein. Ich liege auf dem Rücken, und das kühle Wasser trägt mich. Über mir funkeln die Sterne. Der Kuss prickelt auf meinen Lippen, und eine Sehnsucht zieht alles tief in mir zusammen, bis ich fürchte, zu schrumpfen, von diesem Gefühl zerquetscht zu werden, bis nichts Fröhliches mehr in mir übrig ist.

Die Musik läuft weiter. Noch lauter als zuvor. In einem bisher dunkel gebliebenen Fenster geht Licht an, und ich sehe zwei Silhouetten, die heftig miteinander diskutieren.

Du wirst sie nicht besänftigen können.

Diesmal nicht.

#ZWEI Ich stehe mit ausgebreiteten Armen vor der geöffneten Terrassentür und lasse den Windhauch meinen verschwitzten Körper trocknen. Ich trage nichts außer meiner Sonnenbrille und meinem orangefarbenen Bikini. Sonnenstrahlen durchziehen das Haus. Über Nacht hat sich ein feuchtes Klima in den einzelnen Räumen gebildet, eine Mischung aus Schweißgeruch, Zigarettenrauch, dem Mief nach verschüttetem Bier und altem, angebranntem Nudelauflauf, den gestern irgendjemand in einem Topf aufgewärmt und dann einfach auf dem Herd stehen gelassen hat. Auf eines der Fenster haben schmutzige Finger einen Schniedel gemalt. Mit dem Öffnen der Terrassentür strömt Frischluft herein, und eine angenehme Kühle streicht über meine Haut und durch mein verfilztes Haar.

Die vergangene Nacht brennt wie die glühenden Splitter eines eben explodierten Traums hinter meinen Augen. In Gedanken liege ich unter dem Sternenhimmel, fange Frösche und Grillen mit der Hand, küsse Jungs, die ich nicht kenne, wälze mich mit ihnen im Gras, bis wir über und über mit Erde bedeckt sind, bis wir vor Lachen nicht mehr können, bis wir alle eins sind und doch so viel mehr. In meinem Kopf passiert das alles noch. Die Nacht hat niemals aufgehört und der Sonnenschein ist bloß der Wahnsinn, dem wir langsam anheimfallen, dieses irreführende Leuchten, das sich um uns dreht, wenn der Alkohol zu sehr reinzieht oder wir zu viel von Raffis magischen Pilzen gefuttert haben.

Ich schließe die Augen und sehe uns beide im Wasser stehen. Ich sehe, wie du mich hochhebst und lachend mit mir im Kreis wirbelst. Wellen spritzen hoch und fallen wieder in sich zusammen. Wie Gefühle, die sein wollen, es aber nicht dürfen. Ich wünschte, ich könnte in meiner Erinnerung durch die Zeit zurückreisen und den Moment für uns stehlen, ihn wie einen

Teppich aufrollen und anschließend in der Gegenwart wieder entfalten, sodass er sich endlos vor uns ausbreitet und wir darauf reiten können wie auf einem Sternenschweif.

Jetzt sind nur noch lose Sprenkel davon übrig. Bilder und Gefühle, die sich in meinem übermüdeten Verstand vermischen und nicht mehr auseinanderzuhalten sind. Ich öffne die Augen und sehe sie alle hier liegen. Wie Tote auf dem Schlachtfeld. Niedergestreckt vom Glück und vom viel zu frühen Morgengrauen. Ein paar haben es sich auf der Couch und im Gästezimmer bequem gemacht, andere liegen einfach auf dem Boden, auf Teppichen oder auf Decken, die sie aus Papas Schlafzimmer geholt haben. Bevor der aus dem Kurzurlaub zurückkommt, müssen wir natürlich alles wieder auf Vordermann gebracht haben, sonst kann ich zukünftige Ausschweifungen dieser Art vergessen. Er lässt mich zwar hin und wieder Partys in seinem Haus feiern, aber was Essensreste, Alkoholleichen und verschüttete Aschenbecher betrifft, kennt er keine Gnade.

Ich schiebe die Sonnenbrille über meine Stirn und beginne meinen Rundgang durch das Haus. In der Küche stapelt sich das schmutzige Geschirr. Der tropfende Wasserhahn füllt langsam den Topf mit den angebrannten Käsenudeln. Zigarettenstummel, Bierdosen, halbleere Becher mit irgendwelchen Flüssigkeiten. Das wird eine Heidenarbeit. Ich gehe von Zimmer zu Zimmer, öffne Fenster und Türen und trample absichtlich laut über den Boden. Gequältes Stöhnen dringt aus allen Winkeln des Hauses. Auf dem Weg ins Badezimmer stolpere ich über einen Dreier, der seinen Spaß offenbar mitten auf dem

Flurteppich hatte und einfach dort eingeschlafen ist. »Aufstehen, Leute, Zeit zum Aufräumen!«, rufe ich, was jedoch wenig Wirkung zeigt.

Im Badezimmer ist es angenehm kühl, weil das Fenster die ganze Nacht gekippt war. Zwei Fliegen krabbeln auf der Fensterscheibe auf der Suche nach einem Ausgang. Ich schließe die Tür hinter mir, um das Chaos im restlichen Haus für einen kurzen Moment auszusperren. Ich knie mich an die Badewanne, drehe den Duschkopf auf und halte den Kopf unter den lauwarmen Wasserstrahl. Das Pochen hinter den Schläfen wird dumpfer, als die Reste des Alkohols und der Müdigkeit sanft vom Wasser aus mir herausgeschwemmt werden. Mit tropfnassem Haar stelle ich mich vor den Spiegel und schaue mich an.

Ich weiß, dass ich gut aussehe. Das erleichtert mir so manches. Viele sagen mir, wie schön meine braunen Augen seien, wie bezaubernd mein Lächeln und wie süß sich die wenigen Sommersprossen um meine kleine, niedliche Nase verteilen. Doch mein größtes Kapital ist mein Haar: Es ist glatt und kräftig, im Sommer oft eine Qual, aber mit starken Haarbändern und reichlich Geduld lässt sich das schon in den Griff kriegen. Ich bin schlank, ohne knochig zu sein, habe tolle Brüste und einen noch tolleren Po, weil ich mich ständig bewege, jogge, Bahnen schwimme, Sex unter freiem Himmel habe, und ich liebe es. Ich liebe die Freiheit, den Mut und das unkomplizierte Denken. Die Jugend strahlt mir aus den Augen und lässt mich leuchten wie einen Stern.

Ich wasche mein Gesicht und putze mir die Zähne. Währenddessen erwacht das Haus allmählich zum Leben. Verkaterte Gestalten kriechen aus ihren improvisierten Schlafkojen und finden sich im Wohnzimmer zu einer trägen, wortkargen Gruppe zusammen, die nach mehreren missglückten Anläufen jemanden bestimmt, der nüchtern genug ist, um mit dem Auto zu fahren. Es ist ein weiter Weg nach Wien zurück. Viele verabschieden sich von mir, andere trotten mit erschöpften Gesichtern dem Strom hinterher und sagen kein Wort. Die Zimmer leeren sich. Körperdunst und Alkoholgeruch verschwinden zur weit geöffneten Tür hinaus, und plötzlich gibt es nur noch uns hartgesottene Überbleibsel. Manu, die sich mit verrutschtem T-Shirt und ohne Hose auf der Couch ausgebreitet hat, drückt sich den Arm an die Stirn und verlangt mit heiserer Stimme nach Kaffee. Raffi, der mit Tommy im Gästebett gepennt hat, kommt mit tief sitzender Boxershorts und hängenden Dreads ins Wohnzimmer geschlurft und hockt sich gähnend vor den Fernseher.

Leise Geräusche einer sonntäglichen Vormittagssportübertragung füllen die Stille mit einem Hauch von Nostalgie. Als ich klein war, wurde ich am Wochenende oft von diesen Geräuschen geweckt. Wenn Papa morgens fernsah und Mama in der Küche den Kaffee machte. Sonntag war ein heiliger Tag. Kein Streit, kein böses Wort, nur Harmonie. Einen Tag pro Woche hielten sie sich frei, um in friedlicher Koexistenz der Illusion einer perfekten kleinen Vorstadtfamilie zu frönen. Mittlerweile wohnt meine Mutter in Wien und mein Vater hat das ganze Haus für sich allein. Für sich und seine Sekretärin, mit der er seit fast zwei Jahren verheiratet ist. Was für ein Klischee. Der Manager und die Sekretärin. Anfangs haben wir oft Witze darüber gerissen, du und ich. Als ich dachte, es wäre bloß eine Phase; dass mein Vater sich nach der Scheidung nur mal ordentlich austoben müsse. Mittlerweile kann ich mir gar nicht mehr vorstellen, wie es früher war. Mit Mama, die sonntags den Garten pflegte, während Papa mit seinen Sportsendungen beschäftigt war. Sie hatten wenig Zeit für mich, obwohl sie in Wahrheit jede Zeit der Welt hatten. Und so waren du und ich allein. Wenn uns langweilig war, schlüpften wir durch das kleine, rostige Tor im hinteren Teil des Gartens und liefen aufs Feld. Endlos weit schienen sich damals die Äcker zu erstrecken. Es war eine riesige Welt voller spannender Dinge. Unsere Streifzüge führten uns an Dämme und einsame Bahngleise, wir sammelten Holz und bauten uns daraus ein Zelt, wir fuhren mit den Rädern am Fluss entlang, bis unsere Haut rot vor Sonne und Mückenstichen war und unsere Kleidung vor Dreck nur so stand.

Alle meinen, seitdem habe sich so viel verändert. Doch das Wichtigste, wir, ist gleich geblieben. Wir stehlen uns davon und erzählen uns Geschichten unter dem Nachthimmel. Eine dieser Geschichten handelt von Australien. Nach dem Sommer möchte ich dort unbedingt hin. Du hast mir versprochen, dafür Geld zu sparen. Noch vor Beginn der Uni müssen wir los. Vielleicht wird es unsere letzte gemeinsame Reise. Quatsch, was denke ich da? Uns zwei wird es immer geben.

Tasche und Alex kommen die Treppe hinunter. Seit Papa den Dachboden ausgebaut hat, kann man auch dort oben nächtigen. Alex setzt sich zu Raffi und Manu auf die Couch,

Tasche gibt mir einen Gutenmorgenkuss und verschwindet gähnend ins Bad. Witzig, wie schweigsam wir alle sind. Als hätte die letzte Nacht uns schier die Sprache verschlagen.

Ich braue Kaffee und räume ein bisschen auf. Tommy ist der Letzte, der aufsteht. Oben ohne geht er auf die Terrasse und streckt im Licht seine Glieder.

»Hey Mann, da bist du ja«, sagt er überrascht. »Warst du die ganze Nacht hier draußen?«

Ich höre deine Stimme, die verschlafen und rau klingt. Wahrscheinlich hast du auf der Hollywoodschaukel geschlafen. Du musstest allein sein, und vielleicht hat die Kühle der Nacht dich ja beruhigt. Während wir weiterfeierten, hat dich deine Freundin verlassen. Das Mindeste, was ich tun kann, ist, dir einen Kaffee zu bringen, den du jedoch lustlos neben dich auf den Terrassenboden stellst.

Raffi steckt den Kopf nach draußen. »Wann kommt dein Vater eigentlich zurück?«

»Am Nachmittag. Es wäre cool, wenn bis dahin alles sauber ist.«

Träge beginnt die Putzkolonne mit der Arbeit. Während Raffi den Müll einsammelt, Manu und Tasche den Abwasch übernehmen und Tommy und Alex die zig verschiedenen Flecken aus der Couch, den Teppichen und den Möbeln zu schrubben versuchen, sitzt du auf der Hollywoodschaukel und wünschst dir wahrscheinlich, du wärst allein. Ich bin dir nicht böse, dass du nicht mithilfst. Das Aufräumen nach einer Party hast du schon immer gehasst. Doch natürlich weiß ich, was der wahre Grund für dein finsteres Gesicht ist.

»Sie war eine blöde Ziege«, sage ich, um dich aufzumuntern. »Vergiss sie.«

»Sie hat mich nicht mal richtig erklären lassen. Sie ist einfach gegangen.«

»Es ist besser so, glaub mir.«

»Ich dachte, es lief gut. Diesmal dachte ich das wirklich.«

»Jetzt sei bitte nicht traurig. Sie hat ohnehin nicht zu uns gepasst.«

»Nicht zu uns gepasst«, wiederholst du nachdenklich.

Du glaubst es nicht, aber es ist die Wahrheit. Auch wenn es dir in diesem Moment das Herz bricht. Sie war keine von uns. Sie war nicht Teil dieses kleinen Universums aus Sternschnuppen, die nur funkeln, wenn sie zusammen sind. Sie war ein Eindringling, ein Meteorit, der rein zufällig unseren Orbit gekreuzt hat – und dann mit dir kollidiert ist. Im Prinzip war sie eine Naturkatastrophe. Sie hat uns nie wirklich verstanden, weil sie nicht nachvollziehen konnte, wie sehr wir einander brauchen. Denn dieses Wir, in das sie sich nichtsahnend hineingedrängt hat, dieses Wir ist das Kostbarste, das wir besitzen. Es ist unser Verständnis von Familie. Die einzige Familie, die wirklich zählt. Raffi, unser Vollblut-Rollenspieler und Chef-Drogenkonsument, der die Schule knapp vor dem Abschluss geschmissen hat und sich sein Geld an der Kasse eines Alternative-Modeladens verdient, solange sein Vater ihm nicht die Zugangsdaten für sein Sparkonto gibt. Manu, die mal Ärztin werden will, obwohl sie sich so schwer beim Lernen tut, Angst vor Kranken hat und viel zu viel kifft. Unser Musiker Tommy, der die Wohnung selten ohne Gitarre verlässt. Natascha (alias Tasche) und Alex, unser ewiges On/Off-Paar, die eigentlich komplett verschieden sind. Sie mit ihrem Umweltdenken und er mit seinem Autofetisch, doch eine Welt, in der die beiden nicht ständig zanken und sich wieder vertragen, kann ich mir nicht vorstellen. Es wäre einfach nicht meine Welt, nicht die Welt, in der alles so leicht ist, in der alles leuchtet. Und dann sind da noch wir zwei. Du, der sich immer die Mauerblümchen aussucht, obwohl er jedes Mädchen der Welt haben könnte. Der strahlende Blondschopf mit den Kristallaugen und dem Wahnsinnslächeln. Der mich besser kennt, als ich mich selbst kenne. Der es hasst, wenn ich fremde Typen mit in die Gruppe bringe. Der mich nie ansieht, wenn ich von meinen Dates erzähle, aber trotzdem immer wieder fragt.

Ich denke, tief in deinem Inneren weißt du, dass Julia und du nicht zusammengepasst habt. Du bist bloß traurig, weil schon wieder alle Mühen umsonst waren. Ich sehe doch, wie sehr du dich abrackerst, du suchst die Liebe, aber bei den mausgrauen Langweilerinnen im Blümchenkleid wirst du sie nicht finden. Ich glaube ohnehin, dass Liebe überbewertet wird. Wenn du ehrlich bist, willst du doch gar keine Beziehung. Du willst frei sein, so wie ich. Liebe und Freiheit sind zwei völlig unterschiedliche Dinge.

Manu platzt auf die Terrasse und fotografiert uns im Sonnenlicht. Deine Augen sehen müde aus, aber du lächelst. Manu lässt sich auf den Gartenstuhl neben der Hollywoodschaukel plumpsen und streckt das Gesicht in die Sonne. »Ist Julia jetzt endgültig passé?«, fragt sie eher nebenbei.

»Ja«, antwortest du seufzend.

»Mach dir nichts draus. Die war sowieso komisch.«

Du stehst von der Schaukel auf und drückst den Rücken durch. »Ich hab Hunger, Leute. Können wir irgendwas organisieren?«

»Es gibt noch Nudelauflauf«, merke ich grinsend an.

Allgemeines Desinteresse.

»Bestellen wir uns doch was«, schlägt Raffi vor, der eben mit zwei vollen Müllsäcken auf die Terrasse gekommen ist.

»Gute Idee«, stimme ich zu. »Was wollt ihr denn?«

Die Vorschläge kommen wild durcheinander, aus allen Richtungen. Selbst aus dem Dachbodenfenster dringen Stimmen, da Tasche und Alex da oben offenbar gerade eine Morgennummer schieben.

»Pizza!«

»Asiatisch!«

»Eis!«

»Irgendwas mit Käse überbacken!«

»Burger!«

»Mäh, Burger hatten wir erst.«

»Dann Pizza!«

Manu, unsere Lieferbeauftragte, legt das Handy weg und schaut dich an. »Lassen wir Niko entscheiden. Er wurde abserviert, da darf er wenigstens das Essen aussuchen, hm?«

Sie meinen es nicht böse – das weißt du doch, oder? Sie wollen nur, dass du wieder lächelst. Weil keiner so schön lächelt wie du.

»Bestell uns irgendeine Pizza«, meinst du abwinkend.

»Nur eine?«, fragt Raffi ganz verwirrt.

Manus Finger huschen über das Display, wählen Webseiten aus und geben Daten ein. Sie klebt so oft am Handy, dass sie das Ding wohl auch blind bedienen könnte. »In einer halben Stunde kommt das Essen!«, ruft sie ins Haus, aus dem immer mehr volle Müllsäcke getragen werden.

#DREI Nach dem Essen legen wir eine Putzpause ein, um zu verdauen. Die Mittagssonne brennt vom Himmel und grillt unsere gebräunte Haut. Wir waren im Teich schwimmen und sitzen auf Handtüchern auf Papas fein gepflegtem Rasen. Der Duft des Sommers liegt wie eine bunte, laut surrende Wolke aus *Für immer* in der Luft. Für immer werden wir uns an diesen Tag erinnern, für immer werden wir Freunde bleiben. Wir knüpfen Bande und teilen intime Gedanken. So ist es, seit ich denken kann.

»Habt ihr euch schon mal überlegt«, fragt Raffi träge, »wie es wäre, wenn der Himmel eine andere Farbe hätte? Das wäre ganz schön krass.«

»Bist du immer noch betrunken?«, zieht Manu ihn auf.

»Ernsthaft jetzt. Stellt euch vor, der Himmel wäre lila oder rot oder gelb. Oder weiß!«

»Ich hätte gerne einen weißen Himmel«, sinniert Tommy. »Dann sieht man die Wolken nicht.«

»Die Wolken wären dann blau, du Spinner«, stöhnt Alex müde und setzt sich auf. Tasche, die den Kopf auf seine Schulter gelegt hatte, rollt sich auf den Bauch und macht die Augen zu. »Oder vielleicht wären sie ja schwarz. Stellt euch vor, ihr würdet jeden Tag schwarze Wolken sehen. Da wird man ja depressiv.«

»Weißt du, was mich depressiv macht?«, fragt Manu, während sie eine Ladung Sonnencreme auf ihren Schultern und ihrem Bauch verteilt. »Dein saudummes Gesicht.«

»Voll auf die Zwölf«, lacht Raffi.

Neben uns geht ein Gartensprenger an. Raffi und Manu springen auf und rennen wie Kleinkinder durch den erfrischend kalten Strahl. Ich lege mich auf den Rücken und beobachte durch meine Sonnenbrille die Wolken, die langsam vom Wind vorangetrieben werden. »Welche Farbe hättest du gerne?«, frage ich dich. »Wenn du dir eine aussuchen könntest. Welche Farbe sollten die Wolken haben?«

»Ich hätte lieber überhaupt keine Wolken.«

»Aber wenn du dir eine Farbe aussuchen müsstest. Jetzt sag schon, welche Farbe?«

Du stößt die Luft aus und siehst von mir weg.

Ich verpasse dir einen sanften Stoß mit dem Ellenbogen. »Jetzt hör endlich auf zu schmollen.«

»Ich bin nur müde«, seufzt du und stützt die Stirn in die Hand, als hättest du Kopfschmerzen.

Noch vor wenigen Stunden warst du so glücklich, dass du geschrien hast vor Freude. Erinnerst du dich denn gar nicht? Wir waren schwimmen und die Nacht war klar. Jetzt siehst du aus, als wäre das ewig her. Als würdest du sehnsüchtig an etwas zurückdenken, das längst nicht mehr wahr ist.

»Lass uns endlich wegfahren«, sage ich. So leise, dass die anderen es nicht hören. »Nach Australien. Wir hauen einfach ab.«

»Ich muss erst noch sparen.«

»Wir brauchen doch gar kein Geld. Wir machen Couchsurfing oder suchen uns Aushilfsjobs.«

»Und was mach ich dann im Herbst?«

»Was soll im Herbst schon sein?«

»Du weißt genau, dass mir meine Eltern keinen so langen Trip erlauben. Im Herbst muss ich ein Studium beginnen. Und das muss ich vorher klarmachen. Das ist der Deal.«

»Scheiß auf den Deal! Wir fahren einfach. Was sollen sie schon machen?«

Du schüttelst den Kopf, weil schon wieder alles unmöglich für dich erscheint, ich mit meinen verrückten Ideen. »So funktioniert das nicht«, antwortest du. Du klingst verbittert und unendlich traurig, aber du hast recht. Du hast die Sorte Eltern, die man besser nicht so schnell verärgert. Aber du möchtest doch auch frei sein. Ich weiß, dass du das willst. Ich werde niemals aufhören, dich zu deinem Glück zu zwingen, und wenn es dich noch so wütend macht.

Klatschnass kommen Manu und Raffi zu ihren Handtüchern zurück. Manu wringt ihr langes, schwarz gefärbtes Haar aus und schüttelt uns absichtlich Tropfen ins Gesicht. Während ich lachend losquieke, hältst du den Arm vor die Stirn und drehst dich weg. Verwirrt schaut Manu mich an. Sie und Raffi haben sich kaum hingesetzt, da stehst du auf und gehst ohne ein Wort zurück ins Haus.

»Was ist denn eigentlich passiert zwischen den beiden?« Tasche schiebt ihre Sonnenbrille hoch und blinzelt gegen das Licht. »Weiß man das?«

»Keine Ahnung«, sagen Tommy und Alex wie aus einem Mund.

»Ich weiß nur, dass sie plötzlich gestritten haben«, meint Manu schulterzuckend. »Sanni, hat er dir erzählt, was passiert ist?«

»Nein, aber ich kann's mir denken. Wir waren im Teich und haben ein bisschen herumgeblödelt. Und sie hat das halt mitbekommen.«

Manu runzelt die Stirn. »Was heißt herumgeblödelt? Hab ich was verpasst?«

»Na ja, halt einfach so ein bisschen herumgemacht, du weißt schon, zum Spaß. Nicht ernsthaft. Und auch nur ganz kurz. War schon ein blödes Timing, aber dass sie sich deswegen so aufregt, kapier ich nicht. Da war echt nichts dabei. Die sollte mal ein bisschen chillen.«

Niemand sagt etwas.

»Wie sieht's aus, wann wollt ihr denn fahren?« Neugierig sieht Raffi sich um.

Tommy wirft einen Blick auf seine Armbanduhr, während Tasche genüsslich den Rücken durchstreckt.

»Jetzt dann, schätze ich«, sagt Manu.

Ich stehe auf und nehme mein Handtuch. »Leute – es war mir wie immer ein Fest.«

Wir gehen ins Haus und schlüpfen in unsere Klamotten. Dieser Tag mag vorüber sein, doch es werden noch andere kommen. In einem Monat habe ich Geburtstag. Achtzehn Jahre Sanni. Wir werden feiern, dass sich die Balken biegen, lachen, trinken, vögeln und in die Geschichte eingehen. Obwohl mein Körper nach Schlaf schreit, kann mein Herz es kaum noch erwarten. Es wird dann keine Rolle mehr spielen, dass Julia dich verlassen hat. Dass wir uns geküsst haben und nicht mal darüber reden. In einem Monat werden wir das alles längst vergessen haben.

#VIER Papa zieht einen schweren Koffer über die Schwelle. Darin ist ausschließlich Luisas Zeug. Er selbst hat bloß Handgepäck dabei, das er nach einem flüchtigen Kuss auf meine Stirn ins Schlafzimmer bringt. Dich begrüßt er lediglich im Vorbeigehen, mit einem Schlag auf die Schulter. Du verziehst dich auf die Terrasse, während ich im Haus bleibe, um für ein paar Minuten die brave Tochter zu spielen.

»Wie war Venedig?«, frage ich.

»Heiß. Und voller Menschen.« Papa zieht sich das vollgeschwitzte Hemd aus und schlüpft in ein frisches T-Shirt. »Hat alles geklappt übers Wochenende?«

Ich nicke und luge neugierig über seine Schulter. Er hat den kleinen Koffer aufs Bett gelegt und kramt darin herum. Früher hat er mir von seinen Reisen oft etwas mitgebracht. Ein billiges Stofftier vom Flughafen oder den süßen Snack aus dem Flieger, den er selbst nicht wollte. Später, als ich schon älter war, wurden es meistens Fehlgriffe; Parfums, die ich nicht riechen konnte, oder Klamotten in der falschen Größe. Eigentlich will ich gar nicht, dass er mir etwas mitgebracht hat, doch beim Anblick des kleinen Päckchens durchströmt mich ein schwacher Hoffnungsschimmer.

»Hier, mein Mäuschen.«

Es ist kein großes Paket, eingepackt in simples Zeitungspapier. Als ich es vorsichtig schüttle, höre ich es klimpern. Oh Gott, bitte nicht! Ich reiße das Papier auf und halte eine dieser kitschigen venezianischen Masken in den Händen, die es dort an jedem Stand zuhauf zu kaufen gibt. Das Klimpern kommt von den Glöckchen, die am Hut angebracht sind. Ein billiges Touristengeschenk. Nun ja, vielleicht nicht billig, aber auf jeden Fall nichts für mich.

Ich setze ein Lächeln auf und sage: »Cool. Danke.«

»Hat Luisa ausgesucht.« Er macht ein säuerliches Gesicht. »Bedanke dich doch auch bei ihr, hm?«

Er geht das Haus ab, ob auch alles unversehrt ist und an seinem Platz steht. Keine Chance, er wird nichts finden. Sannis Putztrupp hat wahre Wunder vollbracht. Auf dem Weg nach oben ruft er mir zu: »Wie war denn die Party so? Gab es Tote?«

»Diesmal nicht.«

»In Venedig hast du nichts versäumt. Komplett überbewertet, diese Stadt.«

So viel zu unserem Small Talk. Er hat kein Interesse an meinem Leben und ich habe keins an seinem. Wir verstehen uns am besten, wenn wir so wenig wie möglich miteinander zu tun haben. Das ist unser Deal.

Luisa ist in der Küche und trinkt Kaffee. Sie passt gut zu meinem Vater – besser als Mama zu ihm gepasst hat. Sie ist groß und schlank, trägt gerne teure Kleider und Kostüme, als hielte sie sich für etwas Besseres, dabei ist sie bloß die Sekretärin, die sich von ihrem Boss flachlegen lässt. Wir machen kein Geheimnis daraus, dass wir uns nicht leiden können. Wir sind einfach auf unterschiedlichen Wellenlängen. Ihre rosafarbene Bluse ist faltenfrei und teuer, mein Tank-Top ist schmuddelig und meine Hotpants viel zu kurz. Sie ist geschminkt und manikürt, mir klebt noch immer der Schweiß von letzter Nacht am Körper. Ein überlegenes Lächeln stiehlt sich auf mein Gesicht. Hat sie es jemals mit zwei Männern im Mondlicht getrieben? Kennt sie das Gefühl, der Mittelpunkt des Universums zu sein?

»Danke für die Maske«, sage ich.

»Die ist hübsch, nicht wahr? Ich habe mir auch zwei davon gekauft.«

»Papa sagt, Venedig war ein Reinfall.«

»Er übertreibt mal wieder. Es war heiß, aber sehr schön.«

»Heiß war es bei uns auch.«

Ihr Blick streift die Knutschflecken an meinem Hals. Sie beneidet mich, weil mir alles so leichtfällt, weil ich jung bin, während sie ihr halbes Leben bereits hinter sich hat. Ist sie nicht diejenige, die tagtäglich mit so einer Maske herumläuft? Mit einem bunt bemalten Schutzschild, mit dem sie sich glamourös und einzigartig fühlt? Obwohl sie in Wahrheit nur eines ist: billig.

Papa kommt in die Küche. Er fragt, ob du und ich noch zum Essen bleiben wollen. Ich schüttle den Kopf, und er öffnet sein Portemonnaie und drückt mir einen Zwanziger in die Hand. »Für die Taxifahrt«, erklärt er zwinkernd.

Wir liegen gemeinsam auf dem Feld. Die Sonne geht gerade unter und ein Zug rattert entfernt über die Gleise. Ich habe den Kopf auf meinen Rucksack gelegt, der bei jeder Bewegung ein nerviges Klimpern von sich gibt. Diese Scheißmaske. Aber ich musste sie mitnehmen. Vielleicht schenke ich sie einfach Mama.

Im Wind flattert der Zwanziger, den ich nachdenklich über unseren Gesichtern in die Höhe halte. »Für die Taxifahrt«, äffe ich Papas tiefe Stimme nach.

Du lachst, und ich lasse den Schein los und sehe zu, wie er vom Wind davongetragen wird.

»Fahren wir Zug oder per Anhalter?«, möchtest du wissen.

»Zug. Auf fremde Menschen in fremden Autos habe ich irgendwie keine Lust.«

Du blickst in den Himmel. Ich stütze den Kopf auf dem Ellenbogen auf und schaue dich an. »Woran denkst du gerade?«

»An deinen Geburtstag.«

»Das wird legendär.«

»Wir sollten das viel öfter machen. Irgendwie habe ich das Gefühl, wir sehen uns alle viel zu selten.«

Dieses Gefühl hast du auch? Ich dachte immer, ich sei die Einzige, die es so empfindet. Die Einzige, die den Drang verspürt, die Gruppe zusammenzuhalten, bevor die Ersten von uns ihrem eigenen Weg folgen werden.

»Wir können uns morgen doch alle in Sebis Höhle treffen«, schlage ich vor.

Du nickst, aber deine Gedanken scheinen woanders zu sein.

»Was hältst du davon, wenn wir zu meinem Geburtstag alle in der Stadt fortgehen? Ich hätte richtig Bock auf eine Sauftour.«

»Klar, können wir machen.«

Ich pflücke einen Grashalm und streiche damit über deine Wange. Du magst das nicht, ich weiß. Du rümpfst die Nase und wischst mit einem Murren meine Berührung weg.

»Denkst du immer noch an Julia?«, seufze ich.

»Immer noch? Es ist einen Tag her. Wir waren fast ein Jahr zusammen.«

»Ja, und wofür? Dass sie dich sitzen lässt, bloß weil …« Ich halte kurz inne. »Weil du dich mal einen Abend lang nicht mit ihr beschäftigt hast?«, formuliere ich es um.

»Das war nicht der Grund.«

»Woran lag's dann? War es wirklich die Sache im Teich? Das war doch nur Spaß. Hast du ihr das nicht gesagt?«

»Doch. Hab ich.«

»Und?«

»Hat sie nicht interessiert.«

Ich höre den Frust in deiner Stimme und fühle mich plötzlich unwohl. Ich habe keine Lust mehr, über dieses Thema zu reden. Das versaut uns noch den ganzen restlichen Tag. »Sie war eine doofe Kuh«, murmle ich zum weiß Gott wievielten Mal.

Du antwortest nicht.

Ich lege mich wieder auf den Rücken. Die Wolken ziehen über uns vorbei, eine nach der anderen, ich will mich darauf konzentrieren, aber es geht nicht. Dieser beschissene Teich. Julia kapiert es nicht. Wenn man betrunken ist, macht man eben manchmal dumme Sachen. Und du lässt dich auch noch davon fertigmachen. Wahrscheinlich schämst du dich ein bisschen, dass du einem Mädchen nachtrauerst, das du gar nicht geliebt hast. Und es macht dir wohl auch Angst. Wenn es ohne Liebe schon so schwer ist, wie hart wird es erst, wenn echte Gefühle im Spiel sind?

Ich habe Glück, dass ich mich nie verliebe. Ich gebe das ganz ehrlich zu. Man sieht doch, was dabei herauskommt. Ein ständiges Drama, und es tut weh, dabei zuzusehen. Ihr seid alle so hoffnungslos romantisch. Ihr wollt Händchen halten und aus dem gleichen Eisbecher löffeln. Ihr wollt das, was am schwierigsten zu bekommen ist, und wundert euch, wenn euch auf der Suche danach das eine oder andere Mal das Herz gebrochen wird. Ich suche gar nichts und bekomme trotzdem, was ich will. Vielleicht solltet ihr euch eine Scheibe von mir abschneiden.

Wir packen unsere Sachen und machen uns auf den Weg zum Bahnhof. Wir haben uns die Schuhe ausgezogen und laufen barfuß durch die sonnenwarme, weiche Ackererde. Mein Blick liegt auf dem Horizont, während deiner tief nach innen gerichtet ist. Wir reden nicht viel. Wir sind müde, und manchmal muss man auch gar nichts sagen. Mit dem richtigen Menschen ist Schweigen oft beruhigender als ein Schlaflied.

Der Bahnsteig ist überraschend voll. Wir kaufen uns Tickets, setzen uns auf eine Bank und steigen in den ersten Zug, der in die richtige Richtung fährt.

Während der Fahrt spielst du mit dem Handy, während ich den Kopf an die Scheibe gelegt habe und vor mich hin döse. Die letzten Sonnenstrahlen verlieren sich in der Abenddämmerung. Und als wir ankommen, ist es schon dunkel. Wir steigen in die U-Bahn und fahren gemeinsam ins Stadtzentrum, dort trennen sich unsere Wege. Du musst heim in die Wohnung deiner Eltern. Ich muss nirgendwohin. Ich könnte zurück in einen der Züge steigen oder einfach durch die Stadt schlendern, neue Leute kennenlernen und mich in mir selbst verlieren. In mir und meiner Fantasie. Du weißt, dass ich so bin. Du machst mir keinen Vorwurf und stehst mir nicht im Weg.

»Wir schreiben uns«, sage ich und umarme dich fest.

»Wir schreiben uns.«

Wir gehen in entgegengesetzte Richtungen. Der Abend flirrt und summt. Ich kaufe mir ein Eis und esse es unterwegs. An der Bushaltestelle sehe ich einen Jungen in meinem Alter. Vielleicht etwas älter. Er hat blondes Haar wie du und trägt ein Skateboard unter dem Arm. Ich lächle und er lächelt zurück. Er heißt Matthias. Wir reden die gesamte Busfahrt. Ich weiß nicht, worüber. Es geht nicht darum, über den anderen Informationen zu sammeln – so läuft das Spiel nicht. Es ist mehr ein

Code, der, in der richtigen Reihenfolge kombiniert, einen allzu spannenden Mechanismus in Gang setzt. Schließlich fragt er mich, ob ich heute Abend noch etwas vorhabe. Natürlich nicht.

Wir gehen irgendwohin. An einen Ort, wo es heiß ist, wo Lichter blitzen und laute Musik spielt. Wir trinken Bier und kommen uns näher, und am Schluss vögeln wir auf meinem Bett und ich bin zufrieden und glücklich und einfach nur ich.

#FÜNF Ich lungere mit Tami auf der Couch herum. Tami ist meine Mitbewohnerin. Sie ist drei Jahre älter als ich und hat bereits öfter das Studium gewechselt als andere ihre Smartphones. Sie redet zwar davon, sich im Herbst wieder an der Uni einzuschreiben, um es diesmal mit Psychologie zu versuchen, aber wenn wir ehrlich sind, wissen wir beide, dass das nicht geschehen wird. Ihr geht es viel zu gut, so, wie es jetzt ist. Jeden Tag ausschlafen. Jeden Tag feiern gehen. Jeden Tag faulenzen und tun, was man will. Sie hat Glück, dass ihre Eltern an der beruflichen Zukunft ihrer Tochter nicht sonderlich interessiert sind. Sie bezahlen ihre Wohnung, ihre Rechnungen, ihr ganzes verfluchtes Leben, das sich um nichts anderes dreht, als schöne Erinnerungen zu sammeln. Vielleicht kannst du Tami deshalb nicht leiden. Sie ist der faulste Mensch, den ich kenne, und wird dennoch vom Schicksal begünstigt, während du alles versuchst, um es deinen Eltern recht zu machen, um ihre hohen Erwartungen zu erfüllen, und doch immer scheiterst.

Dabei hätten deine Eltern allen Grund, dir eine Auszeit zu gönnen. Du warst Klassenbester, hast die Schule mit einem glatten Einser-Schnitt abgeschlossen, hast nie geschwänzt, außer wenn ich dich dazu überredet habe, und selbst dann hattest du ein schlechtes Gewissen. Du bist kein Streber, du bist einfach klug, und du hast, wenn es nötig war, die richtigen Prioritäten gesetzt. Nicht so wie ich. Ich habe mich bloß irgendwie durchgemogelt. Ich habe bei Tests abgeschrieben und meine Hausaufgaben schnell in der Pause erledigt, sofern ich überhaupt die nötige Entschlusskraft besaß. Meine dementsprechend katastrophalen Noten habe ich mit Alkohol und Gras aus meinem Kopf gespült oder schlicht und ergreifend akzeptiert. Zu Hause hat sich ohnehin niemand dafür interessiert. Manchmal frage ich mich, ob ich dumm bin. Und ob ich mich deshalb so leicht mit dem Leben tue. Unwissenheit ist ein Segen – sagt man das nicht so? Ich weiß nicht, ob ich je studieren werde. Im Moment möchte ich gar nicht daran denken. Was nach dem Sommer sein wird, ist noch so weit weg. Davor möchte ich alles tun, wozu ich bisher nicht gekommen bin. Ich will nackt im Meer schwimmen und mit einem Surfbrett durch die australische Brandung fegen. Ich will Kängurus sehen und mit einem hübschen Tauchlehrer schlafen. In meinem Kopf ist bereits alles bis ins kleinste Detail geplant. Was mir an Konzentration und Ehrgeiz fehlt, mache ich mit meiner zügellosen Fantasie wieder wett. Den Flug wird mir Papa spendieren, der Rest wird sich irgendwie ergeben. Mit

Rucksack, festen Schuhen, etwas Taschengeld und einer gesunden Portion Abenteuerlust ist alles möglich. Wir kämpfen uns durch das Outback und schlafen unter freiem Himmel. Wir drücken dem Kontinent unseren Stempel auf. Das wird die Reise meines Lebens. Ohne Kompromisse, ein dickes, mit Leuchtstift markiertes LEBEN auf meinem Kalender. Du hast versprochen, mit mir diese Reise zu machen. Das war vor dem Streit mit deinen Eltern, ich weiß. Aber du hast es mir versprochen.

Mein Handy klingelt. Es ist Mama. Ich bin zu erschöpft für ihre Fragen. Ich warte, bis sie auflegt, dann schreibe ich ihr eine kurze Whatsapp-Nachricht, dass ich gerade unterwegs sei und sie am Abend zurückrufen werde.

Mama ist nicht wie Papa. Sie schwimmt nicht im Geld und versucht meine Zuneigung nicht zu kaufen. Auch sie hat Fehler gemacht und macht sie noch, aber ich mache ihr keinen Vorwurf. Sie kann es eben nicht besser. Warum hätte sie mich sonst mit sechzehn in eine eigene Wohnung ziehen lassen? Sie lässt mir meinen Freiraum und hält sich zurück, und das ist das Einzige, was sie seit Langem richtig gemacht hat.

Tami steht auf und geht ans Fenster, um eine zu rauchen. Sie ist der Typ Frau, wie ihn sich viele Männer wünschen, aber niemals offen zugeben würden: Breite Hüften und große Möpse, ein bisschen mollig, aber nicht zu viel. Kurvig eben. Dass sie trotzdem der ewige Single bleibt, während ich einen Typen nach dem anderen abschleppe, schluckt sie mit erstaunlicher Gelassenheit hinunter. Wir vertragen uns, haben oftmals richtig Spaß miteinander, aber beste Freundinnen werden wir nie sein. Sollten ihre Eltern doch irgendwann Härte zeigen und sie aus der Wohnung werfen, werden wir uns wahrscheinlich kaum noch sehen.

»Wer war der Typ, der heute Morgen aus deinem Zimmer geschlichen ist?«, will sie wissen.

»Er hieß Matthias. Mehr weiß ich nicht mehr.«

Sie stößt den Rauch aus und grinst. »Alles klar.«

Das ist das Coole an Tami: Sie mag mich insgeheim um meinen Männerverschleiß beneiden, aber sie würde niemals sagen, dass sie sich von den vielen fremden Typen, die in unserer Wohnung ein und aus gehen, gestört fühlt. Ich denke, sie versteht es einfach. Wenn sie könnte, wäre sie genauso wie ich.

»Niko kommt später noch vorbei«, warne ich sie vor. »Also angezogen bleiben.« Seit sie einmal nackt aus dem Badezimmer gekommen ist, als du da warst, und ihr beide vor Schreck fast gestorben wärt, ist das mein üblicher Spruch.

»Wann denn?«

»So in der nächsten Stunde.«

»Meinetwegen«, sagt sie und schaut aus dem Fenster.

Viel gibt es nicht zu sehen. Nur graue Häuserfronten mit Balkonen und vielen offenen Fenstern. Es war nicht meine Idee, nach Floridsdorf zu ziehen, doch finde mal eine bezahlbare Wohnung in der Stadt, die getrennte Zimmer und eine eingebaute Küche bietet. Zugegeben, die Küche verdient diese Bezeichnung nur unter Vorbehalt. Es ist mehr eine kleine Kochecke bestehend aus einer Herdplatte, einem Waschbecken und einer Wanne zum Abtropfen des Geschirrs, in der aber selten gewaschenes Geschirr drinliegt. Festtagsbraten können wir uns in dieser Wohnung an den Hut stecken, aber für unsere billigen Fertiggerichte reicht es allemal.

Ich gehe in mein Zimmer und tausche meine Hotpants gegen eine lange Jeans, dann fasse ich mein Haar zusammen und flechte mir vom Haaransatz an einen Zopf. Wer weiß, vielleicht ist hübsche Frisuren zu zaubern das einzige Talent, das ich besitze. Was kann ich sonst vorweisen? Lexikalisches Wissen jedenfalls nicht. Die größte Leistung, die ich bisher erbracht habe, war ein Kopfsprung vom 10-Meter-Turm. Das war letzten Sommer. Ihr habt Wetten abgeschlossen, ob ich es durchziehe oder nicht. Du hast verloren – wie kommst du darauf, mir nicht ausnahmslos alles zuzutrauen? Du sagst doch immer, ich sei so verrückt. Wahnsinn ist relativ. Vielleicht habe ich ein wenig zu viel davon abbekommen, aber der Rest der Welt könnte definitiv eine Prise mehr vertragen.

Es läutet an der Tür. »Ich geh schon«, ruft Tami, als ich gerade aus dem Zimmer gelaufen komme.

Sie öffnet die Tür und lässt Larissa herein. Larissa ist eine Freundin aus der Uni, mit der Tami manchmal abhängt. Ich kenne sie nicht gut, doch ich habe kein Problem mit ihr. Sie ist hübsch, freundlich und absolut harmlos.

Eine halbe Stunde später bist du dann da. Mit hochgekrempelten Hosenbeinen und überraschend guter Laune. Mir fällt ein, dass ich dir vor ein paar Minuten via Whatsapp geschrieben habe, dass Larissa da ist. Ihr kennt euch zwar schon flüchtig, aber ich wollte nicht, dass du von ihrer Anwesenheit überrumpelt bist und am Ende wieder gehst, weil dir Besuch zu viel ist. Schließlich konnte ich nicht wissen, ob du immer noch im

Julia-Tief drinhängst. Offenbar nicht. Du gehst ins Wohnzimmer und sagst den beiden Hallo. Larissa und du strahlt euch an. Ein plötzliches Ziehen lässt meinen Brustkorb auf die Größe einer Zitrone schrumpfen. Richtig, ich erinnere mich. Du bist ja nie lange Single. Das ist dein Talent. Die Zeit, die andere zum Heulen auf der Couch verschwenden, nutzt du bereits zur Situationsoptimierung. Wieso so schnell? Willst du nicht Ruhe nach dem ganzen Drama?

Wir bestellen uns eine Pizza, die schneller kommt als gedacht; mir bleibt kaum Zeit, meine Wimperntusche fertig aufzutragen. Der Plan ist, nach dem Essen sofort zu Sebi aufzubrechen, da wir später alle gemeinsam weggehen wollen. Ich bezahle den Pizzaboten und möchte die beiden dampfenden Kartons in mein Zimmer tragen. Da nimmst du sie mir einfach weg. »Fragen wir doch die Mädels, ob sie auch was wollen.«

»Ich glaub, die haben schon gegessen«, sage ich vergebens.

Du klopfst an Tamis Zimmertür, ohne auf mich zu achten. Die beiden lassen sich nicht lange bitten. Ich frage mich, ob Larissa merkt, wie du sie ansiehst. Ob sie erkennt, was es bedeutet, oder ob sie dich einfach für einen freundlichen Menschen hält. Wieso immer diese Mauerblümchen? Was geben sie dir? Sicherheit? Sicherheit ist lahm. Sie bremst nur. Sie hält uns von Dingen ab, die zu waghalsig sind, um sie sich zweimal zu überlegen. Manchmal muss man einfach springen, verstehst du, sich fallen lassen, losrennen ohne zu überlegen, auch wenn man gegen eine Mauer donnert. Dann nur umso mehr. Ich fürchte, du überlegst zu viel – wer zu dir passen könnte, mit wem es unkompliziert wäre, in wen du dich am ehesten verlieben könntest, ohne verletzt zu werden. Schon wieder dieses Wort. Liebe. Ohne Liebe wäre alles ganz leicht. Ich hoffe, du kapierst das irgendwann.

Wir sitzen zu viert auf dem Wohnzimmerboden und verdrücken die letzten Krümel. Die Nacht ist längst hereingebrochen. Im Minutentakt vibriert mein Handy unter dem Eingehen neuer Nachrichten.

Sebi: *Wo seid ihr?*

Manu: *Sanniii! 22 Uhr Schwedenplatz! Fix?*

Raffi: *Sanni, ihr müsst kommen! Hier ist gerade mega Party!*

Sebi: *Muss ich kommen und euch holen???*

»Wollen wir langsam mal aufbrechen?«, frage ich in die Runde.

Du bist mit Larissa ins Gespräch vertieft. Ihr redet über irgendwelchen Mist, schaut euch die ganze Zeit in die Augen und lacht, als hättet ihr gerade den Humor neu erfunden. Ich hasse es, anderen beim Flirten zuzusehen. Fremde Schwingungen sind wie vorgekautes Essen: schal, verbraucht, zum Kotzen.

»Also ich fahre jetzt«, gebe ich lautstark bekannt und stehe auf.

Zum ersten Mal, seit die Pizza gekommen ist, siehst du in meine Richtung. »Wohin denn?«

»Äh, zu den anderen? Die sind jetzt alle am Schwedenplatz. Ich hab euch doch vorhin die ganzen Nachrichten vorgelesen.«

»Ach so.« Du wirkst enttäuscht und weißt kurz nicht, was du sagen sollst. »Ich glaub, ich fahr lieber heim. Bin nicht so in Fortgehlaune.«

»Dann mache ich mich auch auf den Weg«, stimmt Larissa sofort zu.

»Hast du den gleichen Weg?«, fragst du. »Dann können wir ja gemeinsam fahren.«

Sie nickt eifrig. Sie wäre eine Idiotin, Nein zu dir zu sagen. Du bist das Beste, was ihr passieren kann. Eine Elf auf einer Skala von zehn. Ihr geht in den Flur und zieht euch die Schuhe an. »Wir schreiben uns«, rufst du mir zu.

»Wir schreiben uns.«

Die Tür fällt hinter euch ins Schloss. Eure lachenden Stimmen verhallen im Treppenhaus.

»Wow«, sagt Tami. »Also die beiden landen heute garantiert in der Kiste!«

#SECHS Ich tanze. Umgeben von Menschen und doch für mich allein. Es ist heiß und stickig im Club. Wo die anderen sind, weiß ich nicht. Wir haben uns verloren, als ich kurz aufs Klo ging und hinterher niemand mehr da war. Es spielt keine

Rolle. Ich bin gut darin, allein zu sein. Denn ich bin es niemals lange.

Der Bass der Musik kribbelt unter meiner Haut. Ich fühle bereits, wie ich mich ein Stück im Moment verliere, die Grenzen zur Realität verschwimmen und ich tauche ab in ein bunt flirrendes Geflecht aus Hitze, Schweiß und dem herrlich drängenden Rasen meines Herzens. Da sind Farben am Boden, tanzende Lichtpunkte, ich will sie einfangen und stoße gegen einen harten Oberkörper. Ein Blondschopf mit Piercings und gierigen Augen. Wir müssen nicht reden, uns nicht verstellen, nur ein Blick ist nötig und das Spiel hat von Neuem begonnen.

Wir beginnen uns zu küssen. Sein Mund ist heiß und schmeckt nach Alkohol. Ich dränge mich ihm entgegen, lasse keinen Zweifel, dass ich ernst meine, was ich ihm vermittle, und die Dinge nehmen ihren gewohnten Lauf. Manchmal bin ich erstaunt, wie leicht es geht. Dass ich ausnahmslos jeden herumkriege, bloß indem ich zeige, wer ich bin. Vielleicht ist das ja das Geheimnis, das so viele nicht begreifen: Keine Lügen, kein Aufplustern oder Verstecken, nur die nackte, rohe Wahrheit. Je roher, desto besser. In der Rohheit der Dinge liegt ihr ganzer Reiz. Bei mir gibt es keine Fassade. Wer mich nimmt, kriegt, was er sieht. Eine Irre, die nachts allein durch die Straßen läuft und dem Himmel ihre Liebe gesteht. Das bin ich. Ich bin irre, weil es sonst keiner wäre.

Eng umschlungen stolpern wir in meine Wohnung. Tami ist nicht da, und falls doch, völlig egal. Sie wird uns nicht stören. Wir kommen in mein Zimmer und ich ziehe ihn zum Bett. Er ist älter als ich und das gefällt mir. Er weiß, was er tut.

Danach fühle ich mich wie gerädert. Mein ganzer Körper tut weh. Das Atmen tut weh, meine Finger tun weh, der Kopf, meine Beine, ja selbst der Po. In diesem Moment bin ich einfach nur ein riesiger, lang anhaltender Schmerz. Weil ich merke, dass es nicht genug ist. Die Nähe, die Orgasmen, der Schweiß, der Lärm. Das sind alles nur Bestandteile dessen, was ich brauche und nirgends finde. Nur ein Teil des Ganzen. Irgendetwas fehlt.

Ach ja. Immer diese ernsten Gedanken, wenn man betrunken ist.

Ich träume von dir und Larissa. Wie ihr gerade dasselbe tut wie ich und dieser fremde Typ, im Bett nebeneinanderliegen, verschwitzt und erschöpft, und dennoch ist alles anders. Ihr seid in Sicherheit, während ich auf der Kante zum Abgrund balanciere. Du wirst lachen, doch in diesem Moment beneide ich Larissa. Ihr geruhsames, risikofreies Leben bietet genug Platz, um ein Teil davon zu werden. Sie ist die Familienkutsche mit der Rundum-Versicherung und Rückgabegarantie, in die jeder gerne einsteigt. In der man gemeinsam in den Sonnenuntergang fährt. Ich sitze seit jeher in einem PS-starken Zweisitzer, immer in Bewegung und auf direktem Weg ins Verderben.

Und der Platz neben mir bleibt leer.

#SIEBEN Wir sind in Sebis Höhle. So nennen wir die ausgediente Zweitwohnung seiner Eltern, die wir ungestört zum Abhängen und Austoben nutzen dürfen. Früher war es hier sauber und hell, doch seitdem wir die insgesamt fünf Räume zu unseren Zwecken in Beschlag genommen haben, erinnert die Wohnung eher an ein verschlungenes, feucht-tropisches Höhlensystem, in dem man sich nur allzu leicht verirrt. Überall liegt Zeug herum. Wirklich überall. Schuhe, gebrauchte Klamotten, Schulbücher, benutztes Geschirr, Aschenbecher, Müllsäcke. Die Müllsäcke sind ein ernsthaftes Problem. Wie Ungeziefer, es werden einfach immer mehr. Die Fenster sind geschlossen und mit dicken Vorhängen verdunkelt – offiziell, um die Nachbarn nicht durch Lärm oder Rauch zu belästigen, doch in Wahrheit will Sebi bloß verheimlichen, dass in seinem Zuhause öfter die Bong blubbert als das Badewasser.

Wir lieben es. Hier sind wir ungestört und können uns genüsslich in unseren unterschiedlichen Rauschzuständen suhlen. Hier saßen wir alle zusammen, als sich Tasches Bruder Jan erhängt hatte. Ein Jahr ist das nun her. Und hier saßen wir alle zusammen, nachdem Tommys Band ihre erste Album-Release-Party gefeiert hatte und wir sturzbesoffen und lachend auf ihn anstießen. Sebis Höhle hat Tradition. Wir leben praktisch hier. Sie ist unser Rückzugsort, ein sicherer Hafen, wenn wir die Orientierung zu verlieren drohen, weil die Welt sich zu schnell dreht.

Ich sitze mit Manu auf der durchgehangenen, dreifach geflickten Couch und teile mir mit ihr einen Joint. Ich bin keine Dauerkifferin wie sie, aber manchmal brauche ich die Entspannung, um von dem ständig hochtourigen Gerase zurück in den Leerlauf zu schalten. Der schwere Rauch hängt wie Nebelschwaden im Zimmer und füllt uns mit einer herrlich trägen Glückseligkeit. Wir sind alle da. Schweigsam und doch in ständigem Austausch miteinander. Nur du fehlst. Du hast mir geschrieben, dass du versuchen wirst, später noch vorbeizukommen, aber es hänge von Larissa ab. Larissa. Eine Woche trefft ihr euch schon. Noch drei weitere und wir können anfangen, von hundert abwärts zu zählen. Nach einem Monat beginnen in deinen Beziehungen für gewöhnlich die Probleme. Erst sind es Kleinigkeiten, kurze Streitereien, weil du zu wenig Zeit hast oder sie mit einem von uns nicht klarkommt. Meistens bin ich diese eine. Dann wird es schlimmer. Und plötzlich ist es vorbei, von einem Tag auf den anderen, und ich muss ein weiteres Mal dabei zusehen, wie du mühsam die Scherben aufsammelst und dich kurz darauf in die nächste unüberlegte Beziehung stürzt. Ist es das wert? Du vernachlässigst deine Freunde, du vernachlässigst mich. So gut kann der Sex gar nicht sein. Eine Woche, verflucht! Du kennst Larissa eigentlich kaum. Wie kannst du da behaupten, alles hänge von ihr ab?

Sebi kommt mit frischen Bierflaschen aus der Küche. Er ist ein rotblonder Koloss mit Ziegenbart und schmuddeligen Black-Metal-Shirts, die in keinem noch so schlechten Licht seinen Speckbauch verbergen. Auf den ersten Blick mag er wie ein Rowdy wirken, wie jene Sorte Unruhestifter, die auf Partys immer Streit sucht, die das Haus niemals ohne Stichwerkzeug verlässt und auf Festivals schamlos in die Menge pisst. Aber Sebi ist der friedfertigste und verlässlichste Mensch, den ich kenne. Wenn ich müde bin, trägt er mich huckepack nach Hause. Wenn ich krank bin, steigt er in die U-Bahn und bringt mir Hustensaft und Tee. Du sagst immer, er sei die gute Fee unserer Gruppe. Die Vorstellung eines im Tütü herumhüpfenden Sebis, der mit viel zu kleinen Flügeln einen Totenkopf-Zauberstab schwingt, bringt mich zum Lachen.

Es läutet. Im selben Moment trudelt auf Whatsapp eine Nachricht bei mir ein.

Niko: *Sind da.*

»Ich mach auf!«, rufe ich, als Sebi sich zur Tür begeben will.

Ich laufe aus der Wohnung und komme dir im Treppenhaus entgegen. Ich wollte sauer auf dich sein, aber du hast mir viel zu sehr gefehlt. Was machen da schon ein paar verpasste Tage? Ein langer Gang verbindet einen Teil des Wohngebäudes mit dem anderen. Du und Larissa kommt gemeinsam die Treppe am anderen Ende hoch. Selbst aus der Ferne sehe ich, dass du lächelst. Barfuß laufe ich über den kalten Boden, der das Geräusch meiner Schritte dumpf und laut wiedergibt. Unsere Blicke finden einander wie zwei Patronenkugeln, die ungebremst aufeinander zurasen. So ist es immer. Wir beide, etwas Unkontrollierbares. Vage bemerke ich, dass Larissa deine

Hand hält. Dann kollidieren wir miteinander, ich falle dir um den Hals und du taumelst einen großen Schritt zurück, weil du nicht damit gerechnet hast, dass ich so ungestüm bin. Lachend schlingst du die Arme um mich und hebst mich von den Füßen.

»Niko, Niko, Niko«, fiepse ich dir ins Ohr.

Du lässt mich runter und strahlst mich an. Du riechst nach Sonnenmilch, und auf deinem T-Shirt sind Grasflecken.

»Wart ihr zwei schwimmen?«, frage ich.

»Yup.« Du streichst dir durchs Haar, das an den Spitzen noch feucht ist, und nimmst wieder Larissas Hand. Sie scheint sich etwas unwohl zu fühlen, was unsere stürmische Begrüßung betrifft. Du beachtest es nicht oder es fällt dir nicht auf. »Ich hab einen Riesenhunger. Hat Sebi was zu essen da?«

»Nö, aber wir bestellen dann was.«

»Perfekt.«

Zu dritt gehen wir in die Wohnung. Dein verfrühtes Auftauchen lässt Jubel losbrechen. »Yo, Niko, wurde Zeit!« Sebi drückt dir ein Bier in die Hand, und du nimmst einen gierigen Schluck.

»Leute, das ist Larissa«, rufst du in die Runde.

Aus allen Zimmern dröhnen Willkommensrufe. Manu, Tommy und Raffi kommen in den Flur und begrüßen Larissa mit freundlichen Umarmungen. Alle geben sich Mühe. Wir kennen sie nicht, aber wenn du sie magst, mögen wir sie auch. Erst einmal zumindest.

Nach einer kurzen Wohnungsführung lässt du Larissa bei Manu und mir auf der Couch zurück, um mit den Jungs eine Runde Mario Kart zu zocken. Ich wette, darauf freust du dich bereits seit Tagen. Zu viert hockt ihr am Boden und teilt euch friedvoll die frisch gelieferte Pizza, während es auf Sebis 75-Zoll-Bildschirm ordentlich zur Sache geht. Es wird geflucht und mit den Füßen getreten, Bierflaschen fliegen um und hinterlassen einen schweren Geruch im Zimmer.

Es wird Abend. Der dumpfe Nebel der Joints lichtet sich und ich spüre deutlich, wie das Feuer in mir wieder brennt. Manu ist mit Tasche zum nächsten Supermarkt gegangen, um frisches Knabberzeug und etwas zu trinken zu besorgen. Ich bin mit Larissa allein. Ich frage mich, ob sie sich bei uns wohlfühlt. Sie ist nicht der Typ für Zocker-Abende und Gras. In ihrer braven, weißen Sommerbluse und dem knielangen Rock passt sie auch überhaupt nicht hierher. An ihrem Gesicht sehe ich, wie angewidert sie von der Umgebung ist. Stillschweigend nimmt sie alles unter die Lupe, auch mich, und es scheint, als wäre ich ihr von allem am wenigsten geheuer.

»Coole Tattoos«, meint sie mit Blick auf meinen rechten Arm.

»Danke.«

»Ist das ein Motiv aus einem Disney-Film?«

»Stimmt. Das hier ist Arielle. Und hier habe ich Alice im Wunderland. Und das da unten ist die Rose aus *Die Schöne und das Biest.*« Ich drehe den Arm, der bis auf einen handflächengroßen Fleck am inneren Handgelenk in bunten Farben erstrahlt.

Larissa begutachtet die Motive mit freundlichem Interesse. »Du stehst wohl auf Disney, was?«

»Hast du auch Tattoos?«

»Nein«, antwortet sie, und wir schweigen einen Moment.

»Niko hat mir erzählt, dass ihr euch schon euer ganzes Leben lang kennt«, versucht sie sich erneut in Konversation.

»Wir sind quasi zusammen aufgewachsen.«

»Ich habe gehört, du magst Freddie Mercury?«

»Hab zumindest ein lebensgroßes Poster von ihm in meinem Zimmer hängen.«

»Lebensgroß? Wo kriegt man denn so was?«

»Hey, hey, hey, das war ein Foul!«, gröle ich los. Ich habe den Bildschirm im Auge, weil ich wissen will, ob das Blatt sich noch einmal wendet oder Sebi diese Runde gewinnen wird. Du bist etwas abgeschlagen, nachdem du von Sebi abgedrängt wurdest und dummerweise den Sprung über die Brücke nicht geschafft hast. Ein bisschen hoffe ich sogar, dass Sebi dich abhängt. Nichts ist amüsanter, als dich verlieren zu sehen. »Spielst du auch?«, frage ich Larissa.

Sie schüttelt schnell den Kopf. »Konsolenspiele sind nichts für mich.«

»Ist aber voll witzig. Und auch gar nicht so schwer. Du musst nur die richtigen Knöpfe drücken. Im Prinzip ist es, wie einem Typen einen runterzuholen. Super easy.«

Sie legt die Hände auf ihre Knie, als müsse sie sich daran hindern, aufzuspringen und loszurennen. »Es macht mir einfach keinen Spaß.«

»Was, Typen einen runterzuholen?«

Sie lächelt verkniffen. »Konsolenspiele.«

Minutenlanges Schweigen.

»Und weißt du schon, was du im Herbst studieren willst?«

»Nö«, antworte ich und dabei bleibt es auch.

»Damit sollte man sich aber so früh wie möglich beschäftigen. Das habe ich Niko auch gesagt.« Sie wartet vergeblich auf eine Antwort. »Wir könnten ja mal alle gemeinsam zu einem dieser Informationstage gehen. Die gibt es jetzt haufenweise an den Unis. Dann könntet ihr euch umhören und schauen, was euch interessiert.«

»Sorry, wie alt bist du noch mal?«

»Vierundzwanzig.«

Okay – jetzt weiß ich, was du an ihr findest.

»Wir haben es nicht so eilig mit dem Studium«, meine ich schulterzuckend.

»So ging's mir auch, als ich frisch von der Schule kam. Aber glaub mir, je früher man das angeht, umso besser.«

Ich nicke gelangweilt und hantiere mit der Fernbedienung.

»Und, ähm … wie sieht es bei dir in puncto Männer aus? Hast du einen Freund?«

»Nope.«

»Willst du einfach keinen oder …?«

Es läutet an der Tür, kurz darauf kommen fünf neue Leute hereinspaziert und füllen die Wohnung mit Lärm und guter Stimmung. Du hast dich zurückgelehnt und lässt den Nacken kreisen, um dich von der verpatzten Mario-Kart-Runde zu erholen. Ohne nachzudenken, springe ich auf und schlinge dir von hinten die Arme um den Hals.

»Okay, wie viele Bier hattest du heute schon?«, erkundigst du dich lachend.

Ich setze mich neben dich und schnappe mir einen Controller. »Also dann, mein Herr, zeig mal, was du draufhast.«

»Frag Raffi, ob er mit dir spielt. Ich will nicht mehr.«

»Hast du Schiss, dass ich dich vor deiner Freundin in Grund und Boden stampfe?«

Das lässt du nicht auf dir sitzen. Du bist gut in diesem Spiel, weil wir es früher fast jeden Tag gezockt haben. Als unsere Eltern arbeiten waren und wir irgendwie die Zeit totschlagen mussten. Du brüstest dich gerne mit dem Gerücht, den Controller notfalls auch mit den Füßen bedienen zu können und trotzdem noch gegen mich zu gewinnen. Das wollen wir erst mal sehen. Wir starten eine neue Runde und haben schnell die Welt um uns vergessen. Wir lachen und fluchen und stacheln uns gegenseitig auf, bis das Gewinnen unwichtig wird und es nur noch um dieses heilige Miteinander geht, das sich durch nichts ersetzen lässt. Irgendwann unterbrechen wir das Spiel und gehen mit Kissen aufeinander los. Keine Ahnung, wer angefangen hat. Wir sind wie diese Aufziehautos, die man nicht mehr stoppen kann, wenn man sie erst einmal losgelassen hat. Schließlich liegen wir lachend am Boden, von Kissen umringt, die Beine übereinandergelegt, mit keuchendem Atem und vor Freude hüpfenden Herzen.

Raffi steigt unbeeindruckt mit zwei vollen Bierbechern über uns rüber. »Da habt ihr es euch aber wieder mal gegeben, was?«

Mir tut alles weh. Das Lachen scheint mir die Brust zertrümmert zu haben. Mein Top ist verrutscht. Man sieht meinen BH. Niemand beachtet es.

Nur Larissa, die sitzt auf der Couch und scheint nichts anderes zu sehen als das. Sie sitzt da und starrt mich an. Ihre Augen spucken Feuer wie ein Vulkan.

#ACHT Ich liege bäuchlings auf dem Bett und blättere in meinem Australien-Reiseführer, den ich mir vor über zwei Monaten gekauft habe. Die hauchdünnen Seiten haben bereits viel durchgemacht. Eselsohren so weit das Auge reicht, und mit Leuchtmarker angestrichene Passagen betteln darum, noch einmal gelesen und beachtet zu werden. Genau so möchte ich aussehen, wenn ich von der Reise zurückkomme, genau das soll man in meinen Augen lesen: leuchtende Erlebnisse, die zu zahlreich sind, um auf all die vielen Seiten zu passen. Ich will ein gelesenes Buch sein, in dem man immer wieder etwas Neues entdeckt. Mein ganzes Leben schon fühle ich mich unverbraucht. Zu etwas Großem bestimmt und doch an den Boden der Tatsachen gekettet. Dabei lodert in mir eine Flamme, die umso mehr nach außen drängt, je stärker ich sie zurückhalte.

»Sieh mal, den Strand da meine ich.« Ich drehe das Buch um und zeige dir ein Bild von Lord Howe Island. Das ist eine kleine Insel rund 600 Kilometer vom australischen Festland entfernt. Dort gibt es keine Touristen, nur die Freiheit. Ich habe lange danach gesucht und jetzt habe ich ihn gefunden: meinen perfekten Strand. Den einen Ort, an dem ich leben und sterben will.

»Cool«, antwortest du, siehst dir das Bild aber nicht genauer an.

Ich ahne, was dich bedrückt. Du hast wieder mit deinen Eltern gestritten. Und jetzt droht die Reise für dich in unerreichbare Ferne zu rücken. Es ist nicht fair. Sie sollten dir diese Sache nicht kaputt machen. Studieren kannst du noch dein ganzes restliches Leben lang – aber an einen solchen Strand kommt man nur ein Mal.

»Magst du fernsehen?«, versuche ich dich aufzumuntern.

»Nicht unbedingt.«

»Worauf hast du dann Lust?«

»Eigentlich auf gar nichts.«

Ich seufze. »Stört es dich, wenn wir das Fenster aufmachen?«

Du schüttelst den Kopf, und ich rutsche vom Bett und reiße das Fenster auf. Es ist ein schwüler Tag. Die Hitze hängt über der Stadt wie ein grauer Wattebausch, lässt kaum Frischluft durch und bringt die Gebäude zum Kochen. Bei diesem Wetter kann man rein gar nichts unternehmen. Nur auf dem Bett liegen, sich nicht bewegen und träumen. Freddie Mercury dabei zusehen, wie sich seine Ecken langsam von der Wand lösen. Ich habe mir nicht einmal die Mühe gemacht, mich anzuziehen, bin immer noch im Slip und dem weiten Iron-Maiden-T-Shirt, das ich zum Schlafen benutze. Als ich mich umdrehe, sitzt du auf dem Drehstuhl, der zu meinem Schreibtisch gehört, und spielst gedankenverloren mit meinem Feuerzeug.

»Jetzt sag schon, was ist los?«, bohre ich nach.

»Nichts ist los.«

»Sieht aber nicht so aus.«

Du brummst und legst das Feuerzeug weg. »Ich habe mit meinen Eltern geredet.«

»Wusste ich's doch.«

»Hör mal, sie meinen es wirklich ernst. Ich muss mich jetzt echt mit dieser Studienfrage auseinandersetzen.«

»Hast du nicht gesagt, du lässt dich nicht länger von ihnen unter Druck setzen? Im Herbst wirst du schon neunzehn. Sie können dir im Prinzip gar nichts mehr vorschreiben.«

»Darum geht es nicht. Sie haben irgendwie recht. Je länger wir das alles aufschieben, umso komplizierter wird es.«

»Mein Gott, dann gehen wir eben zu einem dieser Informationstage!«

Du siehst mich überrascht an. »Wirklich?«

Ich setze mich auf die Bettkante und überkreuze die nackten Füße an den Knöcheln. »Wir könnten ja alle zusammen hingehen. Wird sicher lustig.«

»Klasse! Ich sag gleich Larissa Bescheid.«

Du holst dein Handy hervor und tippst eine Nachricht. Das hatte ich eigentlich nicht mit »alle« gemeint. Aber du tippst so schnell und aufgeregt, dass ich lieber den Mund halte.

»Wie geht es ihr denn so?«, frage ich, obwohl es mich nicht wirklich interessiert.

»Larissa? Der geht's super. Sie kennt sich mit diesem ganzen Studienkram wirklich gut aus. Sie kann uns sicher viel erklären.«

»Dann soll sie mitkommen. Frag sie, ob sie demnächst mal Zeit hat.«

»Mach ich gerade.« Tipp, tipp, tipp.

»Und, wie, ähm … wie läuft es so zwischen euch?«

»Gut«, antwortest du wenig überraschend. Du legst das Handy weg und lehnst dich im Sessel zurück. »Wir verstehen uns toll.«

»Wusstest du, dass sie vierundzwanzig ist?«

Du lächelst. »Ja, das wusste ich.«

»Sie kam mir neulich bei Sebi etwas verloren vor.«

»Sie muss sich erst an euch alle gewöhnen. Es ist nicht leicht, so viele neue Leute auf einmal kennenzulernen.« Du schweigst für einen Moment, erneut in Gedanken. »Ich mag sie«, sagst du dann.

»Das ist schön.«

»Vielleicht könntest du … ich weiß nicht, ein bisschen mehr mit ihr unternehmen. Ohne mich, meine ich. Damit ihr euch besser kennenlernt. Es ist mir wirklich wichtig, dass ihr zwei euch versteht.«

»Okay«, sage ich und bekomme als Belohnung eines dieser Limited-Edition-Lächeln, die dir ganz besonders gut stehen.

Mein Handy vibriert.

Raffi: *Sind unterwegs zum Schwimmen, kommt ihr auch?*

»Magst du schwimmen gehen?«, frage ich dich.
»Wo denn?«

Sanni: *Wo denn?*

Raffi: *Gänsehäufel.*

Ich gebe die Information an dich weiter und du nickst. Ich warte darauf, dass du noch einmal dein Handy zückst, aber du steckst es zurück in deine Hosentasche. »Willst du Larissa gar nicht fragen, ob sie mitkommt?«

»Die hat heute keine Zeit. Ihre Oma hat Geburtstag und die ganze Familie geht essen.«

»Und sie hat dich nicht mitgenommen?«

»Nein, so … so ist sie nicht.«

Du meinst, nicht so wie wir. Für sie ist Familie etwas Privates, das sie strikt von ihrem Liebesleben trennt. Bei uns gibt es so etwas nicht. Wir ziehen keine Grenzen und schließen niemanden aus. Solange man zulässt, in unseren Kreis aufgenommen zu werden, heißen wir ausnahmslos jeden willkommen. Weil dieser Kreis unsere Vorstellung von Familie ist, eine offene Gemeinschaft, die ständig wächst.

Du stehst auf. »Was ist, gehen wir jetzt oder nicht?«

»Jetzt warte mal kurz, ich muss mich noch anziehen.« Ich öffne meinen Kleiderschrank und ziehe mir das T-Shirt über den Kopf.

Darunter bin ich nackt. Bis auf mein Höschen bedeckt nichts meine Haut. Es fällt mir erst auf, als ich im Augenwinkel bemerke, wie du erstarrst. Ich spüre deinen Blick auf mir und mein Herz beginnt plötzlich zu klopfen. Ich reagiere auf dieses Gefühl wie ferngesteuert, drehe mich zu dir und nehme wahllos zwei frische T-Shirts heraus. »Das hier? Oder das?« Ich hebe beides hoch.

In deinen Augen flackert es auf. Als stünde ein Licht kurz davor zu explodieren. Du wendest dich ab und zuckst mit den Schultern.

»Ich nehme einfach das hier«, murmle ich und schlüpfe rasch in irgendeins der T-Shirts. Ich ziehe eine kurze Hose an und öffne mein zusammengebundenes Haar. Noch einmal streift dein Blick mich von der Seite, bleibt kurz an mir hängen und zuckt eilig wieder weg.

Ich greife hinter dich, um meinen Rucksack vom Schreibtisch zu heben und ein Handtuch und den Bikini einzupacken. »Können wir?«, frage ich, als wäre nichts gewesen.

»Ja.«

Du klingst heiser und vergisst fast, in deine Schuhe zu schlüpfen.

»Nehmen wir den Laptop mit?«, frage ich, als du schon halb aus der Tür bist.

»Nein, gehen wir einfach!«

Wir verlassen die Wohnung und brechen zu unseren Freunden auf.

#NEUN Geschichten, die die Welt nicht braucht: Ich habe mir einen Sidecut zugelegt. Und es gefällt mir nicht. Jetzt trage ich meinen Scheitel anders.

Ich bin unterwegs zu dem kleinen asiatischen Schnellimbiss um die Ecke. Mein Verkehrsmittel: ein nagelneues Skateboard. Ich habe es mir gestern gekauft, um mich für den missglückten Friseurbesuch zu entschädigen. Die neongrünen Räder gleiten wie auf Schienen über den kochenden Asphalt. Der flammende, laut brüllende Tiger auf dem Brett glänzt, als wäre er lebendig. Als ich das letzte Mal auf so einem Ding stand, waren meine BHs noch eine Nummer kleiner und meine Selbstwertprobleme hätten den Hangar eines Flughafens gefüllt. Ich war kein besonders hübsches Kind. Immer ein bisschen zu dünn und mit einer Nase, die irgendwie nicht zu meinem Gesicht passte. Dann kam die Pubertät und wirkte wahre Wunder. Meine Brüste wuchsen und meine Nase schrumpfte. Ich begann mich selbst zu mögen und war plötzlich selbstsicherer, in allem, was ich tat. Vor nichts hatte ich mehr Angst.

Ich wechsle die Straßenseite und schaffe es unbeschadet über die Bordsteinkante. Knie- und Ellenbogenschützer habe ich mir gar nicht erst gekauft, von einem Helm ganz zu schweigen. Ich bin zum Skaten geboren. Ich steige ab, klemme mir das Board unter den Arm und betrete den Imbiss.

Eine altbekannte Wolke aus Fettgeruch strömt mir in die Nase. Mama sitzt bereits an unserem üblichen Tisch ganz hinten am Fenster. Außer uns ist niemand hier. Die meisten bestellen hier bloß und lassen sich beliefern. Aber meine Mutter stört das nicht. Als sie mich sieht, packt sie ihre Handtasche weg, in der sie eben noch gekramt hat, und winkt mir grinsend zu. Noch bevor ich mich zu ihr gesetzt habe, fokussiert sie mein Board.

»Mädi, was hast du denn da?«

»Hab ich mir gekauft«, verlautbare ich stolz.

»Kannst du denn damit fahren?«

»War doch früher oft Skaten, schon vergessen?«

»Und deine Haare! Die sind irgendwie anders.«

»Schau.« Ich nehme mein Haar auf der linken Seite zurück und präsentiere ihr den Schaden.

»Ist doch süß!«, ruft sie und beugt sich über den Tisch, um über die kurz geschorenen Borsten zu streichen. »Mach doch mal den Scheitel anders, damit ich es besser sehen kann.«

»Lieber nicht. Es war ein blödes Experiment. Es steht mir einfach nicht.«

»Also mir gefällt's.«

»Mir aber nicht.«

»Pah, pah, pah.«

Der Kellner kommt und wir bestellen wie immer gebratene Nudeln mit Hühnerfleisch und hinterher noch gebackene Bananen. Während wir warten, erzählt Mama mir von ihrer neuen Kollegin, die eine ziemlich ungute Zeitgenossin zu sein scheint. »Ständig rennt sie auf Klo!«, beklagt Mama sich. »Ich meine, so zwischendurch ist das schon in Ordnung. Mache ich ja auch. Aber jede Stunde? Ich schwöre dir, die will sich nur vor der Arbeit drücken. Ich kenne solche Leute. Die sind neu in einer Firma und glauben gleich, sie können sich alles erlauben.«

»Geh doch einfach auch jede Stunde aufs Klo.«

»Und wer erledigt dann die Arbeit?«

Ich stütze die Wange in die Hand und lasse sie weiterreden. Das Pärchen aus dem Nachbarbüro hat sich neulich getrennt. Die Firma ist für irgendeinen Mitarbeiteraward nominiert. Sie hat seit Neuestem wieder Hitzewallungen und überlegt, auf andere Hormontabletten umzusteigen, obwohl sie die alten erst vor wenigen Monaten abgesetzt hat. Ihre Schwestern haben Streit und sie steht zwischen den Fronten. Ich höre zu und gebe gelegentlich meinen Senf dazu, während die Nudeln auf unseren Tellern immer weniger und unsere Bäuche immer voller werden. Auch wenn es nicht so wirkt, genieße ich die Zeit mit meiner Mutter. Wir sehen uns zwar nicht oft, aber unsere Treffen machen immer Spaß. Vielleicht weil einfach diese Echtheit da ist, die mir bei Papa fehlt. Ja, beide haben Fehler gemacht, aber meine Mutter gibt es wenigstens zu, während Papa immer noch auf den Bester-Vater-des-Jahres-Preis wartet, den er schon nicht verdient hatte, als wir noch eine Familie waren.

Mit Mama ist es unkompliziert. Dass sie mich im Grunde seit Jahren tun lässt, was ich will, liegt nicht an Desinteresse oder Vernachlässigung, sondern schlicht und ergreifend an Coolness. Und vielleicht auch einfach Vertrauen. Ich kann mich an keine Situation erinnern, in der sie mir vorgeschrieben hätte, wann ich zu Hause sein soll oder mit wem ich mich treffen darf. Sie ließ mich Erfahrungen sammeln und Fehler begehen, ohne meine Entscheidungen zu kritisieren. Sie ließ mich einfach machen und schlussendlich ließ sie mich gehen, zwar in die entgegengesetzte Richtung, aber wenigstens meinen eigenen Weg.

»Und wie geht's Niko so?«, fragt sie, als wir mit den Gabeln die klebrig-weichen Bananen zerteilen.

»Er hat jetzt eine neue Freundin.«

»Was ist denn mit der alten passiert?«

»Hat ihn sitzen lassen.«

»Schon wieder? Armer Junge. Der schlittert auch von einer Falschen zur nächsten.«

»Gut ausgedrückt.«

»Und passt die Neue jetzt besser zu ihm?«

Interessante Frage. Offen gestanden wüsste ich selbst gern, ob Larissa und du wirklich zusammenpasst. Ihr seid ein süßes Paar, aber ist das denn auch genug? Ich weiß, du suchst die Sicherheit. Etwas Festes, Rückhaltgebendes, an das du dich klammern kannst, wenn deine Eltern dir wieder den Boden unter den Füßen wegziehen. Ich bin mir nicht sicher, ob Larissa dir das geben kann. Ob es dir überhaupt irgendjemand geben kann. Diese total verrückte Vorstellung von bedingungsloser Liebe.

Mama schwankt zwischen einem Lachen und einem traurigen Seufzen. »Du scheinst ja nicht sehr begeistert von ihr zu sein.«

»Sie ist schon in Ordnung«, antworte ich und spieße meine letzte Banane auf.

»Wisst ihr schon, was ihr zu deinem Geburtstag machen wollt?«, wechselt sie das Thema. Noch bevor ich antworten kann, zieht sie etwas aus ihrer Tasche heraus. Eine zusammengefaltete Papierseite, die sie offenbar aus einer Zeitschrift herausgerissen hat. »Ich hätte da nämlich so eine Idee. Schau dir das mal an.«

Gespannt entfalte ich das Papier. Es ist tatsächlich eine Seite aus einem Baumarktkatalog. Mein Blick fällt auf das Foto eines riesigen Trampolins, das man im Garten aufstellen kann. Der Preis darunter wurde mit Edding unkenntlich gemacht, doch die Beschreibung ist mit Leuchtstift markiert.

»Du machst Witze!«, stoße ich aus. In meinem Bauch flattern die Schmetterlinge.

Mama lässt die Brauen tanzen und nimmt den Werbezettel wieder an sich. »Es wird nächste Woche geliefert. Dein Vater wird es bei sich im Garten aufstellen.«

»Nein!«

»Doch.«

»Oh Gott, wie cool! Zeig noch mal her, zeig, zeig, zeig!«

Ich springe vor Freude auf und werfe versehentlich mein Colaglas um. Wir lachen, und Mama kneift mir in die Wange, als wäre ich ein kleines Mädchen. »Dein Vater beteiligt sich übrigens daran«, fügt sie hinzu.

Ich sinke auf meinen Stuhl zurück und meine Mundwinkel rutschen nach unten. »Echt jetzt?«

»Er stellt das Ding in seinem Garten auf, da soll er auch was dafür zahlen.«

»So 'ne Scheiße.«

»Was ist denn?«

»Dann wird er wieder glauben, ich sei ihm was schuldig.«

»Was bitte solltest du ihm schuldig sein? Es ist dein Geburtstagsgeschenk.«

»Keine Ahnung. Du kennst ihn ja. Am Ende schmollt er wieder und verbreitet überall, ich sei undankbar.«

»Soll er doch. Hauptsache, er schiebt sein Geld nicht diesem Flittchen in den Arsch.«

Das bringt mich wieder zum Lächeln. Manchmal sind wir echt auf einer Wellenlänge.

»Und was machst du heute noch?«, fragt sie, während sie die Brieftasche zückt und den Kellner zu uns winkt. Mama lädt mich immer ein, für sie ist das selbstverständlich. Papa erwartet für jeden Cent, den er mir zusteckt, einen Kniefall. Dabei ist er der Topverdiener und Mama bloß eine kleine Angestellte, die sich irgendwie bis zur Pension durchkämpft. Verkehrte Welt. Aber auch meine Welt.

»Ich fahr noch zu den anderen. Wir gehen schwimmen.«

»Recht habt ihr. Seht zu, dass ihr die Sonne genießt. Wo wollt ihr denn hin?«

»Wahrscheinlich wieder Gänsehäufel.«

»Mah, geht's dir aber gut.«

Wir bezahlen und verlassen den Imbiss, und bei jedem Schritt spüre ich, wie die Nudeln in meinem Magen Ringelreihe tanzen.

»Also dann, mein Mädi. Wir telefonieren.«

»Ist gut.« Wir umarmen uns nicht. Das macht niemand in unserer Familie. »Bis dann, Mama.«

Ich steige auf mein Board und nehme Anschwung. Ich bin schon fast um die Kurve, da ruft Mama: »Sandra! Richte deinen Freunden schöne Grüße aus! Und sag Niko, er soll's langsam angehen lassen. Die Richtige wird schon noch kommen, er soll mal ein bisschen geduldig sein!«

»Ich sag's ihm!« Sie steigt in ihr Auto, das sie neben dem Imbiss geparkt hat. Das Board bringt mich sicher um die Ecke und danach weit weg von hier, und ich setze meine Kopfhörer auf und träume von einem Strand, dem Meer und vom Himmel fallenden Funken.

#ZEHN Die Straßenbahn bringt mich der Sonne entgegen. Ich meine das wortwörtlich. Das Licht brennt durchs Fenster genau in mein Gesicht und treibt die Temperatur im Wagon auf ein schier unerträgliches Level. Es ist eine aggressive, trockene Hitze, die meine Zellen tanzen lässt wie Spinnen auf einer Herdplatte. Ich fühle mich klebrig und innerlich zerschmolzen. Meine Füße schwitzen in den hochgebundenen Chucks. Ich schiebe die Sonnenbrille nach oben und wische mit dem Handrücken über meine Stirn. Mein Blick findet ein blaues Augenpaar, das mich schon seit Längerem beobachtet. Es gehört einer brünetten Version von Chris Hemsworth (also eigentlich Liam Hemsworth), der auf der anderen Seite beim Ausgang lehnt und mich anlächelt.

»Unterwegs zum Schwimmen?«, fragt er in Anspielung auf die orangefarbenen Träger meines Bikini-Neckholders, die unter dem Top hervorschauen.

Ich finde, er darf sich ruhig etwas mehr anstrengen. Ich nicke bloß und warte, was er tut.

»Cooles Board.«

»Danke.«

»Seit wann fährst du?«

»Seit gestern.«

Er grinst und präsentiert eine Reihe schnurgerader Zähne. »Dann brauchst du also noch Übung.«

»Wie kommst du darauf?«

»Hast recht. Vielleicht bist du ja ein Naturtalent.«

»Das bin ich in vielen Dingen.«

»Zum Beispiel?«

»Ich schlecke zwei Kugeln Eis in weniger als einer Minute.«

Das Grinsen wird breiter. »Das ist sicher nützlich im Alltag.«

»Und ich kann Spagat.«

»Das glaub ich dir aufs Wort.«

Die Straßenbahn hält und Leute steigen aus. Er nutzt die kurze Unterbrechung, um im Strom der Menschen still und heimlich etwas näher zu kommen. Er ist kleiner, als ich aus der Distanz vermutet hätte, maximal eins achtzig. Durch sein dunkelblaues T-Shirt drücken sich protzige Muskeln, fast schon etwas zu viel für meinen Geschmack, obendrein trägt er eine Baseballkappe und das auch noch verkehrt herum. Da können die hübsch gewellten Haare, die darunter hervorquellen, leider auch nichts mehr ändern. Es sieht einfach nur dämlich aus.

»Wie heißt du?«, will er wissen.

»Sanni.«

»Sunny?«

»S-a-n-n-i.«

»Schade. Anders geschrieben, hätte mir besser gefallen.«

»Sehe ich aus, als hätte ich so ein sonniges Gemüt?«

»Du siehst zumindest aus, als wärst du gern in der Sonne.« Sein Blick gleitet über meinen gebräunten Hals und weiter runter zu meinem Ausschnitt. Er stützt den Arm an der Wand ab und beugt sich unauffällig zu mir herüber. Ich kenne dieses Manöver und es kommt viel zu früh. Denkt er wirklich, ich überlasse ihm das Ruder? Ich sollte ihn abblitzen lassen, er ist sowieso nicht mein Typ. Doch ich weiß nicht, irgendwie hat er was.

»Darf ich dir was sagen, Sanni?«

»Hm?«

»Du hast echt hammergeile Tattoos.«

»Das höre ich öfter.«

»Was ist das alles? Ist das da eine Meerjungfrau?«

Mit der Schulter lehne ich mich an die heiße, klebrige Tramtür und zeige ihm meinen Arm. »Quiz: Hier sind überall Filme versteckt. Wie viele findest du raus?«

Er nimmt die Kappe ab und streift sich durchs Haar, was mir schon besser gefällt. »Was passiert, wenn ich falschliege?«

»Dann war es das mit uns.«

»Das würde mein Herz nicht verkraften.«

»Dann fang lieber an zu raten.«

Ich strecke ihm meinen Arm noch deutlicher hin. Endlich kapiert er. Er fasst mich an, dreht meinen Arm ein Stück und beginnt die einzelnen Motive mit dem Finger zu zählen. »Also hier haben wir besagte Meerjungfrau. Arielle, richtig? Und das da kommt mir auch bekannt vor. Alice im Wunderland.«

»Und aus welchem Film stammt das?« Ich deute auf die Rose, und sein Lächeln wird schief.

»Ich fürchte, da muss ich passen.«

»Nicht doch, ich glaube an dich.«

»Ich will einen Joker. Hast du noch woanders ein Tattoo?«

»Nein. Aber ich plane was für den anderen Arm. Und hier hätte ich gerne ein Surface Piercing.« Ich streiche über die Wölbung meiner Brüste und sehe zufrieden, wie sein Blick glasig wird. »Nennt sich Sternum. Genau hier in der Mitte.«

»Das, äh … das steht dir sicher gut.«

»Willst du mal fühlen? Die Stelle, wo dann gestochen wird, meine ich.« Mal sehen, was er jetzt macht.

Er blinzelt, als hätte er mich nicht richtig verstanden. Der selbstbewusste Ausdruck in seinem Gesicht weicht Verwirrung. Schlagartig weicht er zurück. »Ich, ähm …«

»Wie heißt du eigentlich?«

»Ähm …«

»Komm schon. Muss ich raten? An der nächsten Station steige ich aus.«

»Stefan«, platzt er heraus, als ginge es um sein Leben. Er lacht atemlos und schüttelt den Kopf. »Sorry. Du, äh, du hast mich gerade nur eiskalt erwischt.«

»Dann stell dir mal vor, was passiert, wenn ich dich heiß erwische.« Der war lahm, ich weiß. Aber ihr Typen steht nun mal auf so etwas.

Die Straßenbahn hält und ich hebe mein Board auf. Stefan sieht hilflos zwischen mir und der offenen Tür hin und her. Er hat Glück: die Ampel an der Kreuzung wird rot – mir bleibt Zeit, um einen Kuli aus dem Außenfach meines Rucksacks zu holen und ihm meine Nummer auf den Handrücken zu schreiben.

»Man sieht sich«, sage ich und drücke mich durch die Tür hinaus in die brütende Hitze des Sommers.

Es ist laut im Strandbad, Kinder lachen und kreischen, Musik trällert aus dem Garten des Cafés. Das bläuliche Band der Alten Donau schimmert wie ein Ölteppich in der Sonne. Die kleine, bewaldete Insel, auf der das Strandbad liegt, platzt aus allen Nähten. Ich finde euch trotzdem auf Anhieb. Ihr habt es euch auf zwei nebeneinanderliegenden großen Picknickdecken bequem gemacht, unter einem Baum nah am Wasser. Ich steige vom Board und trage es die letzten Meter durch das Gras. Manu entdeckt mich als Erste. Sie reißt den Arm in die Höhe und winkt wie eine Verrückte. »Sanniiiiii!« Ehe ich michs versehe, ist die ganze Gruppe aufgesprungen und bejubelt mein Erscheinen. Ich werde umarmt und verteile Schmatzer auf Wangen und Mund, während es erste Kommentare zu meinem neuen Styling regnet.

»Wie geil!«, legt Manu los. »Dreh dich mal, dreh dich! Wow, so was will ich auch.«

Ich habe mir das Haar hochgebunden, sodass man den Sidecut sofort sieht. Mama hat recht, so schlecht sieht es gar nicht aus. Ich muss mich einfach dran gewöhnen. »Es war mal wieder Zeit für was Neues.«

»Ehrlich, Sanni, es sieht ham-mer-geil aus«, meint Tasche.

Raffi fügt hinzu: »Wenn du nicht Sanni wärst, würde ich dich jetzt flachlegen wollen.«

»Als ob du Chancen hättest«, entgegnet Tommy.

»Los, Leute, jetzt macht mal Platz da!« Ich boxe mich durch, bis ich bei dir bin. Du sitzt im Schneidersitz neben Larissa und schiebst grinsend deine Sonnenbrille hoch. Das Blau deiner Augen pustet mich weg, jedes Mal aufs Neue. »Hey!«, begrüße ich Larissa winkend, was sie mit einem Lächeln erwidert. Ich schlüpfe aus Schuhen und Klamotten und setze mich im Bikini auf den freien Platz an deiner Seite.

Raffi drückt mir seinen Joint in die Hand und ich nehme einen tiefen Zug.

»Hammergeil«, wiederholt Tasche, während sie mit den Fingerspitzen über den Sidecut streicht.

»Weißt du, wie du jetzt aussiehst?«, fragt Alex. »Wie dieses eine geile Weib aus Hunger Games. Die, die auch in Game of Thrones mitspielt.«

»Stiiiiiimmt!«, staunt Manu.

Ich streiche mir ein paar lose Strähnen zurück und stupse dich mit dem Ellenbogen an. »Was sagst du dazu? Steht mir der Sidecut?«

»Na ja.«

Ich zeige mit dem Finger auf dich und rufe: »Seht ihr?«

»Nikos Hirn ist vernebelt«, ist Tommy sich sicher. »Egal, wo er hinsieht, er sieht nur noch Larissa, nicht wahr?«

Wir lachen. Du nimmst Larissas Hand und drückst einen Kuss auf ihre Fingerknöchel. Sie lächelt dich an. Auf diese eine, besondere Weise, die keine Sprache und kein Alter kennt. Die es seit Tausenden Jahren gibt und immer geben wird. Euer stiller Blickaustausch kribbelt auf meiner Haut, und ich wünschte, ich wäre endlich high genug, um es nicht mehr zu spüren.

»Was ist denn das?« Raffi hat mein Board entdeckt. Er nimmt es an sich und streicht mit den Handflächen über das rot-schwarz lackierte Brett.

»Ein Skateboard«, beantworte ich die Frage. »Damit kann man skaten.«

»Ui, und ich dachte, das ist zum Surfen da.«

»Da du mich gerade erinnerst.« Ich packe deinen Haarschopf und drücke dir so lange einen Kuss auf die Wange, bis du mich lachend wegschiebst. »Nicht mehr lang, Niko, stimmt's? Ab Herbst wird Surfen bei uns großgeschrieben!«

Larissa macht ein verwirrtes Gesicht. »Was ist denn im Herbst?«

»Niko und ich fliegen nach Australien!«, verkünde ich, ehe du überhaupt Luft holen kannst. »Ist schon seit einer ganzen Weile geplant.«

»Ach so?« Offenbar hört sie das zum ersten Mal.

Du hast es ihr nicht erzählt?

Sie und ich starren dich an. In einer ganz schön beschissenen Lage bist du jetzt. Deine Freundin oder ich – deine Wahl überrascht mich nicht.

»Das ist noch nicht sicher«, antwortest du Larissa.

»Oh. Okay. Ich meine, nicht, dass es ein Problem wäre. Ich würde es nur gerne wissen, wenn mein Freund für mehrere Wochen wegfährt.«

»Wie gesagt, es ist noch in Planung. Keine Ahnung, ob und wann wir fahren.«

»Dann ist ja gut.«

Deine Augen suchen meine. Stumm flehst du mich an, es dir nicht übel zu nehmen – schließlich ist sie deine Freundin und hat Vorrang. Schon okay. Ist kein Thema. Ich wünschte nur, es wäre dir nicht so leichtgefallen. Dass du ein bisschen länger überlegt hättest, ehe du unsere lange geplante Reise mit wenigen Worten beiseiteschiebst, als ginge es hier um ein Treffen beim nächsten Dönerstand. Mir fällt auf, wie still alle geworden sind. Dank mir und meiner großen Klappe ist die Stimmung dahin. Ich stehe auf und rufe: »Beachvolleyball!«

Während wir unsere Füße in den heißen Sand graben und lachend den Ball über das Netz schmettern, denke ich an mein Skateboard, das einsam und verlassen im Gras liegt, wo ich es zurückgelassen habe. Ich stelle mir vor, es sei ein Surfbrett, mit grellen Flammen und spitzem Bug, und wie ich allein damit auf den Wellen treibe, während du überall bist, außer bei mir.

Noch vor wenigen Wochen wäre das die absurdeste Vorstellung aller Zeiten gewesen.

Jetzt nicht mehr.

#ELF Nach dem Volleyballspielen holen wir uns alle ein Eis an der Strandbar. Der Tag wird immer heißer und greller. Tasche und Alex überreden Tommy und dich zu einer Runde Tischfußball, Manu hängt mit Tasche in der kilometerlangen Schlange zum Damenklo fest. Aus Langeweile hole ich mein Handy hervor und sehe erstaunt, dass Stefan mir geschrieben hat.

Stefan: *War die Rose aus »Die Schöne und das Biest«?*

Eigentlich mag ich es nicht, wenn sich Männer so schnell melden – ein bisschen zappeln möchte auch ich ab und zu. Sonst wäre es ja langweilig. Trotzdem schreibe ich zurück.

Sanni: *Haha, Bingo! Das hat aber lange gedauert.*

Stefan: *Ich war verwirrt wegen dieser Piercing-Sache. Das war echt gemein.*

Sanni: *Tut mir kein bisschen leid.*

Stefan: *Wie ist das Schwimmen so?*

Sanni: *Heiß und feucht!:))))))) Sorry, das musste jetzt sein.*

Stefan: *Was machst du denn danach?*

Sanni: *Ganz schnell trocken werden. Lust, was daran zu ändern?*

Stefan: *Okay, langsam verstehe ich deine Art der Konversation.*

Funkstille.

Sanni und Stefan. Klingt das sehr blöd?

Das Blättern von Seiten erweckt meine Aufmerksamkeit. Richtig, Larissa. Ich habe ganz vergessen, dass sie da ist. Sie liegt etwas abseits auf dem Bauch und versteckt ihr Gesicht hinter einem Schmöker, der in puncto Umfang locker der Bibel Konkurrenz machen könnte. Ich glaube, es gefällt ihr nicht, dass du sie allein gelassen hast. Ich erinnere mich an deine Bitte, sie etwas besser kennenzulernen. Na schön, meinetwegen.

»Was liest du denn da?«

Sie hebt das Buch ein Stück an, damit ich den Titel selbst lesen kann. *Auf stürmischen Höhen*. »Lass mich raten – das ist ein Spin-Off von *Sturmhöhe*.«

Dafür bekomme ich doch glatt ein Lachen. »Nicht wirklich«, meint sie und liest ein Stückchen weiter. Dann schlägt sie das Buch zu und sieht auf. »Hast du *Sturmhöhe* gelesen?«

»Lesen ist nicht so meins.«

»Das ist aber schade. Hat das einen bestimmten Grund oder …?«

»Es ist mir einfach zu langweilig. Es passiert nichts.«

Toll, damit habe ich sie offenbar herausgefordert. Sie rutscht ein Stück in meine Richtung und schaut mich neugierig an. »Das sagen viele. Aber die meisten haben einfach noch nicht das richtige Buch gefunden. Erzähl, wofür interessierst du dich?«

»Keine Ahnung.«

»Bist du eher so der Spannungstyp? Oder magst du lieber Liebesgeschichten?«

»Keine Ahnung«, wiederhole ich, weil mir das Thema auf die Nerven geht. Sie lässt nicht locker.

»Na gut, gehen wir es anders an. Welche Filme magst du?«

»Im Prinzip alle, in denen Blut fließt und Schwerter vorkommen.«

»Dann gefällt dir sicher Fantasy.«

»Wenn du es sagst.«

Larissa setzt sich auf die Knie und wirkt plötzlich wie verwandelt. Ihre Wangen glühen vor Aufregung und ihre Augen blicken herausfordernd in meine. »Du hast keine Vorstellung davon, wie viele gute Bücher es im Fantasy-Genre gibt. Wenn du willst, stelle ich dir mal eine Liste zusammen!«

»Das ist lieb von dir, aber ich weiß nicht, ob ich überhaupt Zeit zum Lesen habe.«

»Es muss ja nicht gleich ein Tausend-Seiten-Wälzer sein. Es gibt auch gute Bücher, die man an einem Tag lesen kann.«

»Weißt du, was ich an einem Tag lese? Das Fernsehprogramm.«

Sie winkt lachend ab.

Ungestümes Getrampel kündigt meine Rettung vor diesem langweiligen Gespräch an. Du kommst mit einer frischen Colaflasche angelaufen, während der Rest der Belegschaft bereits in Richtung Wasser unterwegs ist. Du hältst mir die eiskalte Flasche an den Rücken und kassierst dafür einen Tritt ans Schienbein, was dich aber nicht sonderlich interessiert.

»Hoch mit euch«, drängst du. »Wir wollen ins Wasser.«

Larissa wirft einen unsicheren Blick zum Strand. »Ich bleibe lieber hier.«

»Quatsch, du kommst mit!«

Du willst sie hochheben und über deine Schulter werfen, eine deiner Spezialitäten, doch Larissa hält dich auf Abstand. »Ernsthaft, ich will nicht.«

»Ach komm, das wird lustig. Ist dir gar nicht heiß?«

Sie ist die Einzige von uns, die ein T-Shirt über den Badesachen trägt. Sie wendet sich ab und setzt sich ein Stück in den Schatten. »Geht ruhig«, wehrt sie ab. »Ich warte solange hier.«

Der Glanz in deinen Augen trübt sich. Zweifelsohne fragst du dich, ob du irgendetwas falsch gemacht hast. »Aber du kannst doch nicht allein hier sitzen bleiben.«

»Mir macht das nichts, ich lese einfach ein bisschen.«

»Sanni, sag ihr bitte, dass sie sich nicht so anstellen soll.«

»Ich glaub, ich bleib auch im Trockenen«, erwidere ich, worauf dir endgültig die Kinnlade runterfällt. Mit gerümpfter Nase schaue ich zum Wasser. »Ich mag dieses Bad irgendwie nicht. Das Wasser ist hier so ranzig.«

»Genau!«, stimmt Larissa erleichtert zu. »Genau das ist es. Das Wasser ist ranzig! Perfektes Wort.«

»Da hast du's, Niko. Ranzig. Wir bleiben draußen.«

Endlich kapierst du, was ich vorhabe. Dein Gesicht entspannt sich und du atmest grinsend durch. »Okay, dann unterhaltet euch gut, ihr zwei.«

Du gibst ihr einen Kuss, bevor du gehst, und lächelst mir flüchtig zu, als wolltest du *Danke* sagen. Keine Ursache. Wobei ich mir natürlich Spannenderes vorstellen könnte, als Babysitter für deine spaßbremsende Freundin zu spielen. Larissa und du seid nicht auf einer Stufe. Sie ist Mittelfeld, während du gehobene Spitze bist. Sie sollte dankbar sein, mit dir Zeit verbringen zu dürfen. Stattdessen hockt sie lieber allein auf der Decke und zieht ein langes Gesicht. Was stimmt nicht mit ihr?

»Ihr zwei steht euch ziemlich nahe, nicht wahr?«

Ihre Frage reißt mich aus meinen Gedanken. »Wir kennen uns einfach schon so lange«, erkläre ich.

»Du hast mir immer noch nicht gesagt, warum du keinen Freund hast.«

»Da gibt es nicht viel zu sagen. Ich habe einfach keinen.«

»Aber die Männer laufen dir doch sicher in Scharen hinterher. Komm schon, da muss es doch einen geben.« Sie rückt wieder näher, schlägt die Beine unter und grinst verschwörerisch. »Gibt es nicht mal einen, der infrage kommt?«

»Na ja … vielleicht.«

»Erzähl!«

»Ehrlich, das ist keine große Sache. Ich habe ihn eben erst kennengelernt.«

»Und?«

»Nichts und. Wir schreiben uns nur.«

Sie wartet. »Und wie sieht er aus?«

»Wie Chris Hemsworth, nur brünett.«

»Also wie Liam Hemsworth.«

Okay, ich gebe es zu: Das war cool. »Aber wie gesagt, kein Grund zur Aufregung. Ich bin nicht so der Beziehungstyp.«

»Vielleicht bist du es ja doch und weißt es nur noch nicht. Du musst nur den Richtigen finden.«

Ich zucke mit den Schultern. »Kann sein.«

Dann sind wir beide still. Während meine Finger einen Grashalm zerreiben, bemerke ich im Augenwinkel, dass sie mich beobachtet. Plötzlich fragt sie: »Habt ihr euch eigentlich schon geeinigt wegen des Infotags auf der Uni?«

Ach ja. Ich habe versprochen, mit dir dahin zu gehen. Ursprünglich wollten wir es heute erledigen, aber Spontanität und Faulheit kamen uns dazwischen.

»Von mir aus können wir morgen hingehen«, antworte ich, damit sie nicht denkt, ich sei hier der Störfaktor.

»Morgen geht bei mir nicht.«

»Dann eben übermorgen.«

»Das würde mir passen.«

»Na bitte.«

Sie runzelt die Stirn. »Du denkst nicht gern über dieses Thema nach, richtig?«

»Nachdenken schon, aber ich sehe keinen Sinn darin. Ich bin doch gerade erst mit der Schule fertig geworden. Da hat jeder eine Pause verdient.«

»Schon«, stimmt sie zu. »Aber studieren gehört nun mal zum Leben. Du könntest es später bereuen, wenn du jetzt so viel Zeit verstreichen lässt.«

»Witzig. Ich dachte immer, Menschen bereuen nur jene Dinge, die sie der Karriere wegen aufgegeben haben.«

»Wahrscheinlich weißt du nicht, was dich interessiert.«

»Vielleicht interessiert mich ja gar nichts.«

»Das glaube ich nicht. Jeder Mensch hat Interessen.«

»Und wenn nicht? Was, wenn man einfach nichts findet, das zu einem passt? Soll man dann einfach das Nächstbeste nehmen, nur weil es alle anderen auch so machen?«

»Nein«, entgegnet sie ruhig. »Aber man sollte sich auch darüber im Klaren sein, dass eine gute Chance leicht an einem vorbeiziehen kann, wenn man auf die beste wartet, die vielleicht niemals kommt.«

»Jetzt klingst du wie Sabine und Michael.«

»Wie wer?«

Oh. Sie hat deine Eltern also noch nicht kennengelernt. Ich schätze, ich weiß, wieso. Die drei würden dich in die Zange nehmen, bis dein Schädel explodiert.

»Ich meine ja nur, dass du dich nicht absichtlich dagegenstellen solltest«, spricht sie weiter, als ich keinen Ton von mir gebe. »Bei diesen Infotagen kann man wirklich viel über die eigenen Interessen und Talente erfahren. Es gibt so unheimlich viele Möglichkeiten! Heutzutage kannst du fast alles machen.«

»In der Schule haben sie mich auch schon mit diesen Sprüchen bombardiert. Glaub mir, das Studium, das zu mir passt, muss erst noch erfunden werden.«

»Das stimmt nicht«, sagt sie mit solch einer Festigkeit, dass ich sie überrascht anschaue. »Ich glaube, du kannst Menschen sehr leicht für dich gewinnen. Du hast Situationen schnell im Griff und übernimmst die Führung. Auch das ist ein Talent.«

»Und was kann man damit machen?«

»Praktisch alles!«, lacht sie.

Der zerquetschte Grashalm verklebt meine Finger. Ich zupfe einen neuen aus und zerreibe auch den zwischen den Handflächen, stelle mir vor, es wäre ihr Hals. Menschen wie Larissa haben nichts begriffen. Was zählt, sind Erinnerungen, nicht Wünsche. Die schönste Zukunft ist die, die man zu einer bunten Vergangenheit macht.

»Schau es dir einfach mal an«, meint sie, als ich schon wieder viel zu lange still bin. »Übermorgen also?«

Ich nicke. »Übermorgen ist gut.«

»Super.«

Platschendes Wasser. Überdrehte Stimmen und näher kommendes Gelächter. Die ganze Truppe ist im Anmarsch. Ich ahne, was gleich kommen wird. Larissa nicht. Sie denkt, du bist nicht mehr so kindisch. Sie denkt das, weil sie selbst so ernst ist. Als du dich zu ihr kniest und ihr beim Umarmen eine geballte Ladung *Nasser Niko* spendierst, lacht sie nicht, wie ich es würde, wie jeder es würde, nein. Sie schreit und reißt die Arme hoch, als wärst du ekelig. Natürlich bist du das auch irgendwie, weil du nass und kalt bist, aber mein Gott. Du wolltest vorhin schon mit ihr blödeln und musstest stattdessen mit den Jungs vorliebnehmen. Jetzt willst du einfach nur ein Lachen. Etwas Unbeschwertes, Kribbelndes, meinetwegen auch

Dummes. Doch was unbeschwert ist, kann nicht auch gleichzeitig Sicherheit bedeuten. Was du dir wünschst, sind zwei völlig unvereinbare Dinge. Es wird Zeit, dass du das endlich begreifst.

»Verdammt, Niko, hör auf! Lass mich, du bist kalt, das ist widerlich! Geh weg!«

Enttäuscht lässt du sie los.

Später wirst du ihr alles verziehen haben. Du wirst ihr ein Kränzchen aus Gänseblümchen und Klee basteln und es ihr ins Haar stecken. Du wirst dir Mühe geben wie niemals zuvor, obwohl sie genauso ist wie alle anderen. Langweilig und prüde.

Ich möchte es verstehen. Ich möchte dich fragen, wieso. Wieso du so erbittert um etwas kämpfst, das dich nicht glücklich macht. Es ergibt einfach keinen Sinn.

#ZWÖLF Ich sitze auf der untersten Stufe der Treppe und beobachte den Strom aus Menschen, der zäh und laut an mir vorbeiwälzt. So viele Menschen, die an ihre Zukunft denken. So viele Menschen, die sich für etwas Besseres halten, bloß weil sie wissen, was sie wollen. Karriere, Bodenständigkeit, Normalität. Was spricht gegen folgende Version: Surfen in Australien. Vögeln wie die Karnickel. Den Spaß seines Lebens haben. Ist doch eine super Mischung. Hält jung und erfrischt. Stattdessen drängen sie sich beim Versuch, in der vordersten Reihe zu stehen und die meisten Broschüren zu ergattern, gegenseitig aus dem Weg. Ich habe es längst aufgegeben, mich in diesem Dschungel aus Info-Screens, Werbeparolen und nichtssagender Studienlehrgangsvertreter zu behaupten. Als klar wurde, dass mich keines der Angebote reizte – und das war ziemlich bald –, schnappte ich mir meinen Rucksack, suchte mir ein lauschiges Plätzchen und warte seitdem, dass du zurückkommst.

Für dich ist das hier natürlich das reinste Paradies. Während die anderen längst mit allem fertig sind, bist du immer noch dabei, fleißig Prospekte zu sammeln und so viele Informationen wie möglich einzusaugen. An jedem Stand findest du etwas, das dich interessiert. Du bist wie ein Kind im Spielzeugladen, alles ist spannend und nichts darf ausgelassen werden.

Tasche und Manu kommen mit Red-Bull-Dosen anmarschiert. »Wir gehen schon mal vor«, gibt Tasche Bescheid. »In einer halben Stunde im Votiv-Park?«

Ich mache ein hilfloses Gesicht. »Wenn Niko bis dahin fertig ist?«

»Lasst euch Zeit! Wir warten einfach auf euch.«

Sie verlassen die Aula. Kurz darauf entdecke ich Larissa, die mit vollgepackter Tasche auf mich zukommt. Sie bleibt vor mir stehen und setzt sich nach einem kurzen Zögern neben mich auf die Treppe.

»Wir sind gleich fertig«, meint sie entschuldigend. »Niko redet nur noch schnell mit ein paar Leuten von der Hochschülerschaft.«

»Ist kein Ding.«

»Und was hast du alles gefunden?« Neugierig betrachtet sie die paar zerknitterten Broschüren in meiner Rucksacktasche. Ich habe es wirklich versucht, doch mehr als Keltologie und Psychologie kam nicht dabei heraus. Ich stopfe die Kataloge tief in meinen Rucksack und ziehe den Reißverschluss zu.

»Ich schaue mir das Zeug zu Hause an«, weiche ich aus.

»Keltologie, hm? Hätte nicht gedacht, dass dich so etwas interessiert.«

Ich schraube meine Eisteeflasche auf und nuckle unnötig lange daran herum. Larissa trinkt ebenfalls aus ihrer Coladose. Schweigsam starren wir auf die altehrwürdigen Steinplatten zu unseren Füßen.

»Da fällt mir ein!« Sie greift nach ihrer Tasche und holt etwas heraus. Es ist ein Buch. Sie prüft es noch mal von allen Seiten, dann setzt sie ein scheues Lächeln auf und drückt es mir in die Hand.

Mein erster Blick gilt der Seitenanzahl (nur 210, Gott sei Dank), dann erst lese ich den Titel: *Die Nibelungen* von Auguste Lechner. Ich entdecke auch eine kleine Zahl unten am Buchrücken. 12+. Das ist hart.

»Ähm … danke?«, versuche ich mein Glück.

»Ich glaube, das könnte dir gefallen! Es ist alles drin, was eine gute Fantasy-Geschichte braucht, Drachen, Schlachten, Helden und ein bisschen Liebe. Und es ist kurz und einfach geschrieben. Wenn du willst, borge ich es dir.«

»Da steht ab 12 drauf.«

»Ist die Jugendbuch-Fassung«, winkt sie ab. »Das Original ist selbst mir zu zäh. Aber diese Variante ist wirklich gut. Ich habe das Buch damals in der Schule gelesen. Nur zu, schau mal rein!«

Sie blättert auf die erste Seite. Die Schrift ist winzig und verschwimmt zusehends vor meinen Augen. Ich bedanke mich freundlich und verstaue das Buch bei den anderen unnötigen Dingen im Rucksack. In Gedanken rolle ich das Buch zusammen und stopfe es Larissa in den Hals.

»Aber du musst es wirklich lesen«, beharrt sie. »Versprich mir, dass du es liest. Es ist eine wunderschöne Geschichte.«

»In Ordnung, ich werde mal reinschauen.«

»Toll! Bin schon gespannt, wie es dir gefällt.«

Es wundert mich, dass sie auf der Sache so herumreitet. Vielleicht hat sie das Gefühl, mit uns allen nicht reden zu können, und sucht verzweifelt nach einem Thema, das uns verbindet. Ich sollte ihr einfach eine oberflächliche Freundschaft vorspielen, damit sie sich nicht mehr so allein in der Gruppe fühlt. Aber wozu? In ein paar Monaten wirst du sie durch eine andere ersetzt haben. Und alles geht wieder von vorne los.

»Und, gibt es Neuigkeiten von deinem Liam?«

»Meinem was?«

Ihr Lächeln wird schmaler – wahrscheinlich kommt sie sich blöd vor, dass ihr Spruch nicht gezogen hat. »Na, der Typ, mit dem du schreibst. Der brünette Chris Hemsworth.«

»Ach so, der.«

»Gibt's was Neues?«

»Nö.«

»Gar nichts?«

»Er schreibt mir ab und zu. Er will sich mit mir treffen, aber ich habe noch nichts mit ihm ausgemacht.«

»Wieso nicht? Hast du nicht gemeint, er sei süß?«

»Ich will den Ball lieber flach halten.«

»Es muss ja nicht gleich ein Date werden. Man kann sich auch nur so treffen. Rein freundschaftlich.«

»Das macht aber nur halb so viel Spaß.« Ich grinse dreckig und stoße sie an der Schulter an.

Sie lässt ein steifes Lachen los, das ihr sehr schnell wieder vergeht. Ist sie wirklich so prüde oder gibt es einen anderen Grund, weswegen sie meine Witze nicht kapiert? Falls es hier um dich geht, ist sie sowieso auf dem falschen Dampfer. Denn egal, ob ich vergeben wäre oder nicht, weniger Zeit miteinander verbringen würden du und ich trotzdem nicht, also was soll der Mist?

Ich sehe, wie du aus der Menge auftauchst, und stehe erleichtert auf.

»Fertig?«, frage ich.

Du hast mehr Zeug bei dir, als du tragen kannst. Deine Taschen und Hände sind voller Papierkram, du grinst und in deinen Augen steht ein irres Leuchten. Ohne Unterlass redest du auf uns ein, über Mikrobiologie, Dolmetschen und Gamedesign. Alles komplett unterschiedliche Dinge, doch das passt zu dir. Du wolltest dich noch nie für nur eine Sache entscheiden. Als wir nach draußen kommen, redest du immer noch. Larissa hängt an deinen Lippen, während ich mich längst ausgeklinkt habe. Und so geht es die ganze Zeit. Du redest, als wir zu den anderen in den Votiv-Park kommen und uns in die Sonne legen. Du redest, als Raffi dir droht, dich mit Klebeband zu knebeln, wenn du nicht sofort mit dem Gequatsche aufhörst. Du redest, als wir alle lachen und längst bei anderen Themen sind. Es ist dir egal. Du bist in den Kaninchenbau gefallen und mitten im Wahnsinn gelandet. Und du steckst alle damit an. Dir gelingt, was niemand für möglich hielt: Du kriegst uns dazu, einen Blick in unsere gesammelten Broschüren zu werfen.

Bis ich die Bombenidee habe, etwas essen zu gehen, um dir mit Pommes und Cola den Mund zu stopfen.

Auf dem Nachhauseweg meldet sich Stefan. Er fragt, ob ich Lust hätte, heute Abend etwas mit ihm zu unternehmen. Ich antworte ihm per Sprachnachricht und rede komplett wirres Zeug.

»Hey Stefan! Ich bin jetzt grad auf dem Weg nach Hause … wir waren auf so einem Uni-Info-keine-Ahnung-was-Ding und ich bin ziemlich fertig. Mann, Scheißleute hier. Sorry, ich gehe gerade über die Straße und hier weiß keiner, wo er langwill! Na egal. Also wegen Treffen: Ich muss erst schauen, wann es zeitlich für mich passt. Ich habe nächste Woche Geburtstag und muss noch jede Menge planen. Sagen wir einfach, ich melde mich, okay? Also dann.«

Ich schicke die Nachricht ab und verstaue mein Handy tief in meinem Rucksack. Als ich eine halbe Stunde später zu Hause bin und den Rucksack auf meinem Bett ausleere, hat er bereits zurückgeschrieben.

Stefan: *Du hast Geburtstag? Wann denn?*

Ich packe das Handy weg und dusche erst mal eine Runde. Tami ist nicht da und ich habe die ganze Wohnung für mich allein. Ich laufe nackt zwischen dem Bad und meinem Zimmer hin und her und falle zufrieden auf mein Bett, als erneut eine Nachricht eintrudelt.

Stefan: *Sag mir den genauen Tag. Ich will dir was schenken.*

Sanni: *Weißt du überhaupt, was mir gefällt?*

Stefan: *Frauen gefällt allen das Gleiche.*

Sanni: *Und zwar?*

Stefan: *Ponys und Diademe.*

Sanni: *Blöd, hab ich beides schon.*

Stefan: *Dann darfst du dir was anderes wünschen.*

Mir fällt keine passende Antwort ein. Das darf doch nicht wahr sein!

Für ein paar Minuten ist es still, dann kommt plötzlich das hier:

Stefan: *Was hast du gerade an?*

Ich schaue an mir herunter und pruste los.

Sanni: *Ist das dein Ernst?*

Stefan: *Was soll ich tun? Irgendwie musste ich dich doch zum Antworten kriegen.*

Sanni: *Fies.*

Stefan: *Und? Was hast du jetzt an?*

Sanni: *Wenn du es genau wissen willst: Nichts.*

Stefan: *Nichts? So richtig nichts?*

Sanni: *War grad duschen. Bin ganz nackt und feucht. Soll ich's dir beweisen?*

Stefan: *Du verarschst mich doch, oder? :D*

Ich hebe das Handy und schieße ein Selfie oben ohne. Anschließend vergrößere ich das Bild, schneide das Dekolleté aus und lege noch einen schönen Instagram-Filter drüber. Ein gutes Foto. Man sieht im Grunde nichts, bloß die Linie meines Schlüsselbeins, ein Stück Hals und mein feuchtes Haar, das in dunklen Strähnen über meine Schultern fällt, doch es ist eindeutig, dass ich nichts anhabe, und der Fantasie sind bekanntlich keine Grenzen gesetzt.

Ich schicke ihm das Bild mit einem großen, tränenlachenden Smiley.

Minutenlange Sendepause.

Stefan: *Du bist der Wahnsinn.*

Ich antworte nicht mehr. Er hat seinen Knochen bekommen und an dem soll er erst mal kauen.

Das Handy landet im Chaos auf meinem Schreibtisch. Lange bleibt es dort nicht. *I want it all* von Queen hämmert in voller Lautstärke aus dem Lautsprecher, und dein Name und ein ziemlich heißes Foto von dir erscheinen auf dem Display. Das Foto ist ein reiner Gag. Ich habe deinen Kopf auf ein waschbrettbäuchiges, komplett nacktes Male-Model kopiert und verwende das Bild seitdem für alle sich bietenden Gelegenheiten: Geburtstagskarten, Bildschirmschoner, T-Shirts, deinen oder meinen Schülerausweis … Du kennst das Bild, hast dich aber nie beschwert. Funfact: Du siehst in natura fast genauso gut aus. Nur konnte ich dich leider nicht dazu überreden, nackt für mich zu posieren.

Ich lasse mich auf die Matratze fallen und hebe ab. »Hallooooo?«

»Hey.« Du klingst müde. Von der Freude am Nachmittag ist nichts mehr zu spüren. »Bist du zu Hause?«

»Ja. Willst du vorbeikommen?«

»Wenn's okay ist?«

Du hattest wieder Streit mit deinen Eltern. Ich habe ein Gespür für so etwas. Immer wenn du am glücklichsten bist, machen sie dir alles kaputt. Man könnte eine sadistische Uhr danach stellen. In einer viertel Stunde stehst du vor meiner Tür, obwohl du von dir zu Hause mindestens doppelt so lange brauchst. Du musst bereits unterwegs gewesen sein, als du mich angerufen hast. Was hättest du gemacht, wenn ich keine Zeit gehabt hätte? Wärst du zu Sebi gefahren oder doch zu deiner Freundin? Wieso eigentlich nicht gleich zu Larissa?

Ich mache uns Popcorn und schalte die Glotze ein. Ich bin in mein Iron-Maiden-Schlafshirt geschlüpft und krieche ein Stück unter meine Bettdecke. Währenddessen sitzt du mit angezogenen Beinen am Fensterbrett und schweigst. Dein Gesicht ist nachdenklich und du beobachtest den Sonnenuntergang, der gerade an den Häuserfassaden vorbeischleicht.

»Worum ging's denn diesmal?«, frage ich.

»Das Übliche. Nur schlimmer.« Du massierst dir die Nasenwurzel, lehnst den Kopf an die Fensterscheibe. »Sie haben mich für so ein Stipendium angemeldet. Irgend so ein Überdrüber-Dings, wofür man weiß Gott was für Noten haben muss. Und jetzt heißt es auf einmal, ich habe dieses Stipendium bekommen, obwohl ich noch nicht mal davon wusste!«

»Okay. Das ist scheiße.«

Du nickst und bist für eine Weile still.

»Es ist in England«, sagst du dann.

»Was?«

»Das Stipendium. Es ist für das Imperial College in London. Imperial College! Ich dachte, so was gibt's nur im Film!«

Das Popcorn fällt mir aus der Hand. Auf einmal ist alles seltsam undeutlich; die Wände, dein Gesicht, unsere gemeinsame Zukunft. Alles in mir zieht sich zusammen, schrumpft auf die Größe einer Erbse, die unter dem Gewicht einer entsetzlichen Angst zerquetscht wird.

»Du … du wirst in England studieren?« Ich flüstere. Für alles andere fehlt mir die Kraft.

Doch halt, was soll das hier? Du kannst nicht nach England gehen. Unsere Reise, unsere Freundschaft! Es ist mehr als Freundschaft. Offen gestanden weiß ich nicht, was es ist, aber wenn du weggehst, wird es für immer in sich zusammenbrechen, das weißt du.

In dein Gesicht hat sich Wut geschlichen. Du steigst vom Fensterbrett und gehst aus dem Zimmer, drehst die Wasserleitung in der Küche auf und kommst mit nassem Gesicht wieder zurück. Auf meinen auffordernden Blick hast du nur ein Schulterzucken übrig.

»Was soll ich denn machen?«, rufst du. »Du kennst die beiden. Wenn ich mich weigere, dann … keine Ahnung!«, seufzt du hilflos und kommst zu mir ans Bett. »Ich will dort nicht hin.«

»Dann scheiß drauf!«

»Ich wünschte, es wäre so leicht.«

»Sie können dich nicht zwingen. Es ist deine Entscheidung. Außerdem gibt es viele gute Unis hier bei uns. Und auch Stipendien.«

»Seit wann bist du Expertin auf dem Gebiet?«

»Seit heute Nachmittag!« Ich greife nach den Broschüren, die ich zuvor einfach auf dem Bett ausgeleert und seitdem nicht mehr angeschaut habe. Ein wunderschöner Haufen verschwendeter Zeit, der ganz plötzlich eine neue Bedeutung bekommt. »Da, dieser ganze Mist hier! Ist das nicht genug? Reicht das deinen Eltern nicht?«

»Sie wollen nur das Beste für mich«, murmelst du.

»Sie wollen dich kontrollieren. Und du lässt das einfach zu.«

»Ich frag dich noch mal, was soll ich denn machen?«

»Flieg mit mir nach Australien!«

»Das geht nicht so leicht!«

»Natürlich geht das! Wir steigen in ein Flugzeug und fliegen davon!«

»Mit welchem Geld denn?«

»Hast du nicht gesagt, du sparst für die Reise?«

»Ich kann nur das sparen, was ich kriege, und alles, was ich kriege, kommt von meinen Eltern!«

Ich will weiterreden, aber wir stecken bereits im altbekannten Dilemma fest. Immer sind es deine Eltern. Sie sind gegen alles, was du dir wünschst, und glauben dabei, sie würden dir helfen. Das ist so unfair! Wir könnten längst dort sein, am Strand, in den Wellen, und über uns die Freiheit. Scheiß auf deine Eltern. Scheiß auf meinen Geburtstag und scheiß auf diese Welt! Wenn du willst, fahren wir sofort. Mein Vater zahlt uns sicher die Flugtickets. Wir wären weg und dieser ganze Mist wäre vergessen. Doch ich weiß, dass das nicht geht. Ich bin ja nicht blöd.

»Das kotzt mich so an!«, brülle ich. »Ich hasse das! Deine Scheißeltern! Kümmern sich einen Dreck um uns!«

Du setzt dich neben mich und stierst auf die Unordnung auf meinem Bett. Auf all die Papiere und Broschüren, die von einer Sekunde auf die andere jeden Nutzen verloren haben.

Du entdeckst etwas zwischen den Decken, ein Buch. Larissas zweihundertseitige Verhöhnung.

»Was ist das?« Dein Blick ist eine Mischung aus Verwirrung und Freude.

»Nennt sich Buch. Schon mal was davon gehört?«

Du hebst es hoch und blätterst darin herum, steckst die Nase zwischen die Seiten und schnupperst. Das hast du schon immer gern gemacht – in Büchern riechen. »Ich glaube, das ist das erste Buch, das ich je in deinem Zimmer gesehen habe. Von wem hast du es?«

»Von deiner lieben Freundin.«

Du blinzelst, und ein Teil von dir scheint plötzlich wieder wütend zu sein. »Sie hat dir das zum Lesen gegeben?«

»Ja, warum?«

Du sagst nichts mehr. Du legst das Buch zurück, und ich stehe auf und werfe es in eine Ecke.

»Können wir jetzt bitte einfach nur fernsehen?«, flehe ich. »Sonst platzt mir hier noch der Schädel.«

Ich kann nicht aufhören, daran zu denken. Es ist in meinem Kopf, rumort dort, macht mich ganz irre. Unruhig wälze ich mich umher, während du angezogen neben mir auf der Bettdecke schläfst. Ich brauche Gewissheit. Ich brauche ein Versprechen.

Ich wecke dich auf, und du siehst verschlafen zu mir hoch.

»Versprich es mir«, sage ich.

Du weißt, wovon ich spreche. Deine Augen antworten mir, noch bevor deine Lippen sich öffnen: *Das kann ich nicht.*

Aber du sagst: »Ich verspreche es. Ich gehe nicht nach England.«

Ich schlafe nicht gut diese Nacht.

#DREIZEHN Wir sind unterwegs zu meinem Vater. Du warst die letzten Tage unheimlich schlecht gelaunt, hast nur rumgemotzt und Treffen abgesagt. Jetzt strahlt endlich wieder Freude aus deinen Augen. Ich habe dir von dem Trampolin erzählt, das seit Kurzem in Papas Garten steht. Eigentlich wollte ich euch alle bei meiner Geburtstagsfeier in drei Tagen damit überraschen, aber irgendwie musste ich doch ein Lächeln auf deine Lippen zaubern. Papa hat mich ohnehin gebeten, mal nach seinen Zimmerpflanzen zu sehen und den Gartensprenger einzuschalten, solange er auf dieser Tagung ist und Luisa ihr Taschengeld in einer Wellness-Therme verschleudert. Es trifft sich perfekt.

Zu Mittag kommen wir an, als die Sonne am heißesten brennt und die Luft in der Hitze flimmert. Es weht kein Lüftchen. Insekten zirpen in den Stachel- und Johannisbeersträuchern, die den Gartenzaun verstecken. Wir haben einen zwanzigminütigen Fußmarsch durch das offene Feld hinter uns und sind trotz leichter Klamotten am ganzen Körper verschwitzt. Durch das hintere Gartentor drücken wir uns in den hart verdienten Schatten, ich laufe vor, um das Haus aufzuschließen, du umrundest das Trampolin wie eine absurde Zirkusattraktion. Papa hat es im hinteren Teil des Gartens aufgestellt, wo an das Grundstück bloß die Felder und Äcker grenzen. Keine Nachbarzäune, keine neugierigen Blicke. Hier können wir treiben, was wir wollen.

Im Haus ist es kühl. Während ich die beiden monströsen Gießkannen in der Küchenspüle vollmache, kommst du über die Terrasse ins Wohnzimmer und zerrst dir die Chucks und das verschwitzte T-Shirt vom Leib. Du trägst jetzt nur noch deine schwarzen Bermuda-Badeshorts, dein Grinsen und deine sonnengebräunte Haut. Beim Pflanzengießen hilfst du mir. Wir gehen in alle Zimmer, weil die durstigen grünen Dinger überall verteilt sind, danach lassen wir die Gießkannen in irgendeiner Ecke stehen und laufen endlich zu unserem Trampolin.

Ein beeindruckendes Bauwerk. Aus direkter Nähe ist es so groß wie eine Hüpfburg – was im Übrigen ebenfalls ein cooles Geschenk gewesen wäre, aber man will sich ja nicht beschweren. Um die Sprungfläche ist ein Sicherheitsnetz eingespannt, mit einer kleinen Öffnung zum Durchschlüpfen. Ich steige aus meiner Shorts und ziehe mir das Top über den Kopf, dann binde ich mein Haar zusammen und klettere im Bikini auf das Trampolin.

»Scheiße, ist das heiß!« Du bist dicht hinter mir, steigst von einem Fuß auf den anderen. »Sollten wir das Ding nicht mehr in den Schatten stellen? Das ist ja die reinste Grillplatte hier.«

»Ich sehe dir gern dabei zu, wie du es schiebst.«

»Ich weiß was Besseres.« Du springst zurück ins Gras und holst den Gartenschlauch. Gute Idee. Moment, was wird das? Du wirst doch nicht …?

»Scheiße, Niko!« Kaltes Wasser trifft mich mit voller Wucht. Ich laufe auf dem Trampolin herum wie ein aufgeschrecktes Huhn und bin binnen weniger Sekunden klitschnass. Du drehst den Schlauch ab und kommst wieder auf die Sprungfläche. Ich fahre mir mit den Händen übers tropfende Gesicht, wringe mein Haar aus und funkle dich an.

»Das merke ich mir, du Arsch.«

Du lässt mir keine Zeit, auf dich böse zu sein. Ich bin sowieso nicht böse. Du nimmst meine Hand und beginnst zu springen. Die straff gespannte Gummimatte befördert uns in die Höhe, und plötzlich sehe ich die Dächer der umliegenden Häuser, sehe die Bahnstrecke, die hinter den Feldern verläuft, die gepflegten Nachbargärten, den schattigen Wald auf der anderen Seite. Die Sonne trocknet meinen feuchten Bikini. Ich greife nach deiner anderen Hand, und wir springen miteinander im Kreis wie Kinder. Ich schaue nach oben in den wolkenlosen Himmel, dann zurück in dein Gesicht. Ich weiß nicht, was davon schöner ist. Welches Strahlen mich glücklicher macht, worin sich mehr die Freiheit spiegelt.

Wir stolpern und verlieren das Gleichgewicht. Eng umschlungen landen wir auf der sonnenwarmen Gummimatte, du auf dem Rücken, ich halb auf dir drauf. Wir könnten uns aufrappeln, aber wir sind zu erschöpft und unser Atem rast. Also bleiben wir so liegen. Das Lachen, das uns eben noch die Lungen zerrissen hat, ebbt allmählich ab, und auf einmal ist es ungeheuer still und friedlich. Du legst die Arme um mich, und ich bette mein Gesicht an deine Schulter. Du ziehst das Gummiband aus meinem Haar und teilst die Strähnen mit deinen Fingern.

Es ist schön. Ich könnte ewig so mit dir hier liegen. Mit der Sonne auf meinem Rücken und deiner Hand in meinem Haar. Doch ich will auch etwas anderes – etwas, das ich erst begreife, als die Stille zwischen uns immer lauter wird. Das mich unvermittelt erfasst und noch heißer und greller brennt als unser Lachen zuvor. Ich presse mich fest gegen deinen Körper, meine Brust gegen deine, reibe die Wange ganz sachte an deiner Schulter. Vielleicht merkst du es ja gar nicht. Aber du merkst es. Deine Arme umschlingen meinen Rücken. Ich höre dich atmen. Unsere Herzen hämmern aneinander. Als wollten sie durchbrechen und miteinander verschmelzen. So nahe waren wir uns noch nie – ich glaube sogar, niemand war sich jemals so nahe wie wir beide in diesem Moment. Ich fühle alles an dir, deine Muskeln, die sich auf meine feste Berührung zusammenziehen, deine warme Haut, der Atem in deiner Brust, der unmittelbar in meinen übergeht. Wir sollten aufhören. Doch keiner von uns rührt sich.

Dann spüre ich es auf einmal. Oder vielleicht habe ich es schon die ganze Zeit gespürt. Du hast eine Erektion.

Du verkrampfst dich – hast du gehofft, es fällt mir nicht auf? Mein Herz zertrümmert mir die Rippen. Ich weiß nicht, was ich tun soll. Und dann tue ich plötzlich genau das Falsche. Ich lasse meine Hand ganz langsam nach unten gleiten. Über deine Brust, deinen Bauch. Dann noch weiter runter. Dich durchläuft ein Zittern. Aber deine Umarmung löst sich nicht. Ich finde den Bund deiner Badehose. Noch ein kleines Stück mehr …

Du stößt mich weg und schießt in die Höhe. Du starrst mich an, zuerst ungläubig, dann voller Entsetzen. Ich weiche zurück. Ich möchte etwas sagen, aber zum ersten Mal fehlen mir die Worte. Im nächsten Moment bist du vom Trampolin gesprungen und verschwunden.

Du stehst an der Hausmauer und schöpfst Wasser aus dem Hahn, der für den Gartenschlauch gedacht ist. Du schüttest es dir ins Gesicht, über den Nacken und schlussendlich auch über den Kopf. Ich sehe immer noch, wie sehr du unter Spannung stehst. Mit etwas Abstand lehne ich mich an die Mauer, und du beugst dich vor und trinkst gierig Wasser aus deiner Hand.

»Das … das war merkwürdig grad eben«, sage ich.

»Ich weiß. Tut mir leid.«

»Dir muss nichts leidtun. Ich habe angefangen.«

Du drehst den Kopf und siehst mich an. All deine Gedanken scheinen sich in diesem einen Blick zu bündeln. Eine kompromisslose Aufforderung. Eine Wahrheit. Die, die wir beide verdrängen, die mir die Haut vom Körper reißt und mich nackt und zitternd der Kälte meiner eigenen Angst aussetzt. Einer Angst vor etwas, das ich nicht einmal verstehe. Du willst eine Erklärung. Womöglich sogar eine Entscheidung, und du willst sie jetzt. Mein Herz zieht sich vor Panik zusammen und ich treibe hilflos in der Leere.

Ein Auto in der Einfahrt. Papa kommt nach Hause.

Du drehst den Hahn ab und schaust von mir weg.

»Fahren wir zurück?«, frage ich. Du nickst.

Es wird eine ewig lange Fahrt ohne Worte.

#VIERZEHN Ich bin mit Tami einkaufen. Kiloweise Chips, Popcorn, Süßigkeiten, Sandwiches, Grillfleisch und natürlich Alkohol. Morgen ist der große Tag. Laut aktueller Hochrechnungen werden es um die sechzig Leute. Ich bezahle bar – Papa hat mir neulich einen wunderschönen 500-Euro-Schein zugesteckt, den ich mit Freuden für meine Party ausgebe. Was ich mit dem Rest mache, überlege ich noch. Vielleicht gönne ich mir tatsächlich dieses Surface-Piercing. Oder ich lege das Geld in meine Australien-Spardose.

Schwitzend und keuchend schieben wir unseren überfüllten Einkaufswagen durch die pralle Nachmittagshitze. Im untersten Fach stapeln sich die Sixpacks. Das alles ohne Aufzug in den dritten Stock zu kriegen, wird lustig. Wir brauchen mehrere Etappen, bis endlich alles in der Wohnung ist. Den Alkohol heben wir uns bis zum Schluss auf. Vollgepackt bis zum Kinn schleppen wir die Flaschen und Bierkisten durch die Tür und erinnern uns plötzlich daran, dass Papa versprochen hat, heute Abend mit dem Auto vorbeizukommen, um den Einkauf an den Ort des Geschehens zu liefern. Hätten wir nachgedacht, wäre uns vielleicht in den Sinn gekommen, einfach mit dem

Einkauf zu warten, bis er da ist, und alles direkt ins Auto zu laden. Fail des Tages.

Tami fällt in unseren schäbigen, aber ultrabequemen Wohnzimmersessel und wischt sich mit dem Handrücken den Schweiß von der Stirn. »Mann, Sanni … dafür schuldest du mir was.«

»Du kriegst morgen das erste Stück von der Torte, einverstanden?«

»Fuck.«

»Was denn?«

»Ich glaub, ich hab mich an irgendwas geschnitten.« Sie lutscht an ihrem Daumen und sinkt noch ein Stück tiefer in den Sessel. »Scheißschlepperei. Wieso hilft dir Niko nicht bei dem Mist?«

»Der hat keine Zeit.«

Ihre Brauen wandern überrascht nach oben. »Kommt er etwa nicht zur Party?«

Habe ich tatsächlich so wütend geklungen, dass sie das annimmt? Die Wahrheit ist: Ich weiß nicht, ob du kommen wirst. Seit dem Vorfall auf dem Trampolin haben wir uns nicht mehr gesehen. Wir schreiben uns, doch unsere Unterhaltungen sind, gelinde gesagt, eher oberflächlich. Heute unternimmst du angeblich etwas mit Larissa. Zumindest stand das ist der knappen Whatsapp-Nachricht, die du mir heute Morgen geschickt hast, nachdem du dich einen vollen Tag nicht gemeldet hattest. In unserer Zeitrechnung ist das ein verfluchtes Jahr! Ich würde dir ja vorschlagen, über die Sache zu reden, aber wenn du dich vor mir versteckst, was soll ich da bitte tun?

Ich verfrachte das Grillfleisch in den Kühlschrank und zucke mit den Schultern. »Keine Ahnung. Eingeladen ist er zumindest.«

»Habt ihr zwei Streit?«

»Nein.«

»Klingt aber so.«

»Er ist einfach nur mit seiner Freundin unterwegs«, entgegne ich und knalle die Kühlschranktür zu. »Okay? Mehr steckt nicht dahinter.«

Tami hebt beschwichtigend die Hände. »War ja nur 'ne Frage.«

Gemeinsam räumen wir das Knabberzeug in Kisten, die ich extra aus dem Baumarkt organisiert habe. Als eine Stunde später mein Vater eintrudelt, bringen wir zu dritt alles wieder nach unten und verfrachten es im riesigen Kofferraum von Papas Range Rover. »Wann beginnt die Show noch gleich?«, will er vor dem Einsteigen wissen.

»Ich und die Gang werden vermutlich schon am späten Nachmittag da sein. Der Rest kommt dann im Laufe des Abends.«

»Dass mir keiner in die Büsche kotzt, hast du verstanden? Und die Garage ist auch tabu.«

»Ja, ja. Wir werden uns benehmen, versprochen.«

»Vielleicht sehen wir uns morgen noch kurz, bevor ich zu Luisa in die Therme aufbreche. Dann besprechen wir das Wichtigste.«

Wir verabschieden uns, und der Kloß in meinem Hals wird zu einem kiloschweren Brocken.

Ich will meine Party nicht ohne dich feiern. Ich will, dass du dabei bist und bei allem in der ersten Reihe stehst; du sollst mir zusehen, wie ich die Kerzen auspuste. Du sollst laut mitzählen, wenn ihr mich zwingt, vier Tequila auf einmal runterzuschütten. Du sollst der Erste sein, der kommt, und der Letzte sein, der geht. Solange das nicht sicher ist, möchte ich gar nicht 18 werden. Ich wäre lieber noch mal fünf und wir beide säßen kichernd in unserem Baumhaus und erzählten uns Gruselgeschichten oder zählten die Sterne. Das Baumhaus gibt es jetzt nicht mehr. Seit deine Eltern das Grundstück neben Papas Haus verkauft haben, ist die Eiche, in deren Krone es stand, leer. Das alte Ehepaar, das jetzt dort wohnt, ließ es gleich nach dem Einzug abreißen – sagt man das bei einem Baumhaus so? Abreißen? Es ist lange her und oft denke ich gar nicht mehr daran. Doch jetzt wünschte ich, wir hätten immer noch dieses Baumhaus. Es war nicht bloß ein Rückzugsort, es war eine diplomatische Zone. Im Baumhaus durfte nicht gestritten werden. Und wenn wir uns doch einmal fetzten, dann warteten wir dort aufeinander, und plötzlich war alles wieder gut. Es war unser *Tut mir leid*. Und es hat immer funktioniert.

Ich will diesen Moment zurück. Ich will das Recht, das Geschehene einfach wegzuwischen, weil es im Grunde völlig bedeutungslos ist. Ich dachte immer, unsere Stärke läge darin, dass wir unkompliziert sind. Da habe ich mich wohl getäuscht.

#FÜNFZEHN Wir treffen uns alle am Bahnhof. Eine bunte, stimmungsgeladene Versammlung trinkgeiler Freaks. Tommy hat seine Band-Kumpels mitgebracht, Raffi die Leute aus dem Pen-and-Paper-Club. Gemeinsam singen und tanzen wir auf dem Bahnsteig, als hätten wir zu viele Pillen intus. Bei einigen stimmt das wahrscheinlich auch. Wir sind laut, benehmen uns daneben, irgendjemand spielt Musik auf dem Smartphone und die ersten leeren Bierdosen landen im Müll und manchmal auch bloß im näheren Umkreis.

Der wolkenlose Himmel verspricht eine perfekte Nacht. Wir werden feiern, bis wir die Sterne berühren. Bis unser Lachen ein Loch ins Raum-Zeit-Gefüge reißt. Es wird die Party meines Lebens – doch anscheinend ohne dich. Zum dritten Mal schreibe ich dir eine Nachricht, wo du steckst. Die vorherigen beiden hast du zwar gelesen, auf die Antwort warte ich allerdings vergebens. Wärst du jetzt hier, würde ich dich anbrüllen. Ich würde dir eine dieser berühmten Szenen machen, wie man sie oft in Filmen sieht, mit fliegenden Tellern und einem dramatischen Abgang. Wärst du jetzt hier, würdest du mich von einer Seite kennenlernen, die ich selbst nicht kannte – aber du bist es nicht. Du bist irgendwo, obwohl du bei mir sein solltest. Heute ist mein Geburtstag. Wir haben noch nie einen Geburtstag getrennt verbracht. Es ist absurd, aber je länger du dich totstellst, umso weniger möchte ich dich dabeihaben. Das ist mein Abend! Versaue ihn mir nicht!

Der Zug scheint mich von all dem weit wegzubringen. Meine Gedanken zerstreuen sich in der Abendsonne und finden frisch gereinigt und unbeschwert wieder zusammen. Ich beginne mit Manu die erste Challenge des Abends: eine Bierdose leeren und danach das Alphabet rülpsen. Manu ist unschlagbar in dieser Disziplin. Unsere überdrehten Stimmen füllen den ganzen Wagon, und es tut mir leid für all diejenigen, die das mit ansehen müssen. Aber heute ist mein Geburtstag! Ich bin *erwachsen* und fühle mich riesig.

Daran wirst auch du nichts ändern.

Papa ist noch da, als wir ankommen. Offenbar traut er mir nicht zu, die ellenlange Liste voller Benimmregeln im Alleingang zu kapieren. Die Unterschiede zum letzten Mal sind minimal, bloß ein paar Ergänzungen hier und da wie zum Beispiel der Punkt, der sich auf die Gartentüren bezieht. Auf der letzten Liste stand noch: Gartentüren immer gut verschließen. Jetzt steht da: Gartentüren verschließen und sauber halten. Eine Anspielung auf die leere Bierdose, die irgendjemand auf die Klinke gesteckt hat. Okay, schon gut, ich habe vergessen, das Ding abzumachen. Wird nicht wieder vorkommen.

Nach den finalen Instruktionen wünscht er uns viel Spaß und gibt das Haus in unsere Obhut. Wir sind bereits überraschend zahlreich. Die Jungs probieren das Trampolin aus, während Manu, Tasche, Tami und ich für den Getränke-Nachschub sorgen. Wir richten ein Buffet auf dem großen Esstisch im Wohnzimmer an und genehmigen uns ein paar der herrlich saftigen Schoko-Muffins, die Tasche mitgebracht hat. Sie mag sich von Rohkost ernähren, aber backen kann sie.

Alle paar Minuten bimmelt ein Handy oder es läutet an der Tür. Das Haus und der Garten füllen sich. Die Leute bringen Kuchen, Alkohol und ganz viele Geschenke mit. Ein paar davon mache ich sofort auf, den Rest lege ich auf einen Haufen und verschiebe sie auf später.

Sebi nimmt die gigantische Stereo-Anlange in Betrieb. Wir haben die Boxen auf die Terrasse gebracht, sodass die Musik über den gesamten Garten hinwegschmettert. Die Stimmung ist bombastisch. Ich beginne Fotos zu schießen, wahllos von allem, was mir vor die Linse springt. Da ist Manu, die sich gierig den dritten Muffin in den Mund schiebt. Raffi und Tommy beim Trampolinspringen. Raffis Dreads fliegen wie braune Kabel durch die Luft. Sebis langhaarige Metal-Gruppe beim Belagern des Grills. Neue, gut gelaunte Menschen, die zur Tür hereinspazieren und mich umarmen. Meine schwarz lackierten Zehen im Gras. Der Geschenke-Berg, der stetig wächst. Die gelben Felder, der Sonnenuntergang und die dunkelblaue Weite des Himmels. Es ist wunderschön und doch zum Kotzen. Denn du bist nicht da. Manu wird allmählich misstrauisch, als ich zum x-ten Mal aufs Handy stiere und mein Blick immer finsterer wird.

»Wo steckt Niko eigentlich?«, fragt sie.

»Keine Ahnung«, motze ich. »Er antwortet nicht.«

Sie dreht die Musik leiser und klatscht die Hände zusammen. »Hey Leute, hört mal alle her! Könnte bitte mal jeder,

der Nikos Nummer hat, ihm eine saftige Wo-bleibst-du-du-Schwanzlutscher-Nachricht schreiben? Und bitte alle gleichzeitig! Ihm soll der Arsch bluten vor lauter Handygebimmel!«

Im ganzen Haus wird fleißig losgetippt.

Ich falle Manu um den Hals. »Du bist die Beste.«

Sie rülpst mir ins Ohr und wir lachen uns die Bäuche wund.

Der Alkohol beginnt zu wirken. Die Farben werden heller, mein Inneres weitet sich aus. Der Nachthimmel hängt wie ein luftiges, schwarzes Tuch über dem Haus. Überall sind Nadelstiche, durch die äonenaltes, weit entferntes Licht schimmert. Sind die Sterne am Ende bloß Löcher zu einem anderen Universum? Eine verrückte Vorstellung. Vielleicht gibt es Universen in allen Farben des Regenbogens, rot, blau, violett, grün … Meine Gedanken driften ab, und ich falle in den Gartenstuhl, den Manu mir zurechtgerückt hat.

»Und jetzt Augen zu! Und nicht schummeln!«

»Sie schummelt sicher.«

»Nix da!«

Jemand hält mir von hinten die Hände vor die Augen. Etwas Großes, Leuchtendes nähert sich meinem Gesicht, und gefühlt hundert Stimmen beginnen für mich Happy Birthday zu singen.

»Und jetzt – Augen auf!«

Vor mir steht eine Torte so groß wie mein Schreibtisch. Dekoriert mit rosafarbenen Marzipan-Pimmeln. Die Hitze der Sprühkerzen streift meine Haut. Irgendjemand drückt mir einen Kuss auf die Wange. Mir kommen die Tränen. Das ist alles nicht richtig so. Du solltest mir die Augen zuhalten und mir sagen, dass ich nicht schummeln soll. Du solltest mich auf die Wange küssen. Du solltest jeder hier sein und stattdessen bist du keiner davon.

Ein drängender Gröl-Chor setzt ein. »Auspusten, auspusten!«

Ich nehme mein offenes Haar zurück und sammle so viel Luft, wie ich kann. Ich stelle mir vor, ich hole Luft, um dir ins Gesicht zu schreien. Mit aller Kraft. Bis du umfällst und dich nicht mehr rührst. Keine Flamme bleibt am Leben. Jubelnd werden Gläser und Flaschen erhoben, ich spüre Hände, die mich von allen Seiten berühren, jeder möchte mich zu sich drehen, jeder will mir zeigen, wie viel ich ihm bedeute. Strahlende Gesichter, wohin das Auge reicht. Sebi zerrt mich zu sich und hebt mich hoch, und plötzlich sitze ich auf seinen Schultern. Er trägt mich durch den Garten, während die anderen uns folgen, ich lache, und die Tränen laufen und laufen.

»Sanniiiiii!« Manu findet mich im Gedränge. Sie hat mein Handy in der Hand, das ich im Haus gelassen habe. »Niko ist dran.«

Ich kämpfe mich an verschwitzten Körpern und ausgezogenen Klamotten vorbei. Irgendwann fingen zwei Mädels an, sich auszuziehen, und plötzlich waren alle auf dem Trampolin nackt. Auch mein Oberteil ist auf magische Weise abhandengekommen. Ich schnappe mir ein T-Shirt, das ich am Boden finde, und steige zu Manu auf die Wiese.

»Hallo?«, rufe ich ins Handy.

Du sagst etwas, doch ich kann dich nicht verstehen. Ich laufe ins Haus, wo der Lärm der Musik ein gutes Stück gedämpft ist.

»Hallo?«, wiederhole ich. »Niko? Wo bist du?«

»Noch bei Larissa. Hör zu, ich fürchte, es wird nicht klappen, dass wir kommen. Larissa ist die Fahrt nach Tulln einfach zu lang.«

»Aber du musst kommen! Ich habe Geburtstag!«

Zwei Jungs aus Team Sebi kommen aus der Küche und grölen im Hintergrund meinen Namen. »Ja, Mann, sie hat Geburtstag!«, brüllt einer dazwischen.

Du sagst nichts. Das mit Larissa ist doch bloß eine Ausrede. Ich beschließe, alles auf eine Karte zu setzen.

»Wenn ihr nicht kommen könnt, dann kommen wir eben zu euch.«

»Was meinst du damit?«

»Wir kommen nach Wien. Wir wollten ursprünglich doch sowieso in der Stadt fortgehen. Wann könnt ihr aufbrechen?«

»Komm schon, Sanni, lass gut sein. Wir holen das einfach nach. Jetzt noch nach Wien zu fahren, ist doch verrückt.«

»Du hast keine Ahnung, wie egal mir das ist.«

»Jetzt hör mal …«

»Hey Leute«, rufe ich nach draußen, »wer kommt alles mit nach Wien?«

Das Jubeln der Freiwilligen schrillt in meinen Ohren.

»Da hörst du's. Wir kommen zu euch. Um Punkt eins am Schwedenplatz.«

Wieder eine Pause. »Wir sind aber in Heiligenstadt.«

»Dann eben um Punkt eins in Heiligenstadt, verflucht!«

Du stößt lange und schwer die Luft aus. »Sanni …«

»Es ist mein Geburtstag!«, brülle ich. »Also mach, was ich dir sage!«

Ich lege auf und ziehe mir das fremde T-Shirt aus. »Wo zur Hölle ist mein Top? He, hat irgendwer mein Top gesehen?«

#SECHZEHN Ich bin sturzbesoffen. Das Taxi ist ein Schmelzofen. Unsere dicht aneinandergedrückten Körper erzeugen eine Hitze, die meine Gedärme verflüssigt. Schweiß rinnt meinen Nacken hinab und versickert im Ausschnitt meines Tops. Ich habe mir irgendeins genommen, das mir steht – ich glaube, es gehört einem Mädchen aus Raffis Truppe. Unter dem dünnen, weißen Stoff schimmert mein schwarzer BH durch. Es kümmert mich nicht, wie nuttig ich aussehe. Jemand drückt mir eine Vodka-Flasche in die Hand und ich nehme einen genüsslichen Schluck.

»Ich weiß was!« Sebi dreht sich auf dem Beifahrersitz um und fuchtelt mit seinem Handy. »Eine befreundete Band von mir spielt heute im *Escape*. Schauen wir dorthin?«

»Aber wir müssen nach Heiligenstadt«, entgegne ich.

»Die Band ist nicht so schlecht. Spielen hauptsächlich Gore. Wenn wir uns beeilen, schaffen wir es noch, bevor sie fertig sind!«

»Aber wir müssen nach Heiligenstadt.«

Er schüttelt geduldig den Kopf, wartet ein paar Sekunden und wiederholt dann: »Wenn wir uns beeilen, schaffen wir es noch, bevor sie fertig sind.«

Meine Gedanken sind schwer wie Blei. »Aber wir müssen nach Heiligenstadt!«

Manu zieht an meinem Haar. »Hallo? Bitte Neustart!«

Sebi gibt dem Fahrer neue Instruktionen, und fremde Finger tippen auf meinem Handy. Moment, das sind ja meine Finger.

Sammi: *Sind im Escape …*

Du antwortest nicht, und ich packe schnaubend das Handy weg.

Manu und Tasche haben zu singen begonnen.

We all live in a yellow submarine
yellow submarine
yellow submarine

Meine Schenkel kleben am Sitzbezug fest. Ich habe das Gefühl, in meinem Kopf herrscht Überdruck. Ich lasse das Fenster herunter, um frische Luft zu bekommen. Warmer Fahrtwind bläst mir ins Gesicht, und ich rieche den Asphalt der Straße und das billige Aftershave unseres Taxifahrers.

»Trink!«, befiehlt Manu.

Ich tue, was sie sagt.

Es ist ein verrauchter Raum ohne Fenster und mit schlechter Akustik. Auf der kaum vier Quadratmeter messenden Bühne spielt sich die fünfköpfige Band die Seele aus dem Leib, während ein harter Kern aus Fans in der ersten Reihe alles daran setzt, das Headbangen zu einer olympischen Disziplin zu machen. Es ist eng. Ich werde in der Menschenmenge gekocht. Genauso muss es sich anfühlen, wenn man an einen Kannibalen-Stamm gerät und zusammen mit Karotten und Knoblauch in den Kochtopf geworfen wird.

»Gar nicht so schlecht!«, brüllt Manu mir ins Ohr.

»Der Lead-Gitarrist ist geil!«

»Holen wir uns ein Autogramm, wenn sie fertig sind?«

»Er soll mir die Möpse signieren!«

»Wetten, dass er meine zuerst signiert?«

Mein Bier ist aus. Ich gebe Manu mit Handzeichen zu verstehen, dass ich mir Nachschub hole. Der Andrang an der Bar ist riesig. Während ich warte, sprechen mich zwei Mädels auf meine Tattoos an. Wir unterhalten uns, und ich spüre das Hämmern der Double-Bass-Drums wie eine Vibration tief in mir drin. Blödsinn, das ist mein Handy.

Niko: *Fahren jetzt los. Seid ihr noch im Escape?*

Sanni: *Jaaaa!*
Sanni: *Du musst kommen!!*
Sanni: *Niko!!!!!!!!!*
Sanni: *Ich bin so betrunken*
Sanni: *:D:D:D*

Niko: *Ist fast nicht zu merken.*

Sanni: *Die Band ist so scheiße! Aber der Gitarrist! Hohohoho!*
Sanni: *Kommt Larissa auch?*
Sanni: *Mahahahahaha diese Leute hier! Alles Sebis! So ganz gleich*
Sanni: *Alles Wikinger! XD*

Ein schwarz angezogener Headbanger rempelt mich von der Seite an und verschüttet fast sein Bier auf meinem Dekolleté. Er entschuldigt sich flüchtig und wankt weiter zum Männerklo. Verzweifelt versuche ich das Handydisplay zu fokussieren, aber ich sehe bloß meine Finger, die von einem Buchstaben zum nächsten wischen.

Sanni: *Nikoooooooo! Wann kommst duuuuuuu?????*
Sanni: *Hier isses so voll*
Sanni: *Und meine Schuhe sind nass!*
Sanni: *OOOOO*
Sanni: *Du musst dich beeilen!! Niko! Beeil dich bitteeeeeeee!*

Niko: *Brauchen noch eine halbe Stunde.*

Sanni: *!!!!!!!*
Sanni: *XD XD XD XD XD*

Plötzlich muss ich ganz dringend pinkeln. Ich schlage mich zum Damenklo durch und stolpere in die nächstbeste Kabine.

Alte, halb zerfetzte Bandposter schauen mir höhnisch bei der Notdurft zu, dann wanke ich zum Mini-Waschbecken und halte die Hände unter den eiskalten Wasserstrahl.

Mein Gesicht ist blass im verschmierten Spiegel. Muss am billigen Kunstlicht liegen. Mit den Fingerspitzen wische ich Mascara-Reste von der empfindlichen Haut unter meinen Augen. Schon besser. Die Tür springt auf und Manu platzt herein.

»Für Schottland!« Sie zieht ihren Ausschnitt nach unten und entblößt fünf großzügig verteilte Unterschriften auf ihrem Busen. »Sie haben extra eine kleine Pause für mich eingelegt, stell dir vor. Der Gitarrist ist der da! Und der Sänger ist der! Der Schlingel hat ganz fest aufgedrückt!«

»Warte, das hol ich mir auch!«

Ich renne aus dem Klo und will zurück zur Bühne. Auf halbem Weg gerate ich in einen Moshpit. Lachend lasse ich mich mitzerren.

Mein Becher ist schon wieder leer. Ich brauche mehr zu trinken.

Diesmal bestelle ich kein Bier, sondern etwas Richtiges. Tequila-Shots. Das Licht der Spotlights malt wild flirrende Muster auf den Boden. Sie wirken hypnotisch, und der Alkohol gleitet meine Kehle hinab wie kühle Seide.

»Wo bleibt Niko?« Sebi schaut sich um.

Ich zucke mit den Schultern und beginne zu tanzen.

Du kommst die Treppe herunter. Im schummrigen Licht sind deine Augen dunkel. Du triffst auf Sebi und Manu, die an der Bar lehnen und sich mit zwei Typen aus der Band unterhalten.

Nach einer kurzen, aber innigen Begrüßung lässt du sie stehen und gehst weiter in meine Richtung.

Noch hast du mich nicht entdeckt. Du suchst nach mir. Ich stehe bei der Bühne und nippe konzentriert an meinem Glas. Du hast dich herausgeputzt, trägst das schwarze Hemd, in dem du so heiß aussiehst, dass die Wände schmelzen. Angestrengt siehst du dich um. Es muss dich Mühe gekostet haben, diesen schmuddeligen Laden zu betreten. Du kannst Zigarettenrauch nicht leiden, und für Gore und Death Metal hast du erst recht nichts übrig. Aber du bist hier, und plötzlich siehst du mich. Ein Lächeln huscht über dein Gesicht, du kannst es nicht zurückhalten. Du kommst auf mich zu, und ich fixiere dich mit den Augen, halte dich mit meinem Blick fest, damit du keine Chance hast, mir heute noch mal zu entkommen.

»Sorry für die Verspätung«, beginnst du. »Mit der U-Bahn dauert es ewig hierher.«

Ich betrachte dich von Kopf bis Fuß. Nein, du wärst nicht zu Hause geblieben. Gerade hast du dich wieder daran erinnert, dass ich alles bin, was du willst. Es steht in deinen Augen, die sich nicht von mir lösen können, die mich um Verzeihung bitten und mir alles sagen, was ich hören möchte. Dass ich wunderschön bin. Dass so etwas nie, nie wieder passieren wird. Dass du vor mir kniest, wenn ich das will. Auf Glasscherben und glühenden Kohlen.

»Du siehst gut aus«, sage ich.

Dein Lächeln zittert. Ich entdecke Larissa, die eben neben dir aufgetaucht ist. »Heeeyyyy!«, juble ich und falle ihr zur Begrüßung um den Hals. Erstaunt lässt sie es geschehen. Ich löse mich von ihr und nehme einen Schluck aus meinem Glas. »Endlich sind wir vollzählig. Was machen wir jetzt?«

»Die Band haben wir ja verpasst«, erkennst du vollkommen richtig.

Sebi, Manu und Tasche tauchen aus der Menge auf. Ich winke sie zu uns und frage: »Schottenring?«

»Schottenring!«, rufen die drei im Chor.

Du scheinst die Freude nicht trüben zu wollen, gibst aber zu bedenken: »Wir kommen doch gerade erst aus dieser Richtung.«

»Halt's Maul und trink das.« Sebi zaubert ein Tablett mit vier Gläschen hervor, die alle für dich bestimmt sind. Du machst große Augen, schüttest aber brav eins nach dem anderen hinunter, während Sebi geduldig mitzählt.

»Eines für die Mama ... und eines für den Papa ... und eines für den Sebi ... Komm schon, das letzte geht auch noch. Seeeehr brav!«

Du stellst die leeren Gläser zurück und fasst dir an die Stirn. »Und ihr wollt jetzt echt noch zum Schottenring?«

»Fix!«, flötet Tasche. »Zum *Flex*!«

Und im Chor: »*Flex*!«

Du siehst mich beschwörend an. Wahrscheinlich fragst du dich, ob das meine Art ist, dich zu bestrafen. Keine Sorge, ist es nicht. Ich will nicht streiten, ich will bloß den Spaß zurück, den du mir den ganzen Tag genommen hast. Das bist du mir schuldig. Wir brechen auf. Ich weiß nicht, wie viele wir sind. Aber wir sind laut. Die Freak-Kolonne ist wieder unterwegs. Zum Sieg oder in den Untergang. Für Schottland.

#SIEBZEHN Träge wälzt die Kolonne voran. Wir machen kaum Meter, weil ständig irgendjemand zurückfällt: Sebi stellt sich an eine Hausmauer, um ungeniert zu pissen. Tasche möchte Geld abheben. Manu läuft auf die andere Straßenseite, weil sie dort jemanden gesehen hat, den sie kennt. Auf halber Strecke kommen uns Raffi und Konsorten entgegen, die sich ein zweites Taxi genommen haben und uns aus Tulln hinterhergefahren sind.

Die Begrüßungszeremonie fällt lange und sehr, sehr emotional aus.

»Nikoooooo!«

»Raffiiiiiii!«

»Wo warst du die ganze Zeit?«

»Keine Ahnung mehr.«

»Du hast mir gefehlt, Mann, du hast mir echt gefehlt.«

Unsere Zahl wächst. Sebi und du habt die Führung übernommen, Raffis eingerauchte Truppe bildet das Schlusslicht. Ich bin irgendwo dazwischen und lande plötzlich bei Larissa, die den ganzen Abend schon sehr schweigsam ist. Mir tut sie ein bisschen leid. Ich umfasse ihre Schultern und drücke ihr einen dicken, schmatzenden Kuss auf die Wange. »Na du? Du schaust so finster. Lach doch mal!«

Sie würgt ein halbherziges Lächeln hervor.

»Siehst du, schon viel besser! Du bist so hübsch, wenn du lächelst!«

»Alles Gute zum Geburtstag übrigens.«

»Oh, wie lieb von dir! Ich bin so froh, dass ihr doch noch gekommen seid. Ohne euch wäre es einfach nicht dasselbe gewesen.«

Ihr Blick wandert zu dir nach vorne, während du mit Sebi über irgendwelches Zeug lachst.

»Weißt du, was dich in Stimmung bringen wird?«, flüstere ich Larissa ins Ohr.

Ihre Schultern verkrampfen sich, und sie fragt mit belegter Stimme: »Was denn?«

»Etwas zu trinken!« Ich lasse sie los und fuchtle wild mit den Armen. »He, wir brauchen hier dringend was zu trinken! Hat jemand was zu trinken für mein Mädel?«

Auf der anderen Straßenseite ruft ein besoffener Typ: »Zu trinken nicht, aber ordentlich was zu schlucken!«

Ich zeige ihm den Mittelfinger, und ein begeistertes Pfeifkonzert geht los.

Wir stehen in Gruppen vor dem Döner-Stand, der sich seit Urzeiten neben dem U-Bahn-Abgang befindet. Dir und den Jungs ist eingefallen, dass ihr seit drei Gassen hungrig seid. Während ihr mit frischen Bierdosen auf die Essensration wartet, sehen wir Übrigen Raffi beim Kotzen in eine Mülltonne zu.

»Ist alles okay mit ihm?«, fragt Larissa besorgt.

»Der erholt sich schon wieder. Nicht wahr, Raffi?« Ich hebe meine leere Bierflasche, die ich seit unserem Aufbruch wie ein

Zepter mit mir herumtrage. »Dir geht's doch super da drüben!«

Raffi taucht aus der Mülltonne auf und hebt mit einem müden Grinsen den Daumen.

»Also ich weiß nicht«, redet Larissa weiter, »vielleicht sollten wir ihn nach Hause bringen. Er sieht ziemlich fertig aus.«

»Niemand geht hier nach Hause!«, rufe ich in die Gruppe, worauf mir sofort einstimmiger Jubel antwortet.

Ich setze mich zu Larissa auf die Bank, auf der sie hockt wie auf einem Plumpsklo: mit gekrümmtem Rücken und unleidlichem Gesicht. Sie ist viel zu verkrampft. Ich muss sie irgendwie locker kriegen, bevor sie uns am Ende noch den ganzen Spaß verdirbt. Ich rücke nahe an sie heran, zupfe eine Strähne aus ihrem Pferdeschwanz und schiebe sie ihr sanft hinters Ohr.

»Weißt du, worauf ich echt Bock hätte?«, säusle ich. »Auf einen kleinen, dreckigen Dreier. Du, Niko und ich.«

Sie reißt die Augen auf und zieht sie anschließend misstrauisch zusammen. »Das ist ein Scherz, oder?«

»Sehe ich aus, als wäre mir nach Scherzen zumute?«

»Du siehst aus, als wärst du ziemlich betrunken.«

»Siehst du – perfekte Ausgangsbedingungen.«

Kopfschüttelnd wendet sie sich ab. Ich lege den Arm um sie und schiebe mein Gesicht ganz nahe an ihres heran. »Er wäre sicher dabei«, sage ich leise. »Schau ihn dir an. Er wartet nur darauf, dass wir es ihm vorschlagen. Ich wette, er denkt die ganze Zeit an nichts anderes.«

Sie ist steif wie ein Brett in meiner Umarmung.

»Fahren wir heim«, flüstere ich. »Nur wir drei. Fahren wir heim zu mir. Soll ich ihn fragen? Ich frag ihn für uns.«

Ich möchte aufstehen – sie krallt die Hand um mein Knie und hält mich davon ab.

»Ach, komm schon, Larissa. Sei nicht so langweilig.«

Sie scheint etwas sagen zu wollen, aber sie bleibt still. Du bemerkst, dass wir in deine Richtung sehen, lässt die Jungs am Dönerstand stehen und kommst zu uns herüber. »Was heckt ihr beiden denn aus?«

»Gar nichts.« Larissa steht auf und greift nach deiner Hand. Sie drängt sich dicht an deine Seite, murmelt dir mit ernstem Gesicht etwas zu.

»Aber wir sind doch gerade erst gekommen«, antwortest du verwirrt. Sie sagt noch etwas, das ich nicht verstehe. Du schüttelst den Kopf und schiebst sie weg. »Später. Jetzt fahren wir erst mal weiter. Was ist dahinten los, Leute? Kommt in die Gänge, wir wollen weiter!«

Ich strecke die Hände nach dir aus und du zerrst mich von der Bank direkt in deine Arme. Du willst mich schon loslassen, da bekomme ich deinen Hals zu fassen und schaue dir fest in die Augen.

»Du, ich, sie? Bei mir zu Hause? Jetzt?«

Kurz schaust du ernst, dann gewinnt wieder das Lachen die Oberhand. »Du bist so versaut.«

Ein dürrer Schatten rast an uns vorbei – Raffi, der mit voller Pulle auf die Rolltreppe zuhält. »Wer als Letzter unten ist, ist blöööööd!«

»Hat er nicht eben noch gekotzt?«, fragst du verwundert.

Wir stehen auf dem Bahnsteig und warten auf die U-Bahn. Mir kommt es so vor, als würden wir das seit Jahren tun. Die Minuten-Anzahl auf der Anzeige verändert sich nicht. Ein ranziger Kotz-Gestank liegt in der Luft und füllt meinen Kopf mit einer lauwarmen, alles erdrückenden Schwere.

Larissa und ich lehnen nebeneinander an der Wand. Sie hat nichts gesagt, seit wir in die Station gekommen sind. Nachdem du eine Weile bei den Jungs warst, kommst du mit einem belämmerten Lächeln zu uns zurück. Schon okay. Mein Lächeln sieht bestimmt nicht anders aus. Du legst die Arme um uns beide, einen um Larissa und einen um mich, und drückst jeder von uns einen Kuss auf den Hals. »Ich liebe euch so.«

»Du bist so dämlich!«, lache ich und drücke dich weg.

Larissa steht da und rührt sich nicht. Ihr starrt euch an, und in ihren Augen sammeln sich Tränen.

»Die U-Bahn kommt, die U-Bahn kommt!« Raffi und Sebi führen auf dem Bahnsteig einen Regentanz auf.

»Was ist dein Problem?«, fragst du Larissa. Sie antwortet nicht. »Musst du immer alles so ernst nehmen? Es ist ihr Geburtstag! Wir sind hier, um zu feiern, oder hast du das schon vergessen?«

Ratternd hält der Zug vor uns. Die Türen öffnen sich zu einem verschwitzten, grellen Höllenschlund voller Menschen. Larissa drängt sich an dir vorbei und steigt ein. Du folgst ihr mit finsterem Gesicht. Was ist passiert? Ein Klumpen schwillt in meinem Hals an und macht mir das Atmen schwer. In meinem Kopf dreht sich alles.

»Sanni, komm schon!« Sebi stemmt den Fuß in die Tür, um zu verhindern, dass der Zug ohne mich abfährt. Er streckt mir die Hand entgegen und ich folge euch in die Hölle.

#ACHTZEHN Du und ich stehen vor dem Geldautomaten. Die anderen warten in Gruppen verteilt an der Straßenecke. Du hämmerst deinen Pincode in die Schaltfläche, als wolltest du das ganze Display zerschlagen. *Bitte warten.*

»Jetzt mach schon!« Du stemmst den Arm gegen die Wand, dein Gesicht ist wutverzerrt. »Spuck endlich mein Geld aus, du Scheißding!«

Bitte warten.

Ich bin zu müde, um mich aufrecht zu halten. Auf einmal scheint selbst das Atmen zu schwer. Mit dem Rücken sinke ich gegen die Hausmauer, und mein Blick gleitet nach oben, sodass ich die Sterne sehe, die zusehends vor meinen Augen verschwimmen.

Der Automat spuckt ein paar Scheine aus, die du fluchend an dich reißt. Im Vorbeigehen rammst du meine Schulter. »Komm weiter«, ist alles, was du sagst.

Ihr streitet euch. Seit vier verfluchten Gassen. Zunächst konntet ihr noch mit der Gruppe mithalten. Jetzt seid ihr endgültig stehen geblieben.

Wir lungern schweigsam vor einem Imbissstand herum und versuchen, so gut es geht, die Unbeteiligten zu spielen. Ich weiß nicht, worum es geht. Die Themen wechseln alle paar Minuten. Einstweilen seid ihr bei dem Buch, das sie mir geborgt hat und das irgendwo in meinem Zimmer vergammelt. So lächerlich. Aber ihr macht eine verdammt große Sache daraus.

»Wie oft soll ich es dir noch sagen?«, beteuert sie. »Ich habe es gut gemeint! Ich wollte ihr eine Freude machen!«

»Mit einem Kinderbuch? Hast du sie nicht mehr alle?«

»Das ist kein Kinderbuch!«

»Sicher ist es das! Ich hab das mit zehn gelesen!«

»Ich dachte einfach, es gefällt ihr!«

»Weil sie den Intellekt einer Zehnjährigen hat, willst du das damit sagen?«

»Nein, ich … ich wollte, dass sie mich mag!« Sie greift sich an die Stirn, atmet angestrengt durch. Schon scheint es endlich ruhig zu werden, da brüllst du plötzlich wieder los.

»Du kannst sie nicht ausstehen! Ist doch so, oder?«

»Selbst wenn, wieso ist das wichtig?«

»Weil sie meine beste Freundin ist!«

»Wirklich, Niko, sie ist nur deine beste Freundin?«

»Was soll der Scheiß schon wieder?«

»Gib es doch wenigstens zu!«

»Gib du zu, dass du sie nicht ausstehen kannst!«

»Wieso? Was würde das bringen? Würde das irgendetwas ändern?«

»Woran willst du hier bitte was ändern? Passt es dir nicht, wie es zwischen uns läuft?«

»Nein, es passt mir überhaupt nicht! Egal, was wir machen, alles dreht sich immer nur um sie!«

»Entschuldige, dass ich noch andere Interessen habe als dich!«

»Wieso reden wir überhaupt über sie? Sie sollte nichts mit unseren Problemen zu tun haben!«

»Welche Probleme? Keiner hat hier Probleme außer dir!«

Ich klinke mich aus. Unscharfe Lichter flirren kreuz und quer durch meinen Kopf, krachen aneinander und zerstreuen sich in einem kalten, schwarzen Dunst. Die Zeit zerrinnt zwischen meinen Fingern. Es müsste längst Tag sein, doch der Himmel bleibt dunkel. Ich möchte nach Hause. Bitte lass uns endlich nach Hause fahren.

Wo ist meine Bierflasche? Mein Zepter? Ohne Zepter keine Königin. Ich muss es auf der Bank neben dem Dönerstand vergessen haben. Meine Finger spielen am Saum meines Shirts, finden einen losen Faden und ziehen daran, bis sich eine große Laufmasche bildet.

Wir sind endlich am Schottenring angekommen. Es sind kaum noch Leute unterwegs. Manu und Tasche halten verkrampft ihre Handys umklammert, um ihre nervösen Hände zu beschäftigen. Larissa steht vor mir und heult. Die Tränen haben fast die ganze Mascara von ihren Wimpern gewaschen. Sie ist außer sich und redet wild durcheinander. Sie sagt immer wieder deinen Namen, aber du bist zu weit weg, um es zu hören. Du stehst mit den Jungs auf der anderen Straßenseite und bist erschreckend reglos. Du schaust in unsere Richtung, mit grimmigem Gesicht.

»Ich halte das nicht mehr aus«, schluchzt Larissa. Sie wischt sich über die Wangen, schließt die Augen und schaut dann plötzlich direkt in mein Gesicht. Als flehe sie mich um Hilfe an. Mich.

Und wie ich ihr helfen werde.

»Dann beende es«, sage ich.

»Was?«

»Mach Schluss mit ihm. Da drüben steht er. Geh rüber und sag ihm die Meinung.«

Denn ich habe die Schnauze voll. Von diesem ganzen Drama, von ihren weißen Blusen, ihrer humorlosen Art, von ihrem langweiligen, verquollenen Gesicht. Seit du mit Larissa zusammen bist, gibt es nur Probleme. Dieser Uni-Mist, der nichts gebracht hat außer Kopfschmerzen. Unsere Funkstille, dieser ganze verkorkste Abend. Ich werde die Sache jetzt für dich beenden, denn ich weiß, ich habe die Macht dazu.

Ich nehme Larissa am Arm, drehe sie um und zwinge ihren Blick in deine Richtung.

»Wenn es dich so fertig macht, dann sag es ihm! Geh zu ihm und gib ihm den Laufpass. Es ist ganz leicht. Nur ein paar Worte.«

Sie schüttelt den Kopf, noch mehr Tränen laufen. »Ich bin so unglücklich«, flüstert sie.

»Dann beende es, verflucht! Willst du die ganze Nacht hier stehen und heulen?«

»Nein …«

»Dann tue es, um Himmels willen! Mach Schluss! Ehrlich, Larissa, schau dich an. Wie du hier stehst um drei Uhr nachts. Hast du das verdient?«

Sie nimmt einen tiefen Atemzug. In ihre verweinten Augen tritt Entschlossenheit. Sie marschiert auf die andere Straßenseite. Fast bin ich beeindruckt, dass sie am Ende doch den Mut dazu fasst. Dass sie endlich zeigt, was in ihr steckt. Ich verstehe nicht, was sie dir sagt, doch du hörst ihr zu. Du hörst ihr still und aufmerksam zu, während dein Gesicht einen Ausdruck annimmt, den ich zum ersten Mal bei dir sehe. Es ist nicht nur Enttäuschung oder Traurigkeit. Es ist blankes, aus deinen Augen brüllendes Entsetzen.

Die Jungs sind einen großen Schritt zurückgewichen. Manu und Tasche halten vor Spannung den Atem an.

»Alle paar Monate das Gleiche«, murmelt Tasche.

Dann ist es vorbei. Larissa dreht sich um und geht.

Und du bist wieder allein.

Du kaufst dir ein Bier bei einem Imbissstand. Wir beobachten nervös, wie du die Dose einfach nicht aufbekommst. Plötzlich reißt die Lasche ab und du schleuderst das ganze Ding gegen einen Laternenmast. Passanten drehen sich nach dir um und fragen, ob du den Verstand verloren hast. Allein Sebis rabiatem Körpereinsatz haben wir es zu verdanken, dass du nicht lospreschst und mit Fäusten auf die Typen losgehst.

»Jetzt beruhigen wir uns mal, okay? Ganz ruhig, Niko.«

Du atmest wie eine Dampflokomotive. Die drei Typen haben einen weiten Bogen um uns gemacht, und aus der Ferne höre ich sie mit der Polizei drohen. Sebi verstärkt seinen Griff um deine Schulter, als er spürt, dass du schon wieder losmarschieren willst.

»Mann, ich warne dich. Ich nehme dich in den Schwitzkasten, wenn du dich nicht zusammenreißt! Glaub ja nicht, dass ich das nicht durchziehe.«

Du hörst auf, dich gegen Sebis Griff zur wehren. Sebi lässt dich vorsichtig los, und ich strecke die Hand aus, um deinen Arm zu berühren.

»Fass mich nicht an«, fauchst du.

Du wendest dich ab und setzt dich in Bewegung. Es hat nicht den Anschein, als wüsstest du, wohin du gehst. Du willst einfach nur weg. Ich rufe dir hinterher, will dir folgen, doch Manu packt mich am Arm.

»Lass ihn, Sanni. Ernsthaft. Lass ihn jetzt einfach in Ruhe.«

Wir gehen den Weg zurück, den wir gekommen sind. Zu den U-Bahnsteigen, die nach altem Essen und Scheiße stinken. Unsere Gesichter sind müde und blass. Dreizehn Minuten bis zum nächsten Zug. Das schaffen wir nie – eher sterben wir.

»Suchen wir uns ein Taxi«, schlägt Sebi vor.

Während die anderen ihm lustlos folgen, schaue ich zur Rolltreppe zurück.

Raffi dreht sich verwundert nach mir um. »Sanni, kommst du?«

»Fahrt ihr nur. Ich werde schauen, wo Niko steckt.«

»Hast recht, such den armen Kerl und bring ihn irgendwie nach Hause. Wenn's geht, in einem Stück und ohne Anzeige wegen Körperverletzung.«

Sie verschwinden in die entgegengesetzte Richtung. Ich kämpfe mit den Tränen. Da stehe ich nun.

Happy Birthday, Sanni.

#NEUNZEHN Du sitzt auf der Bordsteinkante, an der Rückwand eines Tankstellengebäudes. Die Tränenspuren auf deinen Wangen trocknen an der lauen Sommerluft. Vorsichtig komme ich näher. Ich weiß, du willst mich nicht sehen. Du machst mich für das alles verantwortlich. Im Grunde hast du recht. Ich wollte, dass es so kommt. Es hätte anders passieren sollen, aber am Ende wirst du mir noch dankbar sein.

Ich setze mich zu dir auf den Gehweg. Eine ganze Weile sitzen wir schweigsam nebeneinander, dann drehst du den Kopf zu mir und fragst: »Wieso machst du das?«

»Was?«

»Lass das. Langsam wird es lächerlich.«

»Moment, worum geht es hier? Hat Larissa etwas zu dir gesagt?« Du antwortest nicht. »Was hat sie zu dir gesagt?«, beharre ich.

»Genau das, Sanni. Genau das hier hat sie mir gesagt. Du bringst jede Frau dazu, mich zu hassen. Du mischst dich ein und … und trotzdem ist dir alles egal. Als wäre das einfach nur ein netter Zeitvertreib für dich.«

»Keine Ahnung, wovon du redest.«

»Blödsinn. Du ziehst diese Show ab, seit ich denken kann. Immer diese Blicke und die ganzen Berührungen und … und im nächsten Moment war wieder alles nur Spaß. Das macht mich fertig, Sanni! Ich weiß nicht, was ich tun soll! Ich kann einfach nichts gegen dich tun!«

»Niko …«

»Findest du das lustig? Oder ist dir langweilig? Du lässt dich doch sowieso jede Nacht von einem anderen flachlegen, da sollte man meinen, dass du ausreichend beschäftigt bist!«

»Was zur Hölle?! Was fällt dir ein, du Arsch?«

»Ich will endlich ein bisschen Ruhe, Sanni! Nur ein ganz kleines bisschen. Dann wäre ich zufrieden. Einfach nur Ruhe von dem ganzen Scheiß.«

»Zum letzten Mal, wovon sprichst du?«

»Jetzt hör endlich auf mit dem Mist! Du weißt es genau!«

Ich schweige. Ja, ich weiß, wovon du sprichst. Und ich wünschte, ich wüsste eine Antwort, eine Erklärung, die es uns beiden leichter machen könnte, aber ich bin genauso ratlos und verzweifelt wie du. Dass dir das nicht reicht, kann ich verstehen. Ich verstehe, warum dein Gesicht immer zorniger wird, warum du aufstehst und mich nicht länger ansiehst, ehrlich, ich verstehe das alles, aber bitte geh jetzt nicht weg. Wir dürfen jetzt nicht streiten.

»In den letzten drei Jahren hatte ich sieben Freundinnen. Sieben! Ich versuche es, Sanni, ehrlich, ich mache alles, damit es zwischen uns beiden funktioniert, aber du machst es immer wieder kaputt.«

»Was soll denn das jetzt heißen? Gibst du mir etwa die Schuld daran, dass du dir immer die Nächstbeste nimmst, bloß weil du nicht allein sein kannst?«

Du reißt die Augen auf und überlegst kurz, was du sagen sollst. Und dann brüllst du auf einmal los, du brüllst mich an, als hättest du dir seit Jahren nichts anderes gewünscht. »Denkst du, ich will das so haben? Dass ich es lustig finde, von einer Beziehung zur nächsten zu stolpern? Es ist ein Schutzschild, okay? Nur so halte ich das alles aus! Solange ich eine Freundin habe, muss ich nicht darüber nachdenken, wieso du mich nicht willst! Obwohl ich direkt vor deiner Nase stehe!«

Du presst die Lippen zusammen und kämpfst verzweifelt gegen die Tränen an. Das wolltest du mir nicht sagen, nicht wahr? Du wärst lieber gestorben, ehe ich das erfahren hätte. Doch jetzt ist es raus und die Worte hängen unwiderruflich zwischen uns in der Luft.

»Ich … ich wusste nicht …«, setze ich an, aber du hebst die Hand, damit ich still bin.

»Klar hast du es gewusst. Jeder weiß es.«

Ich schaue dich schuldbewusst an. Du gehst aufgebracht auf und ab, bewegst dich immer weiter von mir weg. »Ich – ich weiß nicht, was ich sagen soll«, rede ich weiter.

»Dann lass es.«

»Bitte, Niko. Sag mir, was ich tun soll. Was soll ich tun, damit du glücklich bist?«

Du hältst inne, fast schon überrascht. Im nächsten Moment stürmst du auf mich zu, packst mich an den Schultern und brüllst mir erneut ins Gesicht. »Ich will, dass das aufhört! Ich halte das nicht länger aus! Wenn wir noch einen Tag so weitermachen, verliere ich den Verstand, verstehst du denn nicht?!«

Ich lasse es zu, dass du mich schüttelst und anschreist, bin wie zu Stein erstarrt, weil du diese Wut jetzt brauchst, und auch, weil ich nichts anderes verdient habe. Ja, es stimmt, was du mir vorwirfst. Alles. Und wenn wir nichts dagegen tun, wird es ewig so weitergehen, die Blicke, die Berührungen und die Worte, die dir wohl am meisten wehtun. Ich kann nicht aufhören – weil es mir gefällt. Es gefällt mir, dich in meinem Netz baumeln zu sehen. Zu wissen, dass selbst du mir nicht widerstehen kannst. Dass ich dich haben könnte, jederzeit, mit einem Fingerschnipp. Das ist das verflucht noch mal geilste Gefühl auf der Welt.

Du lässt mich los, weichst einen großen Schritt zurück. »Ich kann das nicht mehr«, sagst du heiser. Du schüttelst den Kopf, siehst hoch in den Himmel. In deinen Augen glitzern wieder Tränen.

Auf einmal ist mir klar, was ich tun muss. Ich hätte es schon die ganze Zeit tun sollen. Ich komme zu dir und lege dir die Hände um den Hals. »Lass mich«, sagst du schroff und stößt mich weg. Ich taumle zurück, dann versuche ich es erneut, will dich umarmen und fest an mich heranziehen. Du packst meine Handgelenke und hältst mich auf Abstand. »Halt still!«, sage ich. Ich schaffe es, mich zu befreien, bekomme deinen Nacken zu fassen und halte deinen Kopf ruhig, damit du gezwungen bist, mich anzusehen. »Halt still«, sage ich wieder. Werde leiser, flüstere nur noch. »Halt still, halt still.«

Du lässt die Arme sinken und stehst kraftlos im Lichtkegel der Straßenlaterne. Du lässt zu, dass ich ganz nahe an dich herankomme. Mit dem Daumen streiche ich über deine Wange, über dein Kinn, deine Lippen. Dein ganzer Körper versteift sich. Du willst das nicht, du hast Angst davor, weil du denkst, ich meine es nicht ernst. Dass ich nur wieder mit dir spiele und du am Ende noch verzweifelter bist als zuvor. Aber so ist es nicht, nicht diesmal. Ich ziehe dein Gesicht zu mir herunter. Du versuchst nicht mehr, dich loszureißen. Du lässt es zu. Zuerst berührt sich unser Atem, ganz sacht nur, dann lege ich meine Lippen auf deine. Ein zarter, scheuer Kuss, wie der erste Kuss überhaupt. Er bricht etwas auf. Eine Mauer, die all die Zeit da war und plötzlich dünn wie Luft ist. Um uns fliegen die Scherben. Alles löst sich auf. Du schlingst die Arme um mich und stößt mich rückwärts, beförderst mich plötzlich durch eine Tür im Tankstellengebäude. Flackernde Leuchtstoffröhren springen an. Ich sehe nicht viel, nur einen dreckigen, kaputten Fliesenboden, über den meine Beine hilflos nach hinten taumeln. Du drückst mich an die Wand, küsst mich überall, meine Lippen, mein Gesicht, den Hals. Es brennt dort, wo du mich berührst. Verzweifelt schnappe ich nach Luft, als du mich umdrehst und gegen den Tisch mit den Waschbecken presst. Vor mir hängt ein Spiegel – schief und zersprungen, wir sind zersprungen, allen Regeln entrissen. Das Klirren einer Gürtelschnalle, das Geräusch eines Reißverschlusses, dann ein grobes Reißen an meiner Hüfte. Du zerrst meine Jeans nach unten, ohne sie zu öffnen, und presst dich mit deinem ganzen Gewicht gegen mich, zwingst meinen Oberkörper nach vorn und nimmst mir jeden Spielraum. Ich glaube, du weißt nicht mehr, was du tust. Ist auch nicht so wichtig. Du tust das Richtige.

Ich spreize die Beine soweit es geht, Stoff raschelt, gehetzter Atem und mein Herzschlag, der im ganzen Raum donnert, dann bist du plötzlich tief in mir drin. Es ist eine Mischung aus Schmerz und Vergnügen, die mich von allen Seiten packt. Ich stöhne auf und umklammere die Kanten des Waschbeckens, mein Blick hängt an diesem Spiegel, an meinem zerrissenen, tief geröteten Gesicht, an meinem Körper, der von schnellen, harten Stößen erschüttert wird und sich kaum dagegen wehren kann, wieder und wieder und wieder.

Du bist grob. Ich stelle mir vor, wie du das mit anderen Frauen machst. Wie du das mit so vielen gemacht hast, bevor ich kam. Ich wusste nicht, dass du so sein kannst. Es macht mich rasend. Dieser stechende Rhythmus, wir beide so dicht beisammen, ancinander, ineinander, es ist so gut, dass es wehtut, und ich schreie alles aus mir heraus, schreie es an die Wände und die Wände schreien zurück. Die hellblaue Neonröhre über uns flackert und macht das alles zu unserer ganz persönlichen Freakshow. Du packst meine Haare, zerrst meinen Kopf hoch, bis ich nicht mehr weiß, wo oben und unten ist. Mein Blick findet wieder den Spiegel, während meine Hände jeden Halt verlieren und ich gegen das Waschbecken donnere. Das ist nicht normal. Das ist krank. Wir sind krank, dieses Verlangen ist krank. Ich stemme die Hand gegen den Spiegel und stütze mich daran ab, und mit einem Mal löst sich das ganze Teil von der Wand und kracht auf den Tisch.

In mir zieht sich alles zusammen. Mein Inneres zuckt und pulsiert. Völlig außer Kontrolle geraten. Ich schließe die Augen, und ich glaube, du machst das Gleiche, und gemeinsam erwischt uns die Welle, reißt uns fort und spült uns an ein weit entferntes Ufer, wo die Wogen abebben und sich alles legt, was eben noch an uns gezerrt hat.

Meine Hände sind schmutzig. Ich halte sie unter den Wasserstrahl, während du danebenstehst und zusiehst. Dein Gesicht ist verschlossen. Was denkst du gerade? Sag es mir doch bitte. Rede mit mir. Bist du wütend? Bereust du, was eben passiert ist?

Das kalte Wasser macht meine Hände taub, sodass ich es fast nicht spüre, als du den Hahn abdrehst und sie ergreifst. Du bist jetzt nicht mehr außer Atem, auch wenn das bis eben noch so war. Auch wenn es bis eben noch schien, als würde es niemals aufhören. Jetzt bist du ganz ruhig. Du ziehst mich nach draußen und es ist, als stünden wir direkt in der Sonne. Das grelle Licht der Tankstelle brennt mir die Augen aus. Der Himmel ist noch dunkel, doch in den Bäumen zwitschern die ersten Vögel. Wie lange waren wir da drin? Ich will wieder zurück. Ich will das noch einmal machen, mit dir, die ganze Nacht.

Du lässt meine Hand los. »Fahren wir heim.«

Wir sind schweigsam auf dem Weg zur U-Bahn. Wir sind schweigsam, während wir Seite an Seite im Wagon sitzen und uns nicht rühren. Wir sind schweigsam, als wir bei mir zu Hause ankommen und mein Zimmer betreten. Die ganze Zeit hängt diese Stille über uns. Als hätten wir vergessen, wie man redet. Als gäbe es nichts mehr zu sagen. Nie wieder.

Du ziehst dir die Schuhe aus und fällst bäuchlings auf mein Bett. Du hast den Kopf zur Wand gedreht, sodass ich dein Gesicht nicht sehe. Im Dunkeln ziehe ich mich aus. Während du in voller Montur daliegst, möchte ich zumindest einen Teil meiner verschwitzten Sachen loswerden. In BH und Slip lege ich mich zu dir, meine Augen brennen, mein Hirn pulsiert, ich möchte dich anschauen, aber du hast den Kopf immer noch von mir weggedreht.

Und so liegen wir da. Zwei Freaks nach der Zirkusvorstellung. Die Stille scheint für uns zu applaudieren.

Gratulation. Wir haben mächtig Scheiße gebaut.

#ZWANZIG Ich wache auf. Ich zittere am ganzen Leib. Meine Haut fühlt sich eisig an, obwohl sie schweißverklebt ist. Die Decke und das zusätzliche Laken, das ich im Halbschlaf aus dem Schrank geholt habe, haben nicht ausgereicht, um meinen komplett dehydrierten Körper am Auskühlen zu hindern. Mir ist kotzübel. Vorsichtig setze ich mich auf. Du bist nicht da, aber aus dem Wohnzimmer höre ich leise Fernsehgeräusche. Erleichtert atme ich auf. Ich weiß nicht, was ich getan hätte, wenn du nach letzter Nacht einfach gegangen wärst. Ich hätte es schlicht und ergreifend nicht überlebt. Ich wäre gestorben vor Angst und einem seltsamen Gefühl der Scham. Aber du bist noch hier.

Stück für Stück wuchte ich mich aus dem Bett. Ich steige auf etwas Weiches, das ich im ersten Moment nicht einordnen kann. Natürlich, der flauschige Regenbogenteppich, der meinem Zimmer einen Hauch Farbe verleiht. Ich möchte mich auf diesen Teppich legen und zu einer Kugel zusammenrollen. Will am liebsten dort liegen bleiben, bis ich einfach nicht mehr atme. Unter äußerster Konzentration schaffe ich es zum Fenster, mache es auf und stecke den Kopf in die warme Vormittagssonne.

Es ist ein wunderschöner Tag. Das Licht schmerzt in meinen Augen und ich weiche schnell zurück ins stickige Zimmer. Die Übelkeit steigt immer weiter in mir hoch. Plötzlich spüre ich, wie mir alles hochkommt. Ich reiße die Zimmertür auf und renne auf die Toilette, klappe den Deckel hoch und schaffe es gerade noch, mich hinzuknien, ehe das Zeug auch schon aus mir herausschießt.

Es dauert ein paar Minuten. Im Wohnzimmer wird der Fernseher ausgemacht und Schritte kommen in meine Richtung. Zum Glück bin ich geistesgegenwärtig genug, um der Klotür einen Tritt zu verpassen. Sie fällt zu und ich höre bloß noch deine Stimme.

»Sanni? Ist alles okay?«

»Ja«, krächze ich. »Mir ist nur etwas schlecht. Ist gleich vorbei.«

Du gehst zurück ins Wohnzimmer. Der Fernseher bleibt ausgeschaltet.

Ich strecke mich nach der Spülung und drücke sie mit Mühe und Not nach unten. Der ziehende Schmerz in meinem Bauch lässt nach und ich probiere vorsichtig, ob ich aufstehen kann. Es klappt nur mit geringem Erfolg, weil ich sofort mit der Schulter gegen die Fliesenwand krache, doch ich kann nicht ewig hier drinbleiben. Ich muss duschen und brauche dringend etwas zu trinken.

Ich erreiche die Küchenzeile und halte den Mund unter den Wasserhahn. Nach mehreren gierigen Schlucken schlurfe ich weiter in Richtung Bad. Dabei komme ich am Wohnzimmer vorbei. Du sitzt auf der Couch und tust dein Bestes, mir nicht in die Augen zu sehen. Du trägst immer noch die Sachen von gestern – klar, was solltest du sonst tragen? Mein Hirn ist Matsch, aber es gelingt mir, dich zu fragen, ob du Hunger hast.

Du schüttelst den Kopf. »Geht's dir besser?«, fragst du dann.

Ich hebe den Daumen und verschwinde ins Badezimmer. Dort bleibe ich erst mal eine Weile. Ich muss nachdenken. Man sollte eine Sitcom über mich drehen. Bloß wäre die wohl irgendwie nicht lustig. Mit zittrigen Beinen steige ich unter die Dusche, seife mich ein, wasche mir dreimal die Haare und fühle mich trotzdem wie verdaut und wieder ausgekotzt. Immer noch steckt mein Hirn im Leerlauf fest. Ich schaffe es, mich nach der Dusche abzutrocknen und in ein frisches T-Shirt und eine Hotpants zu schlüpfen, die ich aus dem Berg Bügelwäsche fische, der neben der Waschmaschine in einem Korb liegt. Dann stehe ich vor dem Spiegel und starre mich an. Irgendwie warte ich darauf, dass der Blick in meinen Augen die Blockaden löst. Dass ich mich endlich daran erinnere, wer ich bin und dass ich das alles wieder hinbiegen werde. Doch da ist bloß das Gesicht einer jungen Frau, die furchtbare Angst davor hat, was gleich auf sie zukommen wird.

Langsam gehe ich zu dir ins Wohnzimmer. Du sitzt noch immer auf der Couch, die Ellenbogen auf den Knien abgestützt, und starrst vor dich in die Leere. Als du mich kommen hörst, prallen unsere Blicke unvermittelt aufeinander. Niemand von uns sagt ein Wort. Ich setze mich mit etwas Abstand zu dir auf die Couch. Ich rieche den Zigarettengestank, der sich im Stoff deines Hemdes festgesaugt hat. Das ganze Zimmer stinkt danach, vollgesogen mit Erinnerungen an letzte Nacht. Was sollen wir nur tun? Ich versuche den einfachsten Weg: weitermachen wie bisher.

»Fühlst du dich auch so beschissen wie ich?«, frage ich mit einem schwachen Lächeln.

»Hab mich auf jeden Fall schon mal besser gefühlt.«

»Echt, nie wieder Alkohol.«

Dein Gesicht bleibt ernst. Du lässt dich in die Rückenlehne fallen und schließt mit einem leisen Seufzen die Augen.

»Hat Larissa sich gemeldet?«

»Nein.«

»Vielleicht braucht sie ja nur eine Pause. Ihr wart beide ziemlich aufgebracht. Wenn du ihr Zeit gibst, sich etwas zu beruhigen, dann kommt vielleicht alles wieder –«

»Wir haben letzte Nacht auf einem Tankstellenklo gevögelt!« Du öffnest die Augen und richtest dich auf. »Bin ich der Einzige hier, den das interessiert?«

»Nein …«, antworte ich leise. Du hast mich gestern schon angeschrien, aber diesmal ist es schlimmer. Es steht wieder diese Aufforderung in deinem Blick. Du wirst nicht zulassen, dass ich mich vor diesem Gespräch drücke. Jetzt nicht mehr. »Willst du … willst du darüber reden?«, murmle ich.

»Ja! Stell dir vor, Sanni, ich will tatsächlich darüber reden!«

»Jetzt hör bitte auf zu brüllen, okay? Mir tut ohnehin schon der Kopf weh.«

Du stößt frustriert die Luft aus, wartest einen Moment und fährst dann ruhig fort: »Haben wir eigentlich … du weißt schon. Nimmst du die Pille?«

»Ich hab ein Kupferkettchen«, beruhige ich dich. »Das ist bombensicher.«

»Okay.« Du atmest erleichtert durch. »Ich will einfach nur wissen, was das für dich war. Das wirst du doch wohl zusammenbringen. Einmal eine klare Stellungnahme.«

»Ich … keine Ahnung, es war …« Hilflos schaue ich dich an. Du könntest es mir leichter machen, lächeln, aber dein Gesicht bleibt unnachgiebig.

»Mach schon«, drängst du. »Beantworte die Frage. Was war das für dich?«

»Ich – ich weiß es nicht …«

»Du weißt es nicht?« Du wirst wieder lauter. »Wie kann man das nach so etwas nicht wissen?«

»Ich … wie soll ich … warum muss ich hier überhaupt eine Stellungnahme abgeben?«

»Ist das dein Ernst?«

»Ja, das ist mein Ernst, also bitte, kläre mich auf! Wieso muss ich hier die Fragen beantworten? War ich etwa die Einzige, die an der Sache beteiligt war?«

»Absolut nicht, aber du bist hier nun mal der Risikofaktor!«

»Wie bitte, ich bin hier der Risikofaktor?« Langsam werde auch ich wütend.

»Jetzt tu nicht so. Wie ich dazu stehe, wissen wir doch. Die ganze Welt weiß, wie ich dazu stehe! Nur du, du weißt einfach nicht, was du willst, und das geht mir gewaltig auf den Sack!«

Deine laute Stimme dröhnt in meinem Kopf, deine Worte prallen von Innen gegen meinen Schädelknochen, bringen alles durcheinander. Ich fasse mir an die Stirn, um mir die Schläfen zu massieren, was dich absurderweise noch wütender macht.

»Ach, gehe ich dir etwa schon auf die Nerven?«, fährst du mich an. »Sag es ruhig, wenn dir das alles zu langweilig wird – wir können jederzeit damit aufhören!«

»Verdammte Scheiße noch mal, was willst du von mir hören?« Jetzt schreie ich ebenfalls. »Was kann ich sagen, damit du zufrieden bist? Ich weiß es nämlich nicht! Ich habe keine verfickte Ahnung! Was soll ich tun, damit dieser Mist hier aufhört?«

»Sag mir, was du fühlst!«

»Was ich fühle?«, wiederhole ich entgeistert.

»Ist das so schwer für dich? Bereitet es dir Schmerzen, über so was zu reden, oder wo liegt hier das Problem?«

»Lass den Scheiß! Das hier ist kein Witz!«

»Das sagst du mir? Verdammt noch mal!«

Du stehst auf und gehst ein paar Schritte, als hieltest du es nicht mehr neben mir aus. Die Wut in deinem Gesicht ist einer merkwürdigen Resignation gewichen, und für einen Moment wirkst du so hilflos und verzweifelt, dass mein Herz vor Kummer ein paar Schläge aussetzt.

»Bitte, Sanni«, sagst du. »Beantworte meine Frage. Was hatte die letzte Nacht für dich zu bedeuten?«

Um jedes Wort musstest du ringen. Als würdest du mir diese Frage nicht erst seit heute stellen, sondern bereits dein ganzes Leben. Als wärst du es leid, keine Antwort zu bekommen, obwohl du so hart darum kämpfst. Ich stelle mir vor, was passieren würde, wenn ich dir jene Antwort gebe, die du hören willst: Du würdest zu mir stürmen und mich küssen. Du würdest mir sagen, dass du mich liebst. Schon immer. Du würdest mich festhalten und nie wieder loslassen. Allein der Gedanke daran macht mir solche Angst, dass ich jeden Halt verliere. Dass ich gewillt bin, dich lieber zu verletzen, als dir zu geben, was du verdienst. Du willst einfach zu viel auf einmal. Ich kann dir diese Antwort jetzt noch nicht geben. Darum gebe ich dir eine andere.

»Wir waren betrunken, Niko. Mehr nicht.«

Du blinzelst. Dein rechter Mundwinkel wandert spöttisch nach oben. »Du bist echt die Geilste, weißt du das?«

»Jetzt lass es doch endlich gut sein!«

»Ich soll es gut sein lassen? Ist es das, was du willst?«

»Herrgott noch mal, ich will einfach nur meine Ruhe, ist das so schwer zu verstehen?«

Scheiße. Das hätte ich nicht sagen sollen. Ich stehe auf und versuche dich zurückzuhalten, aber du weichst mir aus und marschierst ohne ein Wort in den Flur, wo deine Schuhe liegen. Ich laufe dir nach, obwohl mir klar ist, dass es zu spät ist – ich habe es verbockt. Ich schaue dir zu, wie du mit starrem Gesicht die Schnürsenkel deiner Chucks bindest. Ein eisiges Druckgefühl schnürt mir die Kehle zu. *Geh nicht* – ich will es sagen, doch ich kann froh sein, wenn ich nicht vergesse zu atmen.

Du holst dein Geld, die Schlüssel und dein Handy aus meinem Zimmer und steckst alles in deine Hosentaschen. Ohne mich anzusehen, drängst du dich an mir vorbei zur Tür.

»Warte!«, sage ich endlich.

Du wirbelst herum und hebst die Hand. »Weißt du, was? Mir reicht es. Es ist endgültig Schluss. Mach doch, was du willst.«

»Was soll das heißen? Wo willst du hin?«

»Leck mich, Sanni.«

Du reißt die Tür auf und verlässt die Wohnung.

Komischerweise erwarte ich, dass du zurückkommst. Dass du mitten auf der Treppe umkehrst und mit Tränen in den Augen in meine Arme fällst, weil es so zwischen uns einfach nicht enden darf. Stattdessen höre ich das Zufallen der Treppenhaustür.

Ich hätte nie gedacht, dass ich deinetwegen einmal weine. Dass mich überhaupt je ein Mann dazu bringen würde. Es ist ein beschissenes Gefühl, sich derart geirrt zu haben.

#EINUNDZWANZIG Ich sitze im Regionalzug nach Tulln. Ich muss zugeben, dass ich schon bessere Einfälle hatte, als rund fünfzig betrunkene Partygäste ohne Aufsicht in Papas Haus allein zu lassen. Grundsätzlich sollte sich der Schaden auf die gewohnten Exzesse begrenzen, doch wenn ich Pech habe, haben sie das Haus bis zu den Grundfesten demoliert. So oder so, Papa wird mich umbringen – und wenn schon. Es wäre auch nicht viel schlimmer als die Scheiße, in der ich ohnehin feststecke.

Am frühen Nachmittag bin ich da. Auf den ersten Blick wirkt alles still und friedlich. Hier und da liegt eine Alkoholleiche am Boden und der Müll türmt sich natürlich überall. Doch weder scheint das Haus in Flammen aufgegangen zu sein, noch gab es Tote oder Verletzte. Ich mache mich daran, die Belegschaft aus den Federn zu werfen. Wie Zombies kommen sie aus ihren Ecken gekrochen, einige haben im Garten und auf dem Trampolin geschlafen, ein paar sogar draußen auf dem Feld. Es sollte der schönste Morgen meines Lebens sein: der erste Tag meiner Volljährigkeit und der Beginn einer neuen Ära. Stattdessen spüre ich nichts als Müdigkeit und Kummer. Als wäre außer meiner Jugend noch etwas anderes zu Ende gegangen. Vielleicht meine Unbeschwertheit, die ich einfach nicht mehr in mir spüre.

Ein paar Jungs und Mädels helfen mir beim Aufräumen. Wir sammeln das benutzte Pappgeschirr ein, putzen die Böden und kehren zu Bruch gegangene Gläser und Alkoholflaschen zusammen. Die ganze Zeit frage ich mich, wo du bist und was du machst. Telefonierst du mit Larissa? Versuchst du dich mit ihr zu versöhnen? Es tut mir leid, dass es so gekommen ist. Das alles tut mir so entsetzlich leid. Ich verstehe dich. Aber ich wünschte, du würdest mich ebenfalls verstehen. Das zwischen uns ist doch viel zu wertvoll, um es wegen einer einzigen Nacht aufs Spiel zu setzen. Aber das siehst du natürlich anders. Vielleicht auch, weil du schon viel länger darüber nachdenkst als ich. Du hast einen Vorsprung von mehreren Jahren und erwartest plötzlich, dass ich binnen weniger Stunden zu dir aufschließe? Das kann doch gar nicht funktionieren.

Am Abend kommen Papa und Luisa aus dem Wellness-Urlaub zurück. Außer mir ist niemand mehr hier. Das Haus ist aufgeräumt und auf Hochglanz poliert.

»Alle Achtung«, lobt mich Papa, »so sauber war es hier schon lange nicht mehr. Habt ihr die Party etwa abgesagt?«

»Wir haben uns einfach zusammengerissen.«

»Brav, Maus.«

Er fragt nicht, wieso ich so traurig klinge.

Während der Rückfahrt nach Wien halte ich mein Gesicht in die letzten Sonnenstrahlen und tippe eine Nachricht nach der anderen. Zuerst wollte ich dich fragen, ob du heute noch vorbeikommen willst, damit wir reden können. Dann änderte ich die Nachricht in eine nichtssagende Zusammenfassung meines Tages, in der Hoffnung, dass du auf so etwas vielleicht am Ehesten reagieren würdest. Aber auch das kam mir falsch vor. Jetzt steht da einfach nur:

Sanni: *Ist alles in Ordnung zwischen uns?*

Ich schicke die Nachricht ab.

Kurz darauf trudelt eine Nachricht auf einem anderen Chat ein. Manu will wissen, wieso ich mich nicht melde. Seit den Morgenstunden bombardieren sie, Raffi und Tasche mich mit Nachrichten auf sämtlichen Portalen, sogar via Facebook haben sie es schon versucht, obwohl ich dort so gut wie nie reinschaue. Mittlerweile klingt sie ernsthaft besorgt. Ich tippe eine oberflächliche Antwort.

Sanni: *War den Tag über mit Aufräumen beschäftigt. Fahr jetzt heim und geh wahrscheinlich früh ins Bett.*

Manu: *Ah, okay! Hab mir schon Sorgen gemacht! War ein krasser Abend gestern.*

Sanni: *Kannst du laut sagen.*

Manu: *Hast du eine Ahnung, was mit Niko ist? Ich erreiche ihn nicht.*

Manu und ich kennen uns seit der Grundschule. Ich sollte ihr einfach sagen, was passiert ist. Dann käme sie zumindest nicht auf die Idee, uns Löcher in den Bauch zu fragen. Aber wer weiß, ob du das willst. Wer weiß, wie es nach dieser Nacht mit uns weitergeht.

Sanni: *Er war gestern ziemlich fertig. Lass ihn am besten ein paar Tage in Ruhe.*

Manu: *Armer Niko. Immer wird ihm das Herz gebrochen.*

Ich stecke das Handy tief in meinen Rucksack.

Tami ist zu Hause, als ich ankomme. Sie ist erstaunlich gut gelaunt. Während sie ohne Punkt und Komma davon redet, wie geil die Party war und dass wir das unbedingt wiederholen müssen, sitze ich auf der Couch und warte, dass du zurückschreibst. Du hast die Nachricht mittlerweile gelesen, siehst dich aber nicht dazu genötigt, meine brennenden Bauchschmerzen mit einer Antwort zu lindern. Ich wäre ja schon mit einem Ja oder Nein zufrieden. Mit irgendwas! Aber dieses Schweigen ist einfach nur kindisch. Blödsinn, es ist grausam.

Mama ruft an. »Und, Mädi, wie war die Party?«

»Beschissen«, antworte ich und verziehe mich in mein Zimmer.

»Ist etwas passiert? Ihr habt doch nicht das Haus verwüstet?«

»Mit dem Haus ist alles in Ordnung.«

»Dein Vater wird toben! Ich kenne ihn, dann schiebt er wieder alles mir in die Schuhe, weil ich die Idee mit dem Trampolin hatte!«

»Ich wiederhole, dem Haus geht es gut!« Sie atmet erleichtert auf, und ich füge hinzu: »Aber mir geht es nicht gut.«

»Wieso denn? Hattest du keinen Spaß?«

»Doch, nur … es ist was passiert. Es hat mit Niko zu tun.«

»Ach, Mädchen.«

Sie scheint gar nicht wissen zu wollen, worum genau es geht. War es für alle so offensichtlich?

Ich bekomme eine Nachricht und sehe, dass sie von dir stammt. Währenddessen redet Mama einfach weiter, lässt sich darüber aus, wie streng und verklemmt deine Eltern immer schon waren, und sinniert über die Frage, ob du deshalb so schwierig bist und dich nicht binden kannst. Okay, jetzt kapiere ich. Sie denkt, du hättest einfach bloß wieder mit einer Freundin Schluss gemacht. Wenn es nur so harmlos wäre.

»Können wir später weiterreden?«, unterbreche ich sie. »Ich bekomme grad einen anderen Anruf.«

»Ist gut, Mäuschen. Halt mich wegen Niko auf dem Laufenden.«

»Mach ich. Bis dann.«

Ich lege auf und öffne mit klopfendem Herzen deine Nachricht. Allein die enorme Länge lässt mich vor Panik die Luft anhalten. Ich will gar nicht lesen, was da steht. Will die Nachricht am liebsten wieder schließen und den Kopf in den nächstbesten Ofen stecken, bis er platzt. Doch ich zwinge mich, die Augen offen zu halten und mich auf die vielen, vielen Wörter zu konzentrieren.

Niko: *Hey. Zunächst mal tut es mir leid, dass ich heute Vormittag einfach so abgehauen bin. Das war nicht in Ordnung. Aber ich musste einfach nachdenken. Du hast gefragt, ob alles in Ordnung ist, und genau das ist das Problem. Es ist nichts in Ordnung. Schon seit einer ganzen Weile nicht mehr. Ich wollte es mir nicht eingestehen, aber so können wir nicht weitermachen. Davor hab ich's immer irgendwie hingekriegt, aber nach gestern … Jedenfalls denke ich, dass wir etwas ändern müssen. Dieser ganze Bleiben-wir-einfach-Freunde-Mist ist doch zum Kotzen. Keine Ahnung, wie andere das schaffen. Zuerst wollte ich dir ein Ultimatum stellen – so auf die Art: ganz oder gar nicht. Aber ehrlich gesagt, weiß ich längst, wie du dich entscheiden würdest. Und es ist okay. Was rede ich da, es ist nicht okay. Einen Scheiß ist es okay. Aber ich weiß jetzt, dass ich nichts dagegen machen kann. Du bist, wie du bist, und es bringt nichts, dich zu etwas zu überreden, das du nicht willst. Also wird es wohl ein »Gar nicht« werden. Und das heißt dann, dass wir uns nicht mehr so häufig sehen sollten. Scheiße, das klingt komisch. Aber du weißt, wie ich es meine. Wir wollen einfach unterschiedliche Dinge. Wow, ich glaube, ich habe jetzt zwei Stunden für diese Nachricht gebraucht. Keine Ahnung, ob ich alles richtig gesagt habe, aber ich hoffe, du verstehst es irgendwie. Lassen wir es einfach, wie es ist. So ist es am besten. Also dann.*

Kein Abschied. Keine Grüße. Ich lege das Handy weg und mache die Augen zu. Ich mache sie ganz fest zu, doch die Tränen kullern trotzdem.

Ich schätze, ich hätte es kommen sehen müssen.

#ZWEIUNDZWANZIG In Sebis Höhle ist es dunkel. Wir haben wieder mal alle Vorhänge zugezogen und suhlen uns in unserer benebelten Existenz. Tommys hypnotische Gitarrenklänge sind wie Balsam für meine Sinne. Egal, wie allein ich mich fühle, egal, wie schwer mir alles fällt, hier herrscht der Frieden, von dem alle Welt spricht.

Sebi kommt mit dem Handy am Ohr ins Zimmer. Seine Stirn ist gerunzelt, und er schaut nachdenklich in meine Richtung. »Ja, sie ist da«, murmelt er ins Handy. Schon klar. Du willst wissen, ob die Luft rein ist. Tut mir leid, dich enttäuschen zu müssen. So geht es seit einer Woche. Seit einer Woche machst du diese Kontrollanrufe, seit einer Woche ist allen klar, dass etwas zwischen uns vorgefallen ist – seit einer Woche ist unsere Freundschaft zu Ende und ich weiß immer noch nicht, wie ich damit umgehen soll. Es macht mich fertig, dass sich niemand nachzufragen traut und stattdessen dieses peinliche Wegschauen herrscht. Es macht mich fertig, dass eine einzige Nacht, ein einziger Fehler im Begriff ist, unsere ganze Gruppe auseinanderzureißen. Denn dir muss bewusst sein, dass unser Problem nicht bloß uns beide betrifft. Es teilt unsere Gruppe in zwei Lager: deine Seite und meine Seite. Niemand wagt es, sich einzumischen. Aber früher oder später werden sie sich für eine Seite entscheiden müssen.

Sebi beendet das Telefonat und setzt sich zu mir. »Wer war das?«, stelle ich mich dumm.

»Niko.«

»Kommt er heute noch vorbei?«

»Wohl eher nicht.«

Meine Gedanken verlieren sich in der dunstigen, schweren Luft.

Mein Finger folgt dem australischen Küstenstreifen auf der Landkarte. Vor einiger Zeit habe ich jeden Ort, an dem ich Station machen wollte, mit einem Stift markiert. Irgendwann bestand die ganze Karte nur noch aus Kreisen, Kreuzen und bunten Randbemerkungen. Ich habe gehofft, es würde mich aufheitern, aber es ist bloß eine Erinnerung an etwas, das einmal hätte sein können: Wir beide allein am Strand, mit Surfbrettern unter den Armen und der Meeresbrise in unseren Gesichtern. Es hätte so schön werden können. Hätte ich nicht alles zwischen uns kaputt gemacht.

Statt Sebi öffnest du die Wohnungstür. Es wäre ein Moment für ein Foto: ich total entgeistert im Treppenhaus, das Skateboard rutscht mir aus der Hand und der Lärm, als es auf den Boden kracht, ist ohrenbetäubend. Ich glaube, ich habe sogar den Atem angehalten vor Schreck.

»Hey«, sagst du, als wäre ich eine Fremde. Irgendein Mädchen, das Sebi kennt. Du trittst beiseite, um mich in die Wohnung zu lassen, dann machst du die Tür zu und setzt dich zu den Jungs, die am Boden hocken und *Halo* spielen. Tasche und

Manu lungern auf der Couch. Sebi kommt mit einer offenen Bierflasche aus der Küche und drückt mich fest an sich.

»Ich wusste nicht, dass Niko auch da ist«, beginne ich.

»Er hat gesagt, es stört ihn nicht, wenn du kommst. Ist wieder alles okay zwischen euch?«

Ich schaue mich nach dir um. Du bist komplett auf das Spiel konzentriert. Nicht ein einziges Mal wandert dein Blick in meine Richtung. Ist das versteckte Kamera? Wollt ihr mich alle verarschen?

Sebi rollt mit den Augen und gesellt sich mit seiner Bierflasche zur übrigen Belegschaft auf die Couch. Nach einem kurzen Moment des Nachdenkens tue ich das Gleiche. Ich schätze, du versuchst einfach, normale Verhältnisse herzustellen. Dieses dämliche Spielchen mit den Kontrollanrufen hätte ohnehin nicht mehr lange funktioniert. Ich bin ja froh, dass du den ersten Schritt gemacht hast, das war sicherlich vernünftig. Irgendwie müssen wir es schaffen, in ein und demselben Raum zu sein, ohne daraus ein Drama zu machen, das ist mir schon klar. Doch hättest du mir nicht zumindest eine kurze Warnung zukommen lassen können, nachdem du dich eine Woche strikt von mir ferngehalten hast? Denn ob du es glaubst oder nicht, das alles ist auch für mich nicht leicht! Während du dich in aller Ruhe auf die Situation vorbereiten konntest, muss ich mein gesamtes Repertoire an Improvisationskunst ausschöpfen, um etwas Ähnliches wie Coolness vorzutäuschen. Ist das eine einstudierte Rolle? Hast du zu Hause geübt, wie du mich am besten ignorieren kannst, ohne den Anschein zu erwecken, hier wäre etwas faul?

Ich versuche, das Spielchen mitzuspielen. Ich feuere euch beim Zocken an und teile mir mit dir und Tommy eine Pizza. Als ich mit Tasche auf einen Sprung in den Supermarkt gehe, um Knabber-Nachschub zu holen, frage ich jeden Einzelnen, ob er spezielle Wünsche habe, auch dich. Du schüttelst den Kopf und konzentrierst dich weiter auf das Spiel. Es zerreißt mich innerlich – wir beide in diesem ermüdenden Trauerspiel. Wir waren doch das Dream Team. Wir waren Sanni und Niko. Jetzt sind wir bloß noch höflich zueinander.

Ich komme in die Küche, um die Einkäufe abzuladen. Du stehst bei der Spüle und füllst dein Glas mit Wasser. Für einen flüchtigen Moment finden unsere Blicke zueinander, und ich sammle Mut und Atem für ein paar Worte. Gar nicht mal für bedeutungsvolle Worte. Ich will bloß mit dir reden, denn hier in dieser kleinen Küche kannst du nicht so tun, als wäre ich nicht da. Du kommst mir zuvor, indem du fragst: »Soll ich dir beim Ausräumen helfen?«

Ich schüttle den Kopf. Du wirkst weder erleichtert noch enttäuscht. Du gehst einfach nur.

Ich habe Angst, dass dieser Zustand irgendwann normal wird und wir gar nicht mehr wissen, wie es war, Sanni und Niko zu sein. Dabei ist es genau das, was du bezweckst. Oder? Ich habe den Scherbenhaufen verursacht und du kehrst nun alles unter den Teppich. Die Wut und die Enttäuschung, aber auch das Lachen, die Wärme und die vielen glücklichen Erinnerungen. Ganz oder gar nicht – das waren deine Worte.

Du hast für uns beide entschieden. Du hast einfach entschieden, dass es ein »Gar nicht« wird, ohne mir die Chance zu geben, über ein »Ganz« nachzudenken. Das war feige und verletzend, und es war ein Fehler. Lieber ganz als gar nicht. Lieber Risiko als Trauerspiel. Du würdest mir nicht glauben, wenn ich dir das jetzt sage. Du würdest denken, ich wäre verzweifelt. Ja, zum Teufel, das bin ich. Alles gerät aus den Fugen.

#DREIUNDZWANZIG Ich liege im Gras und beobachte die Wolken. Ich habe nichts bei mir außer meinem Skateboard, einer Wasserflasche und meinen Kopfhörern. Es ist jetzt Juli. Der Sommer befindet sich auf seinem Höhepunkt. Die Tage sind lang und heiß, und ich erlebe jeden davon wie eine entsetzlich eintönige Ewigkeit.

Hast du dich schon mal gefragt, warum wir Freunde geworden sind? Warum wir dieses Band geknüpft haben, obwohl wir so grundverschieden sind? Denn manchmal kommt es mir vor, als wäre es einfach so passiert. Wir sind uns begegnet und *puff* – schon war es um uns geschehen. Genauso fangen doch Liebesgeschichten an. Mit einem Blitz, der alles verändert. Vielleicht war es von Anfang an Liebe und wir wussten es nur nicht. Doch, du hast es gewusst. Du hast es gewusst und nie ein Wort gesagt.

Ein breiter Umriss verdunkelt die Sonne. Ich sehe ein Gesicht, das sich grinsend zu mir herunterbeugt. Brünettes Haar und aufgeweckte blaue Augen. Und ein Mund, der meinen Namen sagt – ich erkenne es an der Lippenbewegung und nehme überrascht die Kopfhörer ab.

»Wenn das nicht die hübsche Dame aus der Straßenbahn ist.«

»Hey, Stefan.« Ich ziehe die Beine an, damit er sich zu mir setzen kann. Doch er bleibt lieber stehen. »So ein Zufall aber auch. Was machst du hier?«

»Vermutlich das Gleiche wie du.«

»Heimlich Leute zählen, die Socken unter den Sandalen tragen?«

Er lacht und fährt sich in einer allzu lässigen Geste durchs Haar. Er trägt ein schwarz-weißes Adidas-Shirt, kurze Hosen und Laufschuhe. Bei dieser Hitze durch die Praterallee zu joggen, kann nur einem total Verrückten einfallen. Ich schiebe meine Sonnenbrille nach oben und grinse ihn an.

»Läufst du öfter bei 30 Grad durch die Gegend?«

»Eigentlich nicht. Du hast mir seit Tagen nicht geantwortet, da hab ich mir gedacht, ich geh dich mal suchen.«

»Hat ja erstaunlich gut geklappt, wie man sieht.«

»Vielleicht habe ich dich bei unserem letzten Treffen ja heimlich verwanzt.«

Ich strecke ein Bein aus und reibe meinen Fuß an seinem Knöchel. »Willst du dich nicht hinsetzen?«

»Ich wollte eigentlich nur kurz Hallo sagen.«

»Ach so.«

»Es sei denn, wir finden ein Plätzchen, wo es schattiger ist.«

»Genügt dir mein Baum hier etwa nicht?«

Er sieht sich um, und sein Gesicht nimmt einen verschmitzten Ausdruck an. »Hier sind mir etwas zu viele Leute.«

»Wofür?«

»Na, für alles, was ich mir geschworen habe, mit dir anzustellen, gleich wenn ich dich finde.«

Dafür bekommt er einen gelangweilten Blick. Wir wissen doch beide, dass ich ihm haushoch überlegen bin. Seit unserer ersten Begegnung baumelt er in meinem Netz. Er ist ein Zeitvertreib, ein heißer Gedanke, der mich aufweckt, wenn die Eintönigkeit des Alltags meine Füße einschlafen lässt.

»Also, ich muss dann weiter«, sagt er. »Es gibt noch andere Frauen, denen ich auflauern muss.«

Er dreht sich um und joggt zurück zum Gehweg.

»Warte«, rufe ich ihm nach. Er blickt grinsend über die Schulter zurück, als hätte er mit nichts anderem gerechnet.

»Morgen Abend?«, ruft er zurück.

»Okay!«

»Ich melde mich bei dir.«

Er joggt davon. Aufregung kribbelt in mir und vertreibt das Gefühl des Alleinseins. Vielleicht ist Stefan ja genau das, was ich brauche: ein guter, solider One-Night-Stand. Ohne Gefühle, ohne Konsequenzen. Nur Körperkontakt, reduziert auf die ureigenen menschlichen Gelüste. So habe ich Sex kennengelernt und so sollte es auch sein. Das mit uns war komplett verkehrt herum. Es hat mein Innerstes nach außen gestülpt, hat mich auf den Kopf gestellt, sodass ich kurz nicht wusste, wer ich bin und was ich will. Jetzt weiß ich es wieder. Ich will nicht länger nachdenken. Ich will loslaufen und fliegen, während du alles daransetzt, um deinen Platz auf der Erde zu finden, mit allem, was dazugehört. Studium, Liebe, Familie. Da kann ich nicht mithalten.

#VIERUNDZWANZIG Manu, Tasche und ich teilen uns einen Eisbecher bei *Zanoni* in der Innenstadt. Es gibt hier so große von der Sorte, dass ein einziger Becher locker für zwei oder drei Personen reicht. Oder für einen Sebi. Tasche stiert stirnrunzelnd auf ihr Handy, legt den Löffel weg und schnauzt: »Scheißtypen, Mann!«

»War das Alex?«, fragt Manu.

»Wer sonst? Dieser Arsch bildet sich ein, er muss jetzt mit den Jungs zum Lasertag. Dabei hat er mir versprochen, dass wir uns heute noch sehen.«

»Lass ihn doch«, nehme ich ihn in Schutz. »Wenn er Bock drauf hat?«

»Was heißt hier, wenn er Bock drauf hat? Wir sind in einer Beziehung, da kann er nicht einfach machen, was er will!«

»Wenn du das so siehst, wird die Beziehung nicht mehr lange halten.«

»Sorry, Sanni, aber wenn ich Beziehungstipps brauche, wende ich mich an jemanden, der Ahnung von solchen Dingen hat.«

»Wieso sollte ich keine Ahnung davon haben?«

»Äh, vielleicht weil du noch nie eine feste Beziehung hattest?«

Ich antworte nicht, und sie schiebt sich grimmig einen Löffel Schokoeis in den Mund. Der perfekte Moment, um das Thema zu wechseln. Doch ihre herablassende Bemerkung hat mich wütend gemacht.

»Du sagst das, als wäre es unbeabsichtigt«, reite ich weiter darauf herum. »Schon mal daran gedacht, dass ich einfach keine Beziehung will?«

»Doch, und genau das ist der Punkt. Wer keine Beziehung will, hat nicht verstanden, wie es zwischen Mann und Frau funktioniert. Ach was, der hat nicht verstanden, wie das ganze Leben funktioniert!«

»Und du glaubst, du hättest es kapiert, oder was?«

»Zumindest mehr als du.«

Wow. Das ausgerechnet aus ihrem Mund. Wer heult sich wöchentlich die Augen aus dem Kopf vor Eifersucht und Kummer? Wer ist ständig am Nörgeln, weil Alex zu wenig Zeit für sie hat? Sie spielt sich als allwissend auf und hat in Wahrheit rein gar nichts begriffen. Beziehungen sind etwas für alte Menschen. Für all diejenigen, die im Leben nichts mehr erleben wollen oder sich nicht trauen. Wieso sich binden, solange man freie Auswahl hat?

Manu versucht zwischen uns zu vermitteln. »Also ich finde, beides hat seinen Reiz. Single zu sein kann genauso viel Spaß machen wie eine Beziehung. Und es kann genauso scheiße sein.«

»Im Moment ist es eindeutig scheiße!«, motzt Tasche, die schon wieder auf ihrem Handy herumdrückt. »Dieser Kerl raubt mir noch den letzten Nerv.«

Ich frage mich, wieso die beiden nicht längst Schluss gemacht haben. Alle paar Wochen steht ihre Beziehung auf dem Prüfstand. Da muss mehr dahinterstecken als gemeinsame Interessen und ein funktionierendes Sexleben – eine Art Quintessenz der Liebe, die nur in ganz wenigen Herzen erblüht. In meinem sicher nicht.

»Schau sie dir an!« Halb lachend, halb verzweifelt sieht Manu Tasche beim Tippen zu. »Also ich möchte nicht dabei sein, wenn er diese Nachricht kriegt! Das Handy qualmt ja schon.«

»Er soll sich nicht so anstellen«, murmelt Tasche, während sie noch weitere Worte ins Handy hämmert. »Immerhin hat er beim Lasertag niemanden, der ihm den Schwanz lutscht!«

»Sei dir da mal nicht so sicher«, werfe ich ein, worauf Manu in lautstarkes Gelächter ausbricht. Tasche wirft mir einen warnenden Blick zu und schreibt emsig weiter.

Wir löffeln unser Eis und lassen sie in Ruhe. Manu beginnt sich über ihre Mutter aufzuregen, die ihr gerade erst grundlos das Taschengeld gekürzt hat, obwohl Manu doch für einen Kurztrip nach Prag sparen wollte. Ich versuche ihr zuzuhören, aber meine Gedanken sind bei Tasche. Wie eine Löwin kämpft sie um ihr Recht, bei Alex an erster Stelle zu stehen. Sie opfert Zeit und Nerven, und wofür? Für noch mehr Ärger? Bis vor Kurzem hätte ich das noch traurig gefunden, erbärmlich. Wie kann man sein Leben, sein Herz nur so willenlos in die Hände eines anderen legen? Doch je länger ich ihr zuschaue, je länger ich diesen glühenden Kampfgeist in ihren Augen sehe, umso mehr drängt sich mir die Frage auf, wofür ich kämpfen würde, wenn es hart auf hart käme. Freunde allein sind nicht genug. Freunde gehen mit dir durchs Feuer, dabei ist es das Feuer selbst, wofür es sich zu leben lohnt.

Manu fällt auf, dass ich nicht zuhöre, und wird still. Mein Blick liegt auf Tasche, die gerade das letzte Wort tippt und brummend die Nachricht abschickt. Ich frage sie: »Liebst du Alex eigentlich?«

»Klar. Deswegen nervt mich das alles ja auch so!«

»Woher weißt du das so genau? Woran merkst du, dass du ihn wirklich liebst?«

»Was soll die Frage? Das spürt man einfach. Wenn es so ist, dann spürt man es.«

»Und du würdest nie mit ihm Schluss machen? Egal, wie sehr er dich fertigmacht?«

»Keine Ahnung … irgendwann sicher. Wenn es mir zu viel wird.«

»Ich versteh's nicht. Wenn du das weißt, wieso dann nicht sofort? Ist das nicht die totale Zeitverschwendung?«

»Äh … nein. Nichts, das mit Gefühlen zu tun hat, ist Verschwendung.«

Ich knalle meinen Löffel ins Glas, dass es klirrt. Mit einem Mal ist alles still, es gibt keine Leute mehr, keine flirrende Hitze. Da sind nur noch Tasches Worte, die sich in einer gellenden Endlosschleife durch meinen Verstand bohren, bis tief in mein Herz.

»Soll das heißen, ich verschwende hier meine Zeit?«, brause ich auf. »Willst du mir das damit sagen?«

Tasche weicht erschrocken zurück, während Manu den abrupten Stimmungswechsel mit blassem Gesicht beobachtet.

»Sag es ruhig, wenn du dieser Meinung bist. Ihr könnt es mir beide sagen. Findet ihr mich erbärmlich? Habt ihr Mitleid mit mir, weil ich von euren ach so tollen Gefühlen nichts halte?«

»Jetzt bleib mal ruhig«, sagt Manu. »Keiner redet hier von dir.«

Zu spät. Ganz still und heimlich hat sich die Wut an mich herangeschlichen und lässt mich tanzen wie eine Marionette.

»Wisst ihr was, ihr könnt mich mal!« Ich springe auf. Ich ziehe die Blicke der umliegenden Leute auf mich und es ist mir scheißegal. Alles, woran ich denken kann, ist dein Gesicht – dein Gesicht, wenn du lachst, dein Gesicht, wenn du mich küsst, dein Gesicht, wenn du kommst. Ich will diese Bilder aus meinem Kopf kriegen, aber sie sind alles, was ich habe.

Ich knalle einen Zwanzig-Euro-Schein auf den Tisch und schultere meinen Rucksack. »Die Runde geht auf mich.«

»Sanni? Jetzt warte doch mal, wo willst du hin?«

»Sanni! Scheiße, jetzt bleib doch stehen!«

Ich bleibe nicht stehen. Ich laufe, so schnell ich nur kann, und muss dennoch zusehen, wie es in der Ferne immer kleiner wird: das harmlose, unbeschwerte Leben eines Mädchens ohne Herz. Ich hatte nie ein Herz. Weil es von Anfang an dir gehörte.

#FÜNFUNDZWANZIG Stefan hat mich in einen Club gezerrt. Es ist die Sorte Club, die du und ich normalerweise meiden: Flimmernde Lichter, dröhnende Technomusik und halbnackte Go-go-Tänzerinnen an den Stangen. Es ist eng. Stickig. Du würdest es hassen. Die sekündlich wechselnde Lichtkulisse erzeugt Blitze vor meinen Augen, zerreißt das Bild in viele kleine Einzelteile, sodass ich kaum noch weiß, was in meiner unmittelbaren Umgebung vor sich geht.

Ich werfe mich ins Gedränge und werde Teil der schwitzenden Menge. Meinen Verstand betäube ich mit Alkohol, um nicht darüber nachzudenken, wieso ich hier bin. Stefan befürwortet diese Vorgehensweise. Offenbar möchte er auf Nummer sicher gehen. Keine Sorge, heute Nacht bin ich eine sichere Nummer. Auf mich könnte man ein Vermögen setzen.

Auf der Tanzfläche beginnen wir uns zu küssen. Es ist wie in einem Traum – irgendwie habe ich das Gefühl, als könne ich nichts falsch machen, als wäre das alles nicht real. Seine Hände gleiten unter mein Oberteil, finden meine Brüste und den Verschluss meines BHs. Abrupt löse ich mich von ihm, um Luft zu holen, um zu mir zu kommen und endlich zu begreifen, was ich hier eigentlich suche. Stefan hält mich fest umschlungen, seine Augen funkeln, und er fummelt weiter an meinen Brüsten herum.

Er lehnt sich gegen mich, und ich spüre seine Erektion an meiner Hüfte. »Ich bin so geil auf dich«, stöhnt er mir ins Ohr.

Ich befreie mich aus seiner Umarmung und gewinne Abstand. Er schaut mir verwirrt in die Augen. »Ist alles okay?«, fragt er.

»Ich muss mal schnell wohin«, rufe ich gegen den Lärm der Musik an.

»Aber brauch nicht zu lange.«

Mit hämmerndem Kopf wanke ich zu den Damentoiletten. Der Boden zu meinen Füßen scheint sich zu bewegen. Ich versuche mehrmals, die freie Kabinentür aufzukriegen, ziehe immer wieder daran, obwohl man in Wahrheit drücken muss. Das Klo ist unappetitlich. Mit feuchten Fließen und angeschmierten Wänden. Ich klappe den Deckel hoch und hocke mich über die blanke Schüssel. Es dauert ewig. Als ich fertig bin, drücke ich die Spülung und verliere beim Hochziehen meiner Jeans ein paar Münzen, die lose in meinen Hosentaschen herumgekugelt sind. Ich versuche sie aufzusammeln, ehe sie durch den Schlitz in die Nachbarkabine rollen. Es gelingt mir nicht. Mich erfasst ein plötzliches Schwindelgefühl. Ich halte mir den Kopf und knalle mit der Schulter gegen die Kabinenwand.

Das ist ein Albtraum. Ich möchte aufwachen, aber mein Verstand hält mich gefangen. Ich wollte es so. Ich wollte den Wahnsinn, den Rausch und das Vergessen, doch es hat nicht funktioniert.

Ich krame in meiner Gesäßtasche und ziehe mein Handy hervor. Ich wähle deine Nummer. Du meldest dich nicht. Ich bin allein.

Ein wütendes Klopfen an der Kabinentür. »He, hier wollen auch noch andere aufs Klo!«

Tränen verschleiern meinen Blick, ich blinzle sie weg und schiebe mich an der Warteschlange vorbei zu den Waschbecken. Ich pumpe den halben Seifenspender leer. Meine Hände verschwinden im Schaum, und ich hebe den Kopf und schaue mir im Spiegel ins Gesicht. Unter meinen Augen sind dunkle Ringe. Der Ausschnitt meines Tops ist verschoben, sodass die Ränder meines BHs zu sehen sind. Meine Wangen sind blass, die Lippen zittern. Ich weiß nicht, wer dieses Mädchen ist. Es sieht mir nicht einmal mehr ähnlich. Du hast mich gebrochen. Du hast ein Wrack aus mir gemacht. Gewonnen – das Spiel ist aus.

Ich schütte mir eine Handvoll Wasser ins Gesicht. Die Blondine, die neben mir steht, sieht mich verwundert an. »Hast du ein Gummi?«, frage ich sie.

Sie nickt und kramt in ihrer Tasche. Sie überreicht mir ein rotes, quadratisches Plastikpäckchen, das ich schnell in meine Jeanstasche stecke. Ich will ihr zum Dank ein paar Euro geben, doch meine Münzen habe ich verloren. Sie macht eine abwinkende Handbewegung und lächelt mir beim Hinausgehen zwinkernd zu. »Lass gut sein. Die hat sowieso mein Date bezahlt.«

Auf der Tanzfläche wartet Stefan auf mich. Dass ich kaum einen Schritt schaffe, ohne zu schwanken, ist ihm egal. Ihm ist alles egal, solange er nur schnellstmöglich seinen Schwanz in mich reinstecken kann. Ich weiß nicht, was mich auf einmal so stört. Auf genau solche Typen stehe ich normalerweise. Die keine Fragen stellen und schnell zur Sache kommen. Typen, die es wie Sand am Meer gibt. Deswegen ging es auch immer so leicht – ich musste nicht suchen, sie waren alle bereits da. Ein buntes Gratisbuffet, das rund um die Uhr geöffnet hat. Manchmal holt man sich eine Magenverstimmung, aber zumindest muss man nicht hungrig ins Bett.

»Reiß dich zusammen«, murmle ich mir zu.

Wir treffen uns auf halbem Weg. Er steckt mir seine Zunge in den Mund und ich fasse ihm in den Schritt. Ein klares Übereinkommen, das keinerlei Worte bedarf. Wir setzen uns in Bewegung, er scheint den Ausgang anzuvisieren, doch ich steuere die Toiletten an. Er begreift schnell. Die Erregung lässt seinen Blick erhärten, und er drückt mich mit einem atemlosen Lachen an die Wand. »Ich wusste, dass du so eine bist. Ich hab's von Anfang an gewusst.«

Ich ziehe ihn durch die Tür und in eine der Kabinen. Diesmal sind wir im Männerklo. Niemand außer uns ist hier. Während er die Kabine abschließt, hole ich das Kondom-Päckchen hervor und reiße die Ecke mit den Zähnen auf. Dann mache ich mich an seiner Hose zu schaffen, öffne den Zipp und fasse ihn an. Er stöhnt leise und beginnt wieder, mich zu küssen. Ich drücke ihn weg. Ich will das hier schnell erledigt haben. Mit einer Hand zerre ich meine Jeans und mein Höschen nach unten, mit der anderen nestle ich das Kondom aus der Packung. Er sieht mir in einer Mischung aus Geilheit und Ehrfurcht dabei zu. Ich rolle das Kondom ab und ziehe ihn in meine Arme. Er presst mich an die Wand und hebt mich hoch, ich winkle die Beine an und kralle die Hände in seine Schultern. Ich spüre, wie er gegen mich drückt. Noch ist er nicht ganz an der richtigen Stelle. Ich fasse nach unten, um nachzuhelfen. Plötzlich wird sein ganzer Körper von einem Zittern durchzuckt. Sein Atem stockt, und er presst die Stirn gegen meine Brust, drängt sein Becken zwischen meine Beine, seine Augen sind geschlossen. Für ein paar Sekunden steht er da wie erstarrt. Dann lässt er mich los und sagt: »Scheiße.«

Falsch. Für diesen Moment gibt es keine Worte. Für diese erbärmlichen Sekunden voller Schock und Ekel. Er ekelt mich an. Ich selbst ekle mich an. Wie ich mit heruntergelassener Hose an der verklebten Wand dieses Scheißhauses stehe, wie ich um ein Haar mit ihm gevögelt hätte, hier im Dreck, obwohl er es nicht einmal fertigbringt, auf den Startschuss zu warten. Auf einmal sehe ich mich selbst in zwanzig Jahren, an Aids krepiert, bloß ein Grabstein ist noch da. Das Bild jagt mir wie ein Blitz durch alle Glieder. Ich reiße die Arme hoch und mache mich von ihm los.

»Shit, das ... das passiert mir sonst eigentlich nicht. Wir waren einfach ein bisschen zu schnell. Gib mir ein paar Minuten, dann können wir – he, he, nicht so eilig! Wo willst du hin? Jetzt bleib doch stehen!«

Die Tür springt auf und ich stolpere an ihm vorbei in die Freiheit. Ein fremder Typ steht am Pissoir und beobachtet mich mit einem dreckigen Grinsen. Ich versuche ihn auszublenden, ihn und sein widerliches Gesicht, das jeden seiner Gedanken preisgibt: Schlampe, Hure. Solche wie dich trete ich mit Füßen. Während meine Hände noch damit beschäftigt sind, meine Jeans zuzuknöpfen, sucht mein Blick nach dem nächstbesten Ausgang. Ein Leuchtschild blinkt auf der anderen Seite des Clubs auf. Im Hintergrund knallt eine Tür und hastige Schritte sind mir dicht auf den Fersen.

»Bleib stehen!«, ruft Stefan. Er bekommt mich am Arm zu fassen und dreht mich grob herum. »Ich hab gesagt, du sollst stehen bleiben! Was soll das? Ich dachte, wir hätten Spaß.«

»Sorry, aber ich muss jetzt weg.«

»Warte. Was heißt, du musst jetzt weg? Hast du keine Lust mehr?«

Ich möchte weitergehen, aber er hält mich am Arm fest. In seinen Blick ist Wut gestiegen.

»Hab ich's mir doch gleich gedacht. Zuerst große Worte spucken, und dann ist nichts dahinter.«

»Glaub mir, es hat nichts mit dir zu tun«, entgegne ich, was ihm endgültig den Rest gibt.

»Nichts mit mir zu tun? Was ist es dann? Suchst du dir den Nächsten, der dich durchficken kann? Du Scheißschlampe!«

Seine Worte können mich nicht verletzen. Sie machen nur noch deutlicher, was für eine beschissene Idee dieser Abend war. Beschissen, beschissen, beschissen. Es gelingt mir, mich aus seinem Griff zu befreien, da stellt er sich vor mich und versperrt mir den Weg.

»Du kannst mich jetzt nicht einfach hier stehen lassen! Traust du dich nicht? Hast du Schiss vor mir bekommen?«

»Lass mich vorbei!«

»Das ist es, nicht wahr? Du hast meinen Schwanz gesehen und kalte Füße bekommen!«

Das kann er der Nächsten erzählen, der er wie ein Vierzehnjähriger in die Hand spritzt. Ich dränge mich an ihm vorbei, und diesmal lässt er mich gehen. Er ruft mir etwas nach, doch der Lärm und mein rasendes Herz verschlucken jedes Wort. Ich stolpere durch die Tür nach draußen. Die frische Luft ist wie eine Schockwelle, die mir mit voller Wucht entgegenbrandet. Wann hat es zu regnen begonnen? Der Himmel ist stockdunkel, in der Ferne zucken Blitze. Ein Mann von der Security fragt, ob alles okay sei. Ich nicke kurz und beginne wieder zu laufen. Es gibt nur einen Ort, wo ich jetzt hinkann. Nur einen Menschen, mit dem ich reden möchte. Und ich werde reden und du wirst mir zuhören. Du wirst mir so lange zuhören, bis du mir glaubst. Ich habe mich anders entschieden. Ich will ein »Ganz«. Ich will es jetzt und sofort.

Ich renne durch den Regen und bleibe nicht mehr stehen.

#SECHSUNDZWANZIG Ich stehe vor deinem Wohnhaus. In den Vorgarten komme ich nicht rein, weil das Tor nachts verriegelt ist. Du hast mir einmal einen Schlüssel gegeben, aber den habe ich nicht dabei. Von hier unten kann man dein Zimmerfenster sehen. Das Licht ist aus. Natürlich, du wirst längst schlafen. Es ist mitten in der Nacht.

Mit zittrigen Händen krame ich mein Handy hervor. Ich bin den ganzen Weg hierhergelaufen. Es hat eine Stunde gedauert.

Ich bin nass bis auf die Knochen, obwohl es längst aufgehört hat zu regnen. Ich habe vergessen, was ich dir alles sagen wollte. Es gibt jetzt nur noch mich. Keine Ausflüchte, keine Entschuldigungen, keinen bereitgelegten Text. Wenn du mich haben willst, hier bin ich. Nackt bis zur Seele.

Ich wähle deine Nummer. Einmal, zweimal. Beim dritten Mal gehst du endlich ran. »Sanni?«, fragst du verwirrt. Deine Stimme klingt verschlafen, doch da ist auch Sorge. Und Wut. »Wie spät ist es? Ist was passiert?«

»Kannst du runterkommen?« Ich weine nicht, aber es hört sich so an. In deinem Zimmer geht Licht an. Du kommst ans Fenster und machst es auf.

»Was zum Teufel?«, rufst du aus.

Du starrst aus dem letzten Stock zu mir nach unten, fragst dich vermutlich, ob ich den Verstand verloren habe, mitten in der Nacht hier aufzutauchen, klitschnass und mit verweinten Augen. So sind wir nicht. So etwas passiert in Filmen, aber nicht bei uns. Es ist peinlich, aber der einzige Ausweg.

»Ich weiß nicht, was los ist«, keifst du ins Handy, »aber du hast sie eindeutig nicht mehr alle!«

»Bitte, komm runter!«

»Hast du in letzter Zeit mal auf die Uhr gesehen? Es ist kurz nach eins!«

»Bitte, Niko ... komm einfach runter. Bitte! Komm runter zu mir!«

Ich klinge so furchtbar erbärmlich, dass ich mir selbst schon leidtue. Du beugst dich aus dem Fenster und schaust in alle Richtungen. Hier draußen ist die Partymeile bloß noch ein Gerücht. Es ist so still und einsam, dass man ein Blatt fallen hören könnte.

»Warte«, raunst du und legst auf. Ich beobachte, wie du das Fenster schließt und deine Silhouette hinter dem Vorhang verschwindet. Das Licht geht aus und ich stehe in der Dunkelheit. Ein Leben lang im Dunkeln – so fühlen sich die paar lächerlichen Minuten an, die du brauchst, um in Schuhe zu schlüpfen und die fünf Stockwerke zu mir nach unten zu kommen. Am Wegrand gehen Laternen an. Die Haustür öffnet sich und du stehst mit deinem Schlüssel in der Hand im Vorgarten. Ich lag falsch, du hast dir nicht mal Schuhe angezogen. Du bist barfuß und das T-Shirt, das du dir schnell zu deinen Boxershorts angezogen hast, ist verkehrt herum.

»Ich weiß, was du denkst«, schluchze ich. »Und du irrst dich. So sehr wie du kann man sich gar nicht irren!«

Du kommst ein Stück näher. Dein Gesicht ist vor Wut und Sorge ganz rot. »Du bist betrunken.«

»Ich weiß.«

»Was zur Hölle willst du hier?«

»Ich will … wir müssen reden.«

»Reden?« Allein das Wort scheint dich zu erzürnen. Du machst wieder einen Schritt zurück. »Worüber willst du denn jetzt reden? Du kannst ja nicht mal aufrecht stehen.«

Das stimmt leider. Ich muss mich am Stamm der Eiche abstützen, die hier steht, seit ich denken kann. Ich muss ein jämmerliches Bild abgeben, nass, verheult, betrunken und allein hier draußen. Doch es ist zu spät für einen Rückzieher. Jetzt oder nie.

»Bitte, Niko, hör mir zu …«

Du fährst mir mit erhobener Hand dazwischen. »Lass es. Das hier bringt absolut gar nichts.«

»Aber ich habe nachgedacht!«

»Erzähl das jemandem, den's interessiert!«

»Nein, ich … ich will, dass du mir jetzt zuhörst.« Das Sprechen fällt mir schwer. Die Worte scheinen sich in meinem Mund zu verknoten, scheinen um jeden Preis zurück in meinen Kopf zu wollen, ehe sie noch mehr Unheil anrichten. Ich taumle nach vorn und zwinge sie mit Gewalt hervor, eines nach dem anderem. »Du … du musst mir jetzt zuhören … Niko … bitte! Ich möchte dir was sagen!«

»Fahr nach Hause, Sanni. Du bist ja nicht mehr ganz dicht.«

»Das ändert aber nichts daran«, beteuere ich. »Das ändert nichts daran, wie … wie ich fühle. Nein, lass mich ausreden. Du hast einfach für mich entschieden. Du hast entschieden, dass das hier für uns das Beste ist, aber das ist es nicht! Verstehst du, Niko? Das ist es nicht!«

Du begreifst, worauf ich hinauswill. Aus der Sorge wird endgültig Wut. »Das kann nicht dein Ernst sein.«

»Und ob das mein Ernst ist!«

»Du tauchst hier auf, mitten in der Nacht, sturzbesoffen, und erwartest ernsthaft, dass wir über dieses Thema reden? Jetzt? Du spinnst ja!«

»Es ist wichtig!«

»Das Thema ist Geschichte! Ich dachte, wir hätten das geklärt!«

»Du vielleicht, aber ich nicht.«

»Und wessen Schuld ist das? Wer war zu verkatert und zu feige, um mir eine Antwort zu geben? Wer war das, Sanni? Du oder ich? Warst das du oder war das ich?!« Du lässt mich gar nicht antworten, du brüllst einfach weiter. »Geh nach Hause! Die Sache ist für mich erledigt.«

»Aber für mich nicht!«, brülle ich zurück. Hinter einigen Fenstern geht Licht an. Wir erregen Aufmerksamkeit, aber das ist mir egal. Ich marschiere auf dich zu, umklammere das Gartentor und lasse meiner Verzweiflung freien Lauf. »Du wirst mir jetzt zuhören! Hör mir zu, Niko, hör mir jetzt ganz genau zu! Du hast dich geirrt! Ich hätte mich nicht für das *Gar nicht* entschieden. Ich will das *Ganz*. Ich will dich. Du hast gesagt, so wie es jetzt ist, wäre es am besten, aber das stimmt nicht! Sieh uns doch an! Wenn du mich jetzt vor die Wahl stellst, dann lautet meine Antwort: Ja. Ja, zu allem, was du willst. Sag es mir! Sag mir, was du willst, und ich werde es dir geben.«

Tränen laufen heiß und schnell mein Gesicht hinunter. Ich habe noch nie vor dir geweint. Und du hast noch nie so verzweifelt ausgesehen, so hilflos, voller Fragen und zerrissen von deinen Gefühlen. Du fasst dir an den Kopf, als könntest du das Chaos, das darin herrscht, nicht mehr ertragen. Du musst denken, ich rede wirres Zeug. Weil ich betrunken bin und nicht weiß, was ich tue. Doch es ist nicht wie damals bei der Tankstelle. Es ist real, und du musst begreifen, dass es unsere letzte Chance ist.

»Bitte, Niko«, flehe ich. »Das ist mein Ernst.«

»Verstehst du überhaupt, was du da sagst?« Deine Stimme ist leise geworden, gedrückt von Frust. »Du hast doch überhaupt keine Ahnung, was ich will. Bis vor einer Minute hast du mich kein einziges Mal gefragt!«

»Dann sag's mir! Um Himmels willen, sag's mir doch endlich!«

»Wozu?«, schmetterst du mir entgegen. »Was würde das bringen? Du kannst es mir sowieso nicht geben!«

»Wieso glaubst du das?«

»Weil ich dich kenne! Wir zwei haben völlig unterschiedliche Auffassungen davon, wie es zwischen Mann und Frau laufen soll. Verstehst du nicht, Sanni? Ich will einfach alles. Keine halben Sachen, kein *Vielleicht*. Sondern das Gesamtpaket. Ganz oder gar nicht, schon vergessen? Kannst du das? Kannst du mir wirklich alles geben?«

»Ich weiß es nicht! Ich habe keine verfluchte Ahnung, okay? Ich habe es noch nie zuvor gemacht, weil ich es noch nie zuvor wollte. Aber jetzt will ich es! Also lass es mich doch wenigstens versuchen! Habe ich nicht das Recht, es zu versuchen?«

Du wendest dich ab. Du hasst es, dass ich das alles gesagt habe; dass ich dir nach all der Zeit endlich geben will, was du willst, nachdem du alles versuchst hast, um es nicht mehr zu wollen. Egal, wie du dich entscheidest – die heutige Nacht wird über unsere Zukunft entscheiden. Über ein Mit- oder ein Ohneeinander. Für immer.

Du schaust zurück in mein Gesicht. Deine Augen blicken ungeheuer traurig. »Du bist so betrunken, Sanni. Morgen früh weißt du nicht mehr, was du da eben gesagt hast.«

»Wollen wir wetten?«, entgegne ich. Wenn es sein muss, kann auch ich stur sein.

Du atmest lange und seufzend durch. Mit einem Mal siehst du bloß noch müde aus. Du umklammerst den Schlüssel und schließt die Augen. Als du sie wieder öffnest, schimmern Tränen darin.

»Verarsch mich nicht«, sagst du leise. »Ich warne dich, Sanni, verarsch mich nicht.«

Du öffnest das Gartentor und lässt mich herein. Ich falle dir in die Arme. Und du hältst mich fest. Du hältst mich so fest, wie nur du es kannst, als wolltest du mit mir verschmelzen, als wäre Nähe allein nicht genug. Ich weiß nicht, ob es jetzt noch wichtig ist, aber ich sage dir, dass es mir leidtut. Unter Tränen flüstere ich die Worte in deine Brust, heule und rotze dir das T-Shirt voll, bis ich nicht mehr kann und meine Stimme vor Aufregung und Erschöpfung einfach wegbricht.

Du streichelst über meinen Rücken und sagst: »Es ist alles gut.« Immer wieder sagst du das. Ganz sanft. Und plötzlich ist es auch so. Es ist alles gut.

Wir gehen ins Haus und hoch in deine Wohnung. Erneut kommt es mir wie im Traum vor. Wie etwas, das zu schön ist, um wahr zu sein. Du bringst mich in dein Zimmer und gibst mir eines deiner T-Shirts, das ich gegen meine durchnässten Sachen tausche. Ich falle ins Bett, und du machst das Licht aus und legst dich neben mich auf die Matratze. Immer noch stellt dein Blick mir Fragen. Immer noch zweifelst du, ob es mir ernst ist. Ich hebe den Kopf und möchte dich küssen. Du drückst mich vorsichtig weg.

»Bitte versuch zu schlafen, Sanni. Es ist spät. Du musst hundemüde sein.«

Du hast recht, das bin ich. Ich spüre deine Hand in meinem Haar und öffne ein letztes Mal die Augen. Du lächelst mich an. Und der Schlaf hüllt mich ein.

#SIEBENUNDZWANZIG Ich werde von einer ungewohnten Geräuschkulisse geweckt. In der Küche wird mit Geschirr hantiert. Durch das gekippte Fenster dringt Vogelgezwitscher. Ich höre auch ein Radio, in dem ein gut gelaunter Moderator etwas von fünfunddreißig Grad erzählt. Die doppelstöckige Dachgeschosswohnung deiner Eltern bietet viel Platz zur Entfaltung, doch Ruhe sucht man hier an einem Sonntagmorgen vergebens. Regelmäßig beschwerst du dich, dass du am Wochenende nie ausschlafen kannst. Die Krönung war das eine Millionen Dezibel messende Neujahrskonzert am ersten Januar. Du hast mir damals geschworen, Silvester nie wieder mit deiner Familie zu verbringen.

Ich setze mich in deinem Bett auf. Du bist nicht da, aber du hast mir ein frisches T-Shirt hingelegt, in das ich unverzüglich schlüpfe. Mein Blick streift die vielen Bücherregale. Dein Keyboard, das seit Jahren in der Ecke imaginären Staub ansetzt. Du wolltest immer Schlagzeug lernen, aber deine Eltern waren dagegen. Neben dem Keyboard steht die Kommode mit der Einhorn-Sammlung, die sich dank meines wackeren Einsatzes kontinuierlich vergrößert. Wann immer ich etwas mit Einhörnern sehe, muss ich es dir kaufen. Mir gefällt einfach dein Gesicht, wenn ich dir etwas schenke. Ich beäuge auch den überdimensionalen Kleiderschrank und die Tür zu deinem eigenen Badezimmer. Du hast schon immer gelebt wie ein König. Das Zimmer ist riesengroß, mit eigenem Flachbildfernseher, drei verschiedenen Spielkonsolen und einem Limited-Edition-Gamer-PC, der wahrscheinlich mehr wert ist als mein Sparkonto. Alles ist sauber und aufgeräumt.

Nach der Schule sind wir oft hierher gekommen, um gemeinsam Hausaufgaben zu machen. Du hast gearbeitet, ich habe von dir abgeschrieben. Manchmal wurdest du sauer, wenn ich zwischendurch den Fernseher einschaltete oder auf andere Weise Zeit zu schinden versuchte, aber meistens hattest du für meine Trödeleien Verständnis. Ich glaube, es ist das erste Mal seit unserem Abschluss, dass ich wieder hier bin. Ich fühlte mich in deiner heiligen Ordnung nie ganz wohl. Nichts darf man machen, ohne den ewigen Zorn deiner Mutter auf sich zu ziehen. Ich darf keine Gläser mit nach oben nehmen, ich darf in der Wohnung keine Schuhe tragen, ich darf nicht kiffen, nur still und artig sein, das ist ihr recht. Ich will gar nicht wissen, was sie zu dem verschwitzten Chaos sagen wird, das ich auf deinem Bett hinterlassen habe.

Apropos verschwitztes Chaos: Ich muss dringend ins Badezimmer. Ich habe einen widerlichen Geschmack im Mund und fühle mich mit meinem verklebten Haar und dem verschmierten Make-up in etwa so aufreizend wie ein Drogenjunkie. Ich gehe ins Bad und wasche mir mit Wasser und Seife notdürftig das Gesicht. Eine Zahnbürste wäre auch nicht schlecht. Soll ich deine benutzen? Im Spiegelschrank finde ich eine Flasche Listerine, womit ich meinem Mund eine ordentliche Spülung verpasse. Das muss vorerst reichen.

Erstaunt schaue ich mich an. Keine zehn Stunden ist es her, da stand ich mit versteinertem Gesicht in dieser widerlichen Clubtoilette und fragte mich, wer ich eigentlich bin. In jenem Moment war ich mir sicher, nichts mehr zu verlieren zu haben. Jetzt ist da überall Leben in mir. Es strahlt aus meinen Augen, füllt mich gänzlich aus.

Schritte auf der Treppe. Kurz darauf wird die Tür geöffnet. »Sanni?«

»Bin im Bad!« Ich hole den Kamm aus der Kommode und streiche flüchtig durch mein Haar. Durch die Tür höre ich, dass du zum Bett gehst. Laken rascheln. Als ich aus dem Badezimmer komme, hast du das Chaos beseitigt und das Fenster bis zum Anschlag aufgerissen. Auf dem Nachttisch steht eine Schüssel mit Müsli. »Für mich?«, frage ich.

Du nickst, und ich setze mich mit der vollen Schüssel aufs Bett. Beim Anblick der frisch geschnittenen Bananenscheiben und der kugelrunden Heidelbeeren, die im Müsli schwimmen, muss ich lächeln.

»Hat deine Mutter das gemacht?«

»Mit besten Grüßen aus der Küche.« Du wartest, bis ich ein paar Löffel gegessen habe. »Ich hab ihr gesagt, dass du hier bist. Damit sie nicht gleich Panik kriegt, wenn sie im ersten Stock Geräusche hört.«

Ich schwanke zwischen Rührung und einer merkwürdigen Wehmut. Das Zimmer, die Sauberkeit, Eltern, die in der Früh nicht streiten – du hattest schon immer, was ich insgeheim wollte. Familie, Wärme, Geborgenheit. Während ich lediglich ein paar Scheine für die Schulkantine mitbekam, hast du in der Pause ein Festmahl ausgepackt. Geschnittenes Obst, Sandwiches und auch immer etwas zu naschen. Mit Liebe zubereitet, so wie dieses Müsli. Während ich bei jedem Wetter zu Fuß zur Schule musste, wurdest du mit dem Auto gebracht. Bei Schulaufführungen hast du in den Zuschauerreihen stets vertraute Gesichter entdeckt, ich blickte in eine Ansammlung von Fremden. Deine Eltern mögen streng sein, aber sie kümmern sich um dich.

»Schmeckt es dir nicht?«, fragst du, als ich reglos in die Schüssel starre.

»Doch, doch. Ist sehr lecker. Deine Mama ist die Beste.«

»Sag das noch mal, nachdem sie dich wegen der Schuhabdrücke auf dem Flur angeschissen hat.«

Shit. Ans Schuheausziehen habe ich gestern wirklich nicht mehr gedacht. »Ist sie sehr sauer?«

»Sagen wir, so mittel.«

»Hat sie … hat sie uns gestern gehört?«

»Ganz sicher nicht. Sie und mein Vater stecken sich die Ohropax in der Regel bis zum Hirn. Da dringt nichts durch.«

Zögernd esse ich weiter. Du hast dich an die Kante deines Schreibtisches gelehnt und siehst mir schweigsam beim Frühstücken zu. Wie soll es jetzt weitergehen? Werden wir noch mal darüber reden? Ganz plötzlich bin ich wahnsinnig nervös, fühle mich wie ein kleines Mädchen, das noch nie mit einem Jungen in einem Zimmer allein war. Ich konzentriere mich auf meine Schüssel und das monotone Knuspern des Müslis in meinem Mund. Es vergehen ein paar Minuten, in denen man nichts außer dem Klirren meines Löffels hört.

»Sanni … war das gestern dein Ernst?«

Ich hebe den Blick. Du siehst mich immer noch an. Auch du bist nervös. Ich stelle die Schüssel neben mir auf dem Boden ab. »Ja«, sage ich fest.

Das scheint dir nicht zu reichen. Du glaubst es schlicht und ergreifend nicht. Ich stehe auf und stolpere beinahe über die Müslischüssel. »Ja«, wiederhole ich. »Es war mein voller Ernst. Alles.«

»Bist du – bist du sicher?«

Ich hole tief Luft. Wir betreten unbekanntes Terrain. Wir werden etwas versuchen, das nicht Teil des Plans war. Keine Ahnung, ob es klappen wird. Aber versuchen müssen wir es.

»Ja«, sage ich ein drittes Mal.

Du beginnst zu lächeln. Ich komme zu dir, greife nach deinen Händen und lege sie um meine Hüfte. Du beugst den Kopf und unsere Lippen berühren sich. Vorsichtig, sanft. Als wären wir beide aus Glas. Es ist ein Kuss voller Zärtlichkeit, voller Gefühle, die zum ersten Mal frei sind zu fliegen, aber es ist auch das Besiegeln eines Paktes. In meiner Brust beginnt es wie wild zu flattern, ich fühle mich von allem losgelöst und leicht wie der Wind. Was macht es schon, dass ich nicht weiß, wohin das führen wird? Wir sind zusammen. Das ist alles, was ich wollte.

#ACHTUNDZWANZIG Wir sind bei mir zu Hause. Wir sind allein. Ich gehe duschen und komme mit feuchtem Haar zu dir ins Zimmer. Außer meiner Unterwäsche trage ich nichts. Du sitzt auf dem Bett und schaust mich an. In deiner Hand liegt Larissas Buch, das du im Chaos auf meinem Schreibtisch gefunden hast. Bevor ich ins Badezimmer ging, hast du noch davon geredet, dass wir es ihr beizeiten zurückgeben sollten. Jetzt legst du es weg und ergreifst stattdessen meine Hand.

Du ziehst mich zu dir. In deinen Augen steht ein Ausdruck, der mir völlig fremd ist. Etwas Tiefes, von Grund auf Ehrliches, ein Drängen, das du immer unterdrückt hast. Dass du mich jetzt mit diesem Blick ansiehst, setzt meinen ganzen Körper unter Strom. Es ist nicht mehr wie früher. Zum ersten Mal zeigst du, wer du wirklich bist, und die Ausmaße dieses neuen, unerforschten Gebiets machen mir Angst.

Ich setze mich zu dir auf die Matratze. Ein Frösteln durchläuft mich, obwohl mir sengend heiß ist. Es ist klar, was wir gleich tun werden. Seit wir in die Wohnung gekommen sind, hängt der Gedanke unausgesprochen in der Luft. Wie ein Gewitter hat er sich vor uns aufgebaut, eine bedrohliche, dunkle Front voller Blitz und Donner, die sich jeden Moment über unseren Köpfen entladen könnte. Du ziehst mein Gesicht zu dir und küsst mich sanft, unglaublich vorsichtig, als wolltest du mich zunächst mit der Situation vertraut machen. Ich spüre ein Ziehen tief in meiner Brust und rücke auf deinen Schoß. Deine Hand findet meinen Schenkel. Ganz langsam fährst du ihn nach oben, zu meiner Hüfte und nach vorn zu meinem Bauch. Ich halte deinen Hals umklammert und lehne mich zurück. Gemeinsam sinken wir auf die Matratze.

Ich spüre mich selbst wie noch niemals zuvor. Das harte Rasen meines Herzens und wie ich unter deinen Lippen atemlos nach Luft schnappe. Du machst langsam, beherrschst dich, berührst mich nur ganz leicht. Als wolltest du zwischen diesem und dem letzten Mal eine klare Grenze ziehen. Als wolltest du mir zeigen, dass du auch anders kannst. Damals waren wir betrunken. Rasend vor Begierde und noch etwas anderem, vielleicht war es ja tatsächlich Wahnsinn. Jetzt sind wir bei klarem Verstand. Es gibt nun keine Entschuldigungen mehr. Wir rutschen auf blankem Eis.

Du küsst meinen Hals, leckst sachte daran, dann wanderst du mit den Lippen weiter nach unten, zu meinem Schlüsselbein und meiner Schulter. Du streichelst meine Brust, schiebst die BH-Träger ein Stück nach unten. Jede Berührung schießt wie ein Stromschlag durch mich hindurch. Ich beginne leise zu stöhnen, jeder Muskel in meinem Körper ist zum Bersten gespannt. Ich kann mich nicht bewegen. Alles in mir brennt. Ich lege den Kopf in den Nacken und schließe die Augen, versuche mich zu beruhigen, doch es ist wie in einem Karussell, das sich viel zu schnell dreht: Die Gefühle überschlagen sich, während die Fliehkräfte erbarmungslos an meinem Körper zerren. Ich verliere die Realität aus den Augen, alles verschwimmt plötzlich, wird undeutlich, hunderttausend Gedanken, die sich vermischen. In diesem verrückten, hitzegeladenen Chaos fehlt mir die Luft zum Atmen. Ich reiße die Augen auf. Eine plötzliche Panik presst die Worte aus mir heraus.

»Können wir – können wir kurz unterbrechen?«

Du hebst den Kopf, mit verschleiertem Blick. Du siehst aus, als hätte ich dich aus einem Traum gerissen. Dein Haar ist zerwühlt von meinen Händen, deine Wangen sind tief gerötet. Ein besorgter Ausdruck huscht über dein Gesicht. Du stützt dich hoch und machst mir etwas Platz. Abrupt setze ich mich auf, in meiner Brust hämmert es vor Angst. Du rückst dicht an mich heran und fragst leise, was los sei.

»Ich … ich weiß nicht, ich war …« Ich kann keinen klaren Gedanken fassen. Ich verstehe nicht, was mit mir los ist.

Du berührst mein Kinn, drehst es zärtlich in deine Richtung. »Ganz ruhig«, sagst du. »Bitte beruhige dich, Sanni. Sag mir, was los ist. Hab ich was falsch gemacht? Ging es dir zu schnell?«

Deine sanfte Stimme bringt mich nur noch mehr durcheinander. Ich möchte aufschreien vor Wut, möchte das Zimmer kurz und klein schlagen, weil ich das alles nicht verstehe. Dieses Verhalten sieht mir doch gar nicht ähnlich. Ich fürchte mich nicht vor Intimität.

»Ich …«, beginne ich mit zittriger Stimme. »Ich war nur … keine Ahnung. Auf einmal war es so komisch!« Dein Blick wird ernst, und meine Panik erreicht ihren Höhepunkt. »So war das nicht gemeint«, sage ich schnell. »Ich meine, es war schön, ich wollte das, aber …«

»Sanni …«

»Bitte krieg das jetzt nicht in den falschen Hals! Vergiss, was ich gesagt habe. Ich bin einfach nur bescheuert, okay?«

Du nimmst meine Hand. »Kein Stress. Ich verstehe das.«

»Du … echt jetzt?«

»Aber ja«, meinst du geduldig. »Wir müssen das nicht machen. Wenn du nicht willst, ist das vollkommen in Ordnung.«

»Aber ich will es ja! Glaub mir, ich will, aber … wir sollten das nicht tun, oder? Nicht jetzt schon. Oder sollten wir es doch tun? Streng genommen sollten wir es jetzt tun, nicht wahr? Wir sollten es tun!«

Ich drohe mich in einer Endlosschleife zu verlieren, ratternd wie ein feststeckendes Tonband, das unaufhörlich diesen einen Satz abspielt. *Wir sollten es tun, wir sollten es tun!* Du umfasst meinen Arm, damit ich still bin.

»Hör mal, Sanni. Bitte mach dir da jetzt keinen Kopf. Mir ist klar, dass das alles noch ungewohnt ist. Wir müssen uns nicht stressen. Wir haben ja Zeit. Und keiner zwingt uns zu etwas.«

Ich kneife die Augen zusammen und mache sie mit einem erleichterten Atemzug wieder auf. »Nicht stressen … gute Idee.«

»Du brauchst vielleicht einfach eine Eingewöhnungsphase. Das ist überhaupt nicht schlimm.«

»Eingewöhnungsphase. Ja. Das trifft es ziemlich gut.«

»Siehst du, alles halb so wild. Jetzt beruhige dich bitte.«

Du küsst meine Stirn. Mein Herzschlag verlangsamt sich. Der Druck um meine Brust lässt nach.

»Oh Gott«, sage ich halb im Lachen, während ich meine BH-Träger wieder hochziehe. »So etwas ist mir auch noch nie passiert.«

»Magst du was essen gehen? Oder spazieren? Wir können aber auch einfach nur hierbleiben und fernsehen. Was du willst.«

Zögernd schaue ich dich an. Dein Verständnis kann ich kaum nachvollziehen. An deiner Stelle wäre ich wütend, enttäuscht, verunsichert, keine Ahnung! Aber du verstehst tatsächlich, wie es mir geht, besser als ich selbst. Du hast Übung darin, dich in Frauen hineinzuversetzen, was mir zum ersten Mal so richtig bewusst wird.

Ich beuge mich zu dir und schlinge die Arme um deinen Hals, dass du aufstöhnst. So hätten wir das also auch erledigt: Meine erste Panikattacke in der Horizontalen. Ich denke, die schlimmste Peinlichkeit liegt hinter uns.

Wir haben uns etwas zu essen bestellt und starren stumpfsinnig in die Röhre. Nach dem Stress der letzten Tage ist dieses völlig ereignislose Zusammensein der reinste Segen. Es ist wie früher, bloß vollkommen anders. Du bist in meiner Nähe nicht mehr so angespannt. Es ist interessant; wir klebten so oft beieinander, dass mir dein Verhalten gar nicht mehr bewusst auffiel. Es war normal, dass ich ständig deinen Blick auf mir spürte. Es war normal, dass du manchmal diesen Ausdruck hattest, als wolltest du mir etwas Wichtiges sagen, und dich dann doch nicht getraut hast. Ich habe das alles ausgeblendet, um nicht über Dinge nachzudenken, die zum damaligen Zeitpunkt noch total verrückt waren. Doch für dich waren sie nie verrückt. Verrückt war nur mein Verhalten, meine Ignoranz, mein permanentes Wegschauen. Ich habe dich fertiggemacht, ohne es zu merken. Jetzt kannst du dich endlich entspannen. Du hast es dir verdient.

»Was sagen wir den anderen?«, frage ich.

Du greifst nach der Fernbedienung und schaltest den Ton leiser. »Für den Anfang wäre die Wahrheit mal ganz gut.«

»Sehr tiefsinnig. Und wie lautet die Wahrheit?«

»Dass wir geredet haben und es miteinander versuchen wollen.«

»Bei dir klingt das so leicht.«

»Ist es ja auch.«

»Sehr schön, dann haben wir ja schon einen Freiwilligen. Du darfst die Bombe platzen lassen.«

»Und was machst du währenddessen?«, fragst du lachend.

»Mich verstecken und hoffen, dass es schnell vorbei ist.«

»Das klingt ja fast so, als hättest du Angst, es ihnen zu sagen.«

»Du etwa nicht?«

»Wieso sollte ich?«

»Keine Ahnung«, murmle ich und verschränke die Arme vor der Brust. »Es ist einfach eine komische Vorstellung. Ich meine, überleg doch mal! Das mit uns ist ja fast eine Art Outing.«

»Und du glaubst, sie können nicht damit umgehen? Es sind unsere Leute, Sanni. Sie werden vermutlich nicht mal überrascht sein.«

Du ahnst es nicht, aber damit hast du einen wunden Punkt getroffen. Ich hasse die Vorstellung, dass es alle wussten, bevor ich es wusste. Dass es für alle offensichtlich war, bloß für mich nicht. Vielleicht haben sie heimlich Wetten abgeschlossen, wie lange unser Drama noch weitergeht. Sie meinen es nicht böse, aber ihnen nach all den Jahren diesen Triumph zu gönnen, ist hart. Ich will keine Sprüche hören und erst recht keine peinlichen Beglückwünschungen. Aber wovor ich am meisten Angst habe, sind die Erwartungen; dass ich mitten in die Arena geworfen werde und auf Knopfdruck eine astreine Performance abliefern soll. Schaut alle her, Sanni versucht sich an einer Beziehung – wird das ein Spaß!

»Hey. Was hast du denn?« Du legst den Arm um mich, und ich kuschle mich an deine Brust. »Wir müssen es ihnen ja nicht sofort sagen. Vielleicht warten wir einfach, bis du dich an das alles gewöhnt hast.«

»Und was machen wir bis dahin? So tun, als wäre alles normal?«

Du zuckst leicht zusammen. Jetzt habe ich einen wunden Punkt getroffen. Denn wenn das hier nicht normal ist, was ist es dann? Abnormal?

»Nein«, seufze ich versöhnlich. »Das macht doch auch keinen Sinn. Wir müssen es ihnen jetzt sagen. Es ist nur …« Ich breche ab und drücke mein Gesicht fest in den Stoff deines T-Shirts. »Es ist so unangenehm!«

Du stehst auf und holst dein Handy vom Schreibtisch.

Ich beobachte dich aus schmalen Augen. »Was wird das?«

»Ich schreib Sebi, ob wir vorbeikommen können.«

»Wiiiiiesooooo?«

»Es wird Zeit, diese unangenehme Sache hinter uns zu bringen.«

Kurz glaube ich, dass du sauer bist, und schaue dir schweigsam beim Tippen der Nachricht zu. Doch als du zurück aufs Bett kommst, steht schon wieder ein Grinsen in deinem Gesicht.

»Es wird halb so schlimm«, bist du dir sicher. »Denk an Alex und Tasche. Da haben sich doch auch alle gefreut. Und nichts war hinterher komisch.«

Du hast ja recht. Ein bisschen Vertrauen muss einfach drin sein. Es sind unsere Freunde und sie werden sich für uns freuen.

Du bekommst eine Nachricht aufs Handy. Mit einem ermutigenden Lächeln zeigst du mir das Display.

Sebi: *Klar, kommt vorbei! Dann sind wir endlich vollzählig.*

Ich gebe ein ziemlich lustloses Murren von mir. »Na schööööön! Dann gehen wir halt, um Himmels willen!«

#NEUNUNDZWANZIG Wir warten vor Sebis Wohnungstür. Nicht mehr lange und ich habe das Skateboard so weich geknetet, dass ich mir ein neues draus formen kann. Ich steige von einem Bein aufs andere und kaue angespannt auf meiner Lippe. Meine Nervosität scheint dich bestens zu unterhalten. Du hast dieses überhebliche Grinsen im Gesicht, als hättest du dein Leben lang darauf gewartet, mich in diesem aufgelösten Zustand zu sehen. Herzlichen Glückwunsch, Ziel erreicht. Beim Klicken des Türschlosses mache ich einen großen Schritt rückwärts. Vielleicht hätte ich mich umgedreht und wäre weggelaufen – wir werden es nie erfahren, denn du greifst nach meiner Hand und ziehst mich ungnädig zurück an deine Seite.

Sebi umarmt uns, als hätten wir uns ewig nicht gesehen. Dabei ist unser letzter Besuch erst vier Tage her. Unfassbar, wie viel sich in diesen vier Tagen verändert hat. Mein ganzes Leben wurde auf den Kopf gestellt. Wir sind keine Freunde mehr, sondern ein Paar. Ich weiß, ich sollte es nicht so streng sehen, aber es ist ein Unterschied. Praktisch der größte Unterschied überhaupt. Sebi bemerkt, dass du meine Hand hältst, und ich wappne mich für den ersten blöden Spruch des Tages. Doch er nickt bloß zustimmend, als wollte er sagen: Brav, ihr zwei. Überrascht werfe ich dir einen Blick zu, den du mit einem kleinen, zufriedenen Lächeln erwiderst. Erste Hürde erfolgreich überwunden.

Im Wohnzimmer begrüßt uns die volle Versammlung. Es sind wirklich alle da, auch Sebis Metal-Freunde und ein paar Leute von meiner Party, die ich seitdem nicht gesehen habe. Du hast meine Hand inzwischen losgelassen, aber irgendetwas sagt mir, dass sie es trotzdem alle wissen. Vielleicht geben frisch verliebte Pärchen ja eine Art Strahlung ab, die man auf Anhieb spürt. Was für ein blöder Ausdruck – frisch verliebt. Frisch ist Gemüse oder Käse. Dinge, die nicht lange halten. Verliebtsein braucht Zeit. Es dauert, bis man es mit Sicherheit weiß, manchmal eben auch Jahre.

Auf der Couch ist kein Platz mehr, also setzen wir uns auf den Teppich. Neugierige Blicke schauen uns von allen Seiten an. Du bist mittlerweile genauso nervös wie ich. Du holst Luft, um etwas zu sagen, doch Raffi kommt dir mit einem dreckigen Grinsen zuvor.

»Schon gut, Leute, schon gut, wir können es uns denken. Bitte verschont uns mit Details. Tasche und Alex versorgen uns schon genug mit kitschigem Pärchen-Spam.«

»Heee!«, ruft Tasche voller Empörung, worauf Raffi sie und Alex mit ein paar Chips bewirft. Sie revanchiert sich mit Grasresten, die sie in der Couchritze findet, und plötzlich bewerfen sich alle mit irgendwelchen Dingen. Es wird gelacht und geflucht, geschleudert und in Deckung gegangen, und mitten drin wir zwei. Überrumpelt und ungeheuer erleichtert. Denn es spielt keine Rolle, was wir sind oder wie wir zueinander stehen – für sie zählt nur, dass wir alle zusammen sind. Es ist das beste Gefühl auf der Welt.

Am Abend stehe ich mit Manu in der Küche und räume den Geschirrspüler ein. Wir haben ein riesiges Fressgelage hinter uns, das Sebi uns allen einfach so spendiert hat. Ich schätze, es war ein Endlich-sind-sie-zusammen-Dankesessen. Der Rest der Gruppe kann sich kaum noch rühren. Auch du liegst mit vollem Bauch auf der Couch und betest das Ave Maria. Der allgemeine Ermüdungszustand kommt mir gelegen, denn nun habe ich endlich die Chance, mit Manu allein zu sprechen.

»Jetzt sei ehrlich«, beginne ich leise, nachdem ich mich versichert habe, dass niemand in der Nähe der Küche herumlungert. »Wie ist die allgemeine Stimmung? Ist das mit Niko und mir für euch in Ordnung?«

»Klar«, antwortet sie, als wäre alles andere hirnrissig.

Aber so klar ist es für mich nicht. Wir sind nicht irgendwelche Leute aus dem Freundeskreis, wir sind *Sanni und Niko*. Auf gewisse Weise muss es sich für die anderen doch anfühlen, als würden zwei Geschwister plötzlich etwas miteinander haben.

Manu macht den Geschirrspüler zu. Ihr Lächeln ist sanft und ungeheuer ehrlich. »Wirklich, Sanni. Das mit euch ist voll okay für uns. Du kannst mir das glauben. Ihr passt sooo gut zusammen. Offen gesagt wundert es mich, dass es so lange gedauert hat!«

»Na ja. Du kennst mich ja.«

Darauf muss sie nichts erwidern. Sie schaltet den Geschirrspüler ein und drückt mir einen kräftigen Kuss ins Haar.

»Ihr werdet einander guttun, das kann ich dir versprechen. Es gibt auf der Welt nur wenige Menschen, die unwiderruflich zusammengehören, aber ihr zwei gehört definitiv dazu. Ich freu mich so!«

Plötzlich umarmt sie mich, drückt mich wie einen Teddybären. Ich ringe lachend nach Atem und fühle mich einfach nur gut.

»Aber eines gleich mal vorweg«, fährt sie fort und lässt mich los. »Wehe, ihr macht jetzt ständig miteinander rum! Oder beendet gegenseitig eure Sätze oder spielt beim Zocken nur noch gemeinsam. Ein Traumpaar in der Gruppe reicht mir.« Sie wirft einen vorwurfsvollen Blick ins Wohnzimmer, wo Tasche und Alex gerade auf der Couch knutschen. Sie schüttelt sich vor Ekel, und ich muss laut lachen.

»Wir werden uns Mühe geben«, antworte ich.

Du kommst in die Küche, um dir etwas zu trinken zu holen. Manus allzu beiläufiges Gesicht hast du sofort durchschaut. »Was wird denn hier geredet?«

»Nur Gutes, mein Hübscher. Nur Gutes.« Sie kneift dir beim Hinausgehen in den Hintern und ruft: »Master Exploder!«

Im nächsten Moment wird eine DVD-Packung aufgerissen und die Truppe versammelt sich jubelnd vor dem Fernseher. Der Tenacious-D-Film ist quasi unser *Star Wars*. Er läuft in dieser Wohnung rauf und runter, ist der Inbegriff von Normalität und Entspannung. Und da begreife ich, dass Manu die Wahrheit gesagt hat. Das mit uns ist in Ordnung. Das mit uns ist normal.

Vielleicht hat sich ja doch nicht so viel verändert.

#DREIßIG Wir stehen in Unterwäsche voreinander. Es hat sich so ergeben. Ursprünglich wollten wir fernsehen. Doch eigentlich wollen wir das nicht.

Du atmest flach und siehst mir reglos dabei zu, wie ich meinen BH öffne. Ich schlüpfe aus den Trägern und lasse den BH neben uns auf den Boden fallen. Das Herz schlägt mir bis zum Hals. So war es noch nie. Es ist beängstigend. Ich lege die Hand um deinen Nacken, und du beginnst vorsichtig, mich zu küssen. Du bist unsicher, hektisch, als wüsstest du nicht, was du tun sollst. Als wolltest du alles auf einmal und könntest dich für nichts davon entscheiden. Ich glaube nicht, dass dir das sonst passiert. Das mit uns ist auch für dich gewöhnungsbedürftig. Du hast dir das alles so lange gewünscht, vielleicht auch bis ins Detail vorgestellt, aber auf die Realität warst du nicht vorbereitet. Ich nehme dein Gesicht in die Hände und flüstere ein paar Mal deinen Namen, damit du ruhiger wirst. Du schließt für einen Moment die Augen, atmest tief durch und wartest darauf, dass ich weitermache.

Ich reibe meine Wange an deiner, sodass ich deinen heißen Atem auf meinem Haar spüre. Ich küsse deinen Hals und die kleine Mulde unter deiner Kehle. Langsam fahre ich unter den Bund deiner Boxershorts. Du stöhnst leise auf, und dein Mund findet wieder meinen, deine Arme umschlingen meinen Rücken, du küsst meinen Hals, meine Brust, stöhnst erneut, als ich meine Hand ganz langsam auf und ab bewege. Du drückst mich ein Stück nach hinten. Meine Beine berühren die Bettkante. Ich lasse mich auf die Matratze sinken, und du kniest dich zwischen meine Beine. Du beugst dich über mich, küsst meine Lippen, mein Kinn, hörst kurz auf und gleitest mit der Hand nach unten, über meinen Hals zu meiner Brust. Du scheinst dich plötzlich ganz auf diese Berührung zu konzentrieren. Du wanderst tiefer, über meinen Bauch zu meiner Hüfte und weiter zu meinem Slip. Du fährst unter den dünnen Bund, zögerst, ihn nach unten zu ziehen. Dein Blick findet meinen, und es scheint, als wolltest du sichergehen, dass du das Richtige tust. Ich beuge mich dir entgegen, sodass unsere Lippen sich wieder berühren. Ich weiß nicht, wie ich dir verdeutlichen könnte, wie sehr ich das hier will. Für manche Dinge reicht ein Kuss nicht aus. Ich könnte es höchstens in dein Ohr brüllen, es mit meinen Fingernägeln in deine Haut ritzen: Du kannst dir nehmen, was du willst, ich gebe dir alles. Du kannst mich haben. Solange du möchtest.

Du schiebst den Slip über meine Schenkel, ich hebe die Beine an und du ziehst ihn mir aus. Du umfasst meine Hüfte und beugst dich tiefer. Deine Haarspitzen kitzeln meine Oberschenkel. Ich spüre deine warme Zungenspitze, schließe die Augen und konzentriere mich ganz auf das Gefühl tief in mir drin, das sich rasend schnell aufbaut, das Strukturen aufbricht und gleich in mir explodieren wird.

Genau in dem Moment geht die Wohnungstür auf.

Ich mache die Augen auf, und du schießt erschrocken in die Höhe. Unsere Zimmertür ist nur angelehnt. Verflucht, Tami! Ich höre, wie sie in die Wohnung kommt und den Schlüssel weglegt. Sie scheint zu telefonieren. Nein, da ist noch jemand bei ihr. Sie reden und lachen über irgendetwas. Larissa.

Du springst auf, rennst zur Tür und machst sie zu. Dann stehst du mit dem Rücken an die Tür gepresst da und starrst mir mit rotem Gesicht in die Augen.

»Es ist zu«, sagst du überflüssigerweise.

Fast hätte ich gelacht. Das ist doch ein schlechter Scherz. Tami und Larissa gehen ins Wohnzimmer. Sie dürften nicht gemerkt haben, dass wir da sind. Während Tami etwas von Lieferservice redet, schaltet Larissa den Fernseher ein.

Ich rutsche an die Bettkante und versuche dich irgendwie zu beruhigen. »Die sind sicher gleich wieder weg«, flüstere ich. »Beachten wir sie einfach nicht. Was die da draußen machen, kann uns doch egal sein.«

Du nickst und kommst zurück ins Bett. Wir küssen uns, und ich fasse wieder unter deine Boxershorts. Ich muss das hier am Laufen halten. Irgendwie! Du lehnst dich gegen mich und versuchst dich darauf einzulassen, du versuchst es wirklich, aber es ist zu spät. Larissas Lachen dringt durch die Wand und du lässt geknickt den Kopf hängen.

»Shit«, sagst du.

Ich höre auf. Dein Gesicht verkrampft sich, und du siehst frustriert von mir weg. »Das macht nichts«, versichere ich dir. »Wir machen einfach eine Pause. Wir warten, bis sie weg sind.«

»Dass sie ausgerechnet heute vorbeikommen muss. Ausgerechnet jetzt!«

Ich lege mich hin. Du sitzt einen Moment lang da und scheinst den ganzen Tag zu verfluchen, dann schüttelst du den Kopf und legst dich neben mich. Du gibst mir mein Höschen und ich fächere mir damit Luft zu.

Larissa lacht erneut. Hoffentlich nicht über uns.

Wir liegen nebeneinander auf dem Rücken und starren an die Decke. Larissa und Tami sind im Wohnzimmer und sehen fern. Langsam wird es langweilig. Anfangs warst du beim

Klang ihrer Stimmen noch angespannt, jetzt bist du einfach nur genervt. So etwas komplett Bescheuertes passiert auch nur uns.

Schritte marschieren in unsere Richtung. Das Öffnen der Klotür, dann ist wieder Ruhe. Obwohl ich dich nicht anschaue, weiß ich, dass du vor Frust die Lippen zusammenpresst.

»Wir könnten ihr das Buch zurückgeben«, schlage ich vor. »Wenn sie schon da ist.«

Du drehst den Kopf zu mir, mit überraschten Augen. Dein Gesicht entspannt sich, und dir entkommt ein leises, aber allzu herzliches Lachen.

»Stell dir das doch mal vor«, rede ich ermutigt weiter. »Sie sitzt da draußen und glotzt ihren blöden Film. Und dann – Supergau!«

Du drehst dich zu mir und streichelst meinen Arm. »Ganz schön blöd gelaufen, was?«

»Ja, ziemlich«, stimme ich zu.

»Tut mir leid.«

»Du kannst nichts dafür. Wenn ich ehrlich bin, finde ich ihre Stimme auch ziemlich abturnend.«

Dein Blick wird wieder ernst. Zärtlich, aber besorgt. »Schon komisch. Beim letzten Mal ging alles so leicht.«

»Da haben wir auch nicht sonderlich viel nachgedacht.«

Du nickst seufzend. »Nachdenken ist scheiße.«

»Endlich hast du es kapiert.«

Du küsst meine Hand.

»Magst du Larissas zählen?«, frage ich.

»Was?«

»Dann schlafen wir vielleicht schneller ein. Bei so viel Langeweile. Eine Larissa … zwei Larissas … drei Larissas …«

Du ziehst mich lachend an dich, und ich schmiege mich an deine Brust, und so liegen wir da, bis es still wird in der Wohnung und der Schlaf uns endgültig überwältigt.

#EINUNDDREIßIG Auf dem Wäschetrockner hängt mein letztes sauberes T-Shirt. Eigentlich wäre Tami mit dem Waschen an der Reihe. Im Badezimmer türmt sich ein Haufen Schmutzwäsche, den ich kaum im Ganzen in die Maschine kriege. Ich werde es auf zwei Ladungen aufteilen müssen. Waschmittel ist ebenfalls fast alle. Manchmal möchte ich Tami umbringen für ihre Faulheit.

»Willst du die Sachen nicht vorher nach Farbe sortieren?«, fragst du, während ich die erste Ladung einfach so in die Waschmaschine stopfe.

»Wozu? Wird doch alles gleich nass.«

Du runzelst die Stirn. »Jetzt weiß ich, warum deine Sachen alle so schmuddelig sind.«

»Ist doch gar nicht wahr.«

»Also manchmal schon.«

»Und warum interessiert dich das auf einmal?«

»Jetzt kann ich's mir ja erlauben, dich höflich darauf hinzuweisen.«

»Dich höflich darauf hinzuweisen«, äffe ich dich nach. Ich schütte den letzten Rest Waschmittel in die Maschine, wähle irgendein Programm aus und drücke den Start-Knopf. Gurgelnd beginnt die Maschine mit der Arbeit. Schmuddelig … Das nennt sich Vintage, zum Teufel! Ich binde mein Haar zusammen und begutachte kritisch meinen Sidecut im Spiegel. Es wäre an der Zeit, ihn nachschneiden zu lassen, allerdings bin ich mir nicht sicher, ob ich ihn überhaupt behalten soll. Ich frage dich, was du von der Sache hältst.

»Von mir aus kannst du ihn ruhig behalten.«

»Das sind ja ganz neue Töne. Ich dachte, er gefällt dir nicht.«

»Das hab ich nie gesagt.«

»Oder ich probiere mal was komplett anderes. Wie wäre es mit kurzen Haaren?«

»Wehe!«

»Wieso nicht? Ich denke schon länger darüber nach. Nicht ganz kurz, aber so nackenlang.«

Du kneifst ein Auge zu und betrachtest mich eingehend. »Ich glaube nicht, dass dir das stehen würde.«

»Dann fehlt es dir an Vorstellungskraft.«

»Bitte«, sagst du mit ehrlicher Besorgnis. »Ich mag deine Haare, wie sie sind. Ändere nichts, du bist schön so, wie du bist.«

»Ich bin was?«, grinse ich.

Du verdrehst die Augen. »Du bist schön.«

Ich stelle mich auf die Zehenspitzen und küsse deine Nasenspitze. »Das hast du mir noch nie gesagt.«

»Und ich hatte gute Gründe dafür«, entgegnest du würdevoll und gehst zurück in mein Zimmer.

Während der letzten zwei Tage haben wir jede Minute gemeinsam verbracht. Unter normalen Umständen würdest du jetzt nach Hause fahren, und wir würden uns zum Abschied kurz drücken und sagen: »Wir schreiben uns.« So wie wir es immer gemacht haben. Doch du bist noch hier und scheinst nicht im Traum daran zu denken, etwas daran zu ändern. Ist das immer so in Beziehungen? Muss man rund um die Uhr zusammen sein?

Dein Handy vibriert irgendwo zwischen dem Bettzeug. Bei einem Blick aufs Display wird es in deinem Gesicht schlagartig Winter. Du hebst ab und sagst: »Hey, Mama. Nein, ich bin noch bei Sanni. Was? Shit, das hab ich total vergessen. Keine Ahnung, eine halbe Stunde. Können wir nicht … geht das nicht morgen? Okay. Ja, okay! Ich hab's verstanden. Bis dann.« Du legst mit einem geplagten Stöhnen auf.

»Was ist denn los?«

»Heute kommt irgend so ein Jungendfreund meines Vaters zu Besuch. Ich hab das voll vergessen. Die wollen, dass ich beim Essen dabei bin.«

»Klingt scheiße.«

»Ich fürchte, ich muss da hin. Sonst bekomme ich drei Jahre lang nichts mehr zum Geburtstag.«

»Ist kein Ding. Fahr ruhig.«

»Wirklich? Es macht dir nichts aus?«

»Nein, wieso denn?«

Du wirkst erleichtert und irritiert zugleich. Willst du mir etwa erzählen, in deinen bisherigen Beziehungen wäre so etwas ein Problem gewesen? Du suchst dein Zeug zusammen und schlüpfst in deine Schuhe. »Sehen wir uns nachher?«, willst du wissen.

Ich nicke zögernd. »Ruf mich an, wenn du fertig bist.«

»Mach ich.«

Du küsst mich zum Abschied. Und was für ein Kuss das ist. Als trennten wir uns für Jahre. Ich muss lachen, als du mich in deinem Ungestüm ganz weit nach hinten drückst, und um ein Haar wäre ich gestolpert. Du lässt mich los und lächelst mich verlegen an. »Entschuldige.«

»Ist schon gut.«

»Ich ruf dich dann an, ja? So in drei oder vier Stunden.«

»Jaaa, Niko! Entspann dich!«

»Nicht weggehen. Also von mir aus kannst du schon weggehen. Aber nimm dir nichts anderes vor.«

»Jetzt hau endlich ab«, lache ich und schiebe dich aus der Tür.

#ZWEIUNDDREIßIG Ich gehe einkaufen. Milch, Getränke, Tampons und WASCHMITTEL! Als Tami zu Mittag nach Hause kommt, gibt es Saures.

»Sag mal, warst du nicht mit der Wäsche dran?«

»Sorry, hab ich vergessen.«

»Ich musste heute mein fünf Jahre altes Mickey-Mouse-T-Shirt anziehen, weil nichts anderes mehr da war!«

»Haha, tatsächlich! Steht dir aber gut.«

»Checkst du eigentlich, dass ich sauer auf dich bin?«

»Schon, aber ich versteh's nicht ganz.«

»Deinetwegen habe ich keine sauberen Klamotten!«

»Als ob dich das je gejuckt hätte.«

»Und deinetwegen konnte ich letzte Nacht nicht vögeln!«

Ihre Augenbrauen wandern überrascht nach oben. Sie schaut in den Flur, wo bis vor Kurzem noch deine Schuhe gestanden haben, und zählt eins und eins zusammen. »Alter, Sanni! Im Ernst jetzt? Du und Niko?«

Das ist die erste Reaktion, wie ich sie mir vorgestellt habe: dreißig Prozent geschockt, siebzig Prozent genervt.

Ich werfe die Arme in die Luft und sinke auf die Couch. »Bitte frag mich in Zukunft einfach, bevor du Larissa mit in die Wohnung bringst. Es könnte sonst peinlich werden.«

»Heilige Scheiße.« Sie geht ans Fenster und zündet sich eine Zigarette ein. Für ein paar Sekunden ist es still. »Ich glaub, sie hat es sich gedacht. Als sie eure Schuhe gesehen hat.«

»Ach ja? Dafür war sie aber ziemlich gut gelaunt.«

»Sie hat die ganzen letzten Wochen nicht so viel gelacht wie gestern Abend. Hat fast schon aufgesetzt gewirkt. Ich hab mich die ganze Zeit gefragt, was los ist.« Sie drückt die Zigarette aus, bleibt jedoch am Fenster stehen. Kopfschüttelnd verzieht sie den Mund. »Arme Larissa.«

»Arme Larissa? Du hättest mal ihn sehen sollen! Euretwegen herrschte da drin letzte Nacht die totale Flaute! Und du weißt, wie ich Flauten im Bett hasse!«

»Wow, man könnte ja fast sagen, du wärst untervögelt.«

»Sehr richtig. Ich bin un-ter-vö-gelt! Deshalb wäre ich dir dankbar, wenn du mit Larissa in nächster Zeit nicht unangekündigt in die Wohnung platzen würdest!«

»In nächster Zeit? Komm schon, das geht doch sicher etwas genauer. Wie lange soll ich euch beiden geben, zwei Wochen? Einen Monat? Das hält doch keine drei Tage!«

»Sag mal, bist du jetzt vollkommen bescheuert? Wie kommst du denn auf den Scheiß?«

»Na, weil du einfach Sanni bist! Du bist für so was nicht geeignet. Und dein armer Niko weiß das sicher.«

»Blödsinn!«, brülle ich, doch in Wahrheit hat sie recht. Mit dieser lächerlichen Prognose hat sie in wenigen Worten das zusammengefasst, was mir am meisten Angst macht: Dass es nicht funktionieren wird. Weil Beziehungen etwas für Erwachsene sind und ich nicht erwachsen werden will. Achtzehnter Geburtstag hin oder her.

Ich rausche ins Badezimmer und räume die eben fertig gewordene Waschmaschine aus. Den vollen Wäschekorb knalle ich Tami vor die Füße. »Da! Damit du dich wenigstens einmal nützlich machst!«

Die nächste Stunde verbringen wir getrennt voneinander in unseren Zimmern. Was weiß Tami schon. Sie kennt mich im Grunde kaum. Sie kennt nur die Sanni, die ständig fremde Typen mit nach Hause bringt. Jene Sanni, die du kennst, ist ihr völlig fremd. Sie war nicht dabei, als ich wie die Armseligkeit in Person vor deinem Fenster stand und dich anflehte, es mit mir zu versuchen. Sie hat nicht gehört, was ich dir alles gesagt und versprochen habe.

Manu fragt via Whatsapp, ob wir Lust haben, bei Sebi vorbeizuschauen. Der Vorschlag kommt wie gerufen. Noch eine Minute länger in diesem Zimmer und ich drehe durch.

Sanni: *Niko hat ein Familienessen. Würde allein kommen.*

Manu: *Auch gut. Bring Red Bull mit!*

Bevor ich gehe, sage ich Tami Bescheid. Sie ist gerade dabei, die Wäsche aufzuhängen. »Sorry wegen vorhin«, meint sie.

»Schon okay.«

»Ich hoffe, Niko wird jetzt nicht bei uns einziehen.«

»Ist er das nicht schon vor Jahren?«

Sie grinst. »Guter Punkt.«

Ich schnappe meinen Rucksack und breche auf.

Du rufst mich an, als die Jungs gerade Mario Kart einschalten.

»Hey!«, lache ich ins Handy.

»Also ich bin jetzt mit dieser Essensgeschichte fertig. Wo bist du gerade?«

»Bei Sebi. Wir spielen Mario Kart und ich mach sie alle fertig!«

»Bullshit!«, kommt es aus allen Richtungen gerufen. Mich trifft Popcorn an der Seite, und Alex versucht mich rüde von meinem Platz zu vertreiben. Ich boxe ihn in den Bauch und er tritt mit gekrümmtem Rücken den Rückzug an.

»Du bist bei Sebi?«, erwiderst du verwundert.

»Seit etwa einer Stunde. Du musst unbedingt auch kommen! Raffi hat sich die Dreads abgeschnitten! Jetzt sieht er aus wie ein Kaktus.«

»Kaktus-Power!«, dringt Raffis Stimme um die Ecke.

»Aber ich dachte, wir wollten allein etwas unternehmen.« Trotz des Lärms, der um mich herrscht, höre ich die Enttäuschung in deiner Stimme.

»Das haben wir doch schon.«

»Aber …«

»Ist das Niko?« Sebi reißt mir das Handy aus der Hand und begrüßt dich mit einem schallenden: »Was geeeeeht! Sag an, wo bist du gerade? Uh, das klingt ja kacke. Kommst du noch vorbei? Klar, ich geb sie dir noch mal. Bis dann.« Er gibt mir das Handy zurück und plumpst zwischen Alex und Tommy auf den Teppich.

»Hallo? Niko?«

»Ja«, raunst du.

»Jetzt sei doch nicht gleich angefressen. Wir können morgen was allein unternehmen.«

»Von mir aus.«

»Es ist hier wirklich die total geile Stimmung! Tasche hat Brownies gebacken!«

»Ich hab schon gegessen, falls es dir entfallen ist.«

Ich stehe auf und gehe ins Nebenzimmer, schließe die Tür und setze mich aufs Bett. Mit gedämpfter Stimme fahre ich fort: »Okay, was hätte ich denn machen sollen? Manu hat mich gefragt, ob ich vorbeikommen will. Wieso bist du so sauer auf mich?«

»Ich bin nicht sauer, ich … ich würde einfach nur gerne allein mit dir sein. Willst du das nicht auch?«

»Doch, ich …« Ach, shit. »Doch. Das will ich. Lass uns auf die Donauinsel fahren.«

»Wirklich?«

Ich höre das Lächeln in deiner Stimme und atme erleichtert auf. »Sag mir einfach, wann.«

»In einer halben Stunde?«

»Ich schaff's in einer viertel Stunde, wenn du willst.«

»Kein Stress«, lachst du, obwohl du hier derjenige bist, der Stress macht.

Ich verlasse das Zimmer und steige in meine Sandalen. Erstaunte Gesichter drehen sich in meine Richtung.

»Du gehst schon wieder?«, fragt Sebi.

»Ich treffe mich noch mit Niko.«

»Der Spinner soll doch herkommen! Gebt mir ein Handy, dem reiße ich den Arsch auf.«

»Vielleicht schauen wir später noch vorbei«, beruhige ich ihn.

Er zieht eine Grimasse und wendet mir angepisst den Rücken zu.

Wir liegen im Gras und küssen uns. So etwas sieht man oft in Filmen. In diesen typischen 08/15-Teenie-Romanzen, in denen immer alles nach Plan läuft. Ich hasse diese Filme. Ich hasse die weltfremde Botschaft, die sie vermitteln. Als ob alles so leicht wäre. So geradlinig. Auf direktem Weg ins Glück. Totaler Bullshit. Aber küssen im Gras ist wirklich spitze.

»Und, bist du froh, dass du nicht in Sebis verstunkener Bude geblieben bist?«, fragst du.

»Doch, schon.«

»Ist das dein Ernst oder sagst du das nur so?«

»Es ist mein Ernst. Ich will gerade nirgendwo anders sein.«

Wir gehen zum Wasser und halten unsere nackten Füße hinein. Das Licht der Abenddämmerung spiegelt sich auf den Wellen und lässt sie glitzern wie blaues Glas. Es ist wirklich schön hier. Und ich bin tatsächlich froh, nicht in Sebis verstunkener Bude geblieben zu sein.

»Stell dir vor, wir wären jetzt in Australien«, träume ich vor mich hin. »Überall Meer. Und ein langer, weißer Sandstrand.«

»Gerade jetzt wäre es dort aber etwas ungemütlich. Dort ist jetzt Winter.«

»Das kann man doch nicht mit unserem Winter vergleichen. Ich wette, dort könnte man selbst jetzt im Meer schwimmen. Oder in der Brandung vögeln!« Du lachst, und ich rücke näher, um dir ins Ohr zu flüstern. »Jetzt hast du keine Ausrede mehr, dass du nicht mit mir fahren kannst, stimmt's? Jetzt nicht mehr.«

Du küsst mich, halb im Lachen, und wir sinken zurück ins Gras.

Die Zeit hat keinerlei Bedeutung mehr. Sie fließt einfach an uns vorbei. Irgendwann ist es dunkel und die laue Nachtluft streicht sanft über meine Haut. Wir haben uns ein neues Plätzchen gesucht, unter einem Baum am Ufer, wo außer uns niemand mehr ist. Du schiebst den Saum meines T-Shirts hoch und ich hebe die Arme, damit du es mir ausziehen kannst. Darunter bin ich nackt. Deine Lippen streichen über meinen Hals und meine Brüste, so zärtlich, dass mich ein Schaudern durchläuft. Du hebst den Kopf, um sicherzugehen, dass wir allein sind. Sind wir. Wir sind so ausnahmslos ungestört, dass mir vor Vorfreude ganz schwindlig wird. Du richtest dich auf und öffnest den Knopf meiner Shorts. Dann den Reißverschluss. Deine Hände zittern ganz leicht. Du ziehst die Shorts meine Beine hinunter und legst sie neben uns auf meinen Rucksack, damit sie nicht schmutzig wird. Dann greifst du nach deinem T-Shirt. Du zögerst, siehst dich ein weiteres Mal nervös um. Selbst wenn hier hundert Leute wären – es wäre mir egal. Ich setze mich auf und ziehe dir das T-Shirt über den Kopf, und du tauchst mit verstrubbelten Haaren wieder auf.

»Hast du es noch nie im Freien gemacht?«, necke ich dich.

»Hat sich, äh … hat sich noch nie ergeben.«

»Mit was für Mädchen warst du bisher zusammen?«

Du lächelst. »Mit den falschen.«

Wir beginnen uns wieder zu küssen, ich lehne mich zurück und du stützt die Hände neben meinem Kopf ab. Dein Mund löst sich von meinem, und du berührst meinen Schenkel, fährst langsam an der Innenseite nach oben. Als du den Saum meines Slips streifst, zucke ich leise seufzend auf. Du schiebst den Stoff beiseite, tastest dich langsam voran. Ich streiche über deinen Rücken und hoch zu deinen Schultern, presse mein Becken gegen dich, reibe die Schenkel an deiner Hüfte. Ich spüre jetzt alles und es macht mir Angst – es macht mir Angst, wie sehr ich dich will, wie stark dieses Ziehen ist, der Drang ganz tief in mir drin, der schon fast an einen Schmerz erinnert. Es macht mir Angst, dass dieses Verlangen so lange in mir war, ohne dass ich es herausließ. Ich weiß nicht, wie ich das ausgehalten habe. Vielleicht war ich deshalb so unerbittlich auf der Suche nach der nächsten Bettgeschichte. Weil das Verlangen schon immer da war und ich nicht wusste, wie ich es sonst stillen könnte.

Ein Klingeln wie aus weiter Ferne. Es kommt aus meinem Rucksack. Mein Scheißhandy. Zunächst ignorierst du es, aber dann beginnt dein Handy auch noch zu läuten. Keuchend stützt du dich hoch und lässt den Kopf hängen.

»Geh nicht ran«, flüstere ich.

Du fährst dir übers Gesicht und durchs Haar, als müsstest du erst zu dir kommen. Das Läuten hört nicht auf. Es. Hört. Nicht. Auf. Du rollst dich von mir runter und hebst ab. »Was?!«

Ich muss kichern. Obwohl es eigentlich nicht lustig ist.

Sebis Bärenstimme dröhnt ungerührt durch die Leitung. Er scheint zu fragen, wo wir sind.

»Unterwegs«, weichst du aus. Doch Sebi quasselt weiter. Du reibst dir die Augen und wirfst einen Blick auf die Uhr. Mit einem lustlosen Murren wendest du dich an mich. »Sie wollen heute noch fortgehen. Wollen wir mit?«

Ich schüttle den Kopf.

»Ein andermal«, antwortest du Sebi. Quassel, quassel. »Keine Ahnung«, seufzt du. »Kann sein. Nein, bin ich nicht. So ein Bullshit. Es war ein langer Tag. Wir können das doch nachholen. Ja, ist sie. Genau!« Auf einmal lächelst du. »Er bettelt gerade«, teilst du mir mit.

»Erzähl hier keinen Scheiß!«, brüllt Sebi aus dem Handy.

Ich streiche über deinen Arm. »Dann fahren wir eben hin. Offenbar läuft dort gar nichts ohne uns.«

»Hör auf deine Freundin, Mann!«

Du schaust mich an, scheinst dich zu fragen, was ich denke. Freundin. Klingt nicht so schlimm, wie ich befürchtet habe.

»Wir sind unterwegs«, erklärst du Sebi und reichst mir meine Klamotten.

#DREIUNDDREIßIG Wir sind in unserem Lieblingspub am Schwedenplatz. Die Stühle sind klebrig und die Luft ist schlecht. Leere Gläser stapeln sich bis zur Decke. Natürlich stapeln sie sich nicht bis zur Decke. Aber der Tisch ist wirklich vollgeräumt. Beim Versuch, Tasche einen Fussel aus dem Haar zu zupfen, stütze ich mich in etwas Feuchtes. Ich hoffe, dass es nur verschüttetes Bier war.

Du stehst bei der Bar und quatschst mit zwei Blondinen, die du vor ein paar Minuten dort getroffen hast. Ursprünglich wolltest du Getränkenachschub holen, doch das ist dir wohl entfallen. Du scheinst dich gut zu unterhalten. Ich weiß, dass Blondinen nicht dein Typ sind. Du flirtest ja auch nicht, so etwas ist nicht deine Art, aber dass ihr drei solchen Spaß habt, stößt mir sauer auf. Ich frage mich, ob du dich genauso gefühlt hast, wenn ich mit fremden Typen geredet habe. Manchmal habe ich deinen Blick gespürt, aber ich habe mir nie etwas dabei gedacht.

Falsch, das ist gelogen. Ich wusste es. Ich wusste, was du denkst, was du fühlst und dass dir jedes Mal, wenn ich einen anderen küsste, das Herz brach. Trotzdem habe ich weitergemacht. Ich war ein widerliches Stück Scheiße. Habe ich dich überhaupt verdient? Verflucht, was denke ich da? Der Alkohol ist schuld. Wenn ich zu viel trinke, falle ich manchmal in ein Tief.

»Komm, jetzt erzähl mal«, sagt Tasche. »Wie läuft es mit euch beiden? Ist soweit alles in Ordnung?«

Ihr Timing könnte nicht beschissener sein. Denn genau in diesem Moment frage ich mich dasselbe.

»Es ist noch etwas neu«, gebe ich zur Antwort. Sie nickt verständnisvoll und nimmt einen Schluck Bier.

»Das ist klar. Mit Alex war es anfangs auch merkwürdig. Da kennt man sich seit dem Kindergarten, hat miteinander gespielt und geheult, und dann, von heute auf morgen, weiß man plötzlich, wie der andere beim Orgasmus aussieht. Aber es normalisiert sich, versprochen.«

Wie verrückt. Noch vor einer Woche haben wir uns beim Eisessen angegiftet, weil sie als ach so erfahrene Beziehungsqueen von ihrem hohen Ross auf mich herabgeblickt hat. Noch vor einer Woche habe ich voller Überzeugung verkündet, dass ich keine Beziehung wolle. Jetzt sitze ich da und sterbe fast vor Eifersucht, bloß weil du mit zwei Tussen ein paar Worte wechselst. Ich weiß nicht, irgendwie kommt mir das wie eine Niederlage vor. Welt: Eins – Sanni: Null. Sich das einzugestehen, ist nicht gerade leicht.

»Und?«, bohrt Tasche weiter. »Jetzt sag schon. Wie ist er so im Bett? Ich gebe ja zu, dass mich das schon immer ein bisschen interessiert hat.« Sie schaut zu dir nach drüben und macht ein dreckiges Gesicht.

»Kann mich nicht beklagen«, ist meine spärliche Antwort.

»Jetzt rück schon damit raus. Ich will Details wissen! Treibt ihr es nicht ohnehin ohne Unterbrechung?«

Verflucht noch mal. Ginge es um irgendjemanden, würde ich einfach lügen. Ich würde sagen: Klar! Wir vögeln Tag und Nacht. Der pure Wahnsinn! Aber du bist nicht irgendein anderer, und dass es nicht klappen will, bereitet mir Sorgen. Schließlich hätten wir weitermachen können, nachdem Sebis Daueranruf uns unterbrochen hatte. Doch wir haben uns angezogen und sind aufgebrochen. Als hätten wir Angst davor, es tatsächlich durchzuziehen. Angst vor dieser einen letzten Hürde, die zwischen dem *Ganz* und dem *Gar nicht* steht.

Tasches Gesicht wird ernst, und sie rückt ein Stück an mich heran. »Sag bloß, ihr beide habt noch nicht.«

»Doch, schon. Aber nur ein Mal. Und das zählt irgendwie nicht.«

»Wieso nicht?«

»Wir waren betrunken.«

Sie lacht hart auf. »Nach dieser Rechnung wäre mein halbes Sexleben inexistent!« Sie bemerkt, wie ich zusammenzucke, und wird schlagartig wieder ernst. »War das der Grund, warum ihr die ganze Zeit nicht miteinander geredet habt?« Ich nicke. »Mann, shit. Irgendwie hatte ich ja so was geahnt.«

»Es war … es war nicht geplant. Es ist einfach so passiert.«

»Aber jetzt habt ihr die Sache doch überwunden. Ihr wollt zusammen sein, oder nicht? Ihr seid euch doch sicher.«

»Ja, ja. Aber … es ist schwierig«, rede ich mit gedämpfter Stimme weiter. »Irgendwie klappt es einfach nicht.«

»Was soll das heißen? Wird er etwa nicht steif?«

»Daran liegt es nicht.«

»Woran dann?«

»Keine Ahnung! Es geht einfach nicht. Uns kommt ständig etwas dazwischen.«

»Was?«, fragt sie mit einem verzweifelten Lachen.

»Ich weiß, das klingt total bescheuert. Aber wir haben es jetzt schon dreimal versucht und jedes Mal haben wir abgebrochen. Ich hatte so etwas noch nie. Keine Ahnung, was das zu bedeuten hat.«

»Ihr seid wahrscheinlich einfach nervös, kann das sein?«

»Ja, aber … jetzt mal ehrlich, du kennst mich. Ich und nervös? Beim Sex?«

»Unterschätze das nicht. Sex mit dem Richtigen ist was vollkommen anderes als ein One-Night-Stand. Da kann selbst dir der Arsch auf Grundeis gehen.«

Da ist sicher etwas Wahres dran. Vielleicht setzen wir uns ja gegenseitig unter Druck, nachdem das letzte Mal so bombastisch war. Trotzdem, diese merkwürdige Zurückhaltung ist einfach nur verunsichernd.

»Wie betrunken wart ihr denn beim ersten Mal?«, möchte sie wissen.

»Ziemlich betrunken.«

»Auf einer Skala von eins bis zehn.«

»Ich weiß nicht«, seufze ich, »acht? Neun?«

»So schlimm? Wie konnte er den Eingang finden?«

»Mit Karte und Taschenlampe, du blöde Kuh. Jetzt sag mir endlich, was das zu bedeuten hat!«

»Schon gut, schon gut. Lass mich nachdenken.« Sie wirft erneut einen Blick in deine Richtung. Ich gebe zu, diese Seite an ihr wusste ich bisher nicht zu schätzen. Wir sind gut darin, Spaß miteinander zu haben, darin sind wir zeitweise sogar unschlagbar, aber ernste Gespräche? Bisher gab es auch keinen Anlass für ernste Gespräche. Zu ihren Problemen mit Alex habe ich nichts zu sagen, und was meine Probleme betrifft … Nun, bis vor Kurzem dachte ich noch, ich hätte gar keine.

»Aber das eine Mal war gut?«, hakt sie nach.

»Oooh ja.«

»Okay«, sagt sie und wirkt nun wie die Ruhe selbst. Sie nimmt noch einen Schluck Bier, sieht mich an und lächelt. »Ich würde mir keinen zu großen Kopf machen. Es wird schon klappen.«

Verdutzt blinzle ich sie an. »Das ist alles? Mehr hast du nicht zu sagen?«

»Muss ich denn mehr sagen? Seit wir reden, hat er mindestens zehnmal in unsere Richtung gestarrt! Glaub mir, er wird schon erledigen, was er zu erledigen hat. Wenn du Glück hast, vielleicht sogar schon bald.«

Wie aufs Stichwort kommst du von der Bar zurück und bringst uns die versprochenen Tequila-Gläschen. Ein ganzes Tablett voller kleiner, widerlicher Spaßmacher, die mich hoffentlich auf andere Gedanken bringen werden. Der lang ersehnte Nachschub ruft den Rest der Truppe auf den Plan. Sebi,

Alex und Tommy kommen vom Tischfußball zurück, Raffi und Manu rücken vom Tischende zu uns auf. Sebi übernimmt die Gläserverteilung: Jeder bekommt eins vor die Nase gestellt. Auch ich.

»Ich weiß wirklich nicht, ob ich das trinken sollte«, werfe ich ein.

»Wenn es sein muss, dann helfe ich dir. Einen Schluck für die Mama … und einen für den Papa …«

»Schon gut, ich trinke es! Nur halte bitte die Klappe.«

Wir zählen grölend von drei abwärts und schütten das Zeug hinunter. Wie Säure brennt der Alkohol meine Kehle hinab und schießt mir sofort ins Blut. All die ernsten Gedanken und die Verunsicherung werden an den Rand meines Verstandes gedrängt, und eine erfrischend kühle Leere breitet sich in mir aus. Ich rede mit Raffi über seinen neuen Haarschnitt und dass ich bereits seit Längerem über eine Typveränderung nachdenke. Dann wechsle ich zu Sebi und seinen wüsten, aber gutmütigen Metal-Freunden, von denen einer aussieht wie der andere. Ich nenne sie »meine kleinen Gartenzwerge«, weil sie alle diese Bärte haben, und ernte dafür Häme und brummendes Gelächter.

Vermehrt werden Stimmen laut, dass bei Sebi noch jede Menge Gratisbier auf uns warte. Wir verlassen den Pub und erreichen bunt durchgemischt die U-Bahn-Station. Ich schieße ein Foto von dir, wie du an der Wand lehnst und mir sagst, ich solle jetzt bloß kein Foto von dir schießen. Du hältst dir die Hand halb vors Gesicht und hast die Brauen wütend zusammengezogen, während dein Mund irgendwelche Worte formt, und wir alle sind uns einig, dass es das beste Bild ist, das je von dir gemacht wurde.

Die U-Bahn kommt und bringt uns nach Hause. In Sebis Höhle ist es schwül und dunkel. Die lange Heimfahrt und das viel zu laute Lachen haben uns den Rest gegeben. Tommy packt die Gitarre aus und spielt uns ein Schlaflied. Einer nach dem anderen schlummern wir ein.

Ich öffne die Augen. Es kann noch nicht so lange her sein, dass ich eingeschlafen bin. Es ist stockdunkel draußen. Die Tür zum Flur steht halb offen. Aus den anderen Räumen höre ich leises Schnarchen, sonst ist es still.

Ich drehe mich um. Du liegst neben mir und hast die Augen geöffnet. Du siehst mich an. Ich weiß nicht, wie lange schon. In deinem Blick liegt etwas, das sofort zu mir durchdringt – eine Frage, die wie ein Blitzschlag durch meinen Körper jagt. Ja. Ich will es auch. Jetzt.

Ich rutsche über die Matratze auf deine Seite des Bettes. Sebi hat uns das Schlafzimmer überlassen, nachdem Tasche und Alex beim Knobeln gegen uns verloren hatten. Pärchen bekommen immer das Bett. Sebi schnarcht hinter der mit Büchern gefüllten Trennwand auf einer ausgelegten Matratze. Die Wand teilt zwar den Raum, doch hören kann man alles. Ganz langsam schlüpfe ich aus meiner Hose. Dann aus meinem Slip. Du rührst dich nicht, aber deine Augen halten mich fest. Du hast vor dem Schlafengehen dein T-Shirt und die Jeans ausgezogen, weil es dir zu heiß im Zimmer war. Du trägst nur noch deine Boxershorts. Du beginnst lauter zu atmen, als ich mir auch noch das Oberteil ausziehe. Nackt dränge ich mich an dich, unsere Lippen streifen einander, hitzig und doch unsicher, ob wir das wirklich tun sollen, bei offener Zimmertür, mit Sebi hinter der Wand? Es ist eine Entscheidung von wenigen Sekunden. Dein Mund presst sich auf meinen, und alle Zweifel in meinem Kopf verstummen. Ich will das hier. Und ich will es sofort.

Vorsichtig wälzt du dich auf den Rücken und ich klettere so leise wie möglich auf deine Hüfte. Es ist Präzisionsarbeit. In der Dunkelheit finde ich den Bund deiner Boxershorts. Ich ziehe ihn nach unten und du packst mit beiden Händen meine Hüften. Und plötzlich geht es ganz leicht. Kein Handy. Keine Larissa. Niemand, der uns stört. Nur wir und unsere Körper, die auf diese wundersame, perfekte Weise zusammenpassen. Ich hatte schon so oft Sex, an so vielen unterschiedlichen Orten, aber mit dir ist es anders. Ich nehme es auf einer anderen Ebene wahr, irgendwo tief in mir drin. Und ich glaube, dir geht es genauso. Ich sehe es in deinen Augen, die mir immer so viel sagen. Ich spüre es an deinem Herzschlag, an deinem Atem, an der Art, wie du mich festhältst. Das hier ist Leben. Das erste Mal auf hundert Prozent. Ohne Abstriche, pures Fühlen, das die Seele erschüttert.

Ich beuge mich zu dir hinunter, sodass mein Haar in dein Gesicht fällt. Du öffnest die Augen, die du eben erst geschlossen hast, schaust mich drängend an. Du umfasst meinen Nacken, ziehst mich näher an dich heran. Die Spannung baut sich auf und droht zu explodieren. Ich kann dich jetzt nicht mehr aufhalten. Du übernimmst die Führung, wir werden schneller, rasen mit brennenden Motoren auf die Wand zu, und dann kollidieren wir und zerspringen in tausend Teile.

Dann Atmen. Stille, die aus Herzklopfen gemacht ist. Unterdrücktes Keuchen und verschwitzte Haut. Wir lächeln uns an. Ich habe das Gefühl, als wären mir Flügel gewachsen.

»Ähm, Leute?«

Beim Klang von Sebis Stimme durchzuckt es uns beide. Hinter der Trennwand bewegt sich ein Schatten.

»Ich traue mich ja fast nicht zu fragen, aber … habt ihr es gerade in meinem Bett getrieben?«

Du stützt dich hoch, während ich mich vor Schreck nicht rühren kann. Du starrst auf die Trennwand und dann in mein Gesicht. Wir glotzen uns an wie Idioten – und prusten mit einem Mal hilflos los.

»Verdammte Scheiße! Ihr habt es gerade in meinem Bett getrieben!«

»Wieso hast du nichts gesagt?«, bringst du mühsam heraus, ehe das Lachen schon wieder mit dir durchgeht. »Wir dachten, du schläfst!«

»Ich, äh … ich wollte euch nicht unterbrechen.«

Ich rutsche von deiner Hüfte und sinke neben dir aufs Bett. Sofort schlingst du den Arm um mich, und wir lachen, als gäbe es kein Morgen mehr.

»Ja, lacht ihr nur! Das zahle ich euch heim. Gleich morgen früh wechselt ihr die Bettwäsche!«

Bevor wir noch alle aufwecken, reißen wir uns zusammen. Ich atme tief durch, um den Lachschwall unter Kontrolle zu bringen, während du dir mit zusammengepresstem Mund übers Gesicht fährst. Wir beruhigen uns. Schließlich kichern wir bloß noch leise. Du formst das Wort »Fuck« mit den Lippen und grinst mich müde an.

Ich küsse dich, weil du in diesem Moment so hinreißend aussiehst. Weil ich die Nacht sonst nicht überstehen würde, und einfach, weil ich dich küssen kann, wann immer es mir gefällt.

»Noch mal, Leute, ich höre euch! Tut mir den Gefallen und pennt einfach.«

#VIERUNDDREIßIG Ich überziehe das Kissen und die Decke, während du dich um das Bettlaken kümmerst. Sebi steht in der Tür und lässt uns keine Sekunde aus den Augen. »Da ist noch eine Falte«, weist er dich an. »Nicht da, dort drüben. Alles schön glatt streichen.«

Ich bringe die gebrauchte Bettwäsche ins Badezimmer, um sie in die Waschmaschine zu stopfen. Sebi folgt mir und achtet sorgsam auf jeden meiner Handgriffe. Als ich zurück ins Schlafzimmer komme, bist du mit dem Bettlaken bereits fertig. Sebi inspiziert jeden Zentimeter aufs Pingeligste genau, stemmt die Hände in die Hüften und nickt.

»So, ihr Schweinchen. Ich hoffe, das war euch eine Lehre. Für euch herrscht ab sofort Lokalverbot in diesem Zimmer. Habt ihr verstanden? Kein Pärchen-Bonus mehr. Den müsst ihr euch erst wieder verdienen.«

Du fasst dir an den Mund, um dein Grinsen zu verstecken. Sebi bemerkt es dennoch und macht einen drohenden Schritt auf dich zu.

»Aha, der werte Herr findet das also lustig. Dann wird es ihn bestimmt freuen zu hören, dass er für die nächsten zwei Wochen für die Müllentsorgung zuständig ist, wenn er weiter mit uns abhängen will!«

»Ach komm, echt jetzt?« Du machst ein angeödetes Gesicht und siehst zwischen Sebi und mir hin und her. »Ernsthaft, Mann, übertreibst du jetzt nicht ein bisschen?«

»Ganz und gar nicht, du Rammler!«

»Wir haben uns doch entschuldigt. Und da, dein Bett haben wir dir auch frisch überzogen.«

»Und das habt ihr zwei auch wirklich toll gemacht. Aber wenn diese kleine schmutzige Episode unter uns bleiben soll, dann müsst ihr ein bisschen schleimen. Sebi mag Schleimer.«

»Sebi kassiert gleich eine!« Du stößt ihn unsanft weg, und er taumelt lachend gegen den Schrank.

»Selbst schuld, Leute«, meint er gönnerhaft. »Ihr kanntet die Regeln und habt sie trotzdem gebrochen. Jetzt müsst ihr mit den Konsequenzen leben.«

Sebi verlässt den Raum, und ich kämpfe vergeblich gegen ein Lachen an.

»So ein Spinner«, murmelst du.

»Ich kann ihn irgendwie verstehen.«

»Wieso wirst du eigentlich nicht bestraft? Du warst doch genauso involviert.«

»Ich konnte ja gar nichts dafür. Du bist quasi über mich hergefallen.«

Du schüttelst mit einem erschöpften Lächeln den Kopf. »Bitte fahren wir einfach nur schnell nach Hause. Sonst merkt er noch, dass ich das Bettlaken verkehrt herum aufgespannt habe.«

Wir küssen uns auf dem Bahnsteig, während wir auf die U-Bahn warten. Wir küssen uns auf der Heimfahrt zwischen hundert fremden Menschen. Wir küssen uns unter dem Baum im Schatten, wo wir stehen geblieben sind, weil ein Steinchen in meine linke Sandale geraten ist. Wir küssen uns im Treppenhaus auf dem Weg nach oben, wir küssen uns, während wir aus unseren Schuhen schlüpfen und in mein Zimmer stolpern. Wir küssen uns auf dem Bett und hören nicht mehr damit auf.

Es geht jetzt ganz leicht. Wir stellen das halbe Zimmer auf den Kopf und finden immer wieder Gründe, damit weiterzumachen. Mit einem Mal entlädt sich alles, was sich die letzten Tage in uns aufgestaut hat.

Irgendwann bekommen wir dann doch ein wenig Hunger. Wir ziehen uns an und laufen zum nahe gelegenen Supermarkt, wo wir uns Eis und Kuchen und Chips und diese leckeren Minipizzas kaufen, die wir genüsslich auf dem Bett verputzen. Dann reden wir. Über alles, was uns in den Sinn kommt. Lustiges, Trauriges, aber auch erschreckend ehrliche Dinge, die wir einander nie erzählt haben. Ich hätte nicht gedacht, dass es etwas gibt, das ich nicht über dich weiß. Du erzählst mir, du hättest wahnsinnige Höhenangst. Und wie schlimm es jedes Mal für dich ist, wenn wir im Prater sind und ich dich von einer Achterbahn zur nächsten schleppe. Du erzählst mir, dass dir Sebi manchmal gewaltig auf den Zeiger geht – weil er nur in den Tag hinein lebt und für uns alle so ein schlechtes Vorbild ist. Und du erzählst mir von einem Streit, den du einmal mit deiner Ex-Freundin Julia hattest.

Es war während unseres Skiurlaubs letzten Winter. Wir waren den ganzen Tag snowboarden, nur du und ich, weil Julia sich nicht gut fühlte und die anderen bei dem wütenden Schneesturm lieber in der Unterkunft geblieben sind. Als wir abends alle gemeinsam essen wollten, fehlte von euch beiden jede Spur. Wir schätzten, ihr hättet beschlossenen, lieber eine Runde in die Kiste zu springen als mit der Gruppe abzuhängen, und wunderten uns nicht länger. Doch in Wahrheit habt ihr gestritten. Stundenlang. Meinetwegen. Als wir uns am nächsten Tag zum Frühstück trafen, war alles ganz normal. Du hast etwas müde gewirkt, aber sonst schien es dir gut zu gehen. Gemeinsam machten wir die Pisten unsicher, bis es dunkel wurde. Es war unser letzter Abend und wir schossen ein Foto von uns allen bei der Talstation. Und dann noch ein Foto, auf dem nur Julia, du und ich waren. Man sieht uns drei im Gegenlicht der Flutlichtanlage stehen, in Skiklamotten und eng umschlungen. Als wären wir ein unzertrennliches Trio. Unsere Gesichter lachen und doch wirken wir alle auf seltsame Weise traurig. Ich glaube, insgeheim wusste ich, dass ihr euch gestritten hattet. Und ich kannte den Grund. Wir alle kannten den Grund, und genau in dem Moment, als Raffi auf den Auslöser drückte, schien es gleichzeitig in uns hochzukommen:

Wir waren Schauspieler in einer niemals endenden, eintönigen Tragödie. In einer Ménage-à-trois, die keiner von uns wollte. Wir grinsten in die Kamera, hielten uns fest und waren dabei so weit voneinander entfernt, dass sich die Einsamkeit in unseren Augen spiegelte.

Du bemerkst, wie nachdenklich ich geworden bin, und wechselst wieder zu schöneren Themen. Du beichtest mir, dass du Wochen gebraucht hast, um unseren Kuss im Teich zu verarbeiten. Dass du auf dem Trampolin fast gestorben wärst. Dass du es liebst, wie leicht mir alles fällt, und dass du manchmal Angst hast, nicht mit mir mithalten zu können. Ich küsse dich, damit diese Angst verfliegt. Damit du nie wieder an so etwas denkst. Wir kuscheln uns in meinem Bett aneinander und nicken ein. Als ich wieder zu mir komme, dämmert es bereits. Wir haben den ganzen Tag in diesem Zimmer verbracht. Ich fühle mich erschöpft und auf eine wunderbare Art gesättigt, sodass ich laut stöhnend meine Glieder strecke und mich tief in mein Kopfkissen kuschle.

Du hockst im Schneidersitz neben mir und liest eine Nachricht auf deinem Handy. »Wer schreibt dir?«, frage ich gähnend.

»Meine Mutter.« Du legst das Handy weg und lässt dich auf den Rücken fallen. »Ich muss dann gehen.«

»Jetzt schon?«

»Sie behauptet, ich wäre undankbar. Weil ich ja dieses schöne Zimmer habe und es nie benutze.«

»Wenn es ihr lieber ist, dann machen wir's eben auf deinem Bett.«

Du versuchst zu lächeln, aber es klappt nicht ganz. »Ehrlich gesagt, glaube ich nicht, dass ihr das lieber ist.«

Ich schnaube frustriert. Du streichst mir eine Strähne hinters Ohr und küsst mich ganz, ganz zärtlich.

»Sehen wir uns morgen?«, fragst du.

Ich nicke.

Du stehst auf, um dich anzuziehen. Auf der Suche nach deinem Schlüssel fällt dir erneut dieses dämliche Buch in die Hände, das seit Wochen auf meinem Schreibtisch liegt. Zuerst willst du es wieder weglegen, dann schlägst du es auf und blätterst darin.

»Hast du eigentlich mal reingelesen?«, willst du wissen. Ich schüttle den Kopf. »Wieso nicht?«

»Ist ein Kinderbuch. Hast du doch selbst gesagt.«

»Schon, aber vielleicht ...« Du brichst ab.

»Vielleicht was?«

Du legst das Buch zurück auf den Tisch. Kurz darauf findest du deinen Schlüssel.

»Also dann.« Du kommst zum Bett und gibst mir einen Abschiedskuss. »Wir sehen uns morgen.«

Ich begleite dich noch zur Tür. Dass ich splitterfasernackt bin, scheint dich mehr zu interessieren als mich. Mit einem schiefen Grinsen starrst du zu mir hoch, während du dich hinkniest, um deine Chucks zuzuschnüren.

»Ich will dich einmal so richtig verlegen erleben«, sagst du. »Ich will wissen, was man tun muss, damit du rot wirst.«

»Ich glaube, das schaffst du nicht.«

»Ach ja? Ich liebe dich.«

Du lachst, noch bevor ich meinen Atem wiedergefunden habe. Du stehst auf und fährst mir neckend durchs Haar. »Keine Angst, Sanni. So leicht mach ich's dir nicht.«

Ich stehe hier, bis deine Schritte im Treppenhaus verhallt sind. Ich glaube nicht, dass ich rot geworden bin. Vielmehr leichenblass.

#FÜNFUNDDREIßIG Du lehnst an der Wand und liest in einem Buch. Du hast dir bereits einen kleinen Stapel beiseitegelegt. Du weißt nicht, dass ich da bin. In Buchläden bist du wie in deiner eigenen Welt.

Ich schleiche mich von hinten an dich heran, schlinge die Arme um deinen Bauch und flüstere: »Erwischt.«

Du drehst dich um und plötzlich küssen wir uns, wie ausgehungert, dabei haben wir uns gestern erst gesehen.

»Wir sollten das lieber lassen«, meinst du. »Die komische Verkäuferin dort hinter der Kasse schaut drein, als wollte sie uns auffressen.«

»Dann sehen wir zu, dass wir hier wegkommen. Willst du schwimmen gehen?« Ich hebe meinen Rucksack, in dem ich alles Nötige eingepackt habe. Eine Decke zum gemütlichen Ankuscheln, Badehandtücher, Sonnenmilch und sogar etwas zu essen. Ein paar Müsliriegel, die ich im Schrank gefunden habe, und zwei Bananen, die ich extra für dich gekauft habe, weil du die so gerne magst. Ich will schon in Richtung Ausgang aufbrechen, da fällt dein Blick wieder ins Regal.

»Hast du's eilig?«, erkundigst du dich.

»Ähm ... nein, nicht unbedingt.«

»Dann lass mich noch ein bisschen schauen. Wir können ja später schwimmen gehen.«

»Aber es ist so heiß draußen!«

»Hier drin ist es kühl.«

»Ja, aber ... diese ganzen Bücher!«

»Die haben sicher mehr Angst vor dir als du vor ihnen.«

Unschlüssig schaue ich mich um. Es ist ein kleiner, verwinkelter Buchladen, in dem es massiv nach Papier riecht. »Eine halbe Stunde«, gestatte ich dir großzügig.

Du nickst abwesend und schlägst das nächste Buch auf.

Lustlos schlendere ich durch den Laden. Früher hättest du mich nie zum Bleiben überredet. Dass du jetzt deinen neuen Vorteil ausnutzt, ist gemein. Du weißt genau, wie langweilig ich Buchhandlungen finde. Schon in der Grundschule habe ich lesen gehasst. Ich war einfach nicht gut darin und worin ich nicht gut war, schob ich schnell beiseite. Ich komme in den hinteren Bereich, wo die Kinderbücher stehen. Hier ist alles bunt und auf lustig getrimmt, Stofftiere dekorieren die Regale und an der Wand hängt eine Tafel, auf der mit verschiedenfarbiger Kreide »Lesen macht Spaß« geschrieben wurde. In der Ecke steht ein Aufsteller mit Pixi-Büchern. Ich nehme ein paar davon heraus, blättere sie durch und stecke sie unbeeindruckt zurück an ihren Platz, während du noch immer vor demselben Regal stehst.

Ich wechsle die Seite und komme zu den Jugendbüchern. Ein paar Titel klingen gar nicht so schlecht. Vielleicht hätte ich ja doch irgendwann zu lesen begonnen, wenn man mir die richtigen Bücher geschenkt hätte. Von meinen Eltern bekam ich lediglich stinklangweilige Detektivgeschichten vorgesetzt, und die Klassenlektüren konnten mich erst recht nicht hinter dem Ofen hervorlocken. Reclams, klassische Dramen, interpretieren Sie die Intention des Autors, ist doch scheiße. Ich ziehe irgendein Buch aus dem Regal und überfliege den Klappentext. Bla bla, Magie, uralte Prophezeiung, gefährliche Liebe, bla bla. Ich schlage es auf und lese den ersten Absatz.

Beim Klicken einer Handykamera sehe ich irritiert auf.

»Sorry«, grinst du. »Ich wollte nur den Moment festhalten. Ich hab dich noch nie ein Buch lesen sehen. Steht dir gut.«

Ich klappe das Ding wieder zu. »Bist du fertig?«

»Ja, aber wir können noch bleiben, wenn du willst.«

»Nö, müssen wir nicht.«

Du schaust noch einmal auf das Buch in meinen Händen. »Sicher?«

»Klar. Gehen wir.«

Du bückst dich nach deinem Stapel, den du auf dem Boden abgestellt hast. Ich zähle sieben Bücher. Sieben Gründe, mir für die nächsten Wochen einen neuen Gesprächspartner zu suchen, weil du entweder nur davon reden oder die ganze Zeit mit Lesen beschäftigt sein wirst. Ich hasse die Vorstellung, dass du eine Leidenschaft hast, die ich nicht teilen kann. Dass da eine Seite an dir ist, die sich so von mir unterscheidet, dass ich sie nicht mal richtig leiden kann. Was ich jetzt tue, geschieht aus reinem, kindischem Trotz – ich klemme mir das Buch unter den Arm und gehe damit zur Kasse.

»Ähm, Sanni? Was machst du da?«

»Ich kaufe mir ein Buch.«

»Schon, aber … wieso?«

»Es klingt spannend.«

Im Augenwinkel sehe ich dich erneut das Handy zücken. Aber du fotografierst mich nicht. Du wählst eine Nummer.

»Hey Mama, ich bin's. Ich komm heute nicht nach Hause. Ja, ich weiß, hab ich, aber es geht nicht. Wir sehen uns morgen.«

Du legst auf, als ich gerade die Rechnung entgegennehme. Du packst mich am Arm und zerrst mich aus dem Laden. Um ein Haar hätte ich mein Buch verloren. »Was ist denn los?«, frage ich verwirrt. »Du hast vergessen, deine Bücher zu kaufen.«

»Egal. Ich kauf sie morgen.«

Du ziehst mich Richtung U-Bahnstation. Du hast meine Hand fest umschlossen und wirst immer schneller. »Wo gehen wir denn hin?«, lächle ich verschmitzt.

»Zu dir nach Hause. Ich will dich jetzt vögeln.«

»Aber vielleicht will ich das ja nicht. Vielleicht will ich lieber lesen.«

Wenn Blicke töten könnten.

Ich bin schlaflos. Die Hitze und mein rasender Verstand halten mich wach.

Wir sind nicht mehr schwimmen gegangen. Keinen Gedanken haben wir daran verschwendet. Ich habe acht verpasste Anrufe und ungefähr dreimal so viele Nachrichten auf Whatsapp. Sie wollen wissen, wo wir sind, dabei weiß ich es selbst nicht. Im Paradies oder doch im falschen Film? Die Wahrheit ist, dass ich heute wirklich gerne schwimmen gegangen wäre. Und hinterher wäre ich gerne zu Sebi gefahren und hätte mit den Jungs eine Runde Mario Kart gespielt. Stattdessen habe ich mir ein Buch gekauft. Was soll das?

In der Dunkelheit tappe ich ans offene Fenster. Du schläfst tief und fest, träumst von all den schmutzigen Dingen, die ich dir vor Kurzem noch ins Ohr gestöhnt habe. Ich setze mich aufs Fensterbrett und lege mir meine neueste Errungenschaft auf den Schoß. Der Vollmond und die Straßenbeleuchtung reichen aus, um die Buchstaben zu entziffern. Ich lese die erste Seite. Dann die zweite. Und plötzlich habe ich ein ganzes Kapitel geschafft.

Ich muss zugeben, ich bin ein bisschen stolz auf mich.

#SECHSUNDDREIßIG Wir sind bei deinen Eltern zum Essen eingeladen. Du hast gesagt, sie hätten darauf bestanden, dass ich komme – das ist neu. Seit achtzehn Jahren gehen deine Eltern und ich uns erfolgreich aus dem Weg. Du musst ihnen erzählt haben, dass wir jetzt zusammen sind. Mich würde interessieren, wie deine Mutter auf die freudige Botschaft reagiert hat. Sie fand schon immer, ich sei kein guter Umgang für dich. Sie hält mich für faul und ungebildet. Keine Ahnung, ist mir egal.

Du sperrst die Wohnung auf und wir gehen hinein. Ein herrlicher Essensgeruch strömt mir in die Nase. Es gibt Lasagne und hinterher selbst gemachtes Tiramisu. Deine Mutter kommt aus der Küche und deutet vorwurfsvoll auf die Uhr an der Wand.

»Da seid ihr ja endlich. Ich habe schon befürchtet, ich muss das Essen warm stellen.«

»Sorry, Mama. Die U-Bahn hatte eine Störung.«

Die wahre Störung hat diese Frau. Trotz sengender Hitze trägt sie einen schwarzen Blazer über der Bluse, als käme sie frisch aus der Kanzlei, aus der sie und ihr Mann das Geld in Säcken nach Hause tragen. Ihr Make-up ist wie immer tadellos. Ihr langes, blondes Haar glänzt wie in einem Werbespot. Sie strahlt etwas Kühles, Steriles aus, selbst wenn sie lächelt, und ihre Augen blicken streng und offensiv, sodass jeder, der ihr begegnet, sofort den Schwanz einzieht. Als Kind hatte ich ein wenig Angst vor ihr. Eigentlich habe ich das immer noch.

»Sanni, wie geht's dir?« Sie drückt mich kurz, was sie noch nie gemacht hat.

»Kann mich nicht beklagen.«

»Habt ihr beide großen Hunger?«

»Also, ich auf jeden Fall«, antwortest du, worauf sie in die Küche zurückgeht, um die Lasagne aus dem Ofen zu holen.

Wir nutzen die kurze Auszeit, um einen Notfallplan zu schmieden.

»Wenn es dir zu viel wird, stoß mich einfach mit dem Fuß an«, flüsterst du. »Dann denke ich mir was aus, damit wir verschwinden können.«

»Wo ist dein Vater?«, flüstere ich angespannt zurück.

»Der sitzt sicher schon am Tisch.«

Vermutlich mit einem seitenlangen Fragebogen in der Hand, der darüber entscheidet, ob ich ausreichend Qualifikationen mitbringe, um weiterhin deine Freundin zu bleiben. Ich schlucke.

»Hey. Keine Panik.« Du streichelst flüchtig meinen Rücken. »Eine Stunde, dann hauen wir ab. Versprochen.«

Ich folge dir ins Esszimmer. Alles ist blank poliert, sogar die Lichtschalter und die Türklinken. Da fühlt man sich selbst wie ein riesiges, ungebetenes Staubkorn. Der kühle, sterile Geschmack deiner Mutter spiegelt sich auch in der Einrichtung wider: Die Möbel sind maßgeschneidert und sehr modern, in den Räumen wimmelt es vor der neuesten Technik. In puncto Farben ist alles sehr eintönig gehalten. Grau, weiß und schwarz. Wie die Garderobe deiner Mutter.

Du hattest übrigens recht – als wir uns an den langen, gedeckten Tisch setzen, wartet dein Vater bereits dort auf uns. Auch er kann furchterregend wirken in seinen dunklen, gebügelten Anzügen, doch meistens legt sich das, sobald er lächelt. Und er lächelt sehr breit und freundlich, als ich ihm artig die Hand gebe.

»Hallo, Sanni«, begrüßt er mich. »Wir haben uns viel zu lang nicht gesehen. Ich hoffe, du hast Hunger. Sabine hat wieder mal viel zu viel gekocht.«

Michael und Sabine – überraschend unoriginelle Namen für ein so extravagantes Paar. Du hast die Sorte Eltern, die man als Kind für außergewöhnlich hält. Jung und attraktiv, während alle anderen Eltern alt und gewöhnlich aussehen. Deine Mutter war einundzwanzig, als sie mit dir schwanger wurde, dein Vater war kaum älter. Jetzt sind beide knappe vierzig und noch genauso attraktiv wie damals. Von deiner Mutter hast du das tolle blonde Haar, von deinem Vater die blauen Augen und das magnetische Lächeln. Es wundert mich, dass du keine Geschwister hast. Zwei derart schöne Menschen sollten eigentlich nichts anderes zu tun haben, als miteinander ins Bett zu steigen.

Sabine stellt eine dampfende Auflaufform auf den Tisch und verteilt konzentriert vier gleichgroße Portionen. Während dein Vater mir etwas zu trinken einschenkt, starre ich auf meine Oberschenkel und frage mich, wie ich nur auf die Idee kommen konnte, in der üblichen ausgefransten Jeansshorts hier aufzutauchen, anstatt einen Rock oder zumindest eine lange Hose anzuziehen. Plötzlich komme ich mir genau wie der soziale Dreck vor, für den deine Eltern mich halten, und die missbilligenden Blicke deiner Mutter geben mir recht. Ich greife nach der Gabel und möchte anfangen, da erinnert mich deine Hand auf meinem Knie daran, dass wir warten müssen, bis alle sitzen. Scheißwohlerzogene Menschen. Nichts für ungut. Aber scheißwohlerzogene Menschen!

»Ich bitte euch, esst ruhig!« Endlich nimmt Sabine Platz, und ich beginne nervös, die heiße Lasagne zu schneiden.

Streng genommen hättest du mich hiervor bewahren sollen. Du musst doch wissen, dass ich mich bei solchen Events bestenfalls blamiere und schlimmstenfalls total danebenbenehme. Du willst es mir gegenüber nicht zugeben, aber du stehst auf diesen Mist. Es ist so normal, so bodenständig. Und es ist ein bisschen wie eine Kennzeichnung – wer mit dir an diesem Tisch sitzt, mit dem meinst du es ernst. Zügellos stopfe ich Bissen für Bissen in meinen Mund, um darüber hinwegzutäuschen, dass mir der Arsch gerade auf Grundeis geht. Ich muss mich um jeden Preis zusammenreißen. Wenn alle anderen das schaffen, dann schaffe ich es auch. Es ist bloß eine weitere Situation, an die ich mich gewöhnen muss. Punkt.

»Und, Sanni, hast du dir schon Gedanken wegen des Studiums gemacht?«, fragt Michael.

Ich spüre deinen Blick auf mir und zwinge mich zu lächeln. Kein Grund zur Panik. Auf diese Frage haben wir uns vorbereitet. »Ach, weißt du, ich mache mir da keinen Stress. Wir haben ja noch ein paar Monate.«

»Die aber schneller vergehen können, als einem lieb ist«, gibt Sabine zu bedenken. »Du solltest das nicht auf die leichte Schulter nehmen. Es geht hier um deine Zukunft.«

»Mama, jetzt lass sie doch. Sie weiß schon, was sie tut.«

»Aber bei diesem Infotag wart ihr doch, oder?«

»Ja«, antwortest du genervt, »ich hab dir doch die Broschüren gezeigt.«

»Und, Sanni, war da nichts Interessantes für dich dabei?«

Als ich bloß mit den Schultern zucke, legt sie das Besteck weg und tupft sich den Mund mit einer Serviette ab. Im Augenwinkel sehe ich dich die Luft anhalten. Offenbar machst du dich auf etwas gefasst.

»Also, ich verstehe nicht, dass deine Eltern da gar nichts dagegen sagen«, legt deine Mutter los. »Ich will mich ja nicht einmischen, aber bei mir gäbe es so etwas nicht. Ich habe Nikolas bereits vor einem Jahr zu diversen Aufnahmeprüfungen geschickt und jetzt kann er sich vor Angeboten nicht mehr retten. Du bist doch sicher genauso klug wie er. Wieso haben deine Eltern da nicht etwas mehr Druck gemacht?«

Du schließt die Augen und atmest beschwörend durch. »Mama, bitte.«

»Ich meine ja nur. Jetzt, wo du mit Nikolas zusammen bist, könntest du ruhig mehr Ernst in die Sache stecken. Immerhin wird er bald in England studieren.«

Du machst die Augen wieder auf. Du traust dich nicht, mich anzusehen, starrst einfach nur auf den Tisch.

»Die Sache ist schon fix?«, frage ich. Ein Wunder, wie ruhig meine Stimme klingt. Denn gerade fühle ich mich, als hätte man mir in den Magen geboxt.

Sabine nimmt einen Schluck aus ihrem Wasserglas. »Hast du ihr nichts davon gesagt, Nikolas?«

»Ich habe ihr gesagt, dass ich noch überlege«, antwortest du und siehst sie fest an. »Und so ist es auch. Nichts ist hier fix.«

Deine Mutter hebt abwehrend die Hände. Auf der gegenüberliegenden Seite starrt dein Vater in sein Glas, als wollte er darin verschwinden. So, so, das Thema England ist also immer noch aktuell. Na warte.

»Wie gesagt, ich lasse mir da Zeit. Davor steht sowieso der Australien-Trip an. Stimmt's, Niko?«

Punkt, Satz, Sieg.

Sabines Blick fixiert dich wütend über den Tisch hinweg. »Ich dachte, wir hätten das geklärt!«, faucht sie. »Nach Australien kannst du fahren, wenn du deinen Bachelor hast! Bis dahin wird erst mal studiert!«

»Ich verstehe nicht, wo das Problem liegt«, entgegnest du überraschend routiniert. Schon klar, solche Gespräche sind in dieser Wohnung Dauerzustand. »Es ist ja nicht so, als ob ich nicht ein Semester später einsteigen könnte.«

»Ach, und wer finanziert dich bis dahin? Ich und dein Vater, oder wie stellst du dir das vor?«

»In Australien müsste ich sowieso selbst schauen, wie ich über die Runden komme.«

»Und du glaubst, das geht so einfach?«

»Irgendwie würde es schon gehen!«

»Jetzt sei doch vernünftig«, mischt dein Vater sich ein. »Wenn du jetzt eine Reise machst, geht dir so viel Zeit verloren.«

»So viel Zeit? Wir reden doch bloß von ein paar Wochen!«

»Und danach?« Die Stimme deiner Mutter überschlägt sich fast. »Willst du dann ein halbes Jahr auf der Couch hocken und versauern wie deine bescheuerten Freunde?«

Du schleuderst das Besteck auf den Teller und rückst mit deinem Stuhl zurück. »Können wir aufstehen?«

»Wir sind mitten beim Essen!«, keift Sabine.

»Sanni und ich sind satt. Und wir wollen jetzt gehen. Dürfen wir also bitte aufstehen?«

Deine Eltern wechseln einen Blick. Dein Vater nickt bedächtig, während deine Mutter dich zornig anstarrt.

Du nimmst meine Hand und stehst auf. »Wir sind oben«, teilst du deinen Eltern mit. Sie sagen nichts mehr. Wir verschwinden die Treppe hoch und gehen in dein Zimmer. Du marschierst ans Fenster und reißt es auf, ich setze mich mit verschränkten Armen aufs Bett. In der Stille baut sich die Spannung zu einem schmerzhaft kribbelnden Kraftfeld auf. Du drehst dich um, wir sehen uns an und ganz plötzlich wird dein Ausdruck wieder weich.

»Es tut mir leid«, sagst du. Ich darf mir wohl aussuchen, was du damit meinst. Das Verhalten deiner Mutter, die Sache mit England oder aber der ganze verdammte Tag. Alles ist im Eimer. Doch auch ich bin nicht unschuldig an dem Dilemma. Es war kindisch und unnötig, über Australien zu sprechen. Ich wollte es dir heimzahlen und habe alles nur schlimmer gemacht. Auf einmal möchte ich bloß noch zu dir und dich umarmen. Weil das alles so beschissen ist. Als wüsstest du, was mir durch den Kopf geht, kommst du zu mir und drückst mich an deine Brust.

»Lass uns nach Australien fahren«, sage ich. »Lass es uns einfach tun. Jetzt mehr denn je.«

Ich höre, wie du schluckst. »Und danach?«

»Danach gehen wir studieren.«

»Wo?«

»Ist doch egal. Irgendwo.«

Deine Arme lösen sich von mir, und du fragst mit hoffnungsvollem Blick: »Würdest du mitkommen? Nach London?«

»Ich … ich weiß nicht …« Die Fakten lassen sich nicht verleugnen: Ohne dich würde ich es nicht aushalten. Gerade jetzt, wo wir doch alles umgekrempelt haben. Solltest du wirklich nach England gehen, was soll dann aus uns werden?

»Ich weiß nicht«, wiederhole ich. Und dann murmle ich plötzlich: »Vielleicht.«

Überrascht schaust du mich an.

»Fahren wir nach Australien«, sage ich noch mal.

»Wir könnten doch nächstes Jahr fahren. Und im Oktober ziehen wir nach England. Meine Eltern zahlen uns sicher eine Wohnung. Du musst ja nicht studieren. Zumindest nicht sofort. Du könntest dir dort irgendeinen Teilzeit-Job suchen und ich studiere einstweilen. Und wenn wir genug Geld gespart haben, fliegen wir los.« Du beginnst zu grinsen und drückst mich ganz fest. »Der Plan gefällt mir«, lachst du in mein Haar.

Ich kriege in deiner Umarmung fast keine Luft.

Plan? Teilzeit-Job? Zusammenziehen?

Mir scheint, als hätten wir da einen gewaltigen Schritt übersprungen.

#SIEBENUNDDREIßIG Ich brate mit Manu und Tasche in der Sonne, während du und die Jungs eine Runde Volleyball spielt. Ab und zu kommt der Ball in unsere Richtung geflogen, und einer von euch kommt zurück, um ihn zu holen. Meistens du, weil du die Chance nutzen willst, mir im Vorbeigehen einen Kuss zu geben. Manu und Tasche kommen aus dem Kichern nicht mehr raus.

»Ihr zwei seid wirklich herzallerliebst«, grinst Manu.

»Wenn man darüber nachdenkt, ist es ja fast schon komisch«, fügt Tasche hinzu. »Vor ein paar Wochen hat er das noch mit Larissa gemacht, während du danebengesessen bist. Hat dich das gar nicht aufgeregt?«

»Na ja … irgendwie schon.«

»Hat aber gar nicht so gewirkt.«

»Keine Ahnung, was hätte ich denn machen sollen?«

»Ihr beide seid jedenfalls übermegahammersüß, hab ich dir das schon mal gesagt?«

Ich setze meine Sonnenbrille auf und drehe mich weg, um diesem nervtötenden Gerede ein Ende zu bereiten. Herzallerliebst hier, zuckersüß da … Ich hätte nichts gegen eine Pause von unserer rosaroten Pärchenwolke. Denn manchmal habe ich das Gefühl, als ob es zu viel wäre. Zu viel *Wir* und zu wenig *Alle*. Aber vielleicht kommt mir das auch bloß so vor, weil ich mich immer noch nicht zu hundert Prozent an diese Beziehungssache gewöhnt habe. Ich will dich nicht enttäuschen. Wenn du es so haben willst, werde ich alles tun, damit es funktioniert.

Nachdem ich die letzten Stunden in der brütenden Hitze gefaulenzt habe, springe ich mit Manu eine Runde ins Wasser. Du bemerkst es und kommst schnurstracks vom Volleyballspielen zurück. »Bleib ja, wo du bist«, warne ich dich, als du mit großen Schritten ins Wasser watest. »Komm mir bloß nicht zu nahe! Du hattest schon deinen Spaß.« Vor etwa einer

Stunde, um genau zu sein, als du unerwartet hinter mir aufgetaucht bist, mich über die Schulter geworfen und in den nahegelegenen Pool katapultiert hast. Mir kratzt jetzt noch der Hals von all dem Chlorwasser, das ich geschluckt habe. Meine Drohung lässt dich zwar stehen bleiben, doch das hinterlistige Funkeln in deinen Augen bleibt.

»Ich erwische dich sowieso«, meinst du lachend. »Du ziehst es nur unnötig in die Länge.«

»Geh spielen«, rufe ich zurück. »Oder noch besser, such dir 'ne neue Freundin!«

Du fasst dir betroffen ans Herz und gehst mit einem gespielten Dackelblick ans Ufer zurück. Manu und ich schwimmen hinaus ins tiefe Wasser. Der Lärm des Strandbades verliert sich in der Ferne, und plötzlich gibt es nur noch uns zwei. Es ist herrlich. In letzter Zeit fühle ich mich, als wäre ich permanent unterwegs, würde pro Tag Hunderte Kilometer zurücklegen, obwohl ich in Wahrheit bloß zwischen deiner und meiner Wohnung hin- und herpendle. Ich denke, das ist normal so. Mir fehlt in Sachen Beziehung einfach die Kondition. Ich schließe die Augen und lasse mich treiben, spüre bewusst meinen Körper, der sanft von den Wellen getragen wird.

»Meine Mutter erlaubt mir jetzt doch den Trip nach Prag«, erzählt Manu.

»Echt? Ich dachte, sie will nicht, dass du fährst.«

»Das war vor meiner genialen Überredungsarbeit. Ich musste natürlich ein paar Versprechungen machen, wegen Studium und so. Du weißt schon, dass ich mich jetzt echt um die Sache kümmere. Aber dann hat sie Ja gesagt. In einer Woche geht's los. Fünf Tage.«

»In einer Woche schon? Wow.«

»Komm doch mit!«

Ich hebe den Kopf und schaue sie an. Wieso eigentlich nicht? Ich habe Erspartes und ich habe Zeit. Und Prag ist nicht weit weg. »Was genau ist denn geplant?«

»Ich hab mir da so ein Hostel rausgesucht. Es wäre ein Zehn-Bett-Zimmer, aber es ist echt billig. Ich kann noch ein Bett dazubuchen, wenn du willst.«

»Und ob ich will!« Ich bin so aufgeregt, dass ich Wasser schlucke. Ich tauche unter und komme mit einem quietschenden Lachen wieder hoch.

»Machen wir das am besten gleich. Ich hab mein Handy in meinem Rucksack, da können wir das zusätzliche Bett buchen.«

»Kein Stress«, sagt sie und legt entspannt den Kopf zurück. »Ich mach das dann einfach von zu Hause aus und du überweist mir das Geld.«

»Okay! Klasse! Das wird saugeil.«

»Vergiss aber nicht, Niko zu fragen.«

»Der kommt sicher nicht mit.«

»Nein, ich meine, ob es für ihn okay ist.«

»Klar ist es für ihn okay.«

Sie öffnet ein Auge, betrachtet mich kurz und macht es schulterzuckend wieder zu. »Wenn du meinst.«

Wir schwimmen zurück ans Ufer. Ihr habt das Volleyballspielen gegen Tischfußball getauscht. Nur Alex nicht, der liegt mit Tasche auf der Decke und knabbert an ihrem Hals. Als du mich aus dem Wasser kommen siehst, verrät dein leuchtender Blick, dass dir Ähnliches vorschwebt. Mit einem breiten Grinsen kommst du mir entgegen, ich strecke die Arme aus und wir kollidieren in einer lachenden, wilden Umarmung.

»Wieso freust du dich denn so?«, fragst du.

Ich mache mich von dir los und sprudle wie ein Wasserfall. Bei »Prag« und »fünf Tage« bleibst du verhältnismäßig ruhig. Doch als die Worte »nächste Woche« und »allein« fallen, fällt dein Gesicht in sich zusammen.

»Ist das schon fix?«, willst du wissen.

»So ziemlich. Wir müssen noch die Details klären, aber das dauert ja nicht lange.«

»Aha.« Du räusperst dich und blinzelst ein paar Mal. »Und wann ist das noch mal, hast du gesagt?«

»Nächste Woche. Heute in sechs Tagen.«

»Und du willst allein fahren? Einfach so?«

»Nicht allein, mit Manu. Das wird genial!«

Du siehst mich an, als hätte ich den Verstand verloren.

#ACHTUNDDREIßIG Wir kommen zu mir nach Hause. Während der Straßenbahnfahrt habe ich ausschließlich von Prag geredet. Ich freue mich einfach so. Fünf Tage Abenteuer, Party und ein bisschen Kultur. Und Ruhe. Zeit für mich selbst. Nach unserer anstrengenden Eingewöhnungsphase ist das eine passende Belohnung, finde ich.

Ich gehe in mein Zimmer und tausche den halb trockenen Bikini gegen frische Unterwäsche, während du für ein paar Minuten ins Bad verschwindest. Mit ernstem Gesicht und feuchtem Haar kommst du wieder heraus.

»Was hast du denn angestellt?«, frage ich grinsend.

»Mir war heiß. Ich hab den Kopf kurz unter die Dusche gehalten.«

»Schön, aber tropf hier nicht alles voll.«

Du schleuderst deinen Rucksack in eine Ecke und setzt dich auf den Schreibtischsessel.

»Okay, was ist los?« Ich bemühe mich um eine sanfte Stimme, auch weil ich vom vielen Reden schon etwas heiser bin. »Seit wir vom Schwimmen aufgebrochen sind, bist du so komisch. Hab ich irgendwas gemacht?«

Du verziehst nachdenklich den Mund, als wüsstest du selbst nicht ganz, was los ist. Ich setze mich neben dich auf die Schreibtischkante und spiele mit deinem feuchten Haar.

»Ist es wegen Prag?«, frage ich vorsichtig. Du antwortest nicht, aber dein Gesicht wird finster. »Es sind doch nur fünf Tage.«

»Das hast du schon gesagt.«

»Ich dachte mir, dass dich Prag sicher nicht interessiert. Außerdem will ich auch mal wieder was allein unternehmen.«

Okay, das hat es offenbar noch schlimmer gemacht. Du atmest gehaltvoll ein, und für einen Moment scheint es, als würdest du gleich platzen vor Wut.

»Na schön, wo liegt hier das Problem?«

»Ehrlich, das weißt du nicht?«

»Nein, wie auch? Du sagst ja nichts!«

Du schnaubst erzürnt und drehst dich mit dem Stuhl in die andere Richtung. Sind wir hier im Kindergarten oder was? Ich stehe auf und drehe dein abgewandtes Gesicht wieder zu mir. Widerwillig siehst du mich an, und ich wiederhole so ruhig und sanft wie möglich: »Es sind nur fünf Tage. Danach sehen wir uns wieder.«

»Verflucht noch mal, es geht hier nicht darum, wie lange du weg bist! Sondern darum, dass du überhaupt weg sein wirst!«

»Ist das so ein Problem für dich?«

»Du hast mich nicht mal gefragt!«

»He, he, he, Moment mal. Brauche ich etwa deine Erlaubnis, um zu fahren?«

Dein Mund presst sich fest zusammen, in deine Augen tritt Unsicherheit.

»Damit eines klar ist, einen Scheißdreck muss ich dich um Erlaubnis fragen! Wenn ich fahren will, dann fahre ich!«

»Du musst mich nicht um Erlaubnis fragen. Aber es wäre schön gewesen, wenn du es vorher mit mir besprochen hättest.«

»Wozu? Du kommst doch gar nicht mit!«

»Aber ich bin dein Freund! Und wenn du für fünf Tage weg bist, dann möchte ich das wissen!«

»Das verstehe ich, und deswegen habe ich es dir ja auch sofort erzählt!«

»Aber du hast gar nicht darüber nachgedacht, ob es mich stören könnte!«

»Wieso sollte es dich stören, verflucht?«

»Weil du dann weg sein wirst und ich keine Ahnung habe, was du machst!«

»Was soll denn das wieder heißen? Vertraust du mir nicht?«

»Doch«, lenkst du ein. Du klingst jetzt ruhiger, obwohl du eindeutig noch immer wütend bist. »Ich vertraue dir, aber … ach, ich weiß auch nicht. Ich will einfach nicht, dass du so lange weg bist.«

»Fünf Tage, Niko! Hältst du es denn nicht mal fünf Tage ohne mich aus?«

Du schüttelst den Kopf. Scheinst allmählich zu verzweifeln. Ich verstehe es einfach nicht. Dein Verhalten ist absurd. Du benimmst dich wie ein kleines Kind. Ich setze mich zurück aufs Bett, du stehst auf und siehst mich nicht an. Soll das den ganzen Tag so weitergehen?

»Komm, das ist doch dämlich«, sage ich. »Wieso streiten wir uns?«

»Keine Ahnung«, brummst du. Du lehnst dich an die Schreibtischkante und starrst zwischen uns auf den Boden. Anstelle von Wut steht nun ein seltsam verletzter Ausdruck in deinem Gesicht. Ist es möglich, dass diese fünf Tage für dich die Hölle auf Erden sein werden? Dass es dich bis ins Mark erschüttert, dass ich ohne dich eine Entscheidung getroffen habe? Wenn das die Regeln einer Beziehung sind, dann musst du sie mir noch mal erklären, denn im Moment ergibt das alles absolut keinen Sinn.

Ich strecke den Fuß aus, um mit den Zehen deine Wade zu streicheln. Ein scheues Friedensangebot, das seine Wirkung nicht verfehlt. Dein Körper entspannt sich etwas, und du stößt ein erschöpftes Seufzen aus. Aber du hast immer noch diesen Ausdruck im Gesicht. Diesen tief verletzten Blick, der mir mindestens so wehtut, wie ich dir offenbar wehgetan habe.

»Es tut mir leid«, sage ich. So, da haben wir's. Ich gebe nach. Solange wir nur aufhören zu streiten.

Du siehst mich mit einem freudlosen Lächeln an.

»Wir können bis dahin doch jeden Tag miteinander verbringen«, rede ich weiter. »Eine ganze Woche nur wir zwei und dieses Zimmer. Dann bin ich kurz weg, und ehe du dichs versiehst, bin ich wieder da. Du wirst es gar nicht merken. Okay?«

Du lachst verlegen – wahrscheinlich kommst du dir gerade wie ein Vollidiot vor.

»Alles wieder gut?«, frage ich.

Du nickst.

Ich streiche mit meinem Mund sachte über dein Gesicht, küsse deinen Mundwinkel und die warme Haut an deinem Hals. Ich spüre sofort, wie dein Körper darauf reagiert. Ich lasse die Hände unter dein T-Shirt gleiten, fahre nach unten zu deiner Leiste, ertaste den Bund deiner Badeshorts. Du willst mich küssen, aber ich weiche dir aus. »Halt still«, flüstere ich. »Bleib so.«

Ich gehe langsam auf die Knie. Dabei ziehe ich dein T-Shirt hoch und berühre mit den Lippen immer wieder deinen Bauch. Mit der Zungenspitze male ich kleine Linien auf deine

Haut. Ich schiebe deine Hose hinunter, und du ziehst scharf die Luft ein. Du liebst es, wenn ich das mache. Alle Männer lieben es, darum bin ich auch so gut darin. Übung macht den Meister. Ich beginne dich zu küssen, sanfte, federleichte Berührungen meiner Lippen, die ein Schaudern durch deinen ganzen Körper jagen. Dann bringe ich meine Zunge ins Spiel. Kleine, kreisende Bewegungen, die dich ganz wild machen. Ich weiß genau, wie du es magst. Und ich werde mich anstrengen, das kann ich dir versichern. Ich werde dir eine Show liefern, die uns beiden den Verstand wegbläst. Sieh es als Wiedergutmachung für diesen lächerlichen Streit.

Du stöhnst auf und stemmst dich gegen den Tisch. Es durchzuckt dich von Kopf bis Fuß, du packst mein Haar, hältst mich fest, dann schließt du die Augen und rührst dich nicht mehr.

Ich muss lächeln und lehne mich atemlos ein Stück zurück.

»Wow«, keuchst du.

Du bist erledigt. Total fertig. Ich kämpfe mich auf die Beine, um mir den Mund mit einem Taschentuch abzuwischen, da streckst du die Arme aus und ziehst mich fest an deine Brust. Du drückst das Gesicht in meinen Nacken und flüsterst ehrfürchtig meinen Namen.

»Wir können das so oft machen, wie du willst«, hauche ich dir ins Ohr. »Aber bitte lass uns nie wieder wegen so einem Blödsinn streiten.«

Du willst lachen, aber du bist zu erschöpft. Und so bleibt es bei einem kleinen, aber sehr zufriedenen Lächeln.

#NEUNUNDDREIßIG Wir sind auf dem Spielplatz gleich neben dem Strandbad an der Alten Donau. Nur wir zwei. Ein paar kleine Jungs spielen dort hinten noch in der Sandkiste, doch auch die werden bald verschwinden. Es dämmert bereits und die Wolken am Himmel werden dichter.

Mit offenem Haar laufe ich auf die Schaukel zu. Ein alter Autoreifen baumelt an Eisenketten von einem mit Graffiti beschmierten Holzbalken. Seit wir aus Tulln hierhergezogen sind, sieht dieser Balken gleich aus. Ein Erinnerungsalbum ganzer Generationen, die sich mit Stiften und Spraydosen darin verewigt haben. Als Kinder haben wir beide auf so einen Reifen gepasst. Ich saß mit angezogenen Beinen am Rand und hielt mich an den Ketten fest, während du aufrecht auf der Schaukel standest und für Schwung gesorgt hast. Im Winter sind wir von der Schaukel in den Schnee gesprungen. Du hast es immer ein Stückchen weiter geschafft als ich. Jetzt passt nur noch einer von uns auf den Reifen. Wir können nicht mehr gemeinsam schaukeln, aber wir können etwas anderes. Ich lasse mich in das schmale Reifenloch plumpsen, und du umfasst die Ketten und gibst mir einen Stoß. Er ist gerade stark genug, um mich in Bewegung zu setzen. Ich lasse die Beine baumeln und lehne mich nach vorn, und als die Schaukel zu dir zurückschwenkt, treffen sich unsere Lippen für einen sanften, lachenden Kuss.

Das zwischen uns ist so vollkommen fremd und dennoch das Natürlichste auf der Welt. Zu keiner Sekunde zweifle ich daran, dass du mich glücklich machen könntest. Glücklich, bis dass der Tod uns scheidet. Trotzdem ist es immer noch merkwürdig. Ob sich das je ändern wird?

»Woran denkst du gerade?«, möchtest du wissen.

»An früher. Wie wir hier oft zusammen gespielt haben.«

Du lächelst. »Du hast dich nie auf das Klettergerüst getraut.«

»Und du hast immer meine Sandburgen zertrampelt.«

»Du hast so süß ausgesehen, wenn du dich geärgert hast.«

Wir küssen uns unter dem Graffitibalken, während vom Himmel die ersten Tropfen fallen.

Wir stehen mit angezogenen Schultern unter einem Ahornbaum. Das dichte Blätterdach hält zwar das Unwetter von uns fern, aber vom Spielplatz bis hierher wurden wir komplett durchnässt. Eine absurde Aufregung flattert in meiner Brust. Wie du so dastehst, mit nassem T-Shirt und tropfendem Haar, möchte ich am liebsten nackt mir dir durch den Regen laufen. Ich möchte mich mit dir im Schlamm wälzen, bis das Zeug überall an unseren Körpern klebt. Ich möchte, dass du mich fickst, gleich hier an diesem Baum. Ich frage mich, ob mir die zehn Leute, die sich den gleichen Unterschlupf gesucht haben, ansehen, was ich gerade denke. Du siehst es mir garantiert an.

»Vielleicht sollten wir es einfach machen«, sagst du. Ich denke an meine Idee mit dem Baum, aber du meinst leider nur den

Weg zur U-Bahn. »Jetzt sind wir ohnehin schon nass. Laufen wir einfach, dann haben wir es hinter uns.«

Du nimmst meine Hand und wir rennen los. Der Regen ist kalt im ersten Moment, hart wie Nadelstiche. Wir laufen durch Pfützen und an überschwemmten Gehsteigen vorbei, der Wind bläst uns mit voller Härte ins Gesicht. Wir erreichen den Zebrastreifen und rennen bei Rot über die Ampel, als wir sehen, dass die Straße frei ist. Das heiß ersehnte Bahnhofsgebäude befindet sich in greifbarer Nähe. Ein letzter Sprint über den Parkplatz, dann haben wir es geschafft. Nass bis auf die Knochen stürmen wir in die Halle und schwanken zwischen Lachen und hilflosem Keuchen. Wir finden eine Bank, auf der wir erst einmal verschnaufen. Meine Schuhe sind klitschnass. Ich beuge mich vornüber und schüttle mein Haar aus, während du dein T-Shirt am Bauch zusammenraffst und es ohne großen Erfolg auszuwringen versuchst.

Ich lasse den Blick durch die Halle schweifen, und beim Gedanken an morgen spüre ich wieder die Aufregung. Morgen ist es endlich so weit. Fünf Tage Prag. Fünf Tage voller neuer Erlebnisse und Freiheit. Und auch fünf Tage ohneeinander. Dir scheint das Gleiche durch den Kopf zu gehen, denn dein eben noch lachendes Gesicht trübt sich ein wenig.

»Freust du dich schon auf morgen?«, fragst du.

»Und wie! Ich muss heute unbedingt früh schlafen gehen, damit ich fit bin. Uns ich werde ganz viele Fotos machen. Prag soll eine wunderschöne Stadt sein.«

»Ich hoffe, du hast dort besseres Wetter. Wäre schade, wenn der Urlaub ins Wasser fällt.«

Du klingst so traurig. Du wirst mich schrecklich vermissen und das tut mir so unendlich leid. Aber ich brauche diese fünf Tage. Einen Reboot, um die vergangenen Wochen zu verarbeiten. Ich möchte dich auf andere Gedanken bringen. Ich zeige auf den Backshop auf der anderen Seite und krame in meinem Rucksack nach meiner Geldbörse. »Wollen wir uns was zu essen holen? Ich habe Bock auf Zimtschnecken.«

»Dann hole ich dir eine.« Du stehst auf.

»Aber ich kann das doch zahlen.«

Du schüttelst fest den Kopf. »Passt schon. Ich übernehme das.«

»He, was soll das? Wieso plötzlich die schlechte Laune?«

Doch du antwortest nicht mehr, gehst los und verschwindest in den Backshop.

Das Vibrieren meines Handys hält mich davon ab, mir über diesen merkwürdigen Stimmungswechsel weiter Gedanken zu machen. Manu schreibt mir auf Whatsapp.

Manu: *Sanniiiiii! Ich freu mich schon so auf morgeeeeeeen! Das wird supaaaaa!*

Sanni: *Ich auch! Nur noch einmal schlafen, dann heißt es PARTYYYYY! :D*

Manu: *Vergiss nicht, Kondome einzustecken! Ups, ich vergaß! Du lebst ja jetzt monogam. Dumm gelaufen, Bitch! XD XD XD XD*

Reglos betrachte ich das Handydisplay. Wieso musste sie das sagen? Wieso ausgerechnet das?

Manu: *Aber sei froh. Die Tschechen sind sowieso alle hässlich.*

Sanni: *Dann sind sie ja genau das Richtige für dich.*

Manu: *Du weißt schon, wo du mich kannst!*

Ein Schatten taucht neben mir auf. Ich hebe lächelnd den Kopf, da ich annehme, dass du es bist. Doch das blaue Augenpaar, das mich unverhohlen anstrahlt, gehört jemand anderem. Jemandem, mit dem ich nicht in zehntausend Jahren gerechnet hätte.

»Hey«, sagt Stefan. »Lang nicht mehr gesehen.«

Ich stecke das Handy zurück in meinem Rucksack und schaue rasch, wo du bist – du musst noch im Backshop sein. Stefan wirkt verwirrt. Zweifelsohne hat er eine andere Reaktion erwartet, was mir nur bestätigt, was für ein Vollidiot er ist. Nach seinem letzten Auftritt sollte er froh sein, dass ich ihm keine knalle.

»Und, ein bisschen durch den Regen gelaufen?« Sein Blick liegt auf meinen nassen Klamotten, findet meinen Ausschnitt und bleibt einen Moment lang dort hängen. »Hätte mich auch gewundert, wenn du dich von schlechtem Wetter unterkriegen lässt. Wie geht's dir denn so?«

»Gut. Und dir?«

»Kann nicht klagen.«

Erneut linse ich nervös zum Backshop. Hast du dich verlaufen oder warum brauchst du so lange? Aber wahrscheinlich ist es besser so. Ein Gefühl sagt mir, dass nichts Gutes dabei herauskäme, wenn ihr beiden euch kennenlernt. Ich muss ihn irgendwie abwimmeln. Ich habe gerade Mut gefasst, um aufzustehen, da setzt er sich zu mir.

»Ich muss zugeben, ich bin ganz froh, dass ich dich hier treffe. Ich wollte mich schon seit Längerem bei dir entschuldigen. Wegen damals im Club. Das ist einfach nur scheiße gelaufen.«

»Schon gut. Vergeben und vergessen.«

»Ich bin normalerweise gar nicht so. Ich war einfach betrunken.«

»Ehrlich, das macht nichts. Kann jedem passieren.« Langsam werde ich wirklich unruhig.

Er sieht lächelnd meinen Körper hinab. »Du trägst keinen BH, stimmt's?«

Er gibt mir keine Zeit zu reagieren. Er beugt sich vor und berührt schamlos meine Brust. Ich bin so überrumpelt, dass ich mich nicht rühre. Er hält das offenbar für eine Einladung und streift mit den Lippen meine Wange. »Du geile kleine Schlampe, du«, flüstert er mir zu.

Ich springe so heftig auf, dass die ganze Bank wackelt. Mein Puls rast. Meine Fäuste jucken. Noch eine Sekunde neben diesem Wichser und ich verliere die Beherrschung.

»Hey, das war doch nur Spaß! Kein Grund, gleich auszurasten.«

Ich möchte losrennen und in irgendeine Richtung verschwinden, am besten zu dir in den Backshop, damit du das

Arschloch verprügeln kannst, doch er bekommt mein Handgelenk zu fassen.

»Hey, hey, hey«, säuselt er, als wäre ich ein kleines Kind, »kein Stress, kein Stress. Ich muss sagen, bei unserer ersten Begegnung warst du nicht so nervös. Da konntest du es kaum erwarten, dass ich deine Prachtdinger angrapsche.«

»Das war was anderes. Da war ich noch …«

Er wartet. »Ja? Was warst du?«

»Single«, bringe ich mühsam heraus. Ich atme durch und weiche einen Schritt zurück. »Da war ich noch Single.«

Er macht ein Gesicht, als hätte ich einen schlechten Scherz gerissen. Und dann lacht er auf einmal los. Er muss sich die Hand auf die Brust halten und tief Luft holen, so amüsant findet er das. Er greift seinen Rucksack, den er neben sich auf den Boden gestellt hat, und grinst mich höhnisch an. »Ehrlich, dein Freund tut mir leid. Schlampen wie du werden das Herumhuren nie sein lassen können.«

Er verlässt die Halle.

Du kommst mit zwei kleinen Colaflaschen und jeder Menge Süßkram zurück. »Sorry, ich musste vorher noch zum Bankomat. Wer rechnet damit, dass man in diesem Backshop nicht mit Karte zahlen kann?«

Du drückst mir das Paket mit der Zimtschnecke in die Hand und nimmst einen Schluck Cola.

»Wer war der Typ vorhin?«, willst du wissen. »Mit dem du geredet hast.«

Du wolltest beiläufig klingen, aber es ist dir nicht gelungen. Deine Augen blicken ängstlich. Nein, das stimmt nicht. Sie blicken misstrauisch. Meine Nerven liegen blank. Ich bin nicht stark genug, um damit umzugehen – nicht nach diesem Vorfall, nicht mit diesem elenden Gefühl in mir. *Schlampen wie ich …*

»He. Hast du mich nicht gehört? Ich hab dich was gefragt.«

Ja, das hast du. Und du hast keine Ahnung, was du gerade angerichtet hast. Es sollte dir egal sein, mit wem ich rede und mit wem nicht, denn jetzt sind wir zusammen und was früher einmal war, spielt keine Rolle mehr. Aber so ist es nicht. So ist es absolut nicht, nicht für dich, und dass ich das nun weiß, gibt mir endgültig den Rest.

Ich packe meine Zimtschnecke aus und beiße hinein. »Nur so einer, den ich kenne.«

»Einer, den du kennst?«

»Ja, Niko. Einer, den ich kenne.«

Wir gehen zur U-Bahn. Nach wenigen Bissen werfe ich die Zimtschnecke in einen Mülleimer. Du trinkst deine Cola und beobachtest ungerührt, wie ich vergeblich die zweite Flasche aufzuschrauben versuche. Dein Misstrauen ist wie Salz in der Wunde, die dieser Mistkerl mit nur wenigen Worten gerissen hat. Ja, gut, ich gebe es zu. Ich war eine Schlampe. Ich habe gevögelt, was mir vor die Füße fiel. So war ich einfach und ich war zufrieden damit. Vielleicht weil es mir wirklich gefiel, vielleicht weil ich nichts anderes kannte. Doch ich habe dir ein Versprechen gegeben. Ein Versprechen, das ich außer dir niemandem geben würde: Dass ich versuchen will, mich zu ändern. Für dich. Dass ich alles tun will, um eine gute Freundin zu sein. Nein, um die beste Freundin zu sein, die man sich wünschen kann. Auch wenn es noch so schwer ist und ich die Regeln nicht kapiere. Du weißt, dass ich es versuche. Du weißt es und bist trotzdem nicht fähig, mir zu vertrauen. Du lässt mich ackern bis zum Umfallen. Du siehst zu, wie mir nach und nach die Puste ausgeht. Und was bekomme ich dafür? Eine Zimtschnecke und einen eifersüchtigen Blick aus dem Augenwinkel.

Die U-Bahn kommt. Wir steigen ein. Kein einziges Wort bis zur nächsten Station. Der Zug hält an und die Türen öffnen sich. Mit großen Augen schaust du mir nach, als ich mich abwende und aus dem Zug steige.

»Äh, Sanni? Was wird das?«

»Ich geh den Rest zu Fuß. Ich brauch mal Ruhe.«

Du stemmst den Fuß in die Tür, bevor sie sich schließen kann. Dein Gesicht spiegelt widersprüchliche Gefühle wider; einerseits bist du wütend, weil ich dich einfach so stehen lassen will. Andererseits scheinst du auf verrückte Weise froh zu sein. Vielleicht darüber, dass du nun weißt, dass du richtigliegst.

»Wer war der Typ?«, fragst du noch mal.

»Weißt du was, geh doch scheißen. Geh einfach scheißen!«

Du nimmst den Fuß zurück und die Türen schließen sich. Die U-Bahn fährt ab. Ich stehe allein auf dem Bahnsteig.

#VIERZIG Ich sitze mit Manu im Zug nach Prag. Es ist ein enges, stickiges Abteil, in dem es nach Schweiß, muffigen Sitzbezügen und der Leberkäsesemmel riecht, die Manu gerade verputzt hat. Die Krümel davon liegen um unsere Füße verteilt am Boden. Mit geschlossenem Fenster fühle ich mich wie im Inneren einer Mikrowelle. Die Luft steht und mir rinnt überall der Schweiß herunter. Dass wir bald da sein werden und dieser kochende Höllentrip ein Ende hat, blende ich aus. Meine Gedanken sind bei der Whatsapp-Nachricht, die ich noch vor unserer Abfahrt getippt und erst vor wenigen Minuten abgeschickt habe. Darin steht, dass ich mich wegen gestern entschuldige. Dass ich nicht wisse, was mit mir los war, und dass ich es kaum erwarten kann, dich wiederzusehen. Jetzt liegt es an dir. Du kannst weiter sauer auf mich sein oder dir einen Ruck geben und diesen dämlichen Streit vergessen. Wie auch immer du reagierst, es wäre schön, wenn du dir bis zum Abend damit Zeit lässt. Ich brauche dringend Ruhe von dem ganzen Mist.

Um kurz nach 16 Uhr kommen wir an. Aufgeregt zerren wir unser Gepäck durch die Bahnhofshalle, kaufen uns ein Eis an einem kleinen Stand und schießen gierig die ersten Fotos. Mit der Straßenbahn geht es zu unserem Hostel direkt in der Innenstadt. Für 30 Euro die Nacht ist das Zimmer durchaus passabel. Klo und Bad befinden sich zwar auf dem Gang und die nicht sehr geräumigen Stockbetten machen einen eher unbequemen Eindruck. Doch es ist sauber und das ist das Wichtigste. In Amsterdam habe ich einmal in einem Hostel gewohnt, wo die Böden so dreckig waren, dass man mit den Füßen daran kleben blieb. Und auf den Klos roch es permanent nach Scheiße. Dagegen ist diese Unterbringung der reinste Luxus.

Zwei Mädchen sitzen im Zimmer und begrüßen uns auf Englisch. Ich suche mir eins der oberen freien Betten aus, Manu entscheidet sich für eins der unteren. Ich zähle drei Paar Badesandalen, die mitten im Raum stehen und eindeutig Männern gehören. Manu lässt bei dieser Entdeckung begeistert die Brauen tanzen. »Wollen wir hoffen, dass sie hübsch und willig sind«, raunt sie mir beim Auspacken ihrer Kosmetiksachen zu. »Ich werde in diesen fünf Tagen ja so was von die Sau rauslassen!«

Mein ohnehin schon nerviges Magendrücken verwandelt sich in echte Bauchschmerzen. Wenn Manu in dieser Stadt Sex hat, während ich nur Däumchen drehe, laufe ich Amok, das schwöre ich. Bereits jetzt habe ich das Gefühl, meine Hormone fahren Achterbahn. Zugegeben, daran hätte ich denken sollen, bevor wir zu diesem Trip aufgebrochen sind. Doch wer konnte ahnen, dass du und ich im Streit auseinandergehen? Wenn ich unter Anspannung stehe, brauche ich ein Ventil, und das ist für gewöhnlich ein Mann – aber der Einzige, der infrage kommt, ist erstens nicht da und zweitens überhaupt erst der Grund, warum ich so angespannt bin. Da soll noch einer den Durchblick behalten.

Nachdem wir uns häuslich eingerichtet und akklimatisiert haben, gehen wir die unmittelbare Umgebung erkunden. Der Rezeptionist, der im Übrigen echt schnuckelig ist, klärt uns ausgiebig über die hiesige Lokal- und Nachtclubszene auf und starrt immer wieder verstohlen auf meinen Ausschnitt. Manu kann ihre Schadenfreude nicht verbergen. »Pech gehabt, Bitch«, murmelt sie mir zu. »Du lebst für die nächsten fünf Tage schön brav enthaltsam oder ich mache dich einen Kopf kürzer.«

Wir laufen einige umliegende Gassen ab, checken Supermärkte, Lokale und Busstationen und merken plötzlich, wie müde wir eigentlich sind. Der Tag hat früh begonnen. Den ganzen Vormittag verbrachte ich mit Packen, weil ich die Tage davor damit beschäftigt war, dich davon zu überzeugen, dass du das Wichtigste in meinem Leben bist, damit du mir endlich meinen Urlaub gönnst. Dann noch die anstrengende Zugfahrt und das heiße Wetter. Dass ich überhaupt noch bei klarem Verstand bin, verdanke ich allein Manus stets zündendem Unterhaltungsprogramm. Wir kaufen uns billige bunte Windräder an der Straßenecke und laufen damit durch die Stadt, bei einem Brunnen ziehen wir uns die Schuhe aus und steigen ins herrlich kühle Becken. Auf der anderen Straßenseite ruft uns eine Gruppe Jungs irgendetwas auf Tschechisch zu. Wir lachen und spazieren mit nassen Beinen weiter. Wir füttern Tauben mit den Resten unserer Pizzastücke, sodass sich schnell ein ganzer Schwarm um uns versammelt hat. Mit den Sandalen in der Hand laufen wir barfuß über den sonnengewärmten Asphalt, bis unsere Füße wehtun und wir im nächstbesten Café eine Pause machen.

Die Sonne ist längst untergegangen. Die Stadt erstrahlt in hunderttausend Lichtern. Auf einmal denke ich gar nicht mehr an zu Hause und was mich womöglich dort erwartet. Ich lehne mich zurück und schaue zu den Sternen hoch, die beim Klang meines vor Freude hämmernden Herzens zu erzittern scheinen.

Genau so habe ich es mir vorgestellt. Ein Himmel, der ein anderer ist, obwohl er sich nicht verändert hat. Luft, die anders schmeckt, Licht, das anders funkelt, heller. Ein Kosmos voller neuer Dinge. Und ich musste nicht mal so weit von zu Hause weg. Wie heißt es so schön? Die Welt beginnt hinter der Türschwelle.

Wir liegen umgezogen in unseren Betten und entspannen. Nach einer erfrischenden Dusche und einem kleinen, harmlosen Flirt mit dem Rezeptionisten (der übrigens Jiří heißt) ist das genau das Richtige, um den Tag ausklingen zu lassen. Ich habe mir mein Buch ins Bett geholt und gerade zu lesen begonnen, da geht die Tür auf und drei Jungs kommen ins Zimmer. Das müssen die Besitzer der Badesandalen sein, über die ich beim Heimkommen schon wieder fast gestolpert wäre. Im Augenwinkel bemerke ich, wie Manu sich interessiert aufsetzt, um die drei unter die Lupe zu nehmen. Zwei sind eher kleiner und sehen langweilig aus, doch der Dritte im Bunde ist groß und verdammt gut aussehend. Hellbraunes, kurzes Haar, strahlend weiße Zähne und Augen, die direkt in meine Richtung sehen. Ich setze meine Kopfhörer auf und konzentriere mich auf mein Buch.

Zumindest versuche ich es. Keine fünf Minuten dauert es, da hat Manu bereits ein Gespräch mit den dreien begonnen. Sie sprechen Englisch, allerdings mit einem sehr stark italienischen Akzent. Ich drehe die Musik lauter und verstecke mein Gesicht, so gut es geht, hinter dem Buch.

Seht mich an. Da liege ich nun und verkrieche mich. Wie die Schüchternheit in Person. Vor einem Monat hätte das noch ganz anders ausgesehen. Ein paar Worte, ein bisschen intensiver Augenkontakt und ich hätte den großen Schönling um den Finger gewickelt. Ich bin zum Flirten geboren und dass ich es nicht mehr darf, regt mich auf. Es ist ja nicht so, dass ich einen anderen will. Bitte. Nie im Leben würde ich dich hintergehen. Aber mir selbst den Spaß zu verbieten, sieht mir einfach nicht ähnlich.

Ich luge verstohlen über den Buchrand hinweg. Der Blick des Schönlings trifft unvermittelt auf meinen. Diesmal schaue ich nicht weg, sondern warte gespannt, was er tut. Er grinst und kommt zu mir herüber. Er streckt sich zu meinem Bett hoch, legt die Arme auf der Matratze ab und neigt den Kopf, um das Cover meines Buchs zu begutachten.

»What are you reading?«

Mein Brustkorb zieht sich nervös zusammen. Nicht einmal auf Deutsch wüsste ich, was ich darauf antworten soll – ich habe von den letzten Seiten absolut nichts mitbekommen.

»I … ähm …it's just a book.« Hilfe. Meine Englischlehrerin würde toben. »I don't know much about it.«

»So maybe you should stop reading and talk with me instead.«

Er steigt auf die unterste Sprosse der Leiter, sodass unsere Gesichter auf selber Höhe sind. Er hat unglaublich tolle Augen. Hellbraun wie Whiskey. Unter seinem weit aufgeknöpften Hemdkragen entdecke ich die Ansätze eines Brusttattoos. Die alte Sanni hätte gefragt, ob sie sich das Tattoo mal im Ganzen ansehen darf. Die neue Sanni wendet sich ab und steckt die Nase zurück zwischen die Seiten.

»I don't think so«, antworte ich lahm.

Er lässt sich nicht so leicht abschütteln und das gefällt mir. Ich lasse zu, dass er mir das Buch aus der Hand nimmt und neben mir auf die Matratze legt.

»What's your name?«, fragt er.

»Sanni.«

»How beautiful. What does it mean?«

»Sorry?«

»Is it a nickname? Or is it your birth name?«

»Oh. No, it's a nickname.«

»What's your birth name?«

»Sandra.«

»Ahhh«, ruft er aus, als hätte ich endlich etwas von mir gegeben, womit er arbeiten kann. »Now I see. Sanni like Sandra. I thought it was S-u-n-n-y, like the sun.«

»No problem. You're not the only one who … ähm … who gets that wrong.«

»You look like the sun. You have those shining eyes.«

Man bedenke den italienischen Akzent. Ich lasse mich zu einem Lächeln hinreißen, worauf er eine weitere Sprosse nach oben steigt. Sein Blick fällt auf meine Tattoos, dann auf meine

Lippen, und er legt wieder den Kopf schief, als würde er sich fragen, wie ich wohl küsse.

»And what's your name?«, frage ich.

»Salvatore. But please call me Salvo.«

Ich nicke mit übertrieben starkem Interesse. Ich bin zurück im Aufreißer-Modus, und das sollte ich dringend im Auge behalten. Zur Sicherheit rutsche ich ein Stück von ihm weg.

»Your friend told me that you two were from Vienna«, redet er weiter. »I always wanted to go there. It's such a beautiful city.«

»Yes. It's, äh, it's nice.«

Er grinst wieder. Wahrscheinlich wegen meiner famosen Englischkenntnisse. »How old are you?«

»Eighteen.«

»Eighteen? That's quite young. I'm twenty-seven.«

»So I'm too young for you?«

»That's not what I said.«

Mein Herz pocht bis zu meinen Schläfen. Das ist verdammt dünnes Eis, auf dem ich da getrost herumspaziere. Ich setze mich auf, um nach meinem Buch zu greifen. In dem Moment läutet mein Handy.

»Nice Ringtone«, meint Salvo, während ich hektisch das Handy aus dem Rucksack fische. Ich lese deinen Namen auf dem Display und bin plötzlich im Inneren einer Blase. Ich höre nicht mehr, was Salvo sagt. Ich glaube, ich winke bloß flüchtig in seine Richtung, damit er still ist oder am besten ganz verschwindet. Ich hebe ab, und als ich deine Stimme höre, wird mir endlich wieder leicht um die Brust.

»Hey!«, rufe ich. »Ich freu mich, dass du anrufst! Ich – ich wollte dich ja auch schon anrufen, aber wir waren die ganze Zeit unterwegs.«

»Macht ja nichts. Habt ihr schon fleißig fotografiert?«

»Und wie. Zu Hause muss ich dir dann alle Bilder zeigen!« Ich umklammere das Handy und ringe um jedes Wort: »Hör zu … wegen gestern … ich wollte nicht – «

»Schon gut. Lass uns nicht mehr darüber reden.«

»Ja … okay.«

»Und wie ist das Zimmer?«

»Eng«, antworte ich, während ich mich umsehe. Salvo ist zu seinen Freunden zurückgekehrt, die mit Manu auf einem der Betten sitzen und rauchen. »Und hier sind lauter Italiener. Die können ihre Badeschlapfen nicht wegräumen.«

Du lachst. »Na, dann viel Spaß.«

Ich sinke mit dem Rücken gegen mein Kissen und spüre, wie mein Inneres sich entspannt. Genau das habe ich gebraucht. Dich diese Worte sagen zu hören und zu wissen, dass du sie ernst meinst. Jetzt kann der Urlaub endlich beginnen.

#EINUNDVIERZIG Wir sind in einem Club, dessen Name mir entfallen ist. Es war ein englisches Wort, irgendetwas mit »Hole« – The Black Hole? Ist ja auch egal. Die Musik ist scheiße, aber die Drinks sind billig. Außerdem gefallen mir die Toiletten. Die Schüsseln werden von unten mit blauem Licht bestrahlt, sodass es sich anfühlt, als pinkle man in eine Lagune. Blaues Licht – Was tut es? – Es leuchtet blau. Oh Gott, ich bin so betrunken.

Manu ist mit Ignazio (ihrem italienischen Objekt der Begierde) zur Bar verschwunden, um ein paar Shots zu exen. Salvo und ich sind allein. Es war bestimmt kein Zufall, dass wir uns hier getroffen haben. Beim gemeinsamen Frühstück in der Hostel-Küche hat er mich gefragt, was wir heute noch vorhaben. Ich habe nicht viel erzählt, schließlich stand zum Großteil Sightseeing auf dem Programm, doch am Schluss erwähnte ich, dass wir abends vielleicht noch in diesen Club schauen, weil er uns von Jiří empfohlen worden war. Das muss er ganz dick in seinen Kalender geschrieben haben: *The Black Hole – Hot Austrian Chick – AMORE!* Er nennt mich übrigens Sandra. Kein Schwein tut das. Vielleicht finde ich es deshalb so anziehend.

»Would you like to go somewhere else?«, fragt er nun schon zum zweiten Mal. Ich schüttle den Kopf, und er schiebt mir lächelnd meinen halbvollen Cocktail hin.

Als ob ich nicht betrunken genug wäre. Allein, dass ich ihn so nahe bei mir sitzen lasse, ist ein ernst zu nehmendes Warnzeichen. Er nutzt jede Gelegenheit, um eine Berührung zu provozieren, am Knie, am Arm, selbst meine Brust hat er rein zufällig bereits gestreift. Ständig stellt er mir irgendwelche Fragen, über meinen Musikgeschmack, meine Familienverhältnisse, die Schule, meine Uni-Pläne, er fragt einfach alles, heuchelt dieses übertriebene Interesse, obwohl er in Wahrheit ja doch bloß zwischen meine Beine will. In seiner italienischen Birne hält er das vielleicht für eine bombensichere Masche, aber ich finde es einfach nur übertrieben.

Ich halte Ausschau nach Manu, die mit Ignazio soeben auf die Toilette verschwunden ist.

»May I tell you something, Sandra?«

Ich nicke seufzend und nehme einen Schluck von meinem Cocktail.

»But promise me not to freak out.«

»I will not freak out.«

»Okay. Because I'm a bit concerned about you.«

»Concerned about me?«

»Yes. You seem so shy. And you know … I like my girls wild and open-hearted. Shy is so boring.«

Ich blinzle. Der Strohhalm knittert zwischen meinen Fingern. Ich und shy? Und boring? Das ist das Beste, das ich seit langer Zeit gehört habe.

»You promised me, Sandra. Remember? Don't freak out. It's just what came to my mind.«

»No problem«, presse ich zwischen den Zähnen hervor.

»I just wondered, if we could have fun together, you know? Because I'm not a big fan of … you know, prudish women. You seem a bit prudish to me.«

»Prudish?!« Ich weiß nicht, was das heißt, aber es klingt verdammt beleidigend.

Er schweigt für einen Moment, dann grinst er wieder. »Okay. I'm not quite sure what happened right now but I'm pretty sure I screwed it up.«

»And you are totally right.« Ich möchte aufstehen, doch er hält mich zurück.

»I'm sorry«, sagt er mit diesem tiefen, säuselnden Akzent, der mein Blut in Wallungen versetzt. »Please don't go.«

Ich stiere zu den Toiletten, dann nach vorn zur Bar. Von Manu und Ignazio fehlt weiterhin jede Spur. Es wäre nicht okay, ihr die Tour zu vermasseln, bloß weil ich mich in meinem Stolz verletzt fühle. Widerwillig setze ich mich wieder hin. Salvo nimmt mir das Glas aus der Hand und stellt es weg.

»So if you're not shy … what are you then? Tell me, what do you want? Would you like to kiss me?« Er kommt näher, seine Hand berührt meine Wange. »Or do you want me to kiss you?«

Er zieht mein Gesicht an sich heran. Für einen winzigen Moment bin ich versucht, es einfach geschehen zu lassen. Ein Moment voller Blitz und Donner, der jeden rationalen Gedanken in meinem Hirn lahmlegt. Seine Lippen streifen meine, und ich lehne mich zurück und schüttle den Kopf.

»Okay, listen. I have a boyfriend.«

Ich gebe zu, das kommt ein wenig spät. Doch diesen total ungläubigen Blick habe ich trotzdem nicht verdient.

»I don't believe you«, sagt er mit erhobenem Kinn.

»What? Why?«

»Your eyes are lying.«

»My eyes are NOT lying! Who do you think you are?«

»Why is he not here?« Er lehnt sich zurück und sieht sich im Raum um. »Why is he not here with you?«

»He stayed at home«, antworte ich so kleinlaut, dass ich kotzen könnte.

»What?«, lacht er. »He stayed at home while you are flirting with a stranger?«

»I'm not flirting with you.«

»Yeah, nice try.«

Im Augenwinkel sehe ich Manu aus der Toilette marschieren. Ihr besorgter Blick in meine Richtung kommt um keine Sekunde zu spät. Ich springe auf und dränge mich rücksichtlos aus der Sitzbank, und diesmal hält er mich nicht zurück. »Did I offend you?«, fragt er verwundert.

»No, you just bore me«, blaffe ich ihn an.

Manu taucht aus der Menge auf und nimmt mich bei der Hand. »Lass uns abhauen, Sanni. Diese Typen haben sie ja nicht mehr alle.«

Wir verlassen den Club. Die kühle Nachtluft schlägt mir um die Beine und versetzt mich in einen merkwürdigen Taumel. Von einer Sekunde auf die andere beginne ich den Alkohol zu spüren. Mein Puls beschleunigt sich und der Mond und die Sterne verschwimmen vor meinen Augen. Manu ist dicht an meiner Seite. Hand in Hand überqueren wir die Straße, laufen zu einer Parkbank und sinken erschöpft darauf nieder. Eine erschlagende Müdigkeit ergreift von mir Besitz. Ich schaffe es kaum, den Kopf aufrecht zu halten, reibe mir über Wangen und Mund, um wach zu bleiben.

Manu drückt mir eine Plastikflasche mit Wasser in die Hand. »Hier, trink was.«

Ich saufe die ganze Flasche leer, zerdrücke sie anschließend und werfe sie in den Mülleimer neben unserer Bank. Mein kleines, schulderfülltes Herz pocht unter dem Druck meines immer enger werdenden Brustkorbs. Ich schwitze. Ich zerre ein Taschentuch aus meiner Tasche und wische mir über die Stirn und die Augen. Dunkle Mascara-Spuren auf dem Taschentuch erinnern mich daran, dass das eine blöde Idee war. Ich sehe nicht nur aus wie ein Clown, ich fühle mich auch so. Die Lachnummer des Abends.

Manu schnaubt verächtlich. »Also echt, solche Idioten! Der Typ wollte es doch glatt ohne Kondom mit mir machen! Ist das zu fassen? Und dann sein ständiges Gerede, mit diesem Akzent, *You are so beautiful, you smell so good, I want you, I want you!* Wäh! Peinlich!« Sie zieht eine angewiderte Grimasse und klopft mir auf den Oberschenkel. »Lass uns diese Spinner ganz schnell vergessen. Hat sich deiner wenigstens benommen?«

»Also … nicht ganz.«

Ihr Blick trifft mich mit unerwarteter Härte. »Wieso, was ist passiert?«

»Gar nichts«, beruhige ich sie schnell. »Es war nur … er wollte mich küssen.«

»Und hast du ihn gelassen?«

»Nein! Natürlich nicht! Aber er wollte es eben.«

»Haha, wenn's nur das wäre! Meiner war kurz davor, seinen blanken Schwanz in mich reinzuschieben! Und er hätte es gemacht, wäre ich nicht so auf Zack gewesen und hätte ihm eine gescheuert!«

»Besteht die Gefahr, dass wir uns ein neues Zimmer suchen müssen?«, frage ich mit einem schiefen Grinsen.

»Wenn schon, dann suchen die sich ein neues Zimmer!«

Ich falte das Taschentuch zusammen und stecke es zurück in meine Tasche. Manus Hand streichelt beruhigend über meinen Schenkel. »Komm«, seufze ich auf. »Lass uns zurück ins Hostel gehen.«

#ZWEIUNDVIERZIG In der prallen Mittagssonne kocht ein Hundehaufen auf dem Asphalt. Ein Fliegenschwarm hat sich darauf niedergelassen und labt sich genüsslich an der schwarz verkrusteten Oberfläche. Ich überlege, diesen ekelhaften Anblick auf einem Foto festzuhalten, weil ich mich innerlich nicht viel anders fühle als dieser Scheißhaufen: liegt da und ist einfach nur ekelig. Gibt dem Sprichwort »Harte Schale, weicher Kern« eine ganz neue Bedeutung.

Ich schieße kein Foto davon.

Wir packen unsere Kosmetikartikel ein und stopfen unsere Koffer mit dem tschechischen Süßkram voll, den wir gestern gekauft haben. Es ist unser letzter Tag. Ein letztes Mal im Café dieses herrlich cremige Eis essen. Ein letztes Mal über die Brücke schlendern und auf den dunkelblau glitzernden Fluss hinausblicken. Ein letztes Mal mit Jiří quatschen, ehe er mit wehmütigem Gesicht unsere Rechnung ausstellen wird. Ein letztes Mal in der Gemeinschaftsdusche stehen und beten, nicht auf den nassen Fliesen auszurutschen.

Ein letztes Mal mit Salvo im selben Zimmer schlafen.

Vielleicht ist das alles eine Art Prüfung. Der finale Test, um hundertprozentige Gewissheit zu haben: dass du es bist und kein anderer. Dass ich aus tiefstem Herzen dazu bereit bin, meinem früheren Leben Adieu zu sagen.

Salvo fragt, ob wir mit in einen Club kommen wollen, um unseren letzten Abend zu zelebrieren, doch wir beschließen, im Zimmer zu bleiben und früh schlafen zu gehen. Manu klettert zu mir ins Bett und wir schauen uns die Fotos an, die wir im Laufe der Woche gemacht haben. Auf eins bin ich besonders stolz: Man sieht uns gemeinsam auf der Brücke stehen, im Hintergrund der Fluss und die Stadtufer, während die Sonne zwischen den Dächern verschwindet und die ganze Stadt in einen tiefroten Schimmer taucht. Und dann unsere Gesichter. Sie leuchten, sind voller Bilder und Gefühle, die durch die Fotos zu uns in die Wirklichkeit vordringen und in der Luft schweben wie eine mit Licht gefüllte Seifenblase. Lebendigkeit – sie strahlt aus unseren Augen, greller als die Sonne.

»Soll ich dir was sagen?« Manu legt die Wange auf meine Schulter und seufzt. »Ich will nicht nach Hause. Hier ist es viel schöner.«

Ich streichle ihren Kopf und schweige.

Eine sanfte Berührung weckt mich auf. Jemand rüttelt an meiner Schulter. Es ist mitten in der Nacht. Ich drehe mich um und schaue in Salvos Gesicht, das sich nur schemenhaft von der Dunkelheit abhebt. Er steht wieder auf der Sprosse, sodass seine Augen auf mich herabblicken. Sein Oberkörper ist nackt.

»Sandra«, flüstert er. »Are you awake?«

»What the hell ...?« Ich höre, wie die Leiter unter seinem Gewicht zu knarren beginnt. Er klettert zu mir ins Bett. Ich bin zu verwirrt, um mich zu rühren. Er zieht die Decke zurück und streckt sich neben mir aus. Selbst in der Dunkelheit sehe ich, dass er einen Ständer hat. Ich schlucke, sage aber nichts.

»It's our last night together«, redet er weiter.

Das kann nicht sein Ernst sein.

Ich löse mich aus meiner Starre und rücke abrupt von ihm weg, aber die Wand macht meinem Fluchtversucht ein allzu verfrühtes Ende. »Are you crazy?«, flüstere ich.

»Yeah. Crazy for you.« Er umfasst meinen Nacken und drückt plötzlich seine Lippen auf meine. Ich reiße den Kopf weg, das Bett quietscht. In den Nachbarbetten bleibt es still. Gott sei Dank. Ich will kein Chaos mitten in der Nacht.

Salvo schaut mich enttäuscht an. »Still so shy?«

»Listen, I already told you: I have a boyfriend!«

»And I already told you: I don't believe you.«

Hilflos suche ich nach einem Ausweg. Es gibt keinen. Ich stehe knietief in der Scheiße. Er versucht ein weiteres Mal, mich zu küssen, diesmal auf den Hals. Ich schiebe ihn weg und drehe ihm demonstrativ den Rücken zu. Da drängt er sich von hinten an mich, und ich spüre seine Erektion an meinem Hintern. »Screw your boyfriend«, haucht er mir ins Ohr. »I want to fuck you.«

Er schiebt meinen Slip nach unten. Mit aller Kraft ramme ich meinen Ellenbogen gegen seine Brust, sodass er aufstöhnt und vor mir zurückzuckt. Schnell ziehe ich mein Höschen hoch, während mir alles gleichzeitig durch den Kopf schießt: Ich muss ihn aus dem Bett bekommen. Ich muss leise sein. Ich muss darauf achten, dass Manu nicht aufwacht. Wenn sie aufwacht und ihn in meinem Bett sieht, kann ich mir mein Grab schaufeln. Ich drehe mich zu ihm, während er sich mit schmerzverzerrtem Gesicht den Bauch hält. Toller Held. Redet vom Ficken und geht zu Boden wie ein Schlappschwanz. Ich sammle Atem, um etwas zu sagen. Er legt den Finger auf meinen Mund und schüttelt den Kopf.

»It's alright«, flüstert er. »I'm sorry. I'm so sorry.«

Er klettert die Leiter hinunter und stolpert über diese verfickten Sandalen. Plötzlich schaue ich in Manus geöffnete Augen. Sie sieht mich an, komplett erstarrt. Ich bete, dass sie bemerkt hat, dass ich ihn abgewiesen habe. Aus tiefster Seele bete ich zu Gott, dass sie nicht denkt, ich hätte dich betrogen. Ihr Blick auf meinem Gesicht ist steinhart.

Verfluchte Scheiße.

#DREIUNDVIERZIG Wir sitzen auf einer Bank am Bahnsteig und warten auf unseren Zug. Wir sind schweigsam. Ich rede mir ein, dass es am frühen Aufstehen liegt, an der Hitze oder an den widerlichen alten Croissants, die wir zum Frühstück hatten und die uns immer noch den Magen verkleben. Aber daran liegt es nicht. Ich habe Manu erst ein einziges Mal so richtig wütend erlebt. Das war, als Tasches Bruder Jan sich erhängt hatte. Sie schleuderte einen Stuhl gegen die Wand in Sebis Wohnzimmer. Der Sprung in der Mauer ist heute noch zu sehen. Manu ist kein besonders emotionaler Mensch – doch wenn es eine Sache gibt, die sie zur Weißglut bringt, zur Verzweiflung oder zum totalen Blackout, dann ist es das Gefühl, einen geliebten Menschen verloren zu haben. In dem Moment, als sie Salvo aus meinem Bett schleichen sah, war ich für sie gestorben. Sie liebt dich, auf eine Weise, wie ich es niemals könnte: selbstlos und ohne jeden Grund. So wie Geschwister sich lieben. Wenn ich dir das Herz breche, wird sie mir meines herausreißen. Daran besteht kein Zweifel.

»Da war nichts«, sage ich in die Stille.

Sie runzelt die Stirn, antwortet aber nicht. Seit wir hier sitzen, würdigt sie mich keines Blickes.

»Scheiße, Manu, jetzt glaub mir doch. Da war nichts! Nicht mal ein Kuss, gar nichts!«

»Das sah aber nicht so aus.«

»Hör zu, ich weiß nicht, was du gesehen hast, aber es ist absolut nichts passiert. Er hat sich an mich herangemacht und eine ziemlich deutliche Abfuhr kassiert.«

»Und im Club? Als ihr kaum die Augen voneinander lassen konntet?«

Ich zucke irritiert zusammen. »Was meinst du?«

»Ach, komm schon. Ich stand doch keine zehn Meter weit weg. Ihr habt geflirtet, was das Zeug hält.«

»Er hat geflirtet, okay? Und ich habe ihm eben den Spaß gelassen. Irgendwie musste ich mir doch die Zeit vertreiben, während du mit diesem Ignazio das Klo unsicher gemacht hast!«

»Jetzt verdrehe hier nicht die Tatsachen! Wäre ich nicht gekommen, um dich zu holen, hättet ihr wahrscheinlich schon im Club miteinander rumgemacht.«

»Wir haben kein einziges Mal rumgemacht!«

»Und warum bist du dann so nervös?«

»Ich bin nicht nervös! Ich bin nur komplett fertig, weil du mir etwas unterstellst, das einfach nicht wahr ist!«

»Dann beweise es doch!«

Unsere Blicke krachen ineinander. Sie denkt, jetzt hätte sie gewonnen. Hat sie aber nicht. Ich bücke mich nach meinem Rucksack, den ich zwischen meinen Beinen am Boden abgestellt habe, und hole aus dem Seitenfach mein Handy hervor. Ich zeige ihr die Nachricht, die Salvo mir kurz nach unserem Aufbruch geschrieben hat. Darin steht, dass es ihm leidtut, wie er sich letzte Nacht benommen hat. Und dass er hofft, dass ich kein schlechtes Bild von ihm habe, auch wenn wir uns wahrscheinlich nie wiedersehen.

»Da, siehst du? Es ist nichts passiert! Er hat sich einfach nur danebenbenommen. Und es tut ihm sogar leid.«

»Soll ich jetzt etwa Mitleid mit diesem Arschloch haben?«

»Nein, aber du sollst begreifen, dass ich die Wahrheit sage, verflucht.«

Sie schweigt für einen Moment, in ihren Ausdruck mischt sich Unsicherheit. Sie überspielt es, indem sie mir das Handy aus der Hand reißt und wild damit herumfuchtelt. »Wieso hat er überhaupt deine Nummer?«

»Weil … keine Ahnung, er hat am ersten Tag einfach danach gefragt. Ich dachte mir nichts dabei, weil ich absolut nichts von ihm will.«

»Ach wirklich, dann hat er dir also nicht gefallen? Kein bisschen?«

»Mein Gott, natürlich hat er mir gefallen! Aber was spielt das für eine Rolle? Ich habe Niko und Schluss.«

Sie wirft mir das Handy so rüde in den Schoß, dass es abprallt und auf den Boden fällt. Wortlos hebe ich es auf. Ich fasse nicht, was sie mir da unterstellt. Dass es euch allen so schwerfällt, mir zu vertrauen. Was muss ich tun, um zu beweisen, dass ich auch anders kann? Dass ich nicht länger die leichtlebige Schlampe bin, die von einem Bett ins andere hüpft? Ich verstehe nicht, wie das passieren konnte. Wie Salvo nur annehmen konnte, ich wollte mit ihm ins Bett, obwohl ich mich so brav verhalten habe wie noch nie – Stichwort *shy*. Vielleicht hatte Stefan ja recht. Vielleicht ist es nicht möglich, binnen so kurzer Zeit sein komplettes Wesen zu ändern, aber diese verdammten Anschuldigungen habe ich trotzdem nicht verdient.

»Es wäre mir recht, wenn diese Sache unter uns bleiben würde«, bitte ich Manu nachdrücklich. »Auch wenn nichts passiert ist. Niko würde sich nur aufregen.«

»Darauf traue ich mich wetten.«

Ich warte einen Augenblick. »Und? Wirst du es für dich behalten?«

»Unter einer Bedingung: Schwöre mir jetzt und hier bei deinem Leben, dass da wirklich nichts gewesen ist. Blödsinn, schwöre es bei Freddie Mercury.«

»Verflucht, Manu! Denkst du wirklich, ich würde dich anlügen?«

Ihr Gesicht bleibt ungerührt. »Ich würde dir gerne glauben, Sanni, ehrlich, aber ich weiß leider, wie du bist. Ich kenne dich viel besser, als du ahnst.«

»Und du glaubst, ich würde Niko hintergehen? Glaubst du wirklich, dass ich das könnte?«

»Ja«, antwortet sie, ohne zu zögern. »Ich glaube, das könntest du. Du würdest es sofort bereuen, da bin ich mir sicher. Aber es könnte passieren. Und dann würdest du alles tun, um es zu vertuschen.«

Entsetzt schaue ich sie an. Es tut weh, dass sie das von mir denkt – dass sie mir tatsächlich so etwas zutraut, obwohl Treue und Loyalität eine der wenigen Tugenden sind, von denen ich weiß, dass ich sie besitze. Vielleicht sogar meine einzigen Tugenden. Ich würde meine Freunde nie im Stich lassen. Ihr seid alles, was ich habe. Du am allermeisten. Ich weiß nicht, was ich noch tun könnte, damit du begreifst, dass ich für dich durchs Feuer gehen würde. Wie solltest du mir glauben, wenn selbst Manu es nicht tut?

»Ich warte, Sanni. Schwöre mir, dass da nichts war.«

»Ich schwöre es«, antworte ich. Als ob Worte jetzt noch wichtig wären.

»Bei Freddie Mercury?«

»Bei Freddie Mercury, Flash und der gesamten Besetzung von Iron Maiden!«

Die Anspannung in ihrem Gesicht bröckelt. Sie lehnt sich zurück und setzt ein Lächeln auf, das zwar erleichtert wirkt, aber die Distanz zwischen uns nicht überwinden kann. »Scheißitaliener«, murmelt sie.

Wir schweigen, bis der Zug kommt.

#VIERUNDVIERZIG Nahezu geräuschlos gleitet der Zug die letzten Meter des Bahnsteigs entlang, ehe er mit einem leichten Ruck zum Stillstand kommt. Manu öffnet die Tür und steigt aus. Ich folge ihr mit etwas Abstand. Du hast gesagt, dass du mich vom Bahnhof abholst, nachdem ich dir in einer kurzen Nachricht geschrieben hatte, wann wir ankommen. Das war vor einer Stunde. Eine kräfteraubende, weil todlangweilige Fahrt durch Hitze und Einöde liegt hinter uns. Jetzt wünschte ich plötzlich, wir wären noch unterwegs. Ich weiß auch nicht, warum ich auf einmal so angespannt bin. Irgendwie habe ich Angst, dass du nicht da sein wirst. Dass du es dir anders überlegt hast. Dass du dir vieles anders überlegt hast. Doch dann sehe ich dich.

Du sitzt auf einer Bank am Bahnsteig, an der wir bereits vorbeigefahren sind. Als du mich entdeckst, stehst du auf und beginnst zu lächeln. Mit dem Trolley im Schlepptau gehe ich dir entgegen. Bei einem Getränkeautomaten treffen wir uns schließlich, ich lasse den Trolley los und du küsst mich. Es ist ein Kuss, der alles sagt, obwohl ich ihn fast nicht spüre. Du hast mich vermisst. Wie wahnsinnig. Und du fragst dich, ob ich genauso oft an dich gedacht habe wie du an mich. Ob ich dir treu war. Ich höre diesen Gedanken, als wäre er mein eigener, und er fährt mir direkt ins Herz. Weil ein Teil von mir dich mittlerweile versteht. Auch du kennst mich besser, als ich ahne. Du hast mich Dinge tun sehen, auf die ich nicht stolz bin. Du hast Seiten an mir kennengelernt, die du niemals lieben können wirst. Das Misstrauen bringt deinen Blick zum Flackern, einen Augenblick, vielleicht zwei, dann versteckst du den Gedanken irgendwo tief in deinem Kopf und lässt ihn nicht mehr heraus.

»Du siehst gut aus«, sagst du. »So erholt.«

»Dabei fühle ich mich wie ein feuchtes Handtuch.«

»Magst du zu Sebi fahren? Alle freuen sich darauf, dich wiederzusehen.«

»Die können doch warten. Fahren wir einfach zu mir nach Hause.«

In deine Augen tritt ein zärtliches Leuchten. »Du meinst, nur wir zwei?«

»Genau das meine ich.«

Du nimmst meine Hand, ich nehme den Trolley. Am Ende des Bahnsteigs wartet Manu auf uns, die dir einen dicken Schmatzer auf die Wange drückt. Zu dritt gehen wir zu den U-Bahnen, dort trennen sich unsere Wege. Manu und ich umarmen uns zum Abschied. Offenbar etwas zurückhaltend, denn kurz darauf fragst du, wenn auch im Scherz: »Zickenkrieg?«

Keine Ahnung. Vielleicht. Während der Zugfahrt haben wir kaum miteinander geredet. Aber wenn erst ein paar Tage vergangen sind, wird sich die dicke Luft bestimmt verzogen haben. Manu und ich kennen uns lange genug, um über solchen Auseinandersetzungen zu stehen.

»Nein, nein«, antworte ich. »Wir haben bloß für eine Weile genug voneinander.«

Du liegst nackt auf dem Bauch, und ich beobachte dein blondes Haar, das sich im Zug des offenen Fensters bewegt, während ich ganz sanft und langsam meine Fingernägel über deinen Rücken gleiten lasse. Du liebst es, wenn ich das mache. Du bist ganz entspannt.

Deine Lippen kräuseln sich, als wüsstest du, dass ich dich anschaue, ganz genau, jeden Millimeter, obwohl du es unmöglich wissen kannst, weil deine Augen geschlossen sind.

Manu denkt, ich könnte dich verletzen. Weil ich all die Jahre nichts anderes gemacht habe. Als ich mit Salvo in diesem Club war und er mich beinahe geküsst hätte, lag sie damit noch goldrichtig. Aber jetzt habe ich mich entschieden. Endlich, nach all den Wochen voller Unsicherheit und Verwirrung, weiß ich, dass ich es nicht nur versuchen will, sondern dass ich es schaffen kann. Ich kann dir geben, was du willst. Ich kann es, weil ich es möchte. Aus tiefstem Herzen.

Du hältst das T-Shirt hoch, das ich dir aus Prag mitgebracht habe. Ein Einhornkopf mit bunter Mähne ist auf den kitschig lilafarbenen Stoff gedruckt, in dem nicht mal du eine gute Figur machst. Die perfekte Ergänzung zu deiner Sammlung, die schon viel zu lange auf Zuwachs wartet. Als Nächstes überreiche ich dir ein Sixpack tschechisches Bier. »Das ist aber für die gesamte Truppe«, füge ich hinzu.

Du stellst das Bier am Boden ab und wartest gespannt, was ich sonst noch aus dem Trolley zaubere. Es ist ein BH. Und auch wieder nicht. Er sieht auf den ersten Blick nur so aus, weil Träger dran sind und der hauchzarte Spitzenstoff zumindest den Anschein erweckt, als würde er irgendetwas verdecken. Stolz hebe ich das schmucke Teil hoch, und du betrachtest es in einer Mischung aus Verwirrung und Belustigung.

»Er ist rot«, bemerkst du.

»Ja, und?«

»Ich hab dich noch nie in was Rotem gesehen.«

»Die Verkäuferin meinte, die Farbe passt zu mir«, erkläre ich mit hoch erhobenem Kopf.

»Und was ist das?«, fragst du, als ich neben meinem Kosmetiktäschchen auch das in Plastik eingehüllte Buch herausnehme. Zum Lesen bin ich ja leider nicht wirklich gekommen, deshalb möchte ich das Thema eigentlich nicht vertiefen.

»Ach, das ist nur … du weißt schon. Das Buch, das ich mir damals gekauft habe.«

»Du hattest es mit?«

»Na ja, schon«, meine ich schulterzuckend.

Ich hätte nicht gedacht, dass dein Gesicht nach diesem BH noch glücklicher werden könnte. Du packst das Buch aus, als wäre es ein weiteres Geschenk, fährst mit den Handflächen über das Cover und entdeckst das Lesezeichen, das bei der erbärmlichen Seite 65 in die Höhe ragt. Dein gerührtes Lächeln ist fast schon zu viel des Guten. »Du hast schon ein bisschen gelesen?«

»Jetzt tu nicht so überrascht«, meckere ich und nehme dir das Buch weg. »Schließlich habe ich es mir gekauft. Jetzt sollte ich auch irgendwas damit machen. Und Lagerfeuer sind so out.«

Unter anderen Umständen würde mich dein Griff zum Laptop nicht stören. Doch ich ahne, was du vorhast, und schaue dir angespannt dabei zu, wie du Amazon aufrufst.

»Äh … was wird das?«

»Recherche.« Du holst dir den Laptop auf den Schoß und gibst in der Suchleiste den Namen der Autorin meines Buches ein. »Wusste ich's doch«, sagst du dann.

»Was wusstest du?«

»Zu dem Buch gibt es eine Fortsetzung.«

»Das ist sicher schön für die Fans.«

Du tippst wieder etwas ein. Ich habe mich gerade neben dich gesetzt, um den Bildschirm zu kontrollieren, da klappst du den Laptop zu und grinst schäbig.

»Was hast du gemacht?«, frage ich mit zusammengekniffenen Augen.

»Ich hab dir die Fortsetzung bestellt.«

»Aber ich habe noch nicht mal den ersten Teil gelesen.«

»Dann solltest du das lieber schnell nachholen.«

Glaube ja nicht, ich wüsste nicht, was hier los ist. Du arbeitest mit ganz miesen Tricks. Wenn du willst, dass ich mehr lese, dann schreibe mir doch einen Liebesbrief. Wobei – nein, lieber nicht.

Ich komme wieder auf den neuen BH zurück. »Denkst du, ich sollte den mal anprobieren?«, frage ich zuckersüß.

»Wäre wahrscheinlich nicht so schlecht. Man muss ja wissen, ob er passt. Ob nichts kneift und so.«

»Das ist sicher vernünftig.« Ich verschwinde für einen Moment ins Bad. Als ich zurückkomme, hockst du schon wieder vor dem Laptop. Klick, klick, klick.

»He, bestellst du etwa noch mehr Bücher für mich?«

Ein unschuldiges Blinzeln. »Nein?«

»Hände weg von diesem Laptop! Ich warne dich!«

Ein Klick, dann erstarrst du wieder.

Ich springe zu dir aufs Bett. »Keine! Bücher! Mehr!«

KLICK!

»Niko!«

»Ist schon weg, ist schon weg!« Du schiebst den Laptop weg und lässt dich von mir niederreißen. Wir kullern über die Matratze, du landest auf dem Rücken und hebst leicht den Kopf, um nun doch einen Blick auf den neuen BH zu werfen. Der im Übrigen mehr pusht als bedeckt. Aus deinem Grinsen wird ein wahrhaft ehrfürchtiges Staunen.

»Also das ist … ähm …«

Ich beuge mich zu deinem rechten Ohr, kitzle dich sanft mit der Zungenspitze. »Das kriegst du nie wieder zu sehen, wenn du mir noch einmal unerlaubt Bücher bestellst.«

»Also das … das klingt nur fair … ich meine … oh Gott.«

Du bedeckst meinen Hals mit lauter kleinen Küssen, deine Hände sind überall auf meinem Körper. Du fährst unter mein Höschen, und ich lege die Arme um deinen Nacken und küsse dich, küsse dich mit allem, was ich habe, bis unsere Herzen im Gleichtakt schlagen, bis wir ein und denselben Gedanken teilen, den Gedanken an das Jetzt und nichts anderes.

Ich schlüpfe aus meinem Slip, hebe meinen Körper an und schmiege mich an dich, erstaunt darüber, wie gut wir zusammenpassen, wie leicht alles geht, wie intensiv es sich anfühlt. Es ist, als würde sich alles in mir zu einem sanften Takt bewegen, in Gang gesetzt von unseren Berührungen und völlig losgelöst von Kopf und Verstand. Da ist nichts mehr außer dem Gefühl von unseren Körpern ganz dicht beieinander, deine Hände auf meiner Haut, dein Atem, dein Blick, dein Haar, das mich kitzelt. Das Gefühl von dir in mir. Diese absolute Nähe, die man nirgendwo sonst findet. Die Anspannung, das Aneinanderklammern, das aufschäumende Pulsieren und das gemeinsame Loslassen. Es ist eine Sprache, die keiner Worte bedarf. Körpersprache. Sie flüstert uns zu, dass wir zusammengehören.

#FÜNFUNDVIERZIG Erstaunt schlage ich das Buch zu. Das war ein größerer Spaß, als ich erwartet hätte. Die Liebesgeschichte war zwar etwas kitschig, aber hin und wieder habe ich mich dabei ertappt, wie ich das Buch umklammert und verträumt aufgeseufzt habe. Ist so etwas wirklich möglich? Kann Liebe einen Menschen dazu bringen, alles zu opfern? Hingabe ist ein Wort, das ich eigentlich nur aus Songtexten kenne. Es steckt so voller Pathos, ist so wahnsinnig groß, dass es in ein normales Leben kaum zu passen scheint. Doch ich glaube, Hingabe ist möglich. Wenn man nur bereit ist, sich hinzugeben, kann Liebe tatsächlich Grenzen überwinden.

Ich stelle das Buch ins Regal und betrachte das Cover des zweiten Teils, der gestern mit der Post ankam. Zusammen mit einer bunten Mischung weiterer Young-Adult-Romane, von denen du dachtest, sie könnten meinen Geschmack treffen. Das allein ist doch absurd. Bis vor Kurzem hatte ich kein einziges Buch und jetzt stapeln sich die Dinger regelrecht vor meiner Nase. Ich gebe zu, ein bisschen reizt es mich, in die Fortsetzung reinzuschnuppern. Schließlich will man ja doch wissen, wie es weitergeht, nachdem man so viel Konzentration und Mühe in die Geschichte investiert hat. Allerdings treffen wir uns alle in einer halben Stunde bei Sebi, und du hast versprochen, dass wir hingehen. Diesmal wirklich.

Ich komme ins Wohnzimmer, wo du mit versunkenem Ausdruck auf der Couch sitzt und liest. Dich kann so schnell nichts aus dieser Welt holen, während ich dreimal unterbrochen wurde, bloß weil auf dem Gang eine Tür geknallt hat. Du wolltest unbedingt, dass ich mein Buch zu Ende bringe. Ich sagte »Geteiltes Leid, halbes Leid« und drückte dir Larissas Nibelungenbuch in die Hand. Eigentlich hatte ich gehofft, dich durch diese zweifelhafte Literaturauswahl von deiner verrückten Idee abzubringen, aber du hast dich ins Wohnzimmer gesetzt und zu lesen begonnen. Einfach so. Als wäre es ganz leicht. Also musste ich es durchziehen. Um dir zu beweisen, dass ich das ebenfalls draufhabe. Den ganzen Vormittag habe ich gebraucht. Jetzt fühle ich mich erschöpft und dennoch seltsam erfüllt. Als hätte ich eine schwierige Aufgabe bestanden.

Du schlägst das Buch zu und lächelst. »Schon fertig?«

»Schon ist gut. Das hat vier Stunden gedauert!«

»Aber es waren doch sicher schöne vier Stunden.«

»Teils, teils.«

»Wie ging es denn aus?«

»Gut.«

»Geht das auch genauer?«

Ich funkle dich misstrauisch an. »Du glaubst mir wohl nicht, dass ich es fertiggelesen habe, was?«

»Ich will nur wissen, wie es ausging.«

»Dann habe ich einen supertollen Vorschlag für dich: LIES ES!«

»Ist nicht mein Genre, aber danke.«

Du duckst dich lachend vor dem Polster, das nach dir geflogen kommt. Dann stehst du auf und streckst deine Glieder. »Wollen wir was essen?«

»Unterwegs vielleicht. Ein kleines Stück Pizza oder so.«

Du schaust mich verwirrt an. »Wo wollen wir denn hin?«

»Na, zu Sebi. Wir haben ihm doch gesagt, dass wir heute noch vorbeikommen.«

»Oh. Richtig, da war was.« Dein Lächeln verschwindet, und mit einem Mal siehst du richtig lustlos aus. »Muss das sein? Irgendwie hab ich keinen Bock auf Sebis verrauchte Höhle.« Du bemerkst meinen enttäuschten Blick und deutest aus dem

Fenster. »Wollen wir nicht lieber schwimmen gehen? Es ist so schön draußen.«

»Okay, meinetwegen. Ich sag den anderen Bescheid, dass sie aufbrechen sollen.«

Ich gehe in mein Zimmer, um mein Handy zu holen. Das Knarren des alten Parkettbodens verrät mir, dass du es plötzlich sehr eilig hast.

»Wieso gehen wir nicht allein schwimmen?«, fragst du, als ich schon das erste Wort getippt habe. »Ist doch viel gemütlicher so. Auf die große Gruppe habe ich irgendwie keine Lust.«

»Aber wir haben sie schon so lange nicht mehr gesehen.«

»Vier Tage«, meinst du mit einem Lachen. Du legst die Arme um meine Taille und blickst mir tief in die Augen. »Komm schon. Scheiß auf die anderen. Ich will allein mit dir sein.«

Du hast wieder dieses Lächeln, gegen das ich einfach chancenlos bin. Das du früher all den anderen geschenkt hast, allen außer mir, um Grenzen zu ziehen, um dich nicht zu verraten, und jetzt ist es deine schärfste Waffe, weil ich nie gelernt habe, wie man damit umgeht. Tief in meinem Inneren will ich mich wehren, allein um dich für die letzten Stunden zu bestrafen, in denen wir dreimal zu Sebi und wieder zurück hätten fahren können, oder zumindest miteinander schlafen. Doch ich will nicht, dass dieses wunderschöne Lächeln in sich zusammenfällt. Es hat mich schon so oft um den Verstand gebracht – da spielt ein Mal mehr oder weniger auch keine Rolle.

Das Sonnenlicht glitzert auf der tiefblauen Wasseroberfläche. Winzige Wellen brechen sich an meinen Knöcheln, als der Fluss von einem vorbeifahrenden Tretboot aufgeschreckt wird. Ich spüre den lauen Abendwind auf meiner Haut und schließe entspannt die Augen. Ich stelle mir vor, ich stünde an einem australischen Strand und das Rauschen des Meeres streifte sanft meine Ohren. Ich stelle mir vor, wie meine Füße im seidig weichen Sand versinken. Wie die kühlen, schaumigen Wellen gegen meinen Körper branden. Eine Naturgewalt von seltsamer Sanftmut. Ich rieche die salzige Luft und höre das Kreischen von Möwen. Sehnsüchtig öffne ich die Augen. Das Band der Alten Donau liegt still und schmal im Abendrot. Das Tretboot ist längst vorbeigezogen. Das Wasser um meine Knöchel ist beinahe unbewegt.

»Hey. Träumst du schon wieder?«

Du legst die Arme um meinen Körper und ich drehe mich zu dir um. Das Sonnenlicht lässt deine Augen strahlen. Ich weiß nicht, ob es dein liebevoller Ausdruck ist, oder der malerische Abend, oder alles zusammen, aber ich spüre einen Kloß tief in meinem Hals und kämpfe plötzlich mit den Tränen.

»Sanni«, sagst du sanft. »Was hast du denn?«

»Ich will nicht, dass du nach England gehst.« Meine Stimme ist kaum mehr als ein Flüstern. Du berührst mein Gesicht, doch ich senke den Blick. »Ich will mit dir nach Australien. Und ich will es jetzt. Nicht nächstes Jahr.«

»Aber wenn wir sparen, können wir länger dortbleiben. Und wir hätten dann nicht das Problem mit meinen Eltern. Außerdem gehe ich nicht nach England, wenn du nicht mitkommst.«

»Aber was mache ich denn dort? Während du studierst, was soll ich da machen?« Ich blinzle eine einzelne Träne weg, ziehe die Nase hoch und schaue dich an.

»Du kannst doch auch studieren. Es gibt dort so viele Möglichkeiten.«

»Und wenn ich nichts finde, das mich interessiert?« Wenn ich nichts finde, worin ich gut bin?

»Wir finden schon was. Bisher haben wir ja auch kaum gesucht.« Du drückst mich sanft an deine Brust, und ich klammere mich in deine Umarmung.

In meinem Kopf sind wir wieder in Australien, völlig frei. Es kümmert uns nicht, was oder ob wir studieren. Wir gehen, wohin die Straßen uns führen, lassen uns vom Wind treiben und erleben tausend schöne Dinge. In meiner Vorstellung ist alles so einfach. Weil es das irgendwann auch einmal war. Als ich mir nicht über jeden deiner Blicke zehnmal den Kopf zerbrochen habe. Als ich einfach tat, wonach mir der Sinn stand, ohne an die Konsequenzen zu denken. Es war ein zerstörerisches Leben, denn es hat dich zerstört, aber es war einfach. Manchmal wünsche ich mir diese Unkompliziertheit zurück.

#SECHSUNDVIERZIG Du holst mich zu Mittag von zu Hause ab. Du meinst, du hättest eine Überraschung für mich. Wir suchen uns einen freien Platz in der Straßenbahn und schmelzen träge in der Hitze, die von den Sitzen ausgedünstet wird. Während der gesamten Fahrt liege ich dir in den Ohren; wohin wir fahren, was du vorhast und ob du mir nicht einen kleinen Tipp geben kannst. Du lächelst bloß, und meine Ungeduld wird unerträglich.

Wir fahren bis zur Endstation im zehnten Bezirk. Wir gehen etwa fünf Minuten die Straße bergauf, ehe du bei einem großen Gebäude nach links abbiegst. Verwirrt folge ich dir durch ein geöffnetes Gittertor, das in einen kleinen Hof führt. Hinter einem Springbrunnen befindet sich ein Eingang, der offenbar zu dem großen Gebäude gehört. Darüber steht, in kleinen, unscheinbaren Buchstaben: »Deutsche POP Akademie«

Ich bleibe stehen. Die Vorfreude wird zu Anspannung. »Was ist das?«

»Das ist eine Art Privatuni. Man kann hier alles lernen, was mit Kunst, Musik oder Design und so weiter zu tun hat.«

»Und was genau machen wir hier?«

Dein Lächeln wird schmäler, und du drehst dich zum Eingang um, als wärst du dir plötzlich nicht mehr sicher, ob wir am richtigen Ort sind. »Ich hab mir ein bisschen Gedanken gemacht. Weil wir doch neulich darüber geredet haben. Und ich denke, du brauchst vielleicht einfach nur ein bisschen Input. Deswegen habe ich dir einen Termin hier ausgemacht.«

»Du hast was?«

»Nur so zum Reinschnuppern«, erklärst du schnell. »Weißt du, in London gibt es ebenfalls so eine Akademie. Die haben Schulen überall auf der Welt und alle sind miteinander vernetzt. Wenn du hier etwas findest, das dir gefällt, kannst du dich sicher auch in London dafür einschreiben.« Du nimmst meine Hand. »Schau dich wenigstens ein bisschen um. Und wenn's dir nicht gefällt, gehen wir einfach wieder.«

Ich betrachte den Eingang und diesen merkwürdigen Brunnen. Zwischen all den hohen Mauern wirkt er eingepfercht und fehl am Platz. Ich will da nicht rein. Erneut hast du einfach für mich entschieden, hast entschieden, was das Beste für mich ist, und das ist offenbar eine Ausbildung, egal auf welchem Gebiet. Hauptsache, ich tue das, was alle anderen tun. Was du tust. Ich möchte schreien, weil dein Verhalten mich so wütend macht. Weil ich bis vor Kurzem noch dachte, du machst mir eine Freude, und das Schlimme ist, du verstehst es gar nicht, du verstehst nicht, dass das alles zu schnell für mich geht. Du hast diesen Termin vereinbart, weil du dachtest, du würdest mir damit einen Gefallen tun. Du willst mir helfen, den richtigen Weg zu finden, weil du glaubst, ich hätte mich verirrt. Keine Ahnung, vielleicht hast du ja recht. Ich dachte, keinen Plan zu haben, sei gut. Dass man nur so seine Freiheit behält. Doch Planlosigkeit führt einzig und allein in die Einsamkeit.

»Na gut«, sage ich leise.

In deine Augen kehrt das Leuchten zurück. »Bist du sicher? Weißt du, wir müssen das nicht machen, wenn du nicht willst.«

»Nein, nein. Ist schon gut. Schauen wir es uns an.«

Ein kühles Treppenhaus führt hoch in den dritten Stock, wo hinter einer Tür ein Empfangsraum auf uns wartet. Auf den ersten Blick wirkt es gar nicht wie eine Schule. An der Seite befindet sich ein Tresen und einige Stühle stehen vor Tischen an der Wand. Es sieht aus wie beim Arzt. Eine blonde Frau, kaum älter als ich, kommt auf uns zu.

»Hi, wie kann ich euch helfen?«

»Wir haben einen Termin für ein Infogespräch«, antwortest du. »Sandra Steinbach.«

Sie deutet auf eine Tür gleich rechts von uns. »Das dort ist das Anmeldebüro. Geht einfach rein, meine Kollegin erklärt euch dann alles.«

»Danke.« Du nimmst mich bei der Hand, als bestünde Gefahr, dass ich davonlaufe. Der Gedanke ist gar nicht so abwegig. Der grüne Linoleumboden erinnert mich an die Flure in unserer alten Schule, und bei jedem Atemzug steigt mir dieser verhasste Geruch in die Nase, eine Mischung aus Kreide, Bodenreiniger und Druckerpapier. Die Tür sieht aus wie die Tür unseres ehemaligen Sekretariats – gefühlte hundert Mal wurde ich dort reingeschickt, wegen nicht gemachter Hausaufgaben, wegen Respektlosigkeit gegenüber Lehrkräften, wegen gefälschter Unterschriften und unerlaubtem Fernbleiben vom Unterricht. Schulen denken sich die unmöglichsten Begriffe aus für Dinge, die sich eigentlich bloß mit »Bocklosigkeit« erklären ließen. Für einen kurzen Moment fühle ich mich in diese Zeit zurückversetzt, höre das Gekeife meines Klassenvorstands, als er von Schulverweis und Nachprüfungen spricht, sehe mich selbst mit verschränkten Armen vor seinem Schreibtisch stehen, sehe sein wütendes Gesicht und mit welch gelangweilter Routine ich darauf scheiße. Ich habe es gehasst zu lernen und habe es geliebt zu rebellieren. Bis die Abschlussprüfungen kamen und ich mit plötzlicher Klarheit begriff, dass ich für immer den Anschluss verlieren würde, wenn ich es nicht schaffe, gleichzeitig mit euch die Schule zu beenden. Das war mein Ansporn, der mich schlussendlich dazu brachte, die Zähne zusammenzubeißen und zu lernen. Vielleicht kannst du ja jetzt mein Ansporn sein. Wenn ich mich nicht zusammenreiße, verliere ich den Anschluss. Und auf einmal bist du weg.

Ich lasse deine Hand los und gehe durch diese Tür.

Ich stehe in einem Raum mit einem riesigen Mischpult. Die Lichter und Knöpfe an diesem Ding sehen so spannend aus, dass ich sie am liebsten alle gleichzeitig drücken würde. Hinter einer Glaswand befindet sich ein von der Decke hängendes Mikrofon. Nach dem Fotostudio, den Tanzsälen und unterschiedlichen Klassenräumen ist der Recordingroom unsere letzte Station. Die kurzhaarige Dame, die nach einem knapp gehaltenen Infogespräch sofort mit der Führung begann, weicht nicht von meiner Seite. Sie wirft mit allerhand tollen Begriffen um sich, wie POP-Diploma und Ausbildungszertifikate, und findet immer einen Grund zu lachen; über mein Staunen beim Anblick des Mischpults, über meine Frage, ob die Kursmodule denn etwas kosten würden, über meine offene Kinnlade, als sie mir die Preise nennt, und über deinen niedlichen Versuch, sie deswegen böse anzufunkeln, obwohl du in Wahrheit so überdreht bist, dass deine Wangen vor Freude rot angelaufen sind.

»Und alles, was hier angeboten wird, könnte sie dann auch in London studieren?«, fragst du zum wiederholten Male.

»Auf jeden Fall. Ich würde Ihnen aber ein Beratungsgespräch vor Ort empfehlen, damit Sie aus den vielen Ausbildungsmöglichkeiten die für Sie richtige Kombination wählen können.«

»Hast du gehört, Sanni? Das klingt doch toll, oder?«

Ich gebe zu, ich bin ein wenig durcheinander. Wenn ich das Wort »Universität« höre, denke ich an die üblichen Verdächtigen: Jura, Medizin, Wirtschaft, diverse technische Studiengänge und meinetwegen auch Literatur und Kunst. Doch in der letzten Stunde wurden mir Studienfächer erklärt, von denen ich nicht einmal wusste, dass sie existieren: Modemanager. Game Designer. Videoproduzent. Komposition! Ich habe mich nie um solche Themen gekümmert, weil ich davon ausging, die Welt der Ausbildung sei auf wenige trockene Wahlmöglichkeiten begrenzt, die für jemanden wie mich nicht infrage kommen. Dabei gibt es so viel mehr, als ich dachte. Es kostet Geld, eine Menge Geld, aber die Auswahl ist da.

Die Infofrau beendet die Tour mit einem hoffnungsvollen Lächeln. »Also dann, das wäre soweit alles von meiner Seite. Haben Sie noch irgendwelche Fragen?«

»Wann genau fangen die Kurse denn an?«, willst du wissen.

»Quartalsweise zum Jänner, April, Juli und Oktober eines Jahres.«

»Oktober«, murmelst du mir zu. »Das wäre doch perfekt!« An die Dame gerichtet meinst du: »Okay, dann vielen Dank erst mal.«

»Aber gerne doch! Das Infomaterial habe ich Ihnen gegeben?«

Du hebst eine dicke Mappe voller Papierkram. »Wir haben alles.«

»Schön! Dann hoffe ich, bald von Ihnen zu hören.«

Wir verabschieden uns und verlassen das Gebäude.

Wir setzen uns an den Brunnen, ich ziehe mir die Sandalen aus und halte meine Füße ins seichte Becken. Im Augenwinkel bemerke ich, dass du mich neugierig ansiehst. Du öffnest die Mappe und blätterst begeistert darin herum.

»Make-up-Artist«, liest du vor. »Jetzt mal ehrlich, wäre das nicht was für dich? Oder Moderatorin. Du redest doch so gern.«

Ich hole meine Wasserflasche aus dem Rucksack und trinke einen Schluck. »Ich finde es witzig, dass du mir offenbar nur die Idiotenfächer zutraust«, meine ich giftig.

»Was heißt hier Idiotenfächer? Das sind alles spannende Sachen.«

»Oh ja. Was sind schon Ärzte oder Anwälte gegen Make-up-Artists?«

»Seit wann willst du Ärztin werden?«

»Will ich auch nicht! Aber irgendwie habe ich das Gefühl, dass du nicht glaubst, ich hätte das Zeug dazu.«

»Was? Wie kommst du denn … Okay, was ist hier los?«

»Gar nichts«, brumme ich mit verschränkten Armen.

»Bist du sauer wegen dem Spruch mit dem vielen Reden? Ich wollte doch nur sagen, dass …«

»Dass ich gut darin wäre, Augen anzupinseln, wow! Das will doch jede Frau von ihrem Freund hören!«

Du lässt die Mappe sinken und schaust plötzlich sehr bedrückt. »War das eine miese Idee?«

»Nein, es … es ist nur …« Mein Gott. Ich weiß ja auch nicht, warum ich auf einmal so schlecht drauf bin. Wahrscheinlich ist es diese Hitze. Ich möchte einfach nur in einen erfrischenden Pool springen und dieses ganze Studium-Gequatsche vergessen. Ich ziehe die Füße aus dem Becken und will dich zur Versöhnung küssen, doch du wendest dich ab.

»Ich dachte, ich mache dir eine Freude«, murmelst du.

»Hast du auch. Ich bin nur … es war alles ein bisschen viel auf einmal. Ich muss das erst sacken lassen.«

»Aber du freust dich doch, oder?«

»Natürlich freue ich mich. Ich bin nur total erledigt.«

»Okay. Das verstehe ich.«

Du wirkst so furchtbar enttäuscht. Dabei möchte ich doch nichts anderes, als deine Erwartungen zu erfüllen. Ich möchte, dass du stolz auf mich bist. Deine Eltern sollen sehen, dass ich mehr draufhabe, als zu kiffen und zu saufen. Sie sollen sehen, dass ich genauso klug bin wie du, auch wenn das nicht stimmt. Ich möchte der ganzen Welt beweisen, dass ich dich verdient habe. Denn ständig habe ich das Gefühl, die Leute greifen sich bei unserem Anblick an den Kopf. Weil du so gebildet bist und ich so desinteressiert. Weil du genau weißt, was du willst, während ich nicht mal sicher bin, was ich morgens anziehen soll. Früher starrten sie uns noch nicht so an. Und falls doch, dann war es mir egal.

Wir fahren zurück nach Hause. Während du mit deiner Mutter telefonierst, blättere ich mich ein wenig durch das Infomaterial. Sabines keifende Stimme dringt trotz des lauten Verkehrs zu mir durch.

»Dein Vater kommt heute aus Tokio zurück. Um acht Uhr hole ich ihn vom Flughafen ab – bis dahin bist du zu Hause, hast du verstanden?«

Du antwortest nicht, du seufzt nur wütend.

»Hast du verstanden, Nikolas?«

»Ja!«, keifst du zurück. Du legst auf und lehnst den Kopf an die Fensterscheibe.

»Was hat sie denn diesmal für ein Problem?«

»Was weiß ich!«, antwortest du schroff. Dann räusperst du dich und setzt etwas ruhiger nach: »Entschuldige. Sie nervt mich einfach nur.«

»Ich weiß. Ist schon gut.«

Ich schmiege die Wange an deine Schulter und schließe die Augen.

Ich wünschte, es wäre auch für dich so leicht. Ich wünschte, du würdest mir manche Dinge einfach so verzeihen. Dass ich nicht so ehrgeizig bin wie du. Dass ich lieber komplett auf mich allein gestellt bin, als mir von anderen etwas vorschreiben zu lassen. Aber vielleicht muss ich mir das erst verdienen, nachdem ich all die Jahre keine Rücksicht auf dich genommen habe. Ich glaube, allmählich verstehe ich, was es heißt, in einer Beziehung zu sein. Es geht nicht um Hingabe, sondern um Aufopferung. Vielleicht sind Hingabe und Aufopferung sogar ein und dasselbe. Ich wünschte, Liebe wäre simpel. Wie Hass, nur andersrum. Aber die Wahrheit ist, niemand bereitet einen auf so etwas vor. Man lernt nicht in der Schule, wie Liebe funktioniert. Man lernt es nicht aus Filmen, nicht aus Büchern, im Grunde hat man überhaupt keine Ahnung. Wenn sie kommt, ist man völlig unvorbereitet. Man weiß nicht, was man tun soll. Man dreht sich im Kreis. Das Einzige, was hilft, ist, sich festzuklammern. Nicht unbedingt an Gefühlen, aber an Entschlüssen. Ich habe beschlossen, dich nicht zu enttäuschen. Und daran halte ich fest.

#SIEBENUNDVIERZIG Wir essen mit meiner Mutter zu Mittag. Wieder bei diesem schmuddeligen Asiaten an der Ecke. Du konntest es kaum erwarten, ihr von den neuen Plänen zu erzählen. POP Akademie hier, POP Akademie da. Mama versteht nicht viel von Uni-Kram, aber sie ist sofort auf deiner Seite. Ich schätze, das war auch der Plan, stimmt's? Ein Befürworter mehr, den du in der Tasche hast.

Während ihr redet, habe ich mein Handy im Auge, das ich unter dem Tisch versteckt halte. Salvo hat mir geschrieben. Nichts Besonderes, bloß ein wenig »How are you?« und »I hope you aren't mad anymore.« Ich überlege ernsthaft, ihm zurückzuschreiben. Nur so. Zum Spaß. Da bemerke ich, dass ihr von der bloßen Theorie bereits zur Praxis gewechselt seid, und konzentriere mich wieder auf euer Gespräch.

Du zeigst Mama gerade ein paar Londoner Apartments auf dem Smartphone, die deine Eltern für dich ausgesucht haben. Mama klickt sich durch die Fotos und kommt aus dem Staunen nicht mehr raus.

»Aber das muss doch furchtbar teuer sein!«, bemerkt sie nervös.

»Gar nicht mal so«, beruhigst du sie. »Als Auslandsstudent bekommt man dort viele Unterstützungen. Und die Wohnungen sind ja alle nicht sehr groß. Für zwei Leute gerade perfekt.«

»Aha, okay.« Im nächsten Moment redet ihr über günstige Flüge.

Ich richte mich auf und sage: »Ich überlege jetzt ernsthaft, mir die Haare zu schneiden.«

Ihr besitzt die Güte, eure Zukunftsplanung angesichts dieser überraschenden Enthüllung zu unterbrechen. Mama legt den Kopf schief und versucht sich offenbar vorzustellen, wie mir ein Kurzhaarschnitt steht. Du wirkst eher verärgert. Ob wegen der Idee an sich oder weil ich euch unterbrochen habe, entzieht sich meiner Kenntnis.

»Ich dachte ungefähr an diese Länge.« Ich hebe mein offenes Haar an, bis mir die Spitzen knapp bis zum Nacken reichen. »So Milla-Jovovich-Style. Wäre das nicht was?«

Neugierig schaue ich zwischen euch hin und her. Mama sagt: »Hm, vielleicht.« Du schüttelst beschwörend den Kopf.

»Ich finde, du solltest mit deinem Vater darüber reden«, spricht Mama weiter.

Ich lasse mein Haar los und schnaube. Mist. Das Ablenkungsmanöver hat versagt. »Dem ist doch egal, was ich studiere.«

»Dann soll er das ganz schnell ändern. Ich finde, er kann sich ruhig ein bisschen an deiner Zukunft beteiligen.«

»Du könntest dich ja mal bei ihm zum Essen einladen«, schlägst du vor. »Und dann das Thema vorsichtig anschneiden.«

Mama nickt euphorisch. »Genau! Besuch ihn mal wieder und schmiere ihm ein bisschen Honig ums Maul. Wenn er nicht ganz modrig im Kopf ist, wird er dir das Studium in England schon finanzieren.«

Ich stochere lustlos in meinem kalt gewordenen Essen. Noch vor einer Woche habe ich von Australien geträumt. Du hast mich deswegen weinen sehen. Du solltest alles geben, um mir diesen Wunsch zu erfüllen. Stattdessen tust du das hier. Du setzt etwas in Gang, das sich vielleicht nicht mehr aufhalten lässt. Und für wen? Für dich.

»Ich weiß nicht so recht«, entgegne ich halbherzig.

»Lass dich von deinem Vater nicht einschüchtern, Sandra. Wenn er Geld für diese Büroschlampe hat, hat er auch Geld für seine Tochter. Basta.« Mama winkt den Kellner zu sich und bestellt noch einen Nachtisch.

Meine Hände ringen nervös unter dem Tisch. Du bemerkst es und berührst sanft meinen Oberschenkel. »Keine Angst. Er wird dich schon unterstützen.«

Ich lächle und esse meine kalten Nudeln.

#ACHTUNDVIERZIG Papa holt mich vom Bahnhof ab. Das ist keine Selbstverständlichkeit. Als Kind musste ich selbst bei strömendem Regen den Weg von der Schule hierher zu Fuß laufen. Er ist strenger Verfechter des Sprichworts: »Es gibt kein schlechtes Wetter, nur ungenügende Kleidung.« Wenn ich ehrlich bin, habe ich keine Lust, heute mit ihm und Luisa zu Abend zu essen. Seine nervigen Sprüche und Halbweisheiten haben sich seit achtzehn Jahren nicht verändert. Er mag wissen, wie man eine Bank leitet, wie man Mitarbeiter feuert und mit Millionenbudgets hantiert, doch von funktionierendem Familienleben hatte er noch nie eine Ahnung.

Er parkt den BMW, den er nur bei Schönwetter aus dem Hut zaubert, in der Einfahrt und wir steigen aus. Die Luft ist wie eine Erinnerung an alte Zeiten. Der Rasen ist sattgrün und frisch gemäht, sodass mir ein üppiger, feuchter Grasgeruch in die Nase steigt. Von den angrenzenden Feldern zieht Wind über das Grundstück und bringt die uralten Zwetschgenbäume vor den Fenstern zum Rauschen. Die roten und pinken Rosensträucher am Wegrand duften wie ein ganzes Blütenmeer.

Vor ziemlich genau acht Wochen war ich das letzte Mal hier. Seit acht Wochen bin ich achtzehn. Seit acht Wochen erwarten alle, dass ich mich wie eine Erwachsene verhalte, obwohl die

Kindheit immer noch näher liegt als diese abstrakte Zukunft, von der du ständig träumst.

»Wie sieht es bei dir eigentlich mit Führerschein aus?«, möchte Papa wissen, während wir zum Haus gehen.

»Weiß nicht. Hab eigentlich noch nie darüber nachgedacht.«

»Es gibt eine gute Fahrschule gleich hier in der Nähe. Vielleicht schauen wir da mal hin.«

»Von mir aus.«

Wir gehen ins Haus. Luisa steht in einem engen, blauen Kostüm in der Küche und wendet Steaks in der Pfanne. Sie begrüßt mich mit einem Luftküsschen und schlüpft schnell aus den Topfhandschuhen, um sich die Hände zu waschen. Zweimal.

»Ich hoffe, du hast Hunger«, sagt Papa, als ich mich an den Esstisch setze. »Es gibt auch was zum Nachtisch. Schwarzwälder Kirschtorte, die magst du doch so gern.«

»Eigentlich ist das die einzige Torte, die ich nicht mag.«

»Ach so? Seit wann?«

»Äh, schon immer?«

Er schüttelt mit rollenden Augen den Kopf. »Also, als du klein warst, hast du sie immer gegessen.«

Interessant. Ich wüsste gerne, woher er das wissen will. Er war schließlich nie da.

Luisa kommt mit den Steaks, die sie fein säuberlich auf einem Tablett angerichtet hat. Dazu gibt es wahlweise Pommes, Erbsenreis, Babykartoffeln, Salat und verschiedene selbst gemachte Soßen. Ich nehme mir von allem etwas und schenke Papa reichlich Rotwein ein. Es ist immer gut, ihn ein wenig weich zu kneten, bevor man ein Anliegen vorträgt. Wir unterhalten uns über seinen Job und wie anstrengend es ist, einen Haufen Idioten zu koordinieren. Er war schon immer der Ansicht, der einzige helle Kopf in einer Ansammlung von Nichtskönnern zu sein. Daran scheiterte schlussendlich auch seine Ehe. Mama hatte es satt, sich von ihm fertigmachen zu lassen. Nach knapp zehn Jahren warf sie das Handtuch und ging. Mich nahm sie mit. Und ließ mich auf halber Strecke einfach wieder los.

»Deine Mutter hat mir erzählt, du und Niko seid jetzt ein Paar?« Er ist fertig mit dem Essen und lehnt sich mit vollem Bauch in seinen Sessel zurück.

»Ja«, antworte ich kurz und bündig.

»Aha, na schön, schön. Der Junge ist schon in Ordnung.«

»Niko, Niko …«, überlegt Luisa. »Ist das nicht der große Blonde?«

»Genau der.«

Sie lächelt verschwörerisch. »Guter Geschmack.«

»Hat Mama schon mit dir geredet?«, frage ich Papa. »Stichwort Studium?«

»Ja, sie hat da was erwähnt.« Er schiebt seinen Teller weg und setzt sein übliches Gesicht auf, wenn es um Geld geht: Gönnerhaft und leicht pikiert. »Aber vielleicht erklärst du es mir noch mal. Was ist das für eine komische Akademie?«

»Man lernt dort eher künstlerische Dinge. Also jetzt nicht unbedingt Malerei oder so, aber diese ganzen Medien-Sachen. Du weißt schon, Moderation, Tontechnik, Gesang, Synchronsprecher, so was in der Art.«

»Und was davon willst du machen?«

»Das weiß ich noch nicht. Aber es gibt einiges, das wirklich interessant klingt.«

»Zum Beispiel?«

»Keine Ahnung ...« Habe ich wirklich nicht! »Synchronsprecherin. Oder ... oder Mediendesign!«

»Seit wann interessierst du dich für Mediendesign?«

Ich beginne zu schwitzen. Ich hätte damit rechnen müssen, dass er mich in die Zange nimmt. Wenn es um Geld geht, ist er ein knallharter Verhandlungspartner.

»Oder vielleicht auch Make-up-Artist«, rede ich mich raus, worauf seine Brauen förmlich durch die Decke schießen.

»Make-up-Artist?«, wiederholt er.

Ich befeuchte mir die Lippen, weil mein ganzer Mund plötzlich wie Feuer brennt. Ich habe keinen Schimmer, was ich da rede. Ich tue doch bloß das, was du von mir willst! Ich verschränke die Arme vor der Brust und spiele die Beleidigte, damit er endlich mit diesem Kreuzverhör aufhört. Schon bei unserem Australien-Finanzierungsgespräch vor knapp einem Jahr wandte ich erfolgreich diesen Trick an. Ihm mag egal sein, was in meinem Leben passiert, doch er möchte keinen Streit am Esstisch.

»Na ja«, meint er versöhnlich. »Du kannst mir ja mal die Unterlagen schicken.«

»Wirklich?«

»Kann ja nicht schaden, sich das Ganze mal anzusehen. Make-up-Artist, hast du gesagt?«

»Ich weiß, ich weiß, eigentlich war das ja nur so eine –«

»Nein«, unterbricht er mich. »Wenn ich ehrlich bin, ist das genau das Richtige für dich. So etwas passt perfekt zu dir.«

Ich stelle das Glas ab, an dem ich gerade nippen wollte. »Und wieso findest du das?«

»Nun ja, Sandra. Seien wir mal ehrlich. Dass du Herzchirurgin wirst, hat noch nie jemand von dir erwartet. Deine Talente liegen eben woanders, das ist überhaupt nicht schlimm. Hauptsache, man fördert sie.«

Ich werfe einen Blick zu Luisa, die unser Gespräch mit geheucheltem Interesse verfolgt hat. Sie grinst, als würde sie sich wie irre für mich freuen. Für das arme, dumme Mädchen, das endlich seine Bestimmung gefunden hat: Anderen Menschen Schminke ins Gesicht zu klatschen. Ich kann nicht glauben, dass ich das tatsächlich tue. Dass ich ernsthaft um etwas kämpfe, das ich gar nicht will, nur um es dir recht zu machen.

Papa und Luisa beginnen über andere Dinge zu reden. Über das Trampolin, das meine Geburtstagsparty fast nicht überlebt hätte. Über die Geschenke, die immer noch im Gästezimmer herumkugeln, weil ich sie bisher nicht abholen konnte. Ich höre kaum noch richtig zu. Mein Kopf fühlt sich an, als wäre er mit Watte gefüllt; ich höre ihre Stimmen, aber die Worte dringen nicht zu mir durch. So ging es mir noch nie. Nicht bei der Scheidung, nicht bei Jans Tod, noch nicht mal bei unserem Streit nach meinem Geburtstag. Ich bin so unzufrieden.

Weil ich mir selbst nicht treu bin.

Papa bringt mich zum Bahnhof und ich steige in den Zug Richtung Wien. Du hast mir etliche Nachrichten geschickt, willst wissen, wie es gelaufen ist. Ich antworte, dass ich dir morgen alles erzählen werde, wenn ich ausgeschlafen und wieder etwas fitter im Kopf bin. Ich möchte schon das Handy wegstecken, da trudelt noch eine Nachricht ein. Doch sie ist nicht von dir.

Salvo: *How are you doing?*

Reglos starre ich auf diese nichtssagenden Worte. Auf verrückte Weise sind sie die Antwort auf das, was ich mir nicht eingestehen will. *How are you doing?* – Nicht so gut. – *Why?*

Die Frage rotiert in meinem Kopf.

Bevor das mit uns begonnen hat, war ich ein eigenwilliges, aber dennoch eigenständiges Konzept, das stets verlässlich aufging. Unser Konzept verwirrt mich bloß. Wann hörst du endlich auf, nur noch an das »Uns« zu denken, und begreifst, dass es hier um mich geht? Um meine Wünsche, um meinen Weg, den du auf einmal in eine komplett andere Richtung lenken willst?

Ich beginne zu tippen.

Sanni: *Should I cut my hair? Like this?*

Ich hänge ein Foto von Milla Jovovich aus irgendeinem Resident-Evil-Teil an.

Salvo: *Yes! You would look amazing.*

Endlich das, was ich hören wollte.

#NEUNUNDVIERZIG Ich marschiere raus in die Sonne. Der warme Wind streicht über meinen Nacken, und mir steigt der Duft des Shampoos in die Nase, mit dem die Friseurin vor dem Schneiden meine Haare gewaschen hat. Es riecht nach Veränderung, nach Wachstum, nach frischer Energie. An der Straßenecke bleibe ich stehen und betrachte mich in der Spiegelung eines Schaufensters. Ich hatte schon immer langes Haar. Außer Salvo, der mich kaum kennt, schien niemand von dieser Idee begeistert zu sein. Doch ich habe mich sofort in mein neues Ich verliebt. Von einer Sekunde auf die andere.

Unterwegs zur Busstation hole ich mein Handy raus. Ich wähle deine Nummer und schaue hoch in den wolkenlosen Himmel. Ich fühle mich schwerelos. Als könnte der Wind mich jeden Moment davontragen, in jede Richtung, die ich will.

Du meldest dich sehr schnell. »Hey. Na, was willst du heute machen?«

»Völlig egal. Mir ist alles recht.«

»Warum denn so gut gelaunt?«

»Ich war Haareschneiden!« Ich quassle weiter, noch bevor du reagieren kannst. »Und es sieht mega aus! Ehrlich, es wird dir gefallen! Ich bin so, so, so zufrieden damit!«

Eine kurze Stille. »Und … wie kurz sind sie jetzt?«

»Also verglichen zu vorher sind sie schon sehr kurz. Nicht ganz kurz, keine Sorge.«

»Ach Gott, Sanni …«

»Nein, nein, hör zu, es wird dir gefallen, glaub mir.«

»Aber dein Haar war so schön! Wieso wolltest du es unbedingt weghaben?«

»Es ist ja nicht ganz weg. Du wirst es mögen, ich verspreche es dir.«

»Wo bist du denn gerade?«

»Unterwegs nach Hause. Der Bus kommt gleich.«

»Soll ich zu dir kommen?«

»Ja, komm zu mir und wir machen uns einen schönen, gemütlichen Nachmittag!«

»Bin in einer Stunde da.«

»Dann bis nachher!«

Wir legen auf, und ich steige breit grinsend in den Bus. Dieser Tag ist so toll, dass mich nichts runterziehen könnte. In dieser Stimmung unterschreibe ich sogar für die POP Akademie, wenn du es willst. Ich fühle mich großartig. Befreit und leicht. Wie im Inneren einer flauschig-rosafarbenen Wolke.

Es klopft. Auf dem Weg durch den Flur stolpere ich fast über meine eigenen Füße. Ich öffne die Tür und strahle dir mit all meiner Freude entgegen.

Du machst einen großen Schritt zurück, und dein Gesicht verzieht sich zu einer angewiderten Grimasse. »Scheiße«, stößt du aus.

Das Grinsen vergeht mir.

Du kommst näher, streckst die Hand aus, um mein Haar zu berühren, und ziehst sie mit einem entsetzten Kopfschütteln wieder zurück. »Sie sind weg«, sagst du ausdruckslos. Dann steigt plötzlich Wut in deine Stimme. »Was zur Hölle hast du dir dabei gedacht?«

Du schlüpfst aus deinen Schuhen, ohne mich eines Blickes zu würdigen. Ich folge dir in mein Zimmer und frage kleinlaut: »Gefällt es dir nicht?«

»Nein, Sanni, es gefällt mir nicht.«

»Aber wieso denn nicht?«

»Weil du jetzt ganz anders aussiehst! Du hattest so wunderschönes Haar! Wieso hast du …?« Du brichst ab und schüttelst wieder den Kopf.

Ich versuche ganz ruhig zu bleiben, schlucke das elende Gefühl in meiner Brust hinunter. »Du wirst dich schon daran gewöhnen«, meine ich und greife nach deiner Hand. Du ziehst sie zurück und schaust grimmig von mir weg.

»Gehen wir einkaufen«, schnaubst du. »Ich brauch was zu essen.«

Wir stehen mit dem Einkaufswagen vor dem Getränkeregal. Wie ein Irrer lädst du Energydrinks in den Wagen, ohne darauf zu achten, dass sie der Reihe nach umfallen. Nach mehreren erfolglosen Versuchen, mich normal mit dir zu unterhalten, sage ich mittlerweile überhaupt nichts mehr. Ich möchte mich zusammenrollen und lautlos in einer einsamen Ecke vor mich hin weinen. Du kommst mit frischem Gebäck und einer Packung Eis zurück, nachdem du ohne ein Wort in einen der Gänge abgehauen bist und mich minutenlang allein gelassen hast. Während du ablädst, streift dein Blick mein Gesicht, und auf einmal scheinst du zu begreifen, was für ein riesengroßes Arschloch du gerade bist.

»Hey«, sagst du leise. »Das war nicht so gemeint. Du … du hast mich einfach nur überrascht.«

Wortlos staple ich die Einkäufe und breche in Richtung Kasse auf. Ich spüre deine Hand auf meinem Arm und schüttle sie ab. Im Hintergrund höre ich dich seufzen.

»Sanni … jetzt warte doch mal.«

»Zahlen wir endlich?«, schnauze ich, dass der halbe Laden es hört.

Wir sind bei Sebi zu Hause. Zum ersten Mal seit Wochen, wie mir scheint. Ich sitze auf der Couch und schlürfe lustlos ein Glas Cola. Alle anderen waren von meinem neuen Haarschnitt begeistert. Raffi schoss gleich ein paar Fotos. Manu und Tasche konnten kaum aufhören, mir die Strähnen aus dem Gesicht zu schieben und über meinen frisch getrimmten Sidecut zu streichen. »Ich wünschte, ich hätte Haare wie du«, seufzte Tasche. »Du kannst einfach alles mit ihnen machen! Egal, ob kurz oder lang. Ich kann meine nur hochstecken.«

Mittlerweile hat sich der Trubel um mein neues Aussehen gelegt. Du bist mit den Jungs in die Küche verschwunden, wo ihr Bierflaschen köpft und die Bong herumreicht. Ich glaube nicht, dass du in großer Chillerlaune bist, doch offenbar versteckst du dich lieber vor mir, anstatt zuzugeben, dass du Scheiße gebaut hast.

Während aus der Küche Qualm und dreckiges Männergelächter dringt, steigen Tasche und Manu in ihre Schuhe. »Wir holen uns eine Pizza, kommst du mit?«, ruft Tasche.

Wahrscheinlich sollte ich, aber die Idee mit dem Zusammenrollen und der einsamen Ecke ist verführerischer. Ich schüttle den Kopf, und Manu und Tasche gehen allein. Du kommst aus der Küche, als hättest du nur darauf gewartet, dass wir unter uns sind. Nach einem kurzen Zögern setzt du dich zu mir.

»Es tut mir leid, Sanni. Ich hab mich wie ein Arsch verhalten.«

»Das stimmt.«

»Es ist nur … das kam so plötzlich. Ich habe doch von Anfang an gesagt, dass ich nicht will, dass du sie dir schneidest.«

»Ach, brauche ich dafür etwa auch deine Erlaubnis? Wie bei Prag?«

Kurz bleibt dein Blick auf mich gerichtet, dann siehst du weg und wirkst endlich so demütig, wie es sich gehört. »Es tut mir jedenfalls leid. Ich war unfair. Ich werde mich schon daran gewöhnen.« Du greifst nach einer der Strähnen, die mir ins Gesicht hängen, und schiebst sie mir hinters Ohr. Dein Ausdruck wird sanft, während du fragst: »Wollen wir nicht verschwinden? Ich halte diese Luft hier nicht aus.«

»Wohin denn?«

»Weiß nicht. Irgendwohin. Fahren wir einfach zu mir nach Hause.«

»Und was ist mit deinen Eltern?«

»Die sind nicht da. Tagung oder sonst was.«

Du hebst meine Hand und drückst einen zärtlichen Kuss auf meine Fingerknöchel. Ich will nicht länger mit dir streiten. Wenn du gehen möchtest, dann gehen wir. Mir ist alles egal.

Meine nackten Füße hinterlassen Abdrücke auf Sabines heiligem Parkettboden. Ich wäre ja mit Sandalen in dein Zimmer gegangen, doch du meinst, lieber Fußspuren als schmutzige Sohlenabdrücke.

Inzwischen ist es dunkel geworden. Die Vorhänge flattern im Zug des gekippten Fensters. Du gehst duschen und ich setze mich aufs Bett. Du hast diese tollen teuren Kopfkissen, die sich anfühlen, als schlafe man auf Wolken. Ich schlüpfe aus Shorts und Oberteil und werfe mich in Unterwäsche auf die herrlich bequeme Matratze. Mein Kopf sinkt ins Kissen und ich rekle mich wohlig in deinem Geruch.

Es ist nun wieder heil in meinem Inneren. Da ist nur ein leichtes Gefühl von Kummer, als ich daran zurückdenke, wie du heute Mittag vor meiner Tür gestanden hast. Das war ehrliche, ungefilterte Abneigung. Ich fasse mir ins Haar, das sich um mein Gesicht auf dem Kissen ausbreitet. War es doch ein Fehler? Ich höre, wie du die Dusche abstellst, und ziehe mir BH und Höschen aus und lege beides zusammengefaltet neben dem Bett auf den Boden. Als ich aufsehe, stehst du bereits im Zimmer. Du hast ein Handtuch um die Hüften und schaust mich an. Kurz habe ich Angst, dass du mich mit kurzen Haaren nicht mehr begehrenswert findest. Aber dann kommst du zu mir ins Bett und meine Bedenken verfliegen.

Du bist ungeheuer sanft und zärtlich. Als wolltest du dich stumm dafür entschuldigen, wie du dich heute verhalten hast. Dein feuchtes Haar kringelt sich unter meinen Fingern, ich höre mich schwer atmen, und mein Blick versinkt in den unzähligen Sternen an der Zimmerdecke. Dein Vater hat sie aufmalen lassen, als ihr hierhergezogen seid. Eine bunte Galaxie aus Planeten, Nebeln und strahlenden Sonnensystemen. Er wollte, dass du dich in deinem neuen Zimmer wohlfühlst, und weil es in der verpesteten Großstadt kein Firmament gibt, hat er dir eben eines geschenkt.

Manchmal lagen wir gemeinsam in diesem Bett und sahen uns die Decke an. Sie wirkt so grenzenlos in Kinderaugen. Damals dachte ich noch, dass sich zwei Menschen unmöglich näher kommen könnten als wir beide unter dieser endlosen Galaxie, die uns behütet. Aber man kann. Man kann miteinander verschmelzen. Wie Farben, die ineinander verlaufen, zu etwas völlig Neuem.

Ich lasse die Arme auf die Matratze sinken und genieße die letzten Zuckungen tief in meinem Bauch, ehe mein Körper in einen haltlosen Zustand der Entspannung fällt. Ich schaffe es kaum, die Augen offen zu halten. Die Umgebung löst sich auf und setzt sich in neuen Formen und Farben wieder zusammen. Du stützt dich keuchend hoch, das Haar hängt dir ins Gesicht. Auch dein Blick wirkt verklärt, und für einen Moment scheinst du dich ganz in mir zu verlieren, schaust mich an und bewegst dich nicht.

Ich streiche dir das Haar zurück, muss erschöpft lachen. »Niko? Bist du noch da?«

Du blinzelst wie nach einem Traum. »Sorry, ich war nur … vergiss es.«

»Was denn?«

»Nein, es ist … es ist blöd.« Du rollst dich auf die Seite und starrst an die Decke.

»Jetzt sag schon«, dränge ich, »was ist los? Woran hast du gerade gedacht?«

»Wie gesagt, es ist blöd. Und kitschig.«

»Komm schon, sag's mir einfach.«

»Na ja … ich war nur gerade … ich musste nur eben daran denken, wie oft ich mir früher das hier vorgestellt habe. Dass wir in diesem Bett liegen und du mich genau so ansiehst. Und dann … dann konnte ich es kurz irgendwie nicht glauben. Kennst du das? Wenn du so glücklich bist, dass du es selbst nicht glaubst?«

Abwartend und auch ein wenig unsicher schaust du mich an. Ein Kloß bildet sich in meinem Hals, den ich mit aller Gewalt hinunterschlucke. Du lächelst verlegen und drehst mit roten Wangen den Kopf weg.

»Wie gesagt, es ist kitschig. Vergiss es einfach.«

Ich drehe dein Gesicht zu mir und schaue dir in die Augen. Du betrachtest mich mit diesem Blick, der mir durch Mark und Bein geht: Als wolltest du alles von mir wissen, alles mit mir teilen. Ein Zittern jagt durch meinen Körper, wie die Antwort auf eine ungestellte Frage. Noch habe ich dir nicht alles erzählt. Noch verschweige ich dir Dinge, weil ich Angst habe, sie könnten dich verletzen.

»Und woran denkst du jetzt?«, frage ich.

»An diesen Typ damals am Bahnhof. Als es so geregnet hat.«

Mein Inneres verkrampft sich. Es ist der Ausdruck in deinen Augen; dieses verdammte Misstrauen, das einfach nicht verschwindet.

»Hattest du mit dem mal was?«, bringst du mühevoll heraus.

»Nein.«

Du wartest, als wäre dir das nicht genug. Also rede ich weiter.

»Ich habe ihn irgendwann mal kennengelernt. In der Straßenbahn, glaube ich. Das war noch vor uns. Anfangs wollte ich schon was von ihm, aber … dann kamst du.«

»Und als du in …« Du brichst ab und beginnst wieder zu lächeln. »So langsam gefällt mir deine Frisur«, wechselst du das Thema. »Du siehst erwachsener aus.«

Ich frage mich, wie dein Satz wohl zu Ende gegangen wäre. Du sollst nichts hinunterschlucken, das dich offenbar bedrückt, doch wenn ich ehrlich bin, mache ich genau dasselbe. Vielleicht sollte ich dir einfach sagen, dass du mich mit dieser POP Akademie überrumpelt hast. Dass ich mich nicht so schnell für Dinge entscheiden kann wie du. Dass ich Angst vor der Zukunft habe, weil sie mich dazu zwingen würde, Verantwortung zu übernehmen. Jetzt wäre der richtige Zeitpunkt. Ich müsste es einfach nur laut aussprechen. Ein Gefühl sagt mir, dass du darauf wartest. Ich tue es nicht.

»Ist dir klar, dass es nicht mal mehr zwei Monate sind?« Du fährst durch mein Haar und grinst von einem Ohr zum anderen. »In weniger als zwei Monaten beginnt ein neues Leben! Was hat dein Vater denn nun gesagt?«

»Ich soll ihm mal die Unterlagen zeigen. Er wird es sich überlegen.«

»Na bitte! Er wird sicher Ja sagen. Wir sollten langsam anfangen zu planen.«

»Aber wir haben doch noch Zeit«, entgegne ich so ruhig wie möglich. »Zwei Monate sind ewig.«

»Nicht, wenn man so viel zu organisieren hat. Du solltest jetzt echt überlegen, welche Kurse du belegen willst. Und dann müssen wir uns auch für eine Wohnung entscheiden, vergiss das nicht.«

Ich lächle, weil du dich so freust. Weil du alles bereits vor dir siehst, bis ins kleinste Detail, während ich in einen ungewissen grauen Nebel blicke.

»Keine Sorge«, antworte ich. »Nichts könnte mich das vergessen lassen.«

#FÜNFZIG Ich liege bäuchlings auf meinem Bett und kaue an meinen Nägeln, während du die Anmeldungsformulare der Londoner POP Akademie für mich ausfüllst. Seit ich zehn war, habe ich nicht mehr Nägel gekaut. Und seit ich zehn war, hat niemand für mich Formulare ausgefüllt. Du kommst ans Ende der letzten Seite und übergibst mir den Kuli.

»Deine Unterschrift, wenn ich bitten darf.«

Ich zögere nicht. Das würde dich nur aufregen. Ich unterschreibe, und du schichtest die Formulare zu einem ordentlichen Stapel zusammen, den du neben einem A4-Kuvert, das du extra mitgebracht hast, auf meinen Schreibtisch legst. »Bring es in den nächsten Tagen mal zur Post. Oder soll ich das für dich machen?«

»Nein, ich krieg das schon hin.«

Am Abend meldet sich Raffi per Whatsapp. Die Gruppe möchte etwas trinken gehen. Wir treffen uns alle am Schwedenplatz und gehen in unseren üblichen Pub. Ich kippe ein Gläschen nach dem anderen und kann am Ende kaum noch aufrecht stehen. Du beförderst mich in das Taxi, das Sebi, Raffi und Manu sich bestellt haben, und überlässt mich schweren Herzens meinem Schicksal. Noch im Taxi schlafe ich an Manus Schulter ein und wache erst auf, als Sebi mich behutsam von seiner Schulter auf die Ausziehcouch plumpsen lässt. Er legt eine Decke über mich und macht das Licht aus, während Manu und Raffi es sich im Gästezimmer bequem machen. Ich schlafe bis weit in den Vormittag hinein. Wie tot. Ein greller Sonnenstrahl, der sich durch den Schlitz zwischen den Vorhängen gedrängt hat, weckt mich schließlich.

Es ist kurz vor zwölf Uhr mittags. Außer Raffi, der mit zerzaustem Borstenhaar gerade ins Bad schlurft, ist niemand wach. Ich strecke mich und spüre bewusst meinen komplett demolierten Körper. Der vergangene Abend war die heiß ersehnte Sintflut, die das Chaos in meinem Kopf davongespült hat. Raffi kommt mit einer Zahnbürste im Mund aus dem Bad und ruft: »Hey, Sanni! Wie viel ist zwei und zwei?«

»Blau.«

Er spuckt beim Lachen die halbe Zahnpasta aus.

Nach und nach kommen auch die übrigen Gestalten aus ihren Betten gekrochen. Manu hat die verquollenen Augen gegen das Licht verengt und holt sich zu allererst eine Dose Red Bull aus dem Kühlschrank, die sie in wenigen Zügen leert. Danach besitzt sie genügend Energie, um Raffi aus dem Bad zu verscheuchen und sich unter die Dusche zu stellen.

Sebi zieht die Vorhänge zurück und streckt breitbeinig seinen Kugelbauch ins Sonnenlicht. »Also, Leute, wie sieht's aus? Irgendwelche Pläne für heute?«

Raffi plumpst zu mir auf die Couch. »Welcher Tag ist heute?«, fragt er belämmert.

»Freitag«, antwortet Sebi.

»Ist heute nicht Samstag?«, wende ich ein.

»Scheißegal!«, kommt Manus Stimme aus dem Bad.

Sehr richtig. Scheißegal. Sebi holt Burger und Pommes, die wir in Unterwäsche auf dem Teppich verdrücken. Danach gehe ich duschen und borge mir von Sebi eine der Zahnbürsten, von denen niemand weiß, wem genau sie gehören und in wie vielen verschiedenen Mündern sie bereits steckten. Eigentlich ekelhaft, aber irgendwie gehört das einfach dazu. Das alles gehört einfach dazu: der schmutzige Boden, das Zwielicht, die Müllsäcke und die stickige, nach Zigaretten und Bier riechende Luft. Wann habe ich mir das letzte Mal total verkatert mit einer dieser ekligen Zahnbürsten die Zähne geputzt? Das muss noch vor meinem Geburtstag gewesen sein. Vor uns. Der Dreck und die Unordnung waren früher ganz normal für mich, ehe du mich davon überzeugt hast, dass Sebis Höhle widerlich ist. Hast du mich tatsächlich überzeugt? Oder lasse ich dich bloß in dem Glauben, damit du zufrieden bist? Ich denke ernsthaft über diese Frage nach. Ob ich dich über manche Dinge einfach nur im Glauben lasse, um die Harmonie nicht zu gefährden.

Irgendwie warte ich darauf, es zu verstehen. Wie sich innerhalb so kurzer Zeit mein ganzes Leben verändern konnte. In einem Moment lebte ich noch in den Tag hinein, im nächsten klicke ich mich durch Immobilienseiten für Londoner Wohnungen, unterschreibe Uni-Anmeldungsformulare, die ich nicht einmal selbst ausgefüllt habe, und checke nervös mein Handy, ob ich einen Anruf oder eine Nachricht von dir verpasst habe. Es sprengt meinem Kopf, dass das alles so normal geworden ist. Oder aber es ist nie normal geworden und ich fühle mich deswegen jetzt so kaputt.

Ich beschließe, den heutigen Tag nur für mich zu nutzen. Ich schlüpfe nach dem Duschen in meine benutzten Klamotten und es ist mir egal. Ich lasse die Haare an der Luft trocknen, sodass ich aussehe wie frisch aus einer Irrenanstalt. Es ist mir egal. Ich klemme mich mit Sebi und Raffi hinter den Controller und spiele Mario Kart, bis mir die Augen wehtun. Obwohl draußen die Sonne scheint. Obwohl du jetzt sagen würdest, ich vergeude mein Leben. Ich vergesse, was mich vor Kurzem noch beschäftigt hat, und bin einfach so, wie ich bin:

hirnrissig, laut, ein bisschen schmuddelig und absolut gleichgültig gegenüber der Welt und ihren total verrückten Ansprüchen.

Am Nachmittag kommen Tasche, Alex und Tommy vorbei und bringen Essen und gute Laune mit. Als ich meinen Controller an Manu weitergebe, um aufs Klo zu gehen, fällt mein Blick zum ersten Mal seit dem Aufwachen auf mein Handy. Du hast mich viermal angerufen. Ich möchte dich gerade zurückrufen, als es an der Tür klingelt.

»Nikoooooooo!«, empfängt Sebi dich gebührend. »Was geeeeeeht?« Ihr wechselt ein paar Worte, dann kämpfst du dich an Müllsäcken und getragenen Klamotten vorbei und nimmst mich fest in den Arm.

»Wie fühlst du dich?«, ist deine erste Frage.

»Großartig!«

»Wirklich? Du siehst total lädiert aus.«

»Ich bin ein bisschen verkatert«, gebe ich zwinkernd zu.

Raffi brüllt über die Schulter zurück, dass du für ihn weiterspielen sollst, aber du beachtest ihn nicht.

»Komm, lass uns verschwinden«, murmelst du mir zu.

»Aber ich will noch hierbleiben.«

»Komm schon, Sanni, ein andermal. Es ist so schön draußen. Gehen wir schwimmen oder spazieren oder sonst was. Aber bitte lass uns nicht in dieser verrauchten Bude bleiben.«

»Selber verrauchte Bude!«, grölt Sebi im Hintergrund.

Ich löse mich aus deiner Umarmung und schüttle den Kopf. »Später.«

»Wie später?«

»Wir können ja am Abend noch schwimmen gehen. Davor spielen wir ein paar Runden, okay?« Ich lasse mir von Raffi den Controller geben und setze mich zurück auf meinen Platz.

Du scheinst nicht ganz zu wissen, wie dir geschieht. Du lässt mich eine Runde spielen, dann zupfst du an meinem Ärmel wie ein kleiner Junge und redest erneut vom schönen Wetter. Raffi schaltet sich ein. »Jetzt bleib mal locker und lass sie spielen, Mann! Dauert ja nicht mehr lange.«

Dein Gesicht verfinstert sich. Ich unterbreche das Spiel und drücke dir meinen Wohnungsschlüssel in die Hand.

»Du kannst ja schon mal vorausfahren«, schlage ich vor. »Wenn es dir hier zu voll ist. Fahr einfach vor und in ein oder zwei Stunden komme ich dann nach.«

»In ein oder zwei Stunden?«

Ich gebe dir einen Kuss und flüstere ganz lieb und zärtlich: »Ich beeile mich, okay?«

Du nickst. Ich nehme meinen Platz vor dem Fernseher wieder ein und höre das Klirren meines Schlüssels, als du ihn in deine Hosentasche steckst. Kurz darauf knallt die Wohnungstür und du bist weg.

Sebi stößt mich mit seiner Bierflasche an. »Ich will ja nichts sagen, aber er sah gerade nicht so entspannt aus.«

»Ach was, der beruhigt sich schon wieder.« Ich konzentriere mich auf das Spiel.

#EINUNDFÜNFZIG Ich stehe vor meiner verschlossenen Wohnungstür. Ich klopfe, hämmere, rufe wie eine Verrückte. Niemand macht auf. Mir wird klar, dass keiner zu Hause ist. Meine Finger zerschlagen beinahe das Display, als ich im Handy deine Nummer wähle. Du meldest dich nicht. Ich rufe Tami an. Sie sagt, sie sei bei ihren Eltern und komme erst am Abend zurück. Die Wut steigt schnell und unausweichlich in mir hoch. Diesmal bist du zu weit gegangen. Endgültig zu weit. Ich wähle erneut deine Nummer. Endlich gehst du ran.

»Wo bist du?«, will ich wissen.

»Im Park.«

»Warum?«

»Glaubst du, ich warte zwei Stunden wie ein beschissener Hund, ehe du dich bequemst, deinen Arsch zu bewegen?«

»Bleib, wo du bist. Ich bin in zehn Minuten da.«

Ich lege auf und marschiere los.

Du sitzt unter einem Baum und beobachtest das Wasser, das nur wenige Schritte entfernt ans Ufer des kleinen Teichs schwappt. In deinem Schoß liegt ein Buch, das du nicht mal aufgeschlagen hast. Du drehst den Kopf und entdeckst mich, als ich auf dich zukomme. Du stehst auf, die Härte in deinem

Gesicht bröckelt. Du hast mich noch nie so gesehen. Bete, dass es das erste und letzte Mal ist.

»Jetzt schau mich bloß nicht so an«, beginnst du. »Du bist selbst schuld.«

»Ich stand vor der Wohnung, Niko. Eine halbe Stunde lang.«

»Und ich saß hier im Park. Zwei Stunden lang.«

»Ich habe dir den Schlüssel gegeben. Du hast ganz genau gewusst, dass ich vor dieser Scheißtür stehen und nicht reinkommen würde!«

»Hätte ich etwa warten sollen? Wie lange, Sanni? Zwei Stunden, drei Stunden? Oder vielleicht vier? Wieso nicht gleich den ganzen Tag?«

»Ein Mal, Niko! Ein einziges Mal wollte ich lieber in Sebis Bude hocken, als mit dir was zu unternehmen! Früher haben wir ständig dort abgehangen und es hat dich nie gestört. Ich kapiere nicht, wo auf einmal das Problem liegt!«

»Sag mal, bist du blind oder was? Ich hasse dieses widerliche Loch! Ich war nur dort, weil du hinwolltest! Verstehst du nicht? Ich wollte bei dir sein!«

»Genau das ist der Punkt: Du kannst keinen Abstand halten! Du zerquetschst mich mit – mit dieser ganzen Pärchen-Sache! Geht das nicht in deinen Kopf? Begreifst du nicht, dass ich Freiraum brauche?«

»Ach, jetzt willst du also schon Freiraum! Erzähl, was willst du noch alles? Soll ich dich ganz in Ruhe lassen? Wäre dir das lieber so?«

»Verflucht noch mal, hör auf damit! Seit wir zusammen sind, ziehst du diesen Bullshit ab! Du sagst mir, was ich tun soll, du bist ständig an meiner Seite, du denkst für mich, du entscheidest für mich, als wäre ich selbst nicht überlebensfähig!«

»Spinnst du jetzt total? Ich entscheide überhaupt nichts für dich!«

»Ach nein?«, brülle ich. »Und was ist mit dieser verfluchten POP Akademie? Mit London? Mit den Büchern, die sich in meinem Zimmer stapeln, obwohl ich lesen hasse?«

Du zuckst zusammen, und schlagartig scheint dir klar zu werden, worauf ich hinauswill. »Aber ich … ich dachte …«

»Eines würde mich interessieren. Führst du heimlich eine Liste, was du alles an mir ändern willst? Und bist du schon fleißig am Abhaken? Dem dummen Mädchen lesen beibringen, dem dummen Mädchen ein Studium einreden, dem dummen Mädchen sagen, welche Frisur zu ihr passt …«

»Moment mal«, unterbrichst du mich. »Wenn ich dich so sehr bevormunde, wieso höre ich das alles zum ersten Mal? Wieso hast du nie etwas gesagt?«

»Als ob ich eine Chance gegen dich hätte!«

»Was?«

»Willst du mir etwa erzählen, das alles sei keine Absicht? Du manipulierst mich jede wache Sekunde! Mit deinen ewigen Kontrollanrufen! Mit deinen vorwurfsvollen Blicken und deinem Gerede! Andauernd gibst du mir das Gefühl, Fehler zu machen, nur damit ich tue, was du sagst!«

Du starrst mich an und wirst plötzlich wieder laut. »Rede hier keinen Scheiß!«

»Ich rede Scheiß?«

»Du hättest es jederzeit sagen können, wenn dir etwas nicht passt. Denn so funktioniert das in Beziehungen, man kommuniziert miteinander!«

»Siehst du, genau das meine ich! Immer diese herablassenden Lektionen! Als wäre ich eine Vollidiotin!«

»Also du hast vielleicht Nerven. Kommst her und wirfst mir diese ganzen Dinge an den Kopf! Wenn dich das alles so stört, wieso hast du dann die ganze Zeit so getan, als wäre alles in Ordnung? Hast du eine Ahnung, wie blöd ich mir jetzt vorkomme? Weißt du, wie es sich anfühlt, von der eigenen Freundin belogen zu werden?«

H O L Y S H I T.

Das ist zu viel. Mit allem könnte ich umgehen, mit jeder Anschuldigung, jedem noch so verrückten Vorwurf, aber nicht damit. Ich rausche auf dich zu, balle die Fäuste und bin bereit zuzuschlagen. In deinen Bauch, in dein Gesicht, das ich noch nie im Leben so verabscheut habe. Doch auf einmal verliere ich jede Kraft. Meine Fäuste zittern und ich lasse sie hilflos wieder los. Stattdessen schießen mir Tränen in die Augen. Das macht mich noch wütender.

»Kein einziges Mal«, sage ich mit zitternder Stimme, »habe ich mich beschwert. Ich habe immer gemacht, was du von mir willst. Ich habe alles gegeben, damit du glücklich bist. Und du stehst da und wirfst mir vor, ich würde dich anlügen?« Du willst antworten, aber ich lasse dich nicht. »Du klebst an mir wie eine verfluchte Klette! Such dir doch einen anderen Zeitvertreib, wenn du der Meinung bist, ich wäre nicht ehrlich zu dir!«

Du öffnest den Mund, um etwas zu erwidern. Nichts kommt heraus.

»Keine Pläne mehr«, stelle ich klar. »Keine Formulare, keine Unterschriften, das alles hört jetzt auf! Ich brauche Zeit! Ich kann das nicht von heute auf morgen!«

»Aber es geht hier um unsere Zukunft«, rufst du verzweifelt.

»Um deine Zukunft, Niko, nicht um meine.«

»Ich dachte, meine Zukunft ist deine!«

»Einen Scheißdreck ist sie das!«

Du schweigst, völlig vor den Kopf gestoßen. Jetzt habe ich dich genau dort getroffen, wo es am meisten wehtut, wo deine Hoffnungen und romantisch-verklärten Träume liegen: an der Stelle tief in deinem Herzen, auf die mit rosarotem Stift *Happy End* geschrieben steht. Und ich gehe noch weiter. Ich muss weitergehen, damit du es endlich verstehst.

»Du machst uns kaputt«, schleudere ich dir entgegen. »Keine Minute habe ich für mich allein. Ständig habe ich Angst, dass ich etwas falsch mache, nur weil ich bin, wie ich bin! Das sind doch gar nicht wir. Wir waren früher ganz anders!«

»Willst du … willst du damit sagen, dass du nicht mehr mit mir zusammen sein möchtest?«

»Ich will damit nur eines sagen: Du stehst auf verdammt dünnem Eis. Denn das nächste Mal komme ich dir nicht mehr in den Park nach, das kann ich dir versprechen!«

Du erwiderst meinen direkten Blick, ohne ein Wort. Sekunden verstreichen. Dann reckst du das Kinn und fragst: »Wohin willst du denn stattdessen? Etwa zu diesem Italiener nach Prag?«

Als würde die Welt ein Stück kippen – so fühlt sie sich an, diese eine verdammte Frage. Mir stockt vor Erschütterung der Atem. Vor mir dreht sich alles. Die Worte stolpern hilflos aus mir heraus. »Woher … hast du …?«

»Manu hat es mir gesagt.«

»Manu?« Mehr bringe ich nicht heraus. Du hast es gewusst. Die ganze Zeit hast du es gewusst und mich willentlich auf Grund laufen lassen. Stillschweigend hast du gewartet, bis der perfekte Zeitpunkt gekommen ist. Du hast gut gewählt. Ich liege zerschmettert am Boden. »Aber sie … sie hat mir … ich dachte …«

»Sie weiß nicht ganz, was da in deinem Bett vorgefallen ist. Sie hat mir nur gesagt, was sie gesehen hat. Aber sie hat mir geraten, dich einfach zu fragen. Am Anfang wollte ich das auch, aber … dann dachte ich mir, ich vertraue dir.« Du schaust mich ungnädig an. »Wenn ich mir deine Reaktion so ansehe, war das ein Fehler.«

#ZWEIUNDFÜNFZIG Wir sitzen nebeneinander im Gras, die Blicke aufs Wasser gerichtet. Zwischen uns wäre genug Platz für eine dritte Person. Ich habe alles gesagt, was mir eingefallen ist. Die ganze beschissene Story. Ich hasse dich dafür, dass du mir nicht glaubst. Und ich hasse mich selbst, weil ich mir einen Ruf erarbeitet habe, der dein Vertrauen jahrelang mit Füßen getreten hat. Es darf nicht sein, dass wir daran scheitern. Dass meine Vergangenheit uns die Zukunft stiehlt.

»Willst du gehen?«, frage ich vorsichtig. Nach dem ganzen Gebrüll klingt die Frage erstaunlich lächerlich. Wohin sollten wir schon gehen?

Du zuckst mit den Schultern.

»Bitte sag was. Von mir aus schrei mich wieder an.«

»Ich will nicht mehr schreien«, antwortest du müde.

»Dann sag mir wenigstens, ob du mir glaubst. Sag es mir, ganz ehrlich.«

Du fasst dir geplagt an die Stirn. »Keine Ahnung«, sagst du tonlos.

»Keine Ahnung?«

»Mein Gott, Sanni, was willst du denn von mir hören? Vergeben und vergessen?«

»Ich will, dass du verstehst, wie es war.«

»Wie soll es schon gewesen sein? Du wirst ihm sicher einen Grund gegeben haben, sich an dich heranzumachen.«

»Hör auf«, dränge ich. Ich spüre Tränen in mir hochsteigen und kämpfe gegen ein Schluchzen. »Hör auf, so was zu sagen, nur weil du wütend bist. Oder meinst du das ernst?«

»Ich weiß es nicht«, seufzt du und siehst wieder weg. »Ich habe … die ganze Zeit habe ich gewartet, dass du es mir aus freien Stücken erzählst. Einfach weil da nichts war.«

»Es war auch nichts!«

»Und warum hast du es mir dann verschwiegen?«

»Weil ich Angst hatte.«

»Wovor?«

»Davor! Genau davor! Dass du mir nicht glaubst und wütend wirst und ...« Ich kann nicht mehr weitersprechen. Die Verzweiflung nimmt Überhand.

»Na toll«, sagst du. »Jetzt tust du so, als wäre ich schuld. Als wäre ich hier der Böse, der kein Verständnis zeigt.«

»Jetzt glaub mir doch einfach! Es ist nichts passiert zwischen diesem Kerl und mir.«

»Und warum hat Manu es mir dann gesagt? Welchen Grund hätte sie dafür?«

»Ich weiß es nicht, okay? Sie hat das alles total missverstanden! Ja, gut, vielleicht hätte ich es dir erzählen sollen. Aber ich wollte nicht, dass du dich aufregst ... erst recht nicht wegen einer Sache, die es überhaupt nicht wert ist.«

»Interessant. Du findest also, solche Dinge sind es nicht wert, dass ich sie erfahre?«

»So war das nicht gemeint.«

»Dann drück dich besser aus oder lass es!«

Ich presse die Lippen zusammen, dass es schmerzt. Meine Gedanken überschlagen sich und stehen dann wiederum völlig still, erstarrt im eiskalten Zementklumpen, der einmal mein Hirn war.

»Mich würde interessieren, wie du an meiner Stelle reagieren würdest«, fährst du fort. »Wenn es umgekehrt wäre. Was würdest du denken?«

»Ich ... ich weiß es nicht. Ich kann mir so etwas bei dir überhaupt nicht vorstellen.«

»Ach, und woran liegt das? Ich meine die Frage todernst. Woran liegt das, Sanni?«

Daran, dass du ein besserer Mensch bist als ich. Dass du mir nie so etwas antun könntest, weil du mich mehr liebst als irgendetwas sonst auf der Welt. Das ist es, was du hören willst. Die ungeschönte, schmerzliche Wahrheit. Doch ich antworte: »Es liegt daran, dass ich dir vertraue.«

Du schnaubst verächtlich und schüttelst den Kopf. Ich wusste nicht, dass du so verdammt stur sein kannst. Ich war so wütend und jetzt möchte ich bloß noch heulen. Es ist zum Kotzen.

Ich fasse nach deiner Hand, die sich klamm anfühlt, aber zumindest ziehst du sie nicht zurück. »Da war nichts. Er wurde zudringlich und ich habe ihn zum Teufel geschickt.«

»Und warum schreibt er dir dann immer noch?«

»Was weiß ich! Weil er ein hirnloser Italiener ist! Es hat nichts zu bedeuten. Glaubst du ernsthaft, ich würde von dem etwas wollen?«

»Keine Ahnung! Früher wolltest du von allen Männern etwas – wieso sollte sich das geändert haben?«

»Na, weil ich …« Weil ich dich liebe. Ich sage es nicht. Denn wenn ich das jetzt tue, sind die Worte für immer verloren. Verschwendet an einen Streit, der längst keinen Sinn mehr ergibt. »Weil ich doch dich habe«, bringe ich schwach heraus. »Weil ich mit dir zusammen sein will und mit niemandem sonst.« Ein klareres *Ich liebe dich* gibt es eigentlich nicht.

Du stößt erschöpft die Luft aus. Dein Blick fällt auf meine Hand, die deine verzweifelt umklammert. »Gehen wir«, sagst du.

»Wohin?«

»Mir egal. Nach Hause.«

Wir stehen auf und machen uns auf den Weg. Als wir den Park verlassen, greife ich wieder nach deiner Hand und spüre erleichtert, wie sich unsere Finger ineinander verflechten. Wir reden ein bisschen, du entschuldigst dich wegen der Sache mit dem Schlüssel und ich sage dir, dass ich nicht mehr böse bin, obwohl das nicht ganz stimmt. Über die anderen Dinge reden wir nicht. Nichts, was ich dir an den Kopf geworfen habe, scheint noch von Bedeutung zu sein. All die Wut und die verletzenden Worte waren umsonst.

Wir kommen heim, und du gibst mir nach dem Aufschließen den Schlüssel zurück. Tami ist nicht da. Ich zerre mir die Chucks von den Füßen und werfe einen hoffenden Blick in dein Gesicht. Aber du behältst deine Schuhe an.

»Ich werde heimfahren«, meinst du. »Ich bin total erledigt.«

»Okay.«

»Sehen wir uns morgen?«

»Ja.«

Du lächelst. Ich strecke mich dir entgegen, und deine Lippen legen sich weich und zärtlich auf meine. Ich spüre deine Zurückhaltung und du spürst bestimmt meine Sorge. Aber wir bewegen uns nicht. Wir stehen ganz still. Der Moment ist zerbrechlich wie Glas.

»Ich ruf dich an«, sagst du.

Ich schließe die Tür hinter dir und stelle mich vor den Spiegel. Ich suche die Erleichterung in meinen Augen, starre auf meinen Mund, der einfach nicht lächeln will. Verwirrt wende ich mich ab, dabei ist die Antwort so klar: Ich lächle nicht, weil ich nicht glücklich bin. Ich sehe keine Erleichterung, weil da einfach keine ist. Da ist nur Angst. Ich werde sie den ganzen Tag nicht mehr los.

#DREIUNDFÜNFZIG Wir treffen uns in der Innenstadt, wo wir Pizza essen und Tauben ärgern. Wir werfen ihnen kleine Pizzastücke zu und scheuchen sie jedes Mal, wenn sie sich darauf stürzen wollen, wieder auf. Am Nachmittag wird es kühl und windig. Bevor uns der Regen erwischt, steigen wir in die U-Bahn und fahren zu mir nach Hause. Anfangs ist es ein wenig komisch. Du schaust auf die Bücher, die unberührt im Regal stehen, und scheinst dich zu fragen, ob es noch mehr Dinge gibt, die du falsch gemacht oder missverstanden hast. Noch mehr Dinge, die diese merkwürdige Distanz aufrechterhalten, die wir noch nicht überwinden können. Der Umschlag mit den Anmeldeformularen liegt wie eine stumme Anschuldigung auf dem Schreibtisch. Einen Moment lang starrst du auf ihn runter, dann wendest du dich ab und wir kuscheln uns gemeinsam vor den Fernseher, während am Fenster die ersten Tropfen abprallen.

Ich klicke mich durch das Angebot der Londoner POP Akademie. Allein. Ungestört und ohne deine fordernde Euphorie. Zum ersten Mal habe ich Zeit, mir alles genau und in Ruhe anzusehen. Ich lese jedes Wort und öffne jeden Link. Informiere mich doppelt und dreifach. Es tut gut, das nur für mich zu tun. In meinem Tempo. Aus freien Stücken und reinem Interesse.

Moderation klingt interessant. Man kann es mit vielen anderen Studiengängen kombinieren, wie Redakteur oder sogar Schauspiel. Achtzehn Jahre lang lebte ich in dem Glauben, komplett talentlos zu sein, weil all jene Dinge, die ich gut kann, in der Welt da draußen nichts bedeuten. Aber ich bin nicht talentlos. Ich kann Menschen gut für mich einnehmen. Ich kann sie zu fast allem motivieren. Damit lässt sich viel machen, das hat Larissa doch gesagt.

Am Abend kommst du dann vorbei. Ich habe den Laptop noch auf dem Bett liegen. Du schaust verstohlen auf den Bildschirm, auf dem nach wie vor die POP-Homepage flimmert. Ich räume den Laptop weg und frage: »Worauf hast du Lust?«

»Wenn du magst, können wir zu Sebi fahren.«

»Hätte nichts dagegen.«

»Na dann, los.«

Eine halbe Stunde später sind wir dort. Es herrscht reger Durchgangsverkehr, da Sebi offenbar allen erzählt hat, er hätte neues Gras. Ich nutze das volle Haus, um mich mit Manu in die Küche zurückzuziehen. Ich erzähle ihr von unserem Streit und frage, warum sie sich in die Sache eingemischt hat. Schließlich hat sie mir ihr Wort gegeben, dir nichts von Salvo zu erzählen. Sie wirkt etwas geknickt, als sie verhalten in deine Richtung sieht. »Ich wollte euch keinen Stress machen«, entschuldigt sie sich. »Ich dachte einfach nur, er sollte es wissen.«

»Wieso? Glaubst du mir immer noch nicht? Denkst du wirklich, ich lüge euch alle an?«

Sie schaut schweigsam von mir weg.

»Wenn du mir einen Gefallen tun willst, dann lass mich in Zukunft selbst entscheiden, was ich ihm sage und was nicht«, stelle ich klar. »Das ging dich alles einen Scheißdreck an.«

»Schon gut. Tut mir leid.«

»Misch dich nicht mehr ein. Ich warne dich, Manu.«

Sie nickt. Ich bin es leid, zu streiten. Wir versöhnen uns bei einer Runde Bong, die meine sperrigen Gedanken in ein weiches, bunt schillerndes Blumenmeer verwandelt, in dem alles ist, wie es sein soll: simpel und weich.

Mit voranrückender Stunde steigt der Lärmpegel rapide an. Ständig geht die Tür auf und neue Leute strömen in die Wohnung. Ich spüre deutlich, dass es zwischen uns wieder besser wird. Unsere Berührungen werden länger und unsere Blicke ehrlicher. Nach einer erschöpfenden Pizzaorgie, bei der ich mein Oberteil mit Tomatensoße bekleckert habe, zerrst du mich vom Teppich hoch und wir treten vollgefressen den Heimweg an.

Wieso kann es nicht immer so sein? Wieso mussten wir erst all diese verletzenden Dinge zueinander sagen, ehe du begreifst, dass wir immer noch wir sein können? Sanni und Niko. Nicht zwei Teile eines Ganzen, aber ein Ganzes, das sich teilt, das immer wieder neue Formen annimmt und das an nichts gebunden ist, an keine Gesetze, nicht einmal an die der Schwerkraft. Wenn wir zusammen sind, glaube ich, ich könnte fliegen. So war es all die Jahre und nicht alles daran war falsch.

Die Ungezwungenheit war richtig. Das Fehlen aller Regeln. Ich möchte das wieder zurück.

Wir fallen ins Bett und sind so müde, dass wir sofort einschlafen. Ich träume von Australien. Ich laufe allein über den Strand, neben mir das Meer, vor mir ein ganzes Leben. Es fühlt sich fremd an. Wie eine Freiheit, die ich längst nicht mehr habe.

#VIERUNDFÜNFZIG Ich komme im Handtuch aus der Dusche und sehe dich am Fenster sitzen. Du tippst etwas auf deinem Handy. Ich gehe zum Schrank, um eine frische Garnitur Unterwäsche herauszufischen. »Wem schreibst du?«

»Larissa.«

»Was?«

»Sie hat sich neulich mal gemeldet«, erklärst du schulterzuckend. »Nichts Weltbewegendes. Nur wie's mir geht und so. Seitdem schreiben wir ein bisschen hin und her. Es stört dich doch nicht, oder?«

Du hebst den Kopf, siehst mich durchdringend an. Ich spüre einen Knall in mir, wie eine Tür, die vom Sturm aufgerissen und dann wieder zugeschlagen wird. Nein, ich werde nicht wütend werden. Nicht eifersüchtig, wie du es warst. Keine Spur.

Ich setze ein Lächeln auf und lasse kokett das Handtuch zu Boden fallen.

»Nö, stört mich nicht.«

Du wirkst verwundert und auch etwas wütend, während du aufs Handy starrst wie neulich auf diesen beschissenen Umschlag. Dumm gelaufen. Ich weiß, was du vorhast. Ohne mich. Du kannst mich nicht eifersüchtig machen, indem du mit deiner Ex-Freundin chattest. Du bist also immer noch sauer wegen Salvo? Dann rede mit mir! Sag mir, was du fühlst, anstatt dieses kindische Spielchen zu beginnen.

Wortlos schlüpfe ich in ein frisches Höschen. Du kommst zu mir und beginnst ohne ein Wort, mich zu küssen. Du drückst mich aufs Bett und wir machen stumm mit dem weiter, was wir angefangen haben. Wenn ich die Augen schließe und deine Hände auf mir spüre, dann fühlt es sich fast so an, als hätte es diese merkwürdige Situation nie gegeben. Du hast nie diese Nachricht getippt und ich habe nie gesagt, dass es mich nicht stört. Mit geschlossenen Augen sind wir wieder ehrlich zueinander.

Hinterher drehe ich mich zu dir und will dir sagen, dass ich dich durchschaut habe. Dass du gar nicht erst anfangen brauchst, mir auf die Tour zu kommen. Auf diese Weise kommen wir nicht weiter. Ich will dich bitten, ehrlich zu mir zu sein. Ich will dein Vertrauen und ich will, dass du nicht mehr eifersüchtig bist. All das wünsche ich mir, mit einer Dringlichkeit, die mir die Brust zerreißt.

Aber ich bringe kein Wort über die Lippen.

#FÜNFUNDFÜNFZIG Es ist September. Die große Hitze des Sommers ist vorbei. Mich packt stets ein wenig die Wehmut, wenn ich die ersten verfärbten Blätter an den Bäumen sehe. Wenn ich spüre, dass die Nächte länger werden. Genau vor einem Jahr begann unser letztes Schuljahr. Wir waren euphorisch und schmiedeten die tollsten Pläne. Wir wollten eine Party epochalen Ausmaßes schmeißen, gleich nachdem die Abschlussprüfungen vorbei waren. Wir wollten losziehen und sämtliche Reisebüros der Stadt abklappern, um unseren Australien-Trip zu buchen. Die Party bekamen wir hin. Unser erster Kuss, erinnerst du dich? Im Reisebüro waren wir bis heute nicht.

Ich klicke mich durch die Fotos meiner letzten Geburtstagsfeier. Du hast so viele legendäre Momente verpasst. Raffi, der mit fliegenden Dreads auf dem Trampolin springt und dabei Luftgitarre spielt. Sebis Ausraster, als die Stereoanlage für kurze Zeit nicht funktionierte. Die riesengroße Torte, die mit Marzipanpimmeln dekoriert war. Meine vor Rührung tränenden Augen, als alle *Happy Birthday* sangen. Bis heute hast du dich nicht dafür entschuldigt, dass du nicht dort warst. Stattdessen habe ich dich um Verzeihung gebeten. Seit damals gefühlte hundert Mal. Mittlerweile weiß ich gar nicht mehr, wofür.

»Schau mal, das da hab ich gemeint.« Du drehst den Laptop in meine Richtung und zeigst mir ein Foto von einem großen Bett auf irgendeiner Möbelhaus-Homepage. »Hab ich dir zu viel versprochen? Mit etwas Glück kaufen es mir meine Eltern.«

»Würde das überhaupt in das Apartment passen?«

»Aber sicher.« Du öffnest einen zweiten Reiter und scrollst ein Stück nach unten. Ein gigantischer Flachbildschirmfernseher kommt zum Vorschein. »Na? Wenn das kein Grund für dich ist, mit nach London zu kommen, dann weiß ich auch nicht weiter.«

»Du willst prahlen? Dann zeige ich dir jetzt mal was. Pass auf.« Ich öffne die Bildergalerie auf meinem Handy und habe im Handumdrehen ein Bild von einem australischen Strand gefunden, das ich dir kommentarlos vors Gesicht halte. Du rümpfst die Nase, musst aber grinsen.

»Dort bräuchte man wahrscheinlich gar keinen Fernseher«, merkst du vollkommen richtig an. Plötzlich machst du den Laptop zu und strahlst mich an. »Ich hab 'ne Idee! Wollen wir in den nächsten Tagen nicht mal in ein Möbelhaus schauen? So kleine Möbel kann ich mir ja jetzt schon aussuchen.«

»Und dann könnten wir auch einen Sprung ins Reisebüro machen«, füge ich hinzu.

Dein Handy klingelt. Ich erkenne Larissas Namen auf dem Display. Du hebst ab und plauderst ausgesprochen freundlich mit ihr. Offenbar habt ihr vor ein paar Tagen schon einmal telefoniert. Von ihr scheinen die Links zum Londoner Möbelhaus zu stammen – du öffnest wieder den Laptop und loggst dich in deinen Email-Account ein, um eine Mail zu öffnen, die du gerade gekriegt hast.

»Ah«, sagst du erstaunt. »Genau so was hab ich gemeint. Woher hast du das? Okay, verstehe.« Du lachst. »Dann sag ihm besten Dank. Ja, ich schau's mir gleich an. Also bis dann.« Du legst auf und drehst den Laptop herum. »Tada!«

Ein Wohnzimmersessel im Design eines Londoner Doppeldeckerbusses.

»So einen suche ich schon die ganze Zeit! Larissas Onkel lebt in London. Angeblich gibt es dort einen Typen, der diese Dinger herstellt.«

»Telefoniert ihr beiden jetzt öfter?«

»Ab und zu.« Du beobachtest mich über den Bildschirmrand hinweg. Rache ist süß, nicht wahr? »Ich dachte, es stört dich nicht.«

»Tut es auch nicht.«

»Und warum schaust du dann so?«

»Weil mir dieser Sessel nicht gefällt.«

Etwas blitzt in deinen Augen auf, vielleicht ist es Wut. Du scrollst dich weiter durch die Homepage.

»Lass uns ausgehen«, sage ich. Noch ehe du antworten kannst, habe ich ein enges Top und eine Jeans aus dem Schrank geholt und beginne mich umzuziehen.

»Jetzt noch?«

»Es ist noch nicht mal neun. Ich hab Bock, also komm.«

»Ich will aber nicht. Schauen wir lieber ein bisschen fern.«

»Das haben wir den ganzen Tag gemacht. Sei nicht so langweilig.«

»Sei du nicht so zickig.«

Ich bin fertig umgezogen und kämme mir das Haar. Du siehst mir zu, als würde ich ein Messer wetzen. Ich angle mein Handy vom Schreibtisch und frage Tasche und Manu per Whatsapp, ob sie Lust hätten mitzukommen. Zum ersten Mal seit Larissas Anruf fällt deine Überlegenheit in sich zusammen.

»Wem schreibst du?«

»Manu und Tasche. Sie fahren gleich los, also komm in die Gänge!«

Ich verschwinde ins Bad, um mich zu schminken. In meinem Inneren kocht die Wut. Beim Tuschen meiner Wimpern kleckere ich und rubble über den Fleck, bis meine Haut an der Stelle zu brennen beginnt. Ich stehe da und schaue mich an. Im dunklen Licht der Stromsparlampe wirkt mein Gesicht unzufrieden und blass. Ich trage Make-up auf und stelle mir vor, die Unzufriedenheit einfach damit wegzuwischen. Als ich fertig bin, stehst du mit Schuhen im Flur und bemühst dich offenbar um einen zärtlichen Gesichtsausdruck. Mit aller Kraft versuchst du, das Lächeln auf deinen Lippen beizubehalten.

»Ich glaube, ich fahre lieber heim. Ich bin nicht so in Fortgehlaune.«

»Dann soll ich mit den Mädels allein gehen?«

»Wenn du … also wenn du willst?«

»Macht mir nichts aus.«

Und das Lächeln steht. In deinen Augen sind fünf Grad unter null, aber das Lächeln steht.

»Dann sehen wir uns morgen?«, fragst du schulterzuckend.

»Klar. Wir wollten doch ins Reisebüro schauen.«

»Und ins Möbelhaus.«

»Richtig.«

Du holst dein Handy aus der Hosentasche, tippst mechanisch darauf herum. »Sagen wir, um 15 Uhr beim Lutz?«

»15 Uhr. Ist notiert.«

Ein Kuss auf die Wange. Dann reißt du dich zusammen und küsst mich auf den Mund. Der steifste Abschied aller Zeiten. Erbärmlich geradezu. So erbärmlich wie wir.

Ich treffe Manu und Tasche im Club. Tasche hat Alex im Schlepptau, der sich wie das fünfte Rad am Wagen fühlt, weil du nicht dabei bist. Bevor der Ärmste vor Langeweile den Verstand verliert, huscht Tasche mit ihm auf die Toilette, wo die beiden weiß Gott was miteinander anstellen. Hinterher verschwinden sie endgültig. Manu und ich sind allein. Wie früher, die Löwinnen auf der Suche nach schwacher Beute. Manu erspäht zwei Jungs auf der Tanzfläche, die ihr gefallen, und macht sich schamlos an sie heran. Schamlos ist ein undankbares Wort – es klingt so negativ, dabei bedeutet es nichts anderes, als sich fallen zu lassen. Frei von allen Konventionen. Früher war ich genauso schamlos. Bevor du mir beigebracht hast, was Scham eigentlich bedeutet. Ich erinnere mich an den Abend mit Stefan. Da waren wir in demselben Club. Ich war so verzweifelt. Völlig krank vor Sehnsucht. Um jeden Preis wollte ich dich haben. Jetzt bist du da und ich weiß nicht, was ich daraus machen soll. Wir stehen auf verschiedenen Seiten einer

Glaswand, stets in Sichtweite, aber ohne den geringsten Kontakt. Wann ist das passiert, wann haben wir die Verbindung zueinander verloren? War es in Prag? Bin ich daran schuld?

Manu kommt mit den beiden Jungs zurück. Sie bestellt für mich den teuersten Cocktail auf der Karte und sagt: »Für Schottland, Sanni!«

Ich proste ihr zu. »Für Schottland.«

Die drei verschwinden. Meine Gedanken treiben in einem öligen Tümpel aus Alkohol und Selbstmitleid. Ich bleibe an der Bar und trinke meinen Cocktail. Allein. Niemand kommt, um mich anzubaggern. Niemand kommt, um mit mir zu reden. Plötzlich bin ich eine von vielen, bin eine dieser Spaßbremsen, die verkrampft in einer Ecke stehen und von niemandem beachtet werden. Für die ihre Einsamkeit so normal ist, dass sie gar nicht merken, wie einsam sie sind. Ich weiß nicht, wie das passieren konnte. Ich weiß nicht, was ich tun soll.

Also trinke ich mich um den Verstand.

#SECHSUNDFÜNFZIG Ich hebe den Kopf vom Kissen und blinzle durch mein herabhängendes, nach Zigarettenrauch muffelndes Haar. Ein stumpfer Schmerz pocht hinter meinen Schläfen und zieht sich bis weit in meinen Verstand hinein. Orientierungslos starre ich umher und erkenne mit brennenden Augen das Freddie-Mercury-Poster an der Wand.

Gott sei Dank. Ich bin zu Hause. Ich liege in meinem Bett. Allein. Es gibt keine Worte dafür, wie unglaublich erleichtert ich bin, dass kein fremder Typ neben mir schnarcht.

Mein Handy läutet.

»Hallo?« Mein Hals kratzt.

»Wo bist du?«

»Zu Hause …« Deine Stimme droht mir ein Loch ins Hirn zu bohren. Ich will dich bitten, ein wenig leiser zu sprechen, da redest du längst weiter.

»Was heißt, du bist noch zu Hause? Ich stehe hier und warte auf dich! Es ist kurz nach 15 Uhr.«

Oh Gott. Unser Treffen.

Ich. Habe. Es. Vergessen.

Ich springe aus dem Bett. Alles dreht sich. Meine Gedanken fahren Achterbahn, aber eins ist mir klar: Du wirst sauer sein. Shit, shit, shit.

»Bin gleich da«, raune ich ins Handy.

»Aber … ja, okay. Ich warte solange hier.«

Ich lege auf. Trotz Schwindel und Übelkeit schaffe ich es, in Sekundenschnelle in die Klamotten von gestern zu schlüpfen, die quer im Zimmer verteilt liegen, und ins Bad zu wanken. Ich schütte mir eine Ladung Wasser ins Gesicht und putze mir hektisch die Zähne. Danach stürme ich aus der Wohnung und komme mit rasendem Atem noch einmal zurück, weil ich den Schlüssel und das Handy liegen gelassen habe.

Auf dem Weg zur Straßenbahn bin ich wie in Trance. Meine Gedanken sind in meterdicken Zement gegossen. Ich suche mir einen freien Platz in der Straßenbahn und lehne das Gesicht mit geschlossenen Augen gegen die Fensterscheibe. Ich will einfach nur schlafen und in Ruhe meinen Rausch bewältigen. Stattdessen werde ich von Gefühlen regelrecht überrollt. Sie zerquetschen mich wie eine riesige, dunkle Dampfwalze. Ich habe Panik. Panik vor deinem Gesicht, vor deiner Reaktion, wenn du mich in diesem Zustand siehst. Wenn du mich fragst, wieso ich zu spät bin. Diese Panik macht mich wütend. Auf einmal sind Panik und Wut das Einzige, was in meinem Inneren noch existiert.

Die Straßenbahn hält. Das Aussteigen erweist sich als harte Balanceübung. Auf der anderen Straßenseite sehe ich dich auf der Bordsteinkante sitzen. Du hast dein Handy in der Hand und scrollst gelangweilt darauf herum. Eine halbe Stunde ist seit deinem Anruf vergangen. Dabei bin ich gerannt wie der Teufel. Ich überquere die Straße und du hebst endlich den Kopf. Aber du lächelst nicht. Dein Gesicht ist eine Mauer, an der mein spärlicher Versuch, fröhlich zu wirken, hilflos abprallt. Das hier ist eine Seite an mir, die du nicht tolerierst. Die versiffte, rücksichtslose Sanni ohne Verstand und Moral.

Du steckst das Handy weg und stehst auf. »Ist gestern wohl spät geworden, was?«

»Keine Ahnung. Hab einfach verschlafen.«

»Es gibt da etwas, das nennt sich Wecker.«

Ich presse die Lippen zusammen und wende mich ab.

Du deutest auf den Eingang zum Möbelhaus gleich hinter uns. »Gehen wir rein?«

Ich sage nichts. Du willst meine Hand nehmen – ich ziehe sie zurück und gehe voraus. Das Möbelhaus ist restlos überfüllt. Der Lärm der Menschen presst mein Gehirn zu einem kleinen Würfel zusammen, in dem nur ein einziger Gedanke Platz hat: Ich will, dass du verschwindest. Du sollst mich in Ruhe lassen. Ein für alle Mal. Ich brauche Raum für mich, Ruhe, um zu mir zu kommen, und du gibst mir nichts davon. Stattdessen klingelst du mich aus dem Bett. Zwingst mich, mit verquollenen Augen in die Straßenbahn zu steigen. Und schaffst es nicht mal zu lächeln, wenn du mich siehst.

Wortlos steigen wir in den Aufzug, der uns in den obersten Stock bringt. Dort befinden sich die Kleinmöbel. Du brichst in einen der Gänge auf und ich folge dir ohne große Eile. Du findest einen Fernsehtisch und fragst mich mit einem aufmunternden Lächeln, ob er mir gefällt. Ich schüttle den Kopf. Du gehst weiter zum nächsten Tisch.

»Und was ist mit dem?«

»Was weiß ich. Ist mir egal.«

»Der hier wäre größer. Aber die Farbe gefällt mir nicht. Was sagst du dazu?« Angespannt wartest du auf eine Antwort. Dein Lächeln verschwindet. »Weißt du, du könntest dich hier ruhig ein bisschen mehr einbringen. Das ist schließlich für uns beide.«

»Aber wenn es mir nun mal egal ist, was soll ich da tun?«

»Zunächst mal wäre etwas bessere Laune angebracht.«

»Leck mich doch.«

Du siehst mich entgeistert an. Ich drehe mich um und gehe weg. Einfach nur weg von dir. Im Hintergrund höre ich, wie du verdutzt meinen Namen sagst. Ich gehe weiter. Du bleibst, wo du bist. Minuten vergehen. Schließlich kommst du mir nach.

Wir sind wieder bei den Aufzügen. Ich kämpfe mit den Tränen. Du siehst mich nicht an. Wir fahren zurück nach unten und verlassen das Möbelhaus.

Reglos stehen wir in der Sonne. Ich spüre deinen Zorn bis tief in meine Glieder; du willst mich anbrüllen, mich fragen, was dieser Scheiß soll, aber du willst auch keinen Streit. Denn dir ist klar, was ein weiterer Streit bedeuten könnte. Wohin er führen würde, wenn es in dieser Tonart weitergeht.

»Sanni … es tut mir leid. Bitte lass uns nicht streiten.«

»Wir streiten doch gar nicht.«

»Keine Ahnung, was gerade los ist, aber … scheißen wir auf die Möbel. Machen wir was anderes. Magst du was essen gehen?«

Du greifst wieder nach meiner Hand. Zum zweiten Mal ziehe ich sie zurück. Du erstarrst und blickst dich um, als hättest du vergessen, wo wir hier eigentlich sind. Wir gehen zur Straßenbahnstation. Ein Zug fährt gerade ein, doch wir warten auf den nächsten. Je länger wir schweigsam nebeneinanderstehen, umso sinnloser fühlt es sich an. Einfach alles.

»Ich könnte schon was zu essen vertragen«, murmle ich in die Stille.

Deine Mundwinkel wandern zögerlich nach oben. Es scheint dich alle Kraft zu kosten, die du noch hast.

»Da drüben gibt es einen Asiaten mit All-you-can-eat-Buffet«, antwortest du. »Magst du hin?«

Ich nicke. Ich überlege, nun doch nach deiner Hand zu greifen. Aber da bist du bereits vorausgegangen.

Mit vollbeladenem Teller kehre ich an unseren Tisch zurück und haue rein wie eine Maschine. Das Essen spült den Kater davon und füllt meinen kaputten Körper mit neuer Energie. Und schon ist es, als hätte sich die letzte Stunde nie ereignet. Wir reden und lachen, stopfen Sushi in uns rein und sind plötzlich voller Tatendrang. Ich quassle davon, mir neue Schwimmflossen und einen Schnorchel zu kaufen, während du erneut von diesem Doppeldeckerbus-Sessel schwärmst. Wir reden aneinander vorbei, ohne es zu merken. Nein, das stimmt nicht. Wir wissen genau, was wir da tun. Es ist ein Wettstreit. Ein Auffahren sämtlicher Geschütze. Zwei unvereinbare Träume krachen Funken sprühend aneinander. Du wirst nicht nachgeben. Mit einem Mal wird es mir klar.

Auf dem Nachhauseweg habe ich den Kopf an deine Schulter gelegt, während die Straßenbahn leise ratternd über die Gleise fährt. Deine Hände sind mit deinem Smartphone beschäftigt, als du mit Sebi über irgendetwas chattest. Das blendende Lichtkarussell einer Kreuzung lässt mich blinzeln, und ich schaue auf unsere ausgestreckten Beine, die ganz nah beieinander sind und sich trotzdem nicht berühren.

Vielleicht brauchen wir etwas Abwechslung. Einen Abend ohne Regeln. Seit meinem Geburtstag haben wir nicht mehr die Sau rausgelassen. Wir waren zwar ab und zu mit den anderen fort, doch immer hing eine merkwürdige Stimmung in der Luft – so als wäre es nicht länger erlaubt, impulsiv und dumm zu sein, bloß weil man ein Paar ist. Ich glaube, insgeheim sehnst du dich genauso nach den alten Zeiten zurück. Als es um so vieles komplizierter zwischen uns war und trotzdem auf verrückte Weise leichter. Ja, manchmal sind wir in Situationen geraten, die nicht gerade einfach waren. Doch wir fanden immer einen Weg, damit umzugehen. Wir konnten uns gegenseitig immer irgendwie aufheitern. Du musst zugeben, dass das schwieriger geworden ist, seit wir zusammen sind. Man nimmt sich gegenseitig einfach ernster – verzichtet vielleicht auch auf manches, um den anderen nicht zu kränken.

Tami sitzt mit Jogginghose und feuchtem Haar vor dem Wohnzimmerfernseher und glotzt irgendeinen stumpfsinnigen Adam-Sandler-Film. Als sie uns hereinkommen hört, ruft sie mit vollem Mund: »Hab Pizza geholt! Will wer was?«

»Danke, wir sind satt«, antworte ich.

Wir setzen uns zu Tami auf die Couch und schauen mit ihr den Film. Als er zu Ende ist und Tami gähnend in ihr Zimmer verschwindet, sind wir wieder auf uns allein gestellt. Die Unsicherheit, wie wir nach diesem merkwürdigen Tag miteinander umgehen sollen, liegt wie ein kaltes Knistern in der Luft. Wir legen uns ins Bett, und du öffnest den Knopf meiner Hose. Über dein Gesicht huscht ein unschuldiges Grinsen. »Ups, wie ist denn das passiert?«

Ich muss lachen. Auf einmal bricht es aus mir heraus. Du lachst mit, und plötzlich halten wir uns fest umschlungen, berühren uns überall und spüren die Wärme und die Gefühle des anderen.

Es kann immer noch leicht sein, wenn wir uns nur Mühe geben. Es kann sich anfühlen wie Liebe, mehr noch, wie eine Liebe, die niemals endet – solange wir bereit sind, dieser Liebe Luft zu lassen.

#SIEBENUNDFÜNFZIG Ich wecke dich mit einem Kuss zwischen die Schulterblätter. Du hast bis weit in den Vormittag hinein geschlafen. Du wälzt dich auf den Rücken, und ich küsse dich auf den Hals, das Kinn, dann auf die Brust. Du rekelst dich wohlig und schlingst die Arme um mich, sodass ich fest gegen deinen Körper gepresst werde.

»So gut gelaunt heute Morgen?«, murmelst du schläfrig.

Ich reibe meine Wange an deiner Brust und spüre zufrieden, wie dein Körper darauf reagiert. Du hebst den Kopf ein Stück an, als wärst du selbst überrascht. »Bitte erwarte nicht zu viel. Ich kann mich gerade überhaupt nicht rühren.«

»Musst du auch nicht.«

Ich ziehe eine Linie aus Küssen über deinen Bauch und komme immer tiefer. Du schließt die Augen und lässt mich machen. Es dauert nicht lange. Es durchzuckt dich von Kopf bis Fuß, ein tiefes Stöhnen dringt aus deiner Kehle und du machst mit erstauntem Gesicht die Augen auf. »Oh fuck.«

»Bist du jetzt munterer?«

»Nein. Vielleicht solltest du es noch mal versuchen?«

Ich kuschle mich an deine Schulter, und du reibst dir träge grinsend die Augen.

Es ist angenehm ruhig in meinem Kopf. Die Gedanken scheinen Pause zu machen.

»Ich will mal wieder fortgehen«, flüstere ich dir zu.

»Dann frag die anderen, ob demnächst was in Planung ist.«

»Ohne die anderen. Nur wir zwei.«

Du öffnest die Augen, die du eben entspannt geschlossen hast. Dein rechter Mundwinkel zuckt belustigt. »Hört, hört.«

»Ich will, dass wir mal so richtig auf den Putz hauen. Mit allem, was dazugehört.«

»Ach ja? Was gehört denn alles dazu?«

»Lass dich überraschen.«

#ACHTUNDFÜNFZIG Ich zerre dich in den Club, in dem ich neulich mit Manu war. Es herrscht volles Haus. Die Musik dröhnt, die Luft steht. Ich muss schnell sein, ehe du die Lust verlierst und wieder gehen willst. Erster Punkt auf der Tagesordnung: Alkohol. Viel, viel Alkohol.

»Und runter damit«, gröle ich, nachdem ich vom Barkeeper die erste Fuhre Shots entgegengenommen habe.

»Hat der Typ dich gerade angemacht?«

»Welcher Typ? Der Barkeeper?«

»Es sah fast so aus.«

»He, he, he!« Ich drücke dir das Gläschen Tequila in die Hand und wackle tadelnd mit dem Finger. »Nicht eifersüchtig werden, okay? Wir sind hier, um Spaß zu haben.«

Ich bestelle die halbe Karte rauf und runter. Mit jedem Glas scheint sich die Umgebung ein Stück zu verändern, beginnt zu leuchten und die Farbe zu wechseln, sodass bloß ein Blick in dein Gesicht mich zum Lachen bringt. Es ist ein leeres, zielloses Gelächter. Wie Worte, die mit Lichtgeschwindigkeit aneinander vorbeirauschen. Ein Gläschen geht noch. Zur Sicherheit zwei. Du trinkst ohne Widerrede, ich ziehe dich in meine Arme und der Rausch trägt uns fort. Wir küssen uns, fahren uns gegenseitig unter die Klamotten, bis wir nichts mehr spüren außer unseren Lippen und dieser benebelnden Hitze, die uns antreibt.

Ich glaube, der richtige Zeitpunkt ist jetzt da. Ich drücke dich ein Stück von mir weg.

»Warte kurz hier.« Du schaust mich verwundert und mit leicht verhangenem Blick an. »Vertrau mir«, sage ich lächelnd. »Ich bin gleich zurück.«

Ich schiebe mich durch die tanzende Menge. Auf der anderen Seite des Clubs treffe ich das Pärchen, mit dem ich mich via Tinder verabredet habe. Vor zwei Tagen haben wir das erste Mal gechattet, danach ging alles sehr schnell. Sie heißen Daniel und Pia. Daniel ist groß und blond wie du, Pia ist zierlich und dunkelhaarig. Ein wunderschönes Pärchen. Ein bisschen älter als wir, aber das macht nichts. Die beiden sind perfekt.

Natürlich ist es riskant, was ich vorhabe. Ich weiß, dass du für so etwas nicht zu haben bist, zumindest nicht nüchtern. Aber vielleicht müsstest du es nur mal ausprobieren. Ein bisschen lockerlassen, durchatmen, diese ganze »Wir«-Kiste für einen einzigen Abend nicht so ernst nehmen. Ich bin mir sicher, wir könnten Spaß haben. Bleibt zu hoffen, dass die Unmengen an Alkohol ihr Ziel nicht verfehlt haben.

»Und wo ist dein Freund?« Pia sieht sich verwundert um.

»Der wartet dort vorne. Er weiß noch nichts davon, also seid so nett und bedrängt ihn nicht, okay?«

»Ah, ihr habt das also noch nie gemacht, ja?« Pia beißt sich auf die Lippe. »Ist absolut kein Problem. Wir können ja die Führung übernehmen.«

Daniel streicht ungeniert durch mein Haar. »Ich mag deine Frisur. Steht dir gut.«

»Jetzt zeig uns endlich deinen hübschen Freund«, drängt Pia.

Wir treffen dich bei der Bar, wo du auf einem Hocker sitzt und angestrengt nach mir Ausschau hältst. In meinem Bauch flattert die Aufregung. Wie wirst du reagieren? Bei meinem Anblick hellt sich dein eben noch finsteres Gesicht erleichtert auf. Du ziehst mich in deine Arme und drückst ungestüm deine Lippen auf meine. Ich schiebe dich sanft von mir weg.

»Niko, das sind Pia und Daniel. Ich dachte mir, wir vier könnten vielleicht ein bisschen Spaß miteinander haben. Wenn du verstehst, was ich meine.«

Dein Blick wandert zwischen uns dreien hin und her. Ja, du verstehst, was ich meine. Klar und deutlich.

»Also du hast nicht gelogen, Sanni«, sagt Pia begeistert. »Wir vier passen sehr gut zusammen.«

»Das glaube ich auch«, stimme ich zu.

Du sagst nichts. Dein Gesicht ist ausdruckslos. Ich schmiege mich an dich, küsse dich sanft, damit du dich beruhigst.

Dein ganzer Körper steht unter Anspannung, ich spüre deinen Herzschlag. »Es wird dir gefallen«, flüstere ich. »Schau dir die beiden doch nur an. Die sind wie für uns gemacht.«

Du weichst zurück, siehst dich um. Orientierungslos und zornig. Pia kommt an deine Seite. »Keine Sorge«, meint sie, während sie dir durchs Haar streicht. »Beim ersten Mal ist jeder nervös. Aber ihr müsst nichts tun, was ihr nicht wollt. Wir können auch einfach nur abhängen und reden. Da ist doch nichts dabei, oder?«

Du schüttelst den Kopf, und ich frage mich, ob es eine Antwort sein soll oder bloß der Versuch, ihre Berührung abzuschütteln. Daniel hält dir seine Bierflasche hin. »Trink einen Schluck. Das entspannt dich.«

»Er braucht keine Entspannung«, antworte ich für dich. »Wir sind alle supertoll drauf. Nicht wahr, Niko?« Ich ziehe dein Gesicht zu mir und flüstere: »Wir machen alles, was du willst. Du darfst das Tempo bestimmen. Okay?«

Du nimmst Daniel das Bier aus der Hand und trinkst es in einem Zug leer.

Pia streicht lächelnd über meinen Arm. »Sieht aus, als hätten wir ihn überzeugt.«

Wir ziehen von Bar zu Bar. Ich habe jedes Zeitgefühl verloren, schwebe in diesem Zustand zwischen Erschöpfung und Euphorie, der den Körper über seine Grenzen hinaus am Laufen hält. Wir finden einen Club, der noch geöffnet hat, und tanzen und lachen uns um den Verstand. Pia zerrt dich an einen Tisch im Halbdunkel, und du redest und redest, während sie dasitzt und dir zuhört. Plötzlich bin ich mit Daniel allein. Seine Hand auf meiner Hüfte nehme ich kaum wahr. Er kommt immer näher, dreht mein Gesicht in seine Richtung, sodass ich dich und Pia aus den Augen verliere.

»Lass sie doch Spaß haben«, lächelt er. »Wir haben ja uns.«

Er küsst mich, und ich lasse mich fallen, zurück in die lang ersehnten Tiefen der Vergangenheit. Diese Aufregung, dieses Kribbeln, als seine Zunge sich an meiner reibt, die vielen Berührungen, überall, auch dort, wo sie nicht sein dürften. Aber da ist auch etwas anderes, etwas Unerwartetes, Kaltes, ganz tief in mir drin: ein schmerzhaftes Brennen der Eifersucht, das all die schönen Gedanken in mir betäubt. Ich drehe den Kopf weg, und seine Lippen finden meinen Hals, er drückt mich an sich und ich klammere mich fest, wie um zu verhindern, dass ich falle, doch es ist zu spät. Mein Verstand droht sich loszureißen, weg von dem Moment und zurück zu dir und Pia an diesen Tisch.

Ich sehe euch im Dunkeln sitzen, ganz dicht beieinander. Du redest immer noch. Ich frage mich, worüber.

»Hey, ist alles okay?« Daniel sieht mich neugierig an. »Sag es ruhig, wenn es dir zu viel wird.«

»Ich möchte nach Hause«, antworte ich. Auf sein enttäuschtes Gesicht füge ich hinzu: »Wir alle vier.«

Da lächelt er wieder und ruft nach seiner Freundin. Sie greift nach deiner Hand, und ihr kommt gemeinsam zu uns auf die Tanzfläche.

»Wie sieht's aus?«, fragt Daniel. »Sanni und ich dachten uns, wir könnten langsam nach Hause fahren.«

Pia versteht natürlich, was das zu bedeuten hat. Du wirkst plötzlich wieder verwirrt, schaust mich an und scheinst mit einem Schlag zu kapieren. Deinen Gesichtsausdruck kann ich nicht deuten. Du siehst wieder von mir weg.

»Also ich bin für alles offen«, verlautbare ich.

»Dann los«, sagt Pia.

Wir verlassen die Bar.

Tami ist nicht da. Oder sie schläft tief und fest. Spielt keine Rolle. Wenn sie es nicht hört, wie vier sturzbetrunkene Leute in die Wohnung trampeln, wird sie auch sonst nichts hören. Wir machen sämtliche Lichter an und gehen in mein Zimmer. Noch bevor ich aus meinen Schuhen geschlüpft bin, drängst du dich an mir vorbei, fällst aufs Bett und liegst da wie tot. Ein fragender Ausdruck huscht über Pias Gesicht. Auch Daniel wirkt verunsichert. Ich setze mich zu dir und kraule dich zärtlich hinter den Ohren.

»Hey. Nicht einschlafen.«

»Vielleicht braucht er ein bisschen Ruhe«, meint Pia. »Gib ihm ein paar Minuten.«

Du drehst dich auf die Seite, als Pia sich zu dir setzt und die schlanken Beine austreckt. Daniel setzt sich neben mich und beginnt, meinen Nacken zu küssen. Ich lehne mich zurück und lasse es geschehen. Ich will es genießen, will mich erinnern, wie es früher war, all der ungezwungene, bedeutungslose Sex, doch meine Gedanken sind bei dir. Bei dir und Pias Lippen, die voller Behutsamkeit über dein schläfriges Gesicht streichen. So oft musste ich zusehen, wie du eine andere küsst.

Es heißt immer, ich hätte dich mit meinem zügellosen Sexualleben verletzt, aber solche Situationen waren auch für mich eine Qual. Ich schluckte es hinunter, weil ich nicht dachte, es könnte je anders werden. Doch dann, nach so langer Zeit, nach all dem Frust und der gegenseitigen Zurückweisung, haben wir uns gefunden – und jetzt will ich plötzlich zurück auf Anfang? Bin ich bescheuert?

»Okay, Leute … macht mal Pause. Stopp!«

Daniels Lippen lösen sich von mir, während Pia verwundert aufsieht. »Zu schnell?«, möchte sie wissen.

Ich stehe auf, gehe ein paar Schritte. In meinem Kopf herrscht pures Chaos. Eben noch war ich erregt, jetzt pocht mein Herz vor blinder Panik.

»Hey, ist ja kein Problem«, meint Daniel. »Ihr seid einfach noch nicht so weit. Und dein Freund ist ja nicht mal richtig bei Bewusstsein. Hätte sowieso nicht geklappt.«

»Ich hätte ihn schon wach bekommen«, merkt Pia an.

Ich folge den beiden an die Tür. Ich komme mir saublöd vor. Wie ein kleines Mädchen, das Angst vor dem Leben hat. Ich will dir die Schuld geben, dabei habe ich es selbst verbockt. Erneut droht die Wut alles in mir zu ersticken.

»Vielleicht ein andermal«, zeigt Pia sich optimistisch.

Ich lächle, obwohl ich in Wahrheit bloß noch heulen möchte.

»Meldet euch, falls ihr euch mal wieder treffen wollt.« Daniel zwinkert mir zu.

Sie gehen, als wäre nichts gewesen. Sie machen einfach weiter, während ich hier zurückbleibe und verzweifelt gegen die Tränen kämpfe.

Du wachst auf, als ich gerade die Zimmertür geschlossen und das Licht ausgemacht habe. Verschlafen blinzelst du zu mir hoch. »Sind die beiden weg?«

»Schon seit einer halben Stunde.«

Du machst die Augen wieder zu.

In Gedanken sehe ich dich an diesem Tisch im Club sitzen. Du redest, als hätte vor Pia dir nie jemand zugehört. Ich weiß nicht, worüber. Wahrscheinlich über Dinge, die du dich mir nicht zu sagen traust. Ich sehe dich aufs Bett fallen und wie du weggetreten ihre Küsse hinnimmst. Meine Wut zersplittert und hinterlässt ein Meer aus Scherben. Ich versinke in diesen Scherben, wie in einer Welt, die es nicht mehr gibt.

Ich schlüpfe aus Hose und Slip, steige zu dir aufs Bett und beuge mich über dein Gesicht. Ein paar Küsse auf Mund und Hals, mehr ist nicht nötig, um deinem Körper zu sagen, was er jetzt tun soll. Ich knöpfe deine Hose auf und ziehe sie mitsamt Boxershorts herunter. Dann hebe ich mein Becken an und lasse mich langsam auf dich herabgleiten.

Du stöhnst leise, und deine Hände umfassen wie von selbst meine Hüften. Es ist ein Vorgang, den du auswendig kennst, und genauso fühlt es sich auch an: wie eine Aneinanderreihung plumper Bewegungen, die einzig da sind, um ihren Zweck zu erfüllen, ohne Gefühl, ohne Kontakt, obwohl mehr Kontakt theoretisch gar nicht möglich ist.

Du kommst. Ich nicht.

Ich lege mich neben dich, und dein Kopf sinkt auf meine Schulter. Es ist das Letzte, was ich spüre, ehe der Schlaf mich von dir und meinem Kummer fortreißt.

#NEUNUNDFÜNFZIG Als ich zu mir komme, sitzt du neben mir im Bett und schaust mich an. Dein noch leicht verschlafener Gesichtsausdruck bringt mich unwillkürlich zum Lächeln. Er erinnert mich an den Traum, den ich hatte: Wir liegen am Strand und sonnen uns in der wohltuenden australischen Hitze. Haut an Haut. Seele an Seele. Nichts ist zwischen uns, das uns trennt; keine Eifersucht, kein Misstrauen und auch kein Kummer. Im warmen Sonnenschein scheint das alles dahinzuschmelzen.

Ich schaue zum Fenster, durch das üppig das Tageslicht fällt. Du musst es aufgemacht haben, als ich noch geschlafen habe. Eine angenehm kühle Brise weht ins Zimmer und bläst meine Benommenheit, aber auch die Reste des Traums in sanften Böen davon.

Der gestrige Abend war ein Fehler. Ich wünschte, ich könnte es ungeschehen machen, es irgendwie aus unserer Erinnerung löschen oder es dir zumindest erklären. Dabei habe ich selbst keine vernünftige Erklärung dafür. Ich dachte einfach, es könnte uns guttun. Es könnte das Netz ein wenig lockern, das sich still und heimlich um uns geschlungen hat. Du scheinst zu merken, was mir durch den Kopf geht, und streichst mir das Haar aus der Stirn, wie um meine Gedanken zu verscheuchen. Ich beuge mich vor, um dir einen Kuss zu geben, doch deine

Lippen sind hart. Du spielst mir was vor, willst Verständnis zeigen, dabei verstehst du überhaupt nichts mehr.

»Wegen gestern …«, beginne ich. Du schaust mir in die Augen, wartest auf diese verfluchte Erklärung, die alles wie von Zauberhand wieder gut werden lässt. Ich kann sie dir nicht geben, weil es sie nicht gibt. Ich kann nichts sagen, was uns helfen könnte. Ich lasse den Kopf hängen, und du hebst vorsichtig mein Kinn.

»Ist schon gut«, sagst du heiser. »Vergessen wir das einfach.«

»Ich … ich dachte, es wäre eine gute Idee. Mal was anderes, verstehst du? Doch es war totaler Blödsinn. Bitte entschuldige.«

»Es macht nichts, Sanni. Ehrlich, es ist nichts dabei.« Du küsst mich, und diesmal sind deine Lippen weich und entspannt.

Du bist ein guter Schauspieler. Um ein Haar hätte ich dir geglaubt.

Nach einer Dusche und einer mehr als nötigen Portion Cornflakes checke ich mein Handy. »Sebi fragt, ob wir vorbeikommen wollen. Und Raffi und Alex übrigens auch.«

Du sitzt auf dem Fensterbrett und scheinst tief in Gedanken versunken zu sein. Dein Blick streift den Umschlag auf meinem Schreibtisch. Immer dieser Umschlag. Langsam frage ich mich, ob das ewig zwischen uns stehen wird. Diese eine Sache, für die ich nicht bereit bin. Du kramst dein Handy hervor und findest ähnlich viele Nachrichten wie ich auf dem Display. »Okay, dann fahren wir.«

»Ehrlich? Es macht dir nichts aus?«

Ein Lächeln. Du gibst alles dafür, um es freudig aussehen zu lassen. »Jetzt waren wir ja sowieso schon länger nicht mehr dort.«

»Dann ab die Post.«

Am Abend meldet sich Papa bei mir. Er hat mich bereits mittags zu erreichen versucht, doch da steckten wir gerade in einer sauspannenden Halo-Partie. Mittlerweile bist du nach Hause gefahren und ich brüte über dem Umschlag auf meinem Schreibtisch. Ich sollte ihn wegwerfen, wenn er mir schon solche Bauchschmerzen bereitet. In die Tonne und futsch. Aber ich bringe es nicht übers Herz. Genauso gut könnte ich unsere Beziehung, unsere Freundschaft wegwerfen. Papas Anruf kommt keine Sekunde zu spät.

»Ich wollte dich fragen, was aus dieser London-Sache geworden ist«, beginnt er. »Zuerst kaust du mir deswegen ein Ohr ab und dann höre ich plötzlich nichts mehr von dir.«

»Ich weiß«, antworte ich seufzend. »Ich war dann doch wieder unentschlossen. Wegen Australien und so.«

»Weißt du, mir ist es ja gleich. Ich habe dir zu deinem Abschluss eine Belohnung versprochen und daran halte ich mich. Wenn du in London studieren willst, dann tu das. Und wenn du nach Australien willst, unterstütze ich dich auch. Aber nur eines von beiden. Und sag es mir rechtzeitig, damit ich mich darauf einstellen kann.«

Meine Finger streifen über den Umschlag, während die Luft um mich herum zunehmend dünner wird. Es muss einen

Grund geben, warum ich die Anmeldeformulare trotz allem behalten habe. Womöglich ist jetzt die Zeit gekommen, ein Opfer zu bringen. Dir den einen, unmissverständlichen Beweis zu liefern, dass du auf mich zählen kannst.

Ich ziehe den Plastikstreifen ab und verschließe den Umschlag. »Ich will nach London«, sage ich.

»Dann komm in den nächsten Tagen mal vorbei, damit wir alles besprechen können. Wie wäre es mit übermorgen?«

»Übermorgen passt gut.«

»Hast du die Unterlagen schon abgeschickt?«

»Bin gerade dabei.«

»Dann hole ich dich wieder vom Bahnhof ab. Nimmst du den gleichen Zug wie neulich?«

»Ja.« Meine Stimme versagt. Ich muss mich räuspern und schaffe trotzdem bloß ein schwaches Raunen. »Also bis dann.«

»Bis dann, Maus.«

Ich mache mich auf den Weg zum Postamt. Ich kann knallhart sein, wenn ich es will. Im Notfall auch zu mir selbst.

#SECHZIG Der Asphalt des Bürgersteigs kocht unter den Rollen meines Skateboards. Der warme Wind bläst Straßenstaub in mein Gesicht. Ein letzter schöner Tag, ein letztes Mal Sommer, ehe der Herbst die Zeit der Gedankenlosigkeit für ein ganzes Jahr davontragen wird. Mein Blick hängt am Eingang des Postamts auf der anderen Straßenseite. Ein leerer Zebrastreifen und eine rote Ampel – mehr ist es nicht, was zwischen mir und unserer gemeinsamen Zukunft liegt.

Und dann sehe ich es auf einmal. Am Straßeneck, mit strahlend bunter Auslage. Ein Reisebüro. Das schönste Reisebüro auf der Welt. Es scheint auf mich gewartet zu haben. Ich trete das Board hoch und gehe auf den Eingang zu. Nur einen Blick riskieren, mehr will ich nicht. Mehr ist auch nicht nötig.

Ich stecke den Umschlag in meinen Rucksack und gehe durch die Tür. Wie gezogen von einem unsichtbaren Band. Drinnen ist es stark klimatisiert. Große Zimmerpflanzen, die an Palmen erinnern, verdecken die weißen Wände. Kataloge, wohin man auch sieht. Eine übereifrige Mitarbeiterin, die mich sofort in Beschlag nimmt. »Kann ich Ihnen behilflich sein?« Sorry, mir ist nicht mehr zu helfen. Mein Verstand schaltet auf Durchzug.

»Haben Sie auch Angebote für Australien?«, frage ich.

»Natürlich. Wann möchten Sie denn fliegen?«

»Oktober. Je früher, desto besser.«

Sie klemmt sich hinter den Computer und findet ein schönes Angebot nach dem anderen. Verrückt, wie simpel es in Wahrheit ist. Nur ein Wort und es könnte Wirklichkeit werden. Nur ein einziges Wort trennt mich von einem Traum, den ich nicht aufgeben kann. Nicht einmal für dich.

»Das hier ist ein schönes Angebot. Dauer 25 Tage, Hin- und Rückflug für 4238 Euro.«

»Gibt es nichts Längeres? Vier oder fünf Wochen?«

»Hm, da müsste ich schauen …«

»Schon gut, lassen Sie's. 25 Tage sind gut für den Anfang. Was ist mit den Übernachtungen?«

»Ist ein Backpacker-Programm, daher auch der günstige Preis. Übernachtung in verschiedenen Hostels. Wie viele Personen sind es insgesamt?«

»Zwei.«

»Macht einen Gesamtpreis von 8476 Euro exklusive Reiseversicherung.«

»Gekauft.«

Sie wartet – muss ich es ihr ins Gesicht brüllen? Ich schwöre, ich tue es. Ich brülle, bis die ganze Welt mich hört.

»Ich bräuchte dann eine Anzahlung.«

»Nehmen Sie Kreditkarten?«

»Aber natürlich.«

Ich zerre Papas Zweitvisa heraus, die ich für genau solche Zwecke bekommen habe – um Blödsinn anzustellen, um zu leben, um Dinge zu machen, dir mir guttun. Als Ersatz für all die Tage, die er lieber mit anderen verbracht hat als mit mir. Zahlungsvorgang läuft. Das Herz klopft mir bis zum Hals. Aus dem Drucker flattern diverse Zettel. Die Dame schichtet sie zusammen und übergibt sie mir in einer glänzenden, weißen Mappe. »Die Tickets sind in etwa vier Tagen abholbereit. Dann wäre auch der Restbetrag fällig.«

»Alles klar. Ich komme dann vorbei.«

»Sehr schön! Dann wünsche ich Ihnen einen schönen Urlaub.«

Mit der Mappe in der Hand stolpere ich ins Tageslicht. Vor Freude steigen mir Tränen in die Augen. Diese Mappe … diese Mappe ist Leben. Sie ist pures, auf Papier gepresstes Glück. Ich stelle mir vor, wie ich sie dir in die Hand drücke. Wie du sie öffnest und dieses Glück dir ins Gesicht strahlt, bis du komplett davon geblendet bist. Du wirst dann keine Wahl mehr haben, als einfach Ja zu sagen. Zu allem, was du so lange von dir weggeschoben hast. Tief in deinem Inneren willst du, dass ich das hier für uns tue. Du willst das Ruder abgeben und dich fallen lassen, in meine sichere Obhut. So wie du es immer gemacht hast, wenn wir zusammen waren. Aus diesem Grund liebst du mich so. Ich bin der Sturm, der deinen Verstand wegfegt.

Ich renne nach Hause, und die Tränen laufen weiter. Das Lachen quillt mir aus dem Mund, sodass ich fast daran ersticke. So muss es sich anfühlen, vor Glück zu sterben.

#EINUNDSECHZIG Ich bin einkaufen. Schwimmflossen, Taucherbrille, Schnorchel, Sonnenmilch, Insektenschutz, zwei neue Bikinis, Shorts und ein weiß-rotes Strandkleid. Seit ich acht war, habe ich kein Kleid mehr getragen. Ein bisschen fühle ich mich darin wie eine Braut. Wie jemand, dessen Leben im Begriff ist, völlig von Neuem zu beginnen. Mit dem richtigen Menschen an der Seite.

Heute Abend ist mein Treffen mit Papa. Auf meine erneute Meinungsänderung habe ich ihn bereits am Telefon vorbereitet. Ihm war es natürlich egal. Solange er nichts weiter tun muss, als seine Kreditkarte zu zücken, um mich vom Hals zu haben, ist er zufrieden. Hätte ich mich doch für London entschieden, hätte mich dieser Gedanke fertiggemacht. Weil dann seine Gleichgültigkeit nicht einmal einen vernünftigen Nutzen für mich hätte. Jetzt schwebe ich auf Wolken. Ich habe dir noch nichts gesagt – es soll eine Überraschung werden. Als wir am frühen Nachmittag telefonieren, drohst du vor Neugierde zu platzen.

»Fängt es mit L an und hört mit ondon auf?«, rätst du hartnäckig.

Oh, du liegst so daneben. Du ahnst gar nicht, wie daneben du liegst.

»Jetzt sei nicht immer so nervig. Ich erzähle es dir später.«

»Wieso nicht jetzt?«

»Weil ich dein Gesicht sehen will, wenn ich es dir sage.«

»Ist es so schlimm?«

»Es ist eher bombastisch.«

»Du bist gemein. Sag's mir einfach.«

»Später«, beharre ich grinsend.

»Dann komme ich einfach vorbei und du sagst es mir dann.«

Ich stoße in gespieltem Kummer die Luft aus. »So ein Pech, geht leider nicht. Ich bin gerade einkaufen.«

»Dauert das etwa so lange?«

»Wenn man bedenkt, wofür ich einkaufe, dann ja. Das dauert lange.«

»Dann eben am Abend.«

»Da bin ich bei meinem Vater zum Essen.«

»Dann sag's mir jetzt!«

Ich suhle mich genüsslich in deiner Verzweiflung. »Hab Geduld«, säusle ich böse. »Ich verspreche dir, es wird dich freuen.«

»So wie neulich bei Pia und Keine-Ahnung-wer?« Eine erschrockene Pause. »Sorry. Das wollte ich nicht sagen.«

»Du kriegst mich nicht weich, Niko. Ich sage es dir nach dem Essen mit meinem Vater.«

»Also geht es doch um London!«

»Davon war keine Rede.«

»Du machst mich fertig.«

»Mimimimi.«

Eine Mischung aus Lachen und frustriertem Seufzen. »Na schön«, gibst du nach. »Dann sehen wir uns heute also gar nicht?«

»Wäre das so schlimm? Ich hab sowieso kaum Zeit. Um 18 Uhr geht mein Zug nach Tulln.«

»Na ja … wir haben uns gestern schon nicht gesehen und – « Ich spüre förmlich, wie du die Worte zurückhältst: *Du fehlst mir.* Wieso sagst du es nicht? Weil du wieder schauspielerst. Weil du versuchst, mir Raum zu geben, obwohl du es gar nicht willst. So ist es nicht dasselbe. »Wir können uns ja davor kurz sehen.« Ich will dazwischenreden, da fügst du hinzu: »Und ich verspreche, dass ich dich nicht mehr löchern werde. Ich schwöre es hoch und heilig.«

»In ungefähr zwei Stunden bin ich daheim. Ich melde mich einfach, sobald du losfahren kannst.«

»Super, dann bis später.«

»Aber bitte wirklich nur kurz. Ich bin ohnehin schon so erledigt.«

Eine erneute Pause.

»Alles klar, Sanni.« Deine Stimme ist ruhig geworden. »Ich werde dich nicht lange aufhalten.«

»Ich beeile mich.« Ich lege auf.

Ich bin geradezu euphorisch, als ich mit vollen Einkaufstaschen aus der U-Bahn steige. Die Treppen nach oben bewältige ich trotz schwerem Gepäck im Laufen. Ich kaufe mir eine Zimtschnecke beim Backshop an der Bahnhofsecke und verspeise sie im Stehen im angenehm warmen Sonnenlicht. Jeder Bissen schmeckt wie ein Stück Australien, süß und luftig und voller spannender Erlebnisse. Meine Finger kribbeln vor Vorfreude, all die neuen Sachen auszupacken. Die Bikinis, die Schwimmflossen, die sündhaft teure Taucherbrille. Ich habe ewig gebraucht, um mich für ein Modell zu entscheiden. Bleibt überhaupt genug Zeit, dass wir uns sehen? In einer Stunde muss ich zurück am Bahnhof sein, um in den Zug nach Tulln zu steigen. Ich schlinge die Reste meiner Zimtschnecke hinunter und wähle mit klebrigen Fingern deine Nummer.

»Hey«, meldest du dich fröhlich. »Wo steckst du denn?«

»Bin schon fast zu Hause. Hör zu, ich fürchte, es wird doch nicht klappen, dass wir uns heute noch sehen. Wenn du jetzt erst losfährst – «

»Keine Sorge, ich bin schon da.«

»Wie, du bist schon da? Du meinst, in meiner Wohnung?«

»Tami hat mich reingelassen.«

»Ach so.« Keine Ahnung, was diese Erleichterung soll. Für einen kurzen Moment hatte ich doch tatsächlich Angst, du wärst heimlich durch mein Fenster eingestiegen.

»Kommst du jetzt endlich her und erzählst mir von der Überraschung?«

»Mal schauen, ob du brav genug bist. Bin in fünf Minuten da.«

Ich lege auf und laufe los. Schon sehe ich dein überglückliches Gesicht vor mir, wenn du die Mappe öffnest. Dieses Gesicht ist mehr wert als alle Studien zusammen. Ich erreiche mein Wohnhaus und nehme auf der Treppe zwei Stufen auf einmal. Vor der Tür stelle ich die Taschen ab, um meinen Schlüssel hervorzukramen. Da höre ich Gelächter aus der Wohnung. Deine Stimme, Tamis und noch eine andere, die mir schwer bekannt vorkommt. Irritiert stecke ich den Schlüssel ins Schloss und schließe auf. Ich habe kaum die Tür geöffnet, da kommst du mir bereits entgegen. Du strahlst bis über beide Ohren.

Gleich neben dir steht Larissa.

Mir rutschen die verfickten Taschen aus der Hand.

»Da bist du ja endlich«, rufst du. »Ich dachte schon, du kommst gar nicht mehr.«

Du drückst stürmisch deine Lippen auf meine, gibst mir keine Chance, die wichtigste aller Fragen zu stellen: Was zum Teufel will DIE hier?

»Wir haben uns zufällig hier getroffen«, erklärst du, als wäre nichts dabei. »Larissa und Tami wollen einen Film schauen.«

»Hi, Sanni«, begrüßt Larissa mich vorsichtig. »Lange nicht mehr gesehen.«

Ich antworte nicht. Das muss ein Traum sein. Ein total verrückter Albtraum.

»Warte, das trifft sich gut«, redest du weiter. »Jetzt können wir dir dein Buch zurückgeben.«

»Was für ein Buch?«, fragt Larissa.

»Na, das eine, das du ihr geborgt hast. Nibelungen.«

»Ach so«, lacht sie auf. »Das habe ich schon völlig vergessen.«

»Komm, ich geb's dir.«

Du gehst mit ihr in mein Zimmer. In. MEIN! Zimmer. Wo wir Sex haben und nur für uns sind. Durch die halb offene Tür sehe ich, wie du ungeniert auf meinem Schreibtisch herumräumst. Du findest das Buch, das unter Papierkram verschüttet liegt, übergibst es Larissa und lachst schäbig über die Staubschicht auf dem Umschlag. Ihr kommt zurück, und du fragst: »Also, was wolltest du mir erzählen?«

Du verfluchtes Arschloch. Stehst da mit deinem Fake-Grinsen, das doch jeder sofort durchschaut. Glaubst du ernsthaft, du könntest den Wettstreit auf diese Weise für dich entscheiden? Du bist erbärmlich, wenn du denkst, mich erst verletzen zu müssen, um meine Aufmerksamkeit zu erlangen. War es unser Gespräch zuvor? Ging es dir gegen den Strich, dass ich allein einkaufen war und hinterher meine Ruhe wollte?

»Später«, antworte ich. »Ich sagte doch vorhin schon, dass ich erst noch zu meinem Vater muss.«

»Wann musst du dort sein?«

»Um 19 Uhr. In einer halben Stunde geht mein Zug.«

»Schade, dann kannst du gar nicht mehr mit uns fernsehen.«

Könnte mich bitte irgendjemand kneifen?

Tami und Larissa gehen ins Wohnzimmer. Du bückst dich nach meinen Einkaufstaschen und bringst sie für mich in mein Zimmer. Du siehst nicht nach, was drin ist. Ich folge dir, um in eine lange Hose zu schlüpfen. Du siehst mir kurz beim Umziehen zu, dann gehst du nach nebenan und setzt dich zu den beiden vor den Fernseher.

Beherrscht suche ich meine Australien-Unterlagen für Papa zusammen. Ich leere meine Einkäufe aus und sortiere alles auf dem Bett. Was zuvor noch strahlte wie Gold, wirkt nun wie unnötiger Schrott. Wie viel Geld habe ich für all das ausgegeben? Nein, ich werde nicht weinen. Ich halte das aus. Ich weiß, wieso du das machst. Du liebst mich zu sehr. Wer liebt, macht Fehler. Wer liebt, wird verrückt. Ich nehme die Mappe an mich und hole tief Luft. Will deinen Namen rufen. Will den letzten Funken Freude in mir zusammenkratzen und dir endlich die tolle Neuigkeit überbringen. Dann höre ich euch wieder lachen. Larissa und dich und Tami und euch alle zusammen. Als hättet ihr da drüben die Zeit eures Lebens. Die Australien-Bilder in meinem Kopf werden undeutlich. Verschwimmen wie hinter trübem, dunklem Glas. Wie hinter einem Fenster im endlosen Regen.

Ich stopfe die Mappe in meinen Rucksack und gehe zur Tür.

»Also ich … ich muss dann los«, gebe ich euch Bescheid.

Du springst vom Sofa auf und kommst zu mir an die Tür. Ein letztes Mal will ich es versuchen. Will versuchen, dich zur Vernunft zu bringen, will dir eine Chance geben, obwohl du es nicht verdient hast, einmal noch. Ich schaue zu Larissa und zurück in dein Gesicht. Du musst mir ansehen, was ich denke. Doch an deinem unbekümmerten Lächeln verändert sich nichts.

»Kommst du noch mit zum Bahnhof?«, frage ich.

»Das schaffst du doch sicher allein.«

Ich schlucke. »Dann bleibst du hier? Mit Larissa und Tami?«

»Tami geht dann irgendwann, soweit ich weiß. Sie muss zu ihren Eltern oder so. Larissa und ich schauen dann einfach noch den Film zu Ende. Stört dich doch nicht, oder?«

Dieses kleine, fiese Grinsen. Diese Genugtuung in deinem Blick. Das ist also deine Bestrafung für die Dinge, die ich deiner Meinung nach falsch gemacht habe. Stefan, Salvo, Pia und Daniel. London. Ich verabschiede mich und gehe. Auf der Treppe drehe ich mich noch einmal nach dir um. Du stehst in der Tür und lächelst mich an.

Du ahnst es nicht, aber in diesem Moment wirfst du unsere Zukunft weg. Ausgerechnet mit einem Lächeln.

#ZWEIUNDSECHZIG Ich übernachte bei Papa im Gästezimmer. Früher war das einmal mein Zimmer. Die Wände waren rosa gestrichen und in der Ecke stand eine Kiste voller Barbies. Meine Sachen hat Papa alle in den Keller geräumt. Das Einzige, was noch übrig ist, sind meine in Ton gegossenen Handabdrücke, die an einem Nagel an der Wand hängen. Meine Hände waren so klein. Kaum vorstellbar, dass ich einmal so klein und hilflos war. Es sollte mich stolz machen, was aus mir geworden ist. Wie viel ich gebe und wie wenig ich zurückverlange. Doch beim Anblick dieser Tontafel überfällt mich Traurigkeit. Es war eine Zeit, als alles in Ordnung war. Als wir uns nicht verletzen konnten, nicht einmal, wenn wir es wollten. Unsere Liebe war so unschuldig. Sie forderte nichts und wollte einfach nur wachsen. Ich glaube, wir haben dieses Wachstum irgendwann außer Kontrolle geraten lassen. Nichts hält, was so stark brennt.

Es ist Mittag. Tami öffnet mir die Tür, da ich in der Eile meinen Schlüssel nicht finde. Sie hat eine Zahnbürste im Mund und trägt über dem Slip bloß ein labbriges T-Shirt. »Ist sonst noch jemand hier?«, frage ich, während ich aus meinen Schuhen steige.

»Nö.«

»Sind Niko und Larissa schon weg?«

»Ich nehme es an.« Sie nimmt die Zahnbürste aus dem Mund und fügt hinzu: »Sie haben nur ferngesehen. Mach dir keine Sorgen.«

Ich nicke steif. »Ist was zu essen da? Ich sterbe vor Hunger.«

»War noch nicht einkaufen, sorry.«

Murrend betrete ich mein Zimmer. Auf meinem Bett liegen nach wie vor die Einkäufe. Die Schwimmflossen, der Schnorchel, das Sommerkleid. Die Mappe, die einsam im Dunkel meines Rucksacks verrottet. Meine Augen werden feucht. Wie gerne hätte ich dir diese Mappe gezeigt. In meiner Vorstellung hättest du geweint vor Freude. Jetzt bin ich es, die weint. Allein und ohne dass du es weißt.

»Übrigens, Sanni!«, dringt Tamis Stimme durch die dünnen Gipswände. »Heute Abend schon was vor? Meine Cousine Flora schmeißt eine Geburtstagsparty. Die haben dieses riesengroße Haus in Klosterneuburg. Du weißt schon, wo letztes Jahr das Lagerfeuer stattfand. Ist sicher chillig dort. Willst du mitkommen?«

»Ich – ich weiß noch nicht!« Rasch wische ich mir über die Wangen und versuche mich zu beruhigen. Ich stütze mich an meiner Schreibtischkante ab, schließe die Augen und zähle stumm bis fünf. Fünf Sekunden, um wieder ich selbst zu werden. Fünf Sekunden gegen Tage des Kummers.

»Überleg aber nicht zu lange«, ruft Tami zurück. »Ich sollte ihr bald sagen, wer alles mitkommt.«

»Ist schon gut! Ich komme mit.«

»Fix?«

»Ja!«

»Okay, dann gebe ich ihr Bescheid. Kommt Niko auch mit?«

Die Tränen kommen zurück.

»Nein«, antwortete ich. »Nur du und ich.«

#DREIUNDSECHZIG Es ist früher Abend und die Sonne steht bereits sehr tief. Du rufst mich an, als ich gerade aus der Dusche komme. Ich bin nicht sicher, ob ich jetzt mit dir reden sollte. Ich habe Angst davor, was passiert, wenn ich den Mund aufmache. Angst vor den Worten, die in meinem Kopf schwirren und mir keine Ruhe gönnen.

Ich hebe ab.

»Hey«, sagst du erleichtert. »Ich hab den ganzen Tag nichts von dir gehört. Geht's dir gut?«

Meine Beine werden schwach. Ich setze mich aufs Bett. »Mir geht's großartig.«

»Ja? Das ist schön.«

Eine unendlich lange Pause. Sie lässt den Worten Zeit, sich durch meine Kehle hoch in meinen Mund zu drücken. Fast schon sind sie draußen. Noch ein Atemzug in dieser Stille und ich kann sie nicht mehr aufhalten.

»Sanni, hör zu … wegen gestern … Ich habe nachgedacht und … das war eine ziemlich miese Aktion.«

»Ist schon gut.«

»Es war wirklich Zufall, dass ich ihr in deiner Wohnung über den Weg gelaufen bin. Wir haben einfach nur ein bisschen geredet, und nach dem Film ist sie nach Hause gefahren. Du hast doch selbst gesagt, du willst nicht, dass ich so an dir klebe, oder etwa nicht?«

Ich antworte nicht. Jetzt hast du dich endgültig verraten. Dich und deinen ganzen feigen Plan. Du willst mir eins auswischen, weil die Sache mit Salvo dich immer noch kränkt. Du willst mir vormachen, dass du nicht so sehr an mir hängst, wie ich dachte. Den Spieß umdrehen, um dich nicht in deinem Stolz verletzt zu fühlen. Eine rücksichtslose Methode, um in einer Beziehung das Gleichgewicht wiederherzustellen. So etwas geht doch gar nicht. Wer einmal das Gleichgewicht verloren hat, befindet sich im freien Fall.

»Was machst du heute noch?«, fragst du. »Wollen wir uns sehen?«

»Nein. Ich fahre dann mit Tami auf eine Party.«

»Ohne mich?«

»Ja.«

Ich bete, dass du jetzt das Richtige sagst. Obwohl ich selbst nicht weiß, was das sein sollte. Ich hoffe einfach nur, dass du es tust. Aber du sagst nichts mehr.

»Wir hören uns nach der Party«, meine ich.

»Gut. Hab viel Spaß.«

Ende.

Das war er – der traurigste Moment meines Lebens.

Ausgerechnet mit dir.

#VIERUNDSECHZIG Der Schein des Lagerfeuers erhellt die ganze Nacht. Es ist riesig. Aus großen Ästen gebaut, die Floras Vater aus den Bäumen des Gartens geschlagen hat. Eigentlich ist es mehr ein Scheiterhaufen als ein Lagerfeuer. An so etwas wurden früher Hexen verbrannt. Irgendwie gruslig.

Tami setzt sich zu mir ins Gras. Sie hat das Kinn tief in den Kragen ihres Pullis gesteckt, den sie sich eben übergezogen hat, weil die Nächte immer kühler werden. Lethargisch nippt sie an ihrem Plastikbecher, sodass ich nur ihre Augen sehe, die reglos ins Feuer gerichtet sind. »Sanni«, murmelt sie.

»Hm?«

Ihr trüber Blick findet mich über den Becherrand hinweg. Sie schaut mich an, als würde sie nach etwas suchen. Sie nimmt den Becher runter und sagt: »Ich habe dich noch nie so unglücklich gesehen.«

Ich schaue zurück ins Feuer. Um mich das Lachen, in mir die Wut. Doch es ist keine Wut über dich oder mich. Es ist Wut über etwas, das mir gerade klar geworden ist. Etwas, das mir insgeheim schon sehr lange klar war.

Im Prinzip ist es nur logisch, was ich jetzt zu tun habe. Die Logik meines Gedankens bricht mir schier das Herz. Die Welt verschwimmt vor meinen Augen. Bis es nichts mehr gibt als dieses Feuer, das langsam ausgeht.

#FÜNFUNDSECHZIG Ich klingele. Deine Mutter öffnet die Tür. Artig lasse ich meine Schuhe auf dem Gang stehen und folge ihr mit etwas Sicherheitsabstand in die Wohnung.

Du kommst gerade die Treppe herunter, mit kurzer Hose und ärmellosem Shirt. Ein Strahlen liegt auf deinem Gesicht, wie ich es seit Wochen nicht mehr gesehen habe. Du hast dich so gefreut, als ich mich nach zwei Tagen Funkstille bei dir gemeldet habe. Du nimmst mich in den Arm, und ich spüre deine Wärme, deine Gefühle, die mein Herz von innen auseinandersprengen. Weil es einfach so viele sind. So unsagbar viel Gewicht. Du würdest alles tun, damit ich bleibe. Vielleicht weil du mich doch ein Stück mehr liebst als ich dich. Ich schlucke meine Tränen hinunter.

»Gehen wir rauf?«, schlägst du vor.

Ich nicke. Schon auf der Treppe beginnst du wie aufgezogen zu quasseln. Vom Schwimmengehen, von Sebis Höhle, von Australien, von allen Dingen, die mich glücklich machen. Die Fassade, die ich mir während der vergangenen Tage bitter angeeignet habe, beginnt zu bröckeln. Wir kommen in dein Zimmer und ich schließe die Tür. Es ist ein wunderschöner Tag. Die Eiche vor deinem Fenster bekommt allmählich braune Blätter. Ich schaue mich um, nehme bewusst alles wahr, dein Zimmer und die vielen vertrauten Dinge darin, und plötzlich sehe ich uns beide wie in einem Film – ich sehe uns als Kinder, wie wir gemeinsam die Galaxie an der Decke betrachten. Ich sehe deine Hand, die nervös nach meiner tastet und sich dann doch wieder zurückzieht. Ich sehe, wie du voller Stolz meine Einhorn-Geschenke auf der Kommode drapierst. Ich sehe uns gemeinsam beim Lernen und wie ich dich immer wieder davon abhalte, indem ich Witze reiße und mich absichtlich nicht konzentriere. Du versuchst wütend zu werden, aber du schaffst es nicht. Mein Lachen steckt dich an. Ich sehe uns nackt auf deinem Bett liegen. Ich höre mich flüstern, dass ich dich liebe. Ich habe es nie gesagt und jetzt ist es zu spät. Du beginnst wieder zu reden. Zu schwärmen, unsere gemeinsame Zukunft zu planen. Ich ertappe mich dabei, wie ich dir zuhöre, wie ich Zeit schinde, wo keine mehr ist. Es geht nicht mehr. Ich setze mich auf den Drehstuhl an deinem Schreibtisch, was du verwirrt beobachtest.

»Ach so, ich dachte, wir gehen gleich los.« Du lächelst und lehnst dich ans Fensterbrett. »Aber wenn du magst, können wir natürlich auch hierbleiben.«

Die Worte stauen sich in meinem Mund. So viele Worte. Ich weiß nicht, wie ich beginnen soll. Am besten einfach losreden.

»Ich war neulich im Reisebüro.«

Dein Lächeln wird sogar noch breiter. »Ach ja? Schon für nächstes Jahr?«

»Nein. Für dieses Jahr. Für Anfang Oktober.«

In dein Gesicht tritt Verwirrung, aber noch hörst du nicht auf zu lächeln. Ich räuspere mich und spreche so beherrscht wie möglich weiter.

»Ich habe ein Ticket gekauft. Für mich. Am neunten Oktober geht es los.« Ein Ticket. Für eine Person. Das zweite Ticket habe ich storniert. Dein Lächeln verblasst.

»Ähm … okay. Du hast dir also ein Ticket gekauft. Für Australien?« Ich nicke. Du versuchst es zu verstehen. Ich sehe, wie es in dir arbeitet, wie du verzweifelt nach einer Erklärung suchst, die nichts mit dem zu tun hat, was dir als Erstes durch den Kopf schießt.

»Ich musste es einfach tun«, fahre ich fort. »Ich habe viel nachgedacht. Und ich will nach Australien.« Ohne dich. Ich spreche es nicht aus. Das muss ich auch nicht.

»Okay, also … Moment mal«, erwiderst du schnell. Du trittst vom Fenster zurück und stehst mitten im Raum. Du schüttelst den Kopf, dann schaust du mir in die Augen, total verdutzt. »Was willst du mir hier eigentlich sagen?«, fragst du schroff.

»Das weißt du doch«, sage ich leise.

Du setzt dich aufs Bett. Als hätte dich auf einmal alle Kraft verlassen. Aus deinem Gesicht ist die Farbe gewichen. Du schließt die Augen. Sekundenlange Stille.

»Ist es wegen Larissa?« Du siehst mich wieder an, mit einem drängenden Ausdruck. »Ich weiß, das war scheiße. Diese ganze Aktion war total daneben. Es tut mir so leid!«

»Nicht. Bitte hör auf.«

»Sag mir, was ich tun soll. Sag mir, wie ich das wiedergutmachen kann!«

»Niko …«

»Du willst nach Australien? Dann fahren wir, fahren wir sofort, ich mache alles, was du willst!«

»Niko«, wiederhole ich ruhig. Du erstarrst, und endlich sind sie da: All die Worte, die ich dir bereits vor langer Zeit hätte sagen sollen. Jetzt sind sie fahl und nutzlos. Sie können uns nicht mehr helfen. Herauslassen muss ich sie trotzdem. »Es hat nichts mit Larissa oder mit Australien zu tun. Anfangs vielleicht, aber ... es geht hier um so viel mehr. Du willst Dinge, für die ich noch nicht bereit bin. Ich – ich möchte die Welt sehen! Ich möchte sein wie diese Helden in den Büchern, die du so gern liest. Ich will Abenteuer, verstehst du?«

»Aber das will ich doch auch! Ich stehe dir bei nichts im Weg, versprochen, wir können das alles gemeinsam machen!«

»Und wann? Wenn du mit dem Studium fertig bist? Du weißt genau, dass ich nicht so lange warten kann. Ich will mein Leben jetzt leben. Nicht erst in einem Jahr oder in fünf Jahren oder wie lange du dir Zeit lassen willst. Ich ... ich bin so gelangweilt von all dem. Ein Leben, wie du es dir für uns vorstellst, ist einfach nichts für mich.«

Du antwortest nicht – du hast es gewusst, nicht wahr? Dass es hier enden würde. Deshalb warst du so eifersüchtig. Du hast es kommen sehen und hast mit aller Gewalt versucht, es zu verhindern. Aber du hast es nur noch schlimmer gemacht, mit deinem Klammern, deiner Ungeduld, deinem ständigen Misstrauen. In Wahrheit hast du doch gar nicht mir misstraut. Du hast dir selbst misstraut – hast gezweifelt, ob du mich halten kannst. Ob es genug Dinge an dir gibt, die es wert sind, bei dir zu bleiben. Du verfluchter Idiot.

Ich greife nach deiner Hand. »Es tut mir leid«, flüstere ich.

»Aber ich … ich dachte, es ist alles gut, ich meine … wir wollten es doch versuchen! Du hast es mir versprochen, Sanni. Du hast mir versprochen, dass du es versuchst.«

»Ich habe es versucht. Das weißt du. Ich habe alles gegeben, was ich konnte.«

Du ziehst deine Hand zurück, siehst dich hilflos um.

Es klopft. Kurz darauf kommt deine Mutter ins Zimmer.

»Nikolas, vergiss dann bitte nicht, die Unterlagen für – «

»Lass uns allein!«, gehst du sie an. Vor Schreck rührt sie sich nicht, und du brüllst wie von Sinnen: »Hinaus! Verschwinde, okay? Geh raus!«

Mit blassem Gesicht verlässt sie das Zimmer. Sie hat vergessen, die Tür hinter sich zu schließen. Du springst auf und wirfst die Tür mit voller Wucht ins Schloss.

»Hey, hey«, sage ich.

Du hebst die Hand, damit ich still bin. Du wirkst so verloren und ich kann dir nicht helfen. Nur eins kann ich tun – das Einzige, das mir jetzt noch bleibt. Ich stehe auf und gehe zur Tür.

»Warte.«

Ich spüre deine Hand auf meinem Arm. Ich drehe mich um, und dein Gesicht verschwimmt vor meinen Augen.

»Das – das ist doch irre«, stößt du aus. »Wir können das hinkriegen. Wir kriegen doch alles wieder hin! Gib uns eine Chance, Sanni, ein letztes Mal, gib uns … gib uns noch einen Versuch!«

Ich will deine Hand von mir losmachen. Du lässt es nicht zu, stehst reglos vor mir und hältst mich zurück.

»Du hast keine Ahnung«, flüstere ich, »wie scheißschwer das für mich ist. Weißt du, wie es sich anfühlt, jemanden gehen zu lassen, der dich liebt? Weißt du das?«

Du schweigst, und durch den Tränenvorhang schimmert dein Gesicht zu mir durch. In deinen Augen tobt es nicht länger. Du hast es verstanden. Deine Hand zieht sich zurück und ich öffne die Tür. Und du lässt mich gehen.

Im Erdgeschoss treffe ich deine Mutter. Sie ist immer noch blass um die Nase, doch in ihren Augen liegt Erleichterung. Natürlich. Sie wird froh sein, dass du mich endlich los bist. Das dumme, faule Mädchen, das deiner Zukunft all die Jahre im Wege stand. Wenn du genau darüber nachdenkst, bist du ebenfalls froh. Vielleicht nicht jetzt. Vielleicht nicht in einem Jahr. Aber irgendwann wirst du begreifen, dass ich uns gerettet habe. Zum ersten Mal kannst du tun, was du willst. Was du allein willst.

Und ich auch.

Zwei Wochen später

#SECHSUNDSECHZIG Wir stehen in der Eingangshalle des Flughafens, kurz vor dem Check-in. Alle sind gekommen. Tasche und Alex, Manu mit ihrem neuen Freund, Tommy, Raffi, Tami und Sebi mit seiner ganzen bärtigen Metal-Clique. Tasche vergräbt schluchzend das Gesicht an Alex' Schulter, als die Gefühle sie übermannen. Sebi kann nicht aufhören, vor Anspannung seinen Wikingerbart zu zwirbeln. Raffis sonst so überdrehtes Gesicht ist ernst und blass. Selbst Manu hat Tränen in den Augen.

Vieles wird sich nun verändern. Du gehst nach England, um dort Medizin zu studieren. Die Königsdisziplin unter den Studiengängen, aber du wirst es schaffen. Du hast das Zeug und den Ehrgeiz dazu. Tasche und Alex haben sich für Jura eingeschrieben. Eigentlich wollten sie nicht das Gleiche machen, aber offenbar können sie doch nicht ohneeinander. Tommy studiert wider Erwarten BWL, obwohl wir uns sicher waren, er würde sich für Musik entscheiden. Raffi wartet auf das Sparkonto und büffelt währenddessen für das Nachholen seiner Matura. Manu versucht sich an einem Lehramt-Studium für Deutsch und Geschichte, ehe sie es nächstes Jahr mit der Aufnahmeprüfung für Medizin probieren wird. Nach dem planlosen Sommer haben am Ende doch noch alle die Kurve gekriegt. Sie haben sich für eine Zukunft entschieden. Eine Zukunft, die vielleicht nicht immer parallel verlaufen, aber in der gleichen Welt stattfinden wird. Ich muss meine eigene Welt finden, nachdem wir aus unserem gemeinsamen Universum herausgewachsen sind. Ich weiß nicht, wohin mein Weg mich führen wird. Aber ich bin gespannt, es herauszufinden.

»Knutsch einen australischen Surflehrer von mir«, murmelt Manu, als wir uns umarmen.

»Mach ich«, antworte ich lächelnd.

Auch dir flüstert sie zum Abschied etwas zu. Du küsst sie auf die Wange, und wir nehmen unser Gepäck und lassen unsere Freunde in der Halle zurück.

Wir sitzen nebeneinander auf der Bank und warten auf unsere Flüge. Wie verrückt, dass sie am selben Tag starten. Mit nur einer Stunde Zeitunterschied. Fast könnte ich glauben, wir würden unser neues Leben gemeinsam beginnen. Aber wir gehen getrennte Wege. *Sanni und Niko* ist vorbei.

Du tippst etwas auf deinem Handy. »London 13 Grad.«

Ich mache ebenfalls einen Wettercheck. »Sydney 25 Grad.«

Ein Blick, der sich beinahe wie ein Streicheln anfühlt. Ein kurzer Moment des Friedens, als die Vergangenheit wieder zur Zukunft wird. Dann schaust du zurück aufs Handy, und ich denke an den Tag, an dem wir uns wiedersehen werden. Du wirst dann eine neue Freundin haben. Eine, die du in England kennengelernt hast, vielleicht schon im ersten Monat, in der ersten Woche, am ersten Tag, und mit der es ganz unkompliziert laufen wird. Vielleicht wirst du sie nicht so lieben wie mich, aber du wirst es sie nicht spüren lassen. Du wirst sie in den Semesterferien mit nach Hause bringen und ich werde versuchen, damit klarzukommen. Ich werde lächeln, wenn sie mich ansieht, und werde wegschauen, wenn sie dich küsst. Ich werde alles dafür geben, sie zu mögen, weil du sie magst. Kein Wort werde ich darüber verlieren, was zwischen uns war. Es wird dann unser Geheimnis sein. Die bittersüße Erinnerung an einen Sommer, der immer mehr in der Ferne verblasst. Wirst du es vergessen, wenn erst genug Zeit vergangen ist? Wirst du vergessen, wie schön es war, nur um nicht mehr traurig zu sein?

Die Tränen quellen in mir hoch und laufen heiß und schnell über meine Wangen. Du siehst es nicht. Auf der Anzeigetafel erscheint der Aufruf zu deinem Gate.

»Also dann«, sagst du. »Ich muss los.«

Du stehst auf und schulterst deine Reisetasche. Dein übriges Gepäck befindet sich bereits in deinem Apartment in London. Du trägst eine Jacke über dem T-Shirt, um für die dreizehn Grad gewappnet zu sein. Ich bin in Jeans und ärmellosem Top. Zwei Seiten einer Glaswand, getrennt durch das unüberwindbare Gerüst namens Träume.

Ich springe auf und weiß plötzlich nicht mehr, was ich machen soll. Ich will bei dir bleiben. Dich zurückhalten. Dich anflehen, mit mir zu kommen. Mit mir ins Abenteuer und ins gemeinsame Glück. Doch ich stehe nur da und zähle die letzten Sekunden, die wir miteinander haben.

»Wir schreiben uns!«, platze ich heraus.

Du neigst den Kopf und küsst mich auf die Stirn. Die Sekunden werden zu Jahren. Eine Ewigkeit mit dir in dieser Halle. Ich werde es mit mir nehmen, egal wohin ich auch gehe. Und ich hoffe, du tust das auch. Ich hoffe, du vergisst niemals unseren letzten gemeinsamen Sommer. Es war der Beginn eines neuen Lebens.

»Mach's gut, Sanni.«

Du gehst zu deinem Gate. Du drehst dich nicht mehr um.

#SIEBENUNDSECHZIG Sydney. Sonnenschein und fünfundzwanzig Grad. Bereits auf dem Rollfeld setze ich meine Sonnenbrille auf. Die Luft schmeckt salzig und nach bunt schimmernden Träumen. Hier werde ich finden, wonach ich gesucht habe. Du wirst nicht dabei sein. Du wirst meine Träume nicht mit mir teilen können, obwohl es unser ganzes Leben lang so geplant war. Aber es wird mir gut gehen. Ich werde im Meer schwimmen und Delfine beobachten. Ich werde surfen lernen und neue Sterne sehen. Ich werde leben. Mit Mut und Herz und allem, was ich habe.

Ich schicke dir Bilder von meinen Erlebnissen. Eine farbenfrohe Sammlung aus Abenteuern, Landschaften und wunderschönen neuen Eindrücken. Ich weiß nicht, ob du sie dir ansehen wirst, aber ich will, dass du sie bekommst. Du sollst teilhaben an meinem Leben, auch wenn du nicht mehr darin vorkommen willst:

Meine nackten Füße, die im Sand der schaumigen Brandung versinken.

Ich grinsend und voller Stolz auf einem Surfbrett, nachdem ich das erste Mal die Balance halten konnte.

Mein gespielt pikiertes Gesicht, während im Hintergrund ein Pärchen ungeniert am Strand vögelt.

Die ekelhaften Pommes an einer Tankstelle, wo ich angehalten habe, weil meine Beine mich nicht mehr tragen konnten.

Mein voller Rucksack und die sandige Straße.

Mein Bett im ersten Hostel, wo ich eine Gruppe Engländerinnen kennenlerne, mit denen ich mich auf Anhieb verstehe.

Mein bunter Schirmchendrink an der Strandbar im Wind.

Ich im rot-weißen Sommerkleid, etwas verlegen, weil ich nicht weiß, ob es mir steht.

Ein Fleckchen Sternenhimmel, als nach einem Gewitter die Wolkendecke aufreißt.

Mir ist klar, dass ich die Bilder ins Nirgendwo schicke. Sämtliche Nachrichten bleiben ungelesen. Du willst das alles nicht sehen. Trotzdem macht es mich froh zu wissen, dass die Bilder da draußen sind, in deiner Reichweite, und dass du jederzeit danach greifen kannst, wenn du dazu bereit bist.

In Brisbane lerne ich, wie man Rugby spielt. Ein witziger Sport. So australisch. Die Jungs in meiner neuen Unterkunft erklären mir die Regeln und bringen es mir gut genug bei, um mich auf dem Spielfeld nicht zu blamieren. Ich stelle mir vor, wie du auf einem der Felsen sitzt und schmollst, weil du lieber mit mir allein wärst, als mir beim Spielen mit irgendwelchen Kerlen zuzusehen. Und wie du danach trotzdem wieder lachst, weil du einfach du bist und mir nicht lange böse sein kannst. Ich schicke dir Fotos von mir auf dem Spielfeld, von den Wellen, die gegen die Bucht branden, und von meinen sonnenverbrannten Wangen, die vom Lachen fast schon schmerzen. Es gibt hier auch ein Trampolin am Strand. So eins, wie meine Eltern es mir zum Geburtstag geschenkt haben. Ich fotografiere es im Gegenlicht des Sonnenuntergangs und schreibe darunter: *Weißt du noch, damals, im Sommer?*

Nicht eine einzige Antwort. Mein ganzes Leben schicke ich in die Ferne hinaus, ohne zu wissen, ob es bei dir ankommt.

Unter dem Sternenhimmel, an den Klippen, schreibe ich dir, dass ich dich vermisse. Einfach so. Weil es die Wahrheit ist und sich niemals ändern wird.

Am nächsten Morgen sind sie dann da – zwei blaue Häkchen unter den Bildern und unter diesen drei simplen und doch so machtvollen Wörtern. Du hast mir ein Foto geschickt. Ein Kissen mit einem rosafarbenen Einhorn drauf, das auf einem Sessel liegt, der wie ein Doppeldeckerbus aussieht.

Und darunter steht: *Ich dich auch.*

Einfach so.

#DANKSAGUNG Dieses Buch wäre nicht entstanden ohne das Mitwirken einiger ganz besonderer Personen:

Emily, Angela und all die wundervollen Buchmenschen des Ueberreuter Verlags. Selten habe ich es erlebt, dass jemand so sehr für eine meiner Geschichten brennt. Eure Euphorie hat etwas geschafft, das für eine Autorin nicht immer die einfachste Übung ist: sich wieder für das eigene Schaffen zu begeistern. Das Buch nicht länger als Arbeitsprojekt zu sehen, sondern als das, was es im Grunde genommen ist und immer sein wird – eine Geschichte, die man einfach bloß erzählen wollte. Danke dafür, denn es ist so wichtig und geht so schnell verloren.

Anna Mechler, die beste Agentin von allen! Danke für deinen Einsatz, deine Hartnäckigkeit und dass du stets das beste Verlagszuhause für mich findest. (Und dass du mit meinen komischen Arbeitstiteln zurechtkommst!)

Meine Mutter. Ich glaube, da muss ich nichts mehr sagen. Sie weiß Bescheid.

Sabrina Reiter, die dieses Buch in der Rohfassung gelesen und für »okay« befunden hat.

Zu guter Letzt eine sehr, sehr, seeehr gute Freundin von mir, die mir erlaubt hat, eine ganz bestimmte Episode inklusive Originalnamen (und nein, ich sage jetzt nicht, was genau ich damit meine – sie weiß es ohnehin) für dieses Buch zu verwenden. Ich glaube, es ist dadurch ein Stückchen besser geworden. ☺

© Marie Bleyer

Michaela Kastel wurde 1987 in Wien geboren. Nach ihrem Abschluss an einer katholischen Privatschule studierte sie sich quer durch das Angebot der Universität, ehe sie das Studentendasein an den Nagel hängte und in die Buchbranche einstieg. Sie lebt in Wien.

Für »So dunkel der Wald« wurde Michaela Kastel mit dem Viktor Crime Award 2018 ausgezeichnet. Die Filmrechte zu »So dunkel der Wald« wurden noch vor Erscheinen optioniert.

Ava Reed
Alles. Nichts. Und ganz viel dazwischen

320 Seiten
Hardcover mit Schutzumschlag
ISBN 978-3-7641-7089-9

ebook **Auch als E-Book erhältlich!**

In jeder Dunkelheit brennt ein Licht. Man muss es nur finden!

Der Abschluss. So viele Dinge, die zu tun sind. Und danach? Ein Studium? Eine Ausbildung? Reisen?

Leni ist ein normales und glückliches Mädchen voller Träume. Bis ein Moment alles verändert und etwas in ihr aus dem Gleichgewicht gerät. Es beginnt mit zu vielen Gedanken und wächst zu Übelkeit, Panikattacken, Angst vor der Angst. All das ist plötzlich da und führt zu einer Diagnose, die Leni zu zerbrechen droht. Sie weiß, sie muss Hilfe annehmen, aber sie verliert Tag um Tag mehr Hoffnung. Nichts scheint zu funktionieren, keine Therapie, keine Medikation. Bis sie Matti trifft, der ein ganz anderes Päckchen zu tragen hat, und ihn auf eine Reise begleitet, die sie nie antreten wollte ...

www.ueberreuter.de
Folgt uns bei Facebook & Instagram

Daniel Höra
Was wir nicht wollten

256 Seiten
Hardcover mit Schutzumschlag
ISBN 978-3-7641-7086-8

ebook **Auch als E-Book erhältlich!**

Ein Schritt zu weit

»Wir haben das nicht gewollt. Wir wollten nur so eine Art Gerechtigkeit und dann ist die ganze Geschichte völlig außer Kontrolle geraten.«

Fünf Jugendliche wachsen gemeinsam in einer Wohnsiedlung auf und gehen zusammen durch dick und dünn. Als sie eines Tages ungerechterweise von einer Nachbarin bei der Hausverwaltung angeschwärzt werden, beschließen sie, der Nachbarin einen Schreck einzujagen. Sie entführen ihren geistig behinderten Sohn Bobbo – in der Absicht, ihn vor Einbruch der Dunkelheit wieder nach Hause zu bringen. Als jedoch Heiner, ein undurchsichtiger Typ, sie dabei beobachtet und erpresst, gerät die Situation außer Kontrolle …

www.ueberreuter.de
Folgt uns bei Facebook & Instagram